GUDRUN CALLIGARO

EIN TRAUM WIRD WAHR

GUDRUN CALLIGARO

EIN TRAUM WIRD WAHR

ALS ERSTE DEUTSCHE EINHAND UM DIE WELT

DELIUS KLASING VERLAG

Die Deutsche Bibliothek – CIP-Einheitsaufnahme

Calligaro, Gudrun:
Ein Traum wird wahr: als erste Deutsche einhand um die Welt/
Gudrun Calligaro. – Bielefeld: Delius Klasing, 1996
(Segeln & Abenteuer)
ISBN 3-7688-0923-4

ISBN 3-7688-0923-4

Fotos: Gudrun Calligaro, Wolfgang Honndorf (1),
Günter Zweygarth (40/41/42)
Zeichnungen: Gudrun Calligaro
Karte: Siegfried Berning
Umschlaggestaltung: Buchholz/Hinsch/Hensinger, Hamburg
Druck und Bindung: Clausen & Bosse, Leck
Printed in Germany 1996

*»Wer sich vertrauensvoll von seinen
Träumen leiten läßt und das Leben zu leben
sucht, das er sich vorgestellt hat,
dem ist ein Erfolg beschieden, wie er ihn
gemeinhin nicht erwartet hätte.«*

Henry David Thoreau

Inhalt

1. Stuttgart – Brest

Der Weg zum Start

Joachims Kombi ist bis unter die Decke mit Proviant und Ausrüstung beladen. Es ist Mittwoch, der 7. Juli 1988. Wir sind unterwegs auf der Autobahn von Paris nach Brest, dem Ausgangshafen meiner Einhand-Seereise. Viel geredet haben wir während der langen Autofahrt von Stuttgart her nicht. Ich hänge meinen Gedanken nach.

Die Zeit der heißen Diskussionen um das beste Ausrüstungsmaterial, die sinnvollste Montage der Beschläge ist vorbei. Mein Schiff wartet im Hafen von Brest auf mich. Ich bin bereit loszusegeln, einen Traum zu verwirklichen, der sich seit meiner Atlantiküberquerung 1981 in mir festgesetzt hat. Was mir zunächst nur als verschwommene, rosarote Idee vorschwebte, wurde immer konkreter, je mehr Reiseberichte und Fachliteratur ich verschlang. Jahrelang diente alles, was ich unternahm, der Verbesserung meiner seglerischen Fähigkeiten; darunter waren Törns nach Korsika, von Brest nach Malaga, zum Nordkap und die Atlantiküberquerung. Bald merkte ich – trotz der Unterstützung durch meinen lebenslang auf dem Wasser aktiven Vater, der mir unter anderem auch das Laminieren beibrachte –, daß es mir noch an dem für ein so großes Vorhaben notwendigen technischen Verständnis fehlte. Hierbei wurden vor allem zwei langjährige Freunde und Stuttgarter Segelklubkameraden aktiv: Von Joachim lernte ich in langen Diskussionen die Grundbegriffe der Kräfteeinwirkung und -verteilung. Mit ihm und meinem mehrfachen Törnkameraden Wolfgang ergründete ich das Innenleben eines Motors und die Logik einer

Bordelektrik. Da ich bis drei Monate vor dem Start beruflich voll eingespannt war, blieben mir vorwiegend die Nächte, um den kompletten Zeitplan für meine Reise, basierend auf den zu erwartenden meteorologischen Bedingungen, aufzustellen.

Fehlte noch das Schiff. Ich wollte sie und nur sie: die Vereinsyacht meines Stuttgarter Heimatklubs, einen 9,25 m langen und 3 m breiten Kurzkieler, von der französischen Werft Dufour unter dem Typnamen Arpège als solides, seegehendes Schiff gebaut. Unzählige Fahrten hatten wir bereits miteinander durchgestanden. Ich vertraute ihr, denn ich wußte, was sie aushalten konnte. Und was noch wichtiger war: Ich kannte sie in- und auswendig. Siebzehn Jahre hatte sie schon auf dem Kiel, als ich endlich meine Unterschrift auf den Kaufvertrag setzen konnte, mit dem sie in mein Eigentum überging. Ab 1. Oktober 1987 gehörte das Schiff mir!

In der Rückschau kommt mir nun das letzte Dreivierteljahr ganz unwirklich vor. Besessen von meiner Idee, trieb ich die Überholung und Umarbeitung am Schiff eisern voran, forderte Freunde und Ausrüster zu immer besseren Lösungen heraus. Edelstahlbeschläge, die nicht zu kaufen waren, entstanden in Joachims Firma für Schaltanlagenbau, Holzarbeiten kamen aus der Werkstatt meines Vaters. Ich selbst verbrachte fast jedes Wochenende beim Schiff, das an der Ostsee in Großenbrode lag. Die langen Fahrten von Stuttgart und zurück verkürzten die ohnehin knappe Arbeitszeit dort, und allmählich sah man mir die Anstrengung an. Es war eine Hundearbeit, das ganze Unterwasserschiff abzuziehen und das Laminat, mit Epoxidharz versiegelt, neu aufzubauen. An einem dieser Arbeitswochenenden in Großenbrode montierten mein Vater und Joachim neue, in den Rumpf hineingezogene Püttings für die Außenwanten. Auf der Rückfahrt nahmen wir den Mast mit und legten ihn Jochen in Überlingen vor die Tür seiner Werkstatt.

Das Rigg sollte ebenso gut und stabil werden wie die neuen Segel. Wieder gingen die Diskussionen los, diesmal um Wantstärken, Maststufen und Püttings. Detailskizzen entstanden, wurden verworfen und neu erdacht, denn ich wollte bei möglichst wenig Topplast ein starkes Rigg bekommen. Wenn ich beim besten Willen nicht mehr wußte, wie wir termingerecht fertig werden sollten, tat sich irgendwo dann doch immer wieder eine Tür auf, erhielt ich Unterstützung von unerwarteter Seite. Und langsam begannen die vielen Aktivitäten zusammenzulaufen, ein Ganzes zu werden. Mein Wohnzimmer wurde zum Abstellraum für nautische Literatur, Seekarten und Navigationsinstrumente. Auf meinem Schreibtisch stapelten sich die Rechnungen. Das Geld wurde knapp, ich hätte den Reiseetat angreifen müssen, wäre da nicht mein Vater gewesen. Seit ich ihnen meinen Plan erklärt hatte, unterstützten mich meine Eltern, wo sie konnten. Mein Vater Alex war von Kindesbeinen an mit dem Wasser verbunden gewesen, zunächst auf der Neckarfähre seines Vaters, später durch seinen Bootsverleih auf dem Max-Eyth-See. Als Modell- und Bootsbauer besaß er einen scharfen Blick für handwerkliche Qualität und als erfolgreicher Regattasegler den nötigen Sportsgeist. Zu meinem zehnten Geburtstag hatte er mir die Mitgliedschaft in unserem Stuttgarter Segelklub geschenkt – und ein weißes Takelpäckchen. Nun ließ er mich in seiner typischen Art erst einmal machen, war aber zur Stelle, wenn es etwas zu retten galt. Natürlich kam er bald dahinter, daß meine Ausgaben den vorgesehenen Rahmen sprengten und daß seine Tochter, deren Dickkopf nicht von ungefähr kam, mit einer halbleeren Reisekasse losfahren wollte. Deshalb drückte er mir eines Abends einen Umschlag mit einer beträchtlichen Summe in die Hand. Damit verfügte ich über einen Sonderetat für Reparaturen und Ausrüstung.

Endlich, am 30. April 1988, knallten im Hafen des Großenbrodener Segelklubs die Sektkorken. Mein Schiff bekam den Namen, den es bei mir insgeheim schon immer gehabt hatte: MÄDCHEN. Zwei Wochen später waren wir auf dem Überführungstörn, der rund Skagen und durch den Englischen Kanal nach Brest führen sollte. Begleitet von meinem Vater auf der ersten und von Wolfgang auf der zweiten Etappe, segelte ich mein Schiff bewußt hart, denn Schwachstellen sollten sich jetzt verraten. Und der Kanal kooperierte, er zeigte sich von seiner schlechtesten Seite; wie gut, daß ich ihn später nicht einhand durchfahren mußte, sondern Brest als Start- und Zielhafen vorgesehen hatte. Als dort die

Leinen festgingen, war ich sehr zufrieden: mit meinem Schiff, mit der nach dem Pendelrudersystem arbeitenden Windsteueranlage Modell „Pazifik", mit allem. Beruhigt ließ ich MÄDCHEN für vier Wochen im Yachthafen von Brest zurück. Ich selbst mußte noch einmal nach Stuttgart, denn bevor man sich für längere Zeit den Verpflichtungen und Normen einer festgefügten Gesellschaft entziehen kann, ist ein richtiger Papierkrieg zu bewältigen.

Nun aber liegt das alles hinter mir. Wenn wir heute nacht in Brest ankommen, wird MÄDCHEN für lange Zeit mein Zuhause sein, ganz gleich, wo in der Welt ich mich befinde. Auf der Strecke dorthin aber möchte ich mir noch einen lange gehegten Wunsch erfüllen.

„Biegst du bitte bei der nächsten Ausfahrt ab?" Ohne zu fragen, kommt Joachim meiner Bitte nach, fährt nach meinen Angaben weiter und strahlt, als er merkt, was unser Ziel ist. Im gedämpften Licht und in der andächtigen Stille der Kathedrale von Chartres suche ich Abstand von der Hektik der vergangen Wochen und Ruhe für das Kommende. „Und jedem Anfang wohnt ein Zauber inne, der uns beschützt und der uns hilft zu leben." Diese Gedichtzeilen von Hermann Hesse kommen mir in den Sinn, als ich an der Statue der Jungfrau von Pilier vorbeigehe. Möge sie meinem Schiff und mir diesen Zauber gewähren.

Kurz nach Mitternacht ist das letzte Stück unserer Anreise bewältigt. Den Weg vom Parkplatz des Yachtklubs über die Steganlagen zu meinem Schiff lege ich im Laufschritt zurück. Endlich an Bord! Kurz darauf liegen wir in den Kojen, und MÄDCHEN schaukelt uns sanft in den Schlaf.

Die nächsten zwei Tage sind damit ausgefüllt, den Berg von Lebensmitteln, Bekleidung und Ausrüstung richtig zu verstauen. Noch ein letzter Probeschlag auf der Reede vor Brest, dann wird es Zeit für Joachim, die Rückreise anzutreten. Was zu tun war, ist getan. Lange schaue ich seinem Auto nach. Mein treuer Freund und Helfer bei allen Tiefen und Höhen meiner Reisevorbereitungen bleibt nun zurück. Ab jetzt kommt es nur noch auf mich an. Mir sitzt ein dicker Kloß im Hals.

Zwei Tage lang pfeift ein Südwestwind in den Wanten und hält uns im Hafen fest. Zusammen mit anderen Seglern warte ich ungeduldig auf die Gelegenheit zum Auslaufen, aber erst der 11. Juli 1988 bringt die erhoffte Winddrehung.

2. Brest – Teneriffa

Reiß dich zusammen und genieße das Schöne!

Am vierten Tag meiner Einhandreise habe ich schon die erste Lektion hinter mir. Es ist der 14. Juli, und ich sitze mit verbundener Hand zitternd in meiner Koje. Nicht zu fassen, was ich mir da geleistet habe! Eine winzige Unaufmerksamkeit hat eine ganze Kette von Reaktionen ausgelöst. Dabei ließ sich doch zunächst alles so gut an.

Am Nachmittag des 11. Juli war das Warten auf günstigeren Wind vorbei, und in aller Stille nutzten wir unsere Chance. Zum Glück waren MÄDCHEN und ich allein, es gab keinen großen Bahnhof (das Abschiedsfest hatte bereits in Stuttgart stattgefunden), keine Reden, kein Aufsehen. Aus lauter Nervosität hatte ich schon vormittags von der Box an die Boje verlegt und wartete nun ungeduldig auf das Kentern des Stroms. Um 15.40 Uhr löste ich die Leine. Ein seltsames Gefühl beschlich mich: Die Freude über den Start kämpfte mit der Sorge, ob ich auch wirklich ausreichend vorbereitet war. Jetzt fiel mir noch dies und das ein – ach was, alles nur faule Ausreden, wir waren startklar. Schließlich hatte ich das letzte Halbjahr auf diesen Tag hingearbeitet, hatte Freunde und Bekannte mit Fragen und Wünschen genervt. Den Mut allerdings, ihnen zu sagen, welcher Traum hinter meiner ganzen Schufterei und den intensiven Vorbereitungen steckte, den hatte ich nicht. So kannten nur wenige Menschen meinen großen Plan, und das war gut so.

Ich mußte diese Nervosität loswerden, es gab keinen Grund dafür. In der Ausfahrt Brest waren mir von unseren letzten Törns jede Tonne und jeder Leuchtturm bekannt. Die Strömungsdaten hatte ich längst errechnet. Und warum sollte ich es nicht einhand schaffen? Tatsächlich legte sich der ganze Aufruhr in mir, sobald die Segel standen und MÄDCHEN Fahrt aufnahm. In die Bucht von Brest wehte ein West mit 5 Bft, so daß wir die 30 sm bis zur Ile de Sein aufkreuzen mußten. Die Selbststeueranlage blieb außer Betrieb. Ich fuhr konzentriert und ließ mich von der Nässe im Cockpit nicht beeindrucken. Und die Mühe lohnte sich, denn im letzten Dämmerlicht tauchte die Untiefentonne an der Ile de Sein genau vor dem Bug auf. Wir konnten für meine erste Nachtwache auf einen bequemeren Kurs abfallen. Also, es ging doch. Gar keine schlechte Arbeit.

Kleiner Riegel, große Folgen

Der nächste Tag mit seinem leichten Wind gab mir Gelegenheit, an den Segeln herumzutrimmen, mich an meinem Schiff zu freuen und darüber nachzudenken, wie ich am besten die Schlaf- und Essensfrage lösen konnte, um fit zu sein, wenn es darauf ankam. Fand leider keine Lösung, weil mich inzwischen die Kurve des Barographen beschäftigte. Sie schrieb unmißverständlich nach unten, bis sie schließlich den Druck der Kaltfront im Sturmtief über Irland erreichte. Die schnell aufziehenden Zirren hatten mich schon vor Stunden gewarnt. Ganz schöne Arbeit, dieses Reffen, aber das ausgedachte System funktionierte einwandfrei. Auch meine Selbststeueranlage machte mir Spaß. Ganz gleich, was ich mit den Segeln anstellte, sie hielt ihren Kurs.

Allmählich bekamen meine Handgriffe wieder ihre gewohnte Sicherheit und Schnelligkeit; vergangene Nacht war das noch ganz anders gewesen, aber inzwischen trug MÄDCHEN nur noch die gereffte Genua IV und ein dreifach gerefftes Großsegel. Trotzdem segelten wir noch recht naß, Vorschiff und Leedeck wurden ständig von Wasser überspült. Das war vielleicht ein Einstieg! Abwechselnd wuschen mir Regenschauer und salzige Gischt das Gesicht, und die Morgensonne hatte Mühe, ihr Licht durch die tiefhängenden Wolken zu schicken. Ungeduldig wartete ich auf den Tag, der nur zögernd kam. Die See war rauh geworden, immer wieder setzten wir hart ein. Bei solch einem harten Aufschlag löste sich der Riegel am Ankerkasten. Die nächste See riß dann die Klappe auf, und so bekam das Wasser leichtes Spiel. Die zwei im Ankerkasten gestauten Festmacher konnte ich auf die Verlustliste setzen. Einen davon versuchte ich noch zu angeln – nichts, nur nasse Ärmel. Wichtiger war, daß das Wasser da vorn rauskam und die Klappe wieder zuhielt. Das Gröbste lenzte ich mit der kleinen Pütz, den Rest besorgten die Ablauflöcher. Ein schlichtes Bändsel mit einem anständigen Knoten sorgte dafür, daß so etwas nicht mehr passieren konnte.

Danach stand bei mir Kleiderwechsel an. Daß sich dafür der Kajütboden am besten eignete, wurde mir nach der ersten unsanften Landung klar. Wieder trocken, wollte ich vorerst nicht mehr hinaus. Diese Nachtwachen zehrten an den Kräften, und mein Frösteln hatte nichts mit der Temperatur zu tun. Mal wieder etwas zu essen, wäre auch keine schlechte Idee gewesen. Oh, wie einfach ging das doch mit Mannschaft: „Könntest du bitte mal eben…" Wie oft hatte ich das wohl auf einem Törn gesagt und die anschließende Handreichung als selbstverständlich empfunden? Ab sofort würde ich es zu schätzen wissen, wenn mir beispielsweise eine mitfühlende Hand ein trockenes Frotteetuch nach draußen reichte. Eines stand jedenfalls fest: Eine richtige Einhandseglerin mußte ich erst noch werden. Wie konnten andere Singlehander ihr Schlafbedürfnis, die Arbeit am Schiff und das Ausguckgehen miteinander vereinbaren? Sie waren doch auch keine Übermenschen.

Diese Fragen beschäftigten mich, während ich von meinem „Hochsitz" auf dem Kartentisch aus den Seegang beobachtete. Doch die Wellen schienen meine Bedenken mit wegzutragen. Mein Schiff bewegte sich gut in der See, und die „Pazifik" arbeitete sehr zuverlässig. An das Pfeifen des Windes konnte man sich gewöhnen, das Barometer hatte seit Mittag steigende Tendenz, und außerdem gab es schon wieder ein paar blaue Flecken am Himmel. Die Front war durchgezogen, der Barometerstand mit 1025 mb sehr hoch. Meine Welt schien wieder in Ordnung zu sein.

Aber ich sollte bald merken, daß die Biskaya nicht vorhatte, mich so ungestraft durchzulassen.

Außenbords in der Biskaya

Es wurde ein wunderschöner Tag mit perfektem Segelwind von 4 bis 5 Bft. In der vergangenen Nacht hatte ich, mit Unterbrechungen fürs Ausguckgehen, sogar vier Stunden schlafen können. Nun war ich guter Dinge – bis sich beim üblichen Check herausstellte, daß wir eine Leine mitzogen: den verloren geglaubten Festmacher. Das wäre eigentlich eine erfreuliche Entdeckung gewesen, wenn nicht sein eines Ende in der Schraube festgesessen hätte. Na klar, vormittags hatte ich die Batterien geladen und die Schraube zur Kontrolle eingekuppelt. Kein Wunder, daß die Drehzahl mit einem Mal rapide gesunken war! Meine Versuche mit kurzen Rückwärtsschüben oder kräftigem Ziehen verschlimmerten die Lage nur. Das gekappte Ende war immer noch so lang, daß es bis hinter das Ruder reichte, und prompt entstand in meinem Kopf ein Bild, wie die Leine das Ruder blockierte. Ohne Motor, das ging ja noch - aber ohne Ruder? Nach einigem Zaudern bereitete ich mich also auf ein unfreiwilliges Bad in der Biskaya vor.

Beidrehen, Reling abmontieren, Strickleiter anbringen, doppelte Sicherungsleine für mich, Sorgleine fürs Messer, Tauchermaske aufsetzen – und hinein! Das Wasser hatte nicht gerade Badetemperatur. Mit einer Verschnaufpause an der Badeleiter arbeitete ich etwa eine halbe Stunde außenbords, von den Sicherungsleinen stark behindert. Mühsam versuchte ich, mich tief genug zu halten, damit ich von den heftigen Rumpfstößen nicht allzu oft getroffen wurde. Aber meine Kraft ließ schneller nach, als ich in dem Bemühen vorankam, den Propeller freizuschneiden. Ganz schaffte ich es nicht. Immerhin saß danach der Leinenrest, der jetzt noch die Schraube blockierte, so fest, daß er am Ruder keinen Schaden mehr anrichten konnte. Erschöpft hangelte ich mich zur Badeleiter. Mein Gott, wie unendlich hoch einem 80 cm vorkommen können! Und diese blöde Strickleiter rutschte auch noch dauernd seitlich weg. Während der Arbeit hatte ich keinen Gedanken daran verschwendet, aber jetzt empfand ich es doch als bedrückend, wie ich da mitten in der Biskaya außenbords an meinem Schiff hing.

„Mach daß du endlich raufkommst!" ermahnte ich mich. Beim dritten Versuch schaffte ich es und rollte mich mehr an Bord, als daß ich stieg. Es war aber auch höchste Zeit gewesen, denn erst jetzt entdeckte ich die vielen Blutflecken. Meine rechte Hand sah schrecklich aus – Schnittwunden an allen Fingern, zwei davon ziemlich tief. Unter Wasser hatte ich die Verletzungen gar nicht gespürt.

Nach gründlicher Desinfektion verband ich mir erst mal die Hand. Alle Finger ließen sich noch bewegen, so schlimm konnte es also nicht sein. Da hatte mein Vater nun die Kanten der Propellerflügel extra scharf geschliffen, wegen des besseren Wasserablaufs, und ich hatte nicht mehr daran gedacht. Auch das Durcheinander in der Plicht kümmerte mich nun nicht mehr, ich wollte nur schnell in die Wärme meines Schlafsacks, damit das Zittern endlich aufhörte.

Diese Lektion am vierten Tag meiner Reise kommt mich hart an. Aber eines weiß ich nun genau: Ich werde mein Schiff nie mehr – wie gut gesichert auch immer – auf hoher See verlassen. Nach einer Stunde in der Koje geht es mir wieder so gut, daß ich aufstehe und echt einhand Gulasch erhitze, ein Abschiedsgeschenk für „besondere Anlässe". Wie passend! Am Abend, als Norddeich Radio für die kommende Nacht Nordwestwind von Stärke 8 vorhersagt, sind wir längst wieder unterwegs; meine Wunden sind ordentlich versorgt, ich fühle mich einsatzfähig.

Wir stehen noch 110 sm nördlich von Kap Finisterre. Der Sonnenuntergang, diese flammend rote Scheibe hinter einem rosa Dunststreifen, erinnert mich an meine letzte Biskayaüberquerung mit meinem Stuttgarter Segelfreund Joachim und seiner LIBERTE. Es sind die gleichen Anzeichen. Damals bekamen wir danach schweres Wetter und grobe See mit Sturmstärke 10 in einer nur knapp 7 m langen Sprinta Sport. Nur die Ruhe, jetzt habe ich schließlich ein um gut 2 m größeres Schiff.

Wachsam beobachte ich den Barographen und die Veränderungen von Himmel und Meer. Es wird eine strahlend schöne Nacht, die Sterne flimmern, die Schaumkronen der Seen leuchten im Dunkeln und hinterlassen weiße Platten. MÄDCHEN rollt, der

Wind pfeift in ihren Wanten. Aufmerksam verfolge ich ihre Bewegungen. Sobald sich ein ungewohntes Geräusch in den Lärmpegel mischt, mache ich mich auf die Suche nach seiner Ursache, denn rätselhafte Geräusche sind einfach zu nervenaufreibend. Ab und zu hole ich mir eine Mütze Schlaf, nur eine halbe Stunde lang, dann bin ich wieder draußen. Der Schiffsverkehr nimmt langsam zu. Ganz klein kann ich sie ausmachen, die Dampferlichter der „großen Brüder". Ich lasse Vorsicht walten, will meinen Schutzengel nicht überfordern, schließlich hatte er gestern mit mir alle Hände voll zu tun.

Es pfeift ganz kräftig in den Wanten. Das Hitzetief über Spanien hat wohl die Isobaren des Hochkeils, in dessen Einflußbereich wir uns befinden, zusammengedrückt. Jedenfalls weht es hier aus Nordnordost derart stark, daß ich am frühen Morgen das Groß ganz berge. Dennoch verlieren wir kaum an Fahrt, fliegen unter Genua IV und mit Hilfe der Seen förmlich auf Kap Finisterre zu. Ein phantastisches Bild, wie die schräg von achtern anrollenden Seen MÄDCHEN anheben, ihre Fahrt noch beschleunigen und uns dann ins Wellental surfen lassen. Ich steuere von Hand, weil die Seen zunehmend steiler werden, muß mich bewußt konzentrieren, denn meine Kondition wird jetzt durch Penicillin beeinträchtigt. Mein verletzter Daumen ist inzwischen dick angeschwollen, ich kann damit nichts mehr anfassen. Die Schnittwunde eitert und beunruhigt mich.

Freude und Ablenkung dagegen verschafft mir eine Gruppe von Delphinen, die im aufgewühlten Wasser voller Lebensfreude schwimmen und springen. „Reiß dich zusammen und genieße das Schöne", sage ich mir. Aber der Seegang wird immer verrückter, lange Schaumstreifen bilden sich aus. Wir kommen jetzt auf das Schelfgebiet, da heißt es, besonders aufmerksam zu sein. Unter Deck ist alles gut verstaut und überprüft, das Niedergangsschott verriegelt. Das Großsegel ist am Baum festgezurrt. MÄDCHEN liegt gut auf dem Ruder, das Steuern macht mir Freude. Es ist spannend mit anzusehen, wie mein Schiff das Heck hebt und die weißen Schaumkäme unter sich durchgehen läßt. Wir scheinen den Ablauf der rollenden Seen überhaupt nicht zu stören. Sie fassen und tragen uns mit sich, nur selten leckt eine ins Cockpit. Das ist es, was mich immer wieder gefangen nimmt: die Möglichkeit, sich in dieser Wildheit durch Einfühlen und Anpassen sicher zu bewegen. Ich bin mitten drin im Geschehen.

Daß ich trotzdem nicht allzu euphorisch werde, dafür sorgt schon das Ziehen und Pochen in meinem Daumen. Es ist wirklich bezeichnend: Ich mache mir den meisten Ärger selbst. Nicht die See oder der Wind bringen mich in Bedrängnis, das besorge ich selbst mit meinen Fehlern und Unzulänglichkeiten.

Geschlafen wird erst bei Tagesanbruch

Am frühen Abend des 15. Juli habe ich Kap Finisterre 5 sm querab und eine Sprechverbindung zu meiner Mutter. Ich freue mich riesig, ihre Stimme zu hören, und wir plaudern, als würden wir ein Ortsgespräch führen. Selbst Seglerin, glaubt sie trotz aller Sorgen, die sie sich um mich macht, fest daran, daß ich die richtigen Entscheidungen treffen und die Reise sicher zu Ende bringen werde. Wie sich noch zeigen soll, wird sie in den kommenden Monaten meine Informationszentrale werden, die dafür sorgt, daß mein Kontakt zur Heimat nie abreißt.

Kurz darauf kommt auch die beruhigende Stimme von Joachim aus dem Hörer: „Jetzt hör mal zu ...“ Auf meine Symptombeschreibung folgen Ratschläge zur Behandlung meiner Verletzungen, und danach hat sich einiges relativiert. Die große Anspannung ist weg. Joachims: „Mach's gut!“ klingt mir noch lange aufmunternd in den Ohren. Der Seegang wird durch die Landabdeckung fast angenehm, und auch der Wind mäßigt sich. Die Biskaya liegt hinter uns – zum Glück, denn ich bin doch ziemlich erschöpft. Es fällt mir sogar schwer, über das Steckschott, das ich aus Sicherheitsgründen immer im Niedergang lasse, in die Kajüte hinunterzusteigen. Und beim Kartenstudium des Küstenabschnitts, den wir in der kommenden Nacht befahren werden, fallen mir immer wieder die Augen zu. Doch erst muß ich noch einen Kontrollgang machen und ein bißchen Ordnung schaffen in meiner Koje; Seehandbuch, Leuchtfeuerverzeichnis, Peilkompaß, alles liegt wüst darin herum. Außerdem könnte MÄDCHEN eigentlich mehr Segelfläche vertragen … Ach egal, jetzt brauche ich als erstes mal eine Stunde für mich, bevor es wieder dunkel wird.

Motorgeräusch! Erschrocken fahre ich in der Koje hoch und bin augenblicklich im Cockpit. Es ist Nacht, und ich habe nur das Topplicht brennen. Sieben Fischerboote zähle ich, zwei davon sind sehr nahe. Die Männer darauf leuchten uns mit einem Scheinwerfer ab, gestikulieren und rufen mir eine Frage zu. Ich verstehe nur: „Sola?“ Si, allein. Instinktiv reagiere ich als erstes mit einer Kursänderung auf Westsüdwest, denn das Feuer von Corrubedo sehe ich für meinen Geschmack zu klar. Es zeigt schon den roten Dreierblitz. Also haben wir die vorspringende gleichnamige Landnase mehr als querab. Wie nahe bin ich denn bloß an die Küste gekommen und warum? So schnell habe ich noch nie Peilungen in die Karte übertragen. Dann weiß ich: Unser Standort ist 5 sm westlich vom Feuer.

Die Fischer sind inzwischen auf Abstand gegangen und beobachten offensichtlich mein Manöver; dann winken sie mir nochmals zu und laufen, aufgereiht wie eine Perlenkette, auf den Hafen Corrubedo zu. Was sie wohl von mir gedacht haben? Wahrscheinlich wollten sie sich vergewissern, ob an Bord dieser augenscheinlich unbemannten und nur schlecht beleuchteten Yacht in nicht allzu großer Entfernung zur Küste alles in Ordnung war. Dabei hatte ich ursprünglich schon vor eineinhalb Stunden wieder im Cockpit sein wollen. Der Wecker hat bestimmt funktioniert, ich muß ihn schlicht überhört haben. Auf dieses Wecksystem kann ich mich künftig nicht mehr verlassen.

Die Frage, warum wir uns östlich des eingetragenen Kurses befinden, ist schnell geklärt. Der Wind hat geraumt, und folgerichtig hat die Selbststeueranlage – da der Anstellwinkel zum Wind ja nicht verändert wurde – einen um 10 Grad östlicheren Kurs gefahren, mehr auf Land zu. Gut, das wäre soweit klar. Lektion zwei dieser Reise ist begriffen und sitzt. Im Logbuch schlägt sie sich folgendermaßen nieder: „Mein Sicherheitsabstand zu einer parallel befahrenen Küste wird ab sofort nie weniger als 25 sm betragen. Geschlafen wird nur noch ab Tagesanbruch. Merke: nicht nachlassen, auch wenn ein Teilziel erreicht ist.“

Die Nacht wird trotz des Schrecks noch schön, ich verbringe sie im Cockpit mit Ausguckhalten, Kurskontrolle, Träumen und Betrachten des Sternenhimmels, der heute ohne Mond noch glanzvoller und unendlicher wirkt. Die vertrauten Geräusche meines Schiffes und das rhythmische Rauschen des Wassers beruhigen und entspannen mich. Es hat keinen Sinn, mich über mein Verschlafen aufzuregen. Viel wichtiger ist es, einen Weg zu finden, wie ich meine Kräfte so einteilen kann, daß ich immer noch auf „Reserve" umschalten kann. Mein Schiff hat ein wirklich ausgezeichnetes Seeverhalten, meine Ausrüstung ist sinnvoll und praktisch. Nur mir selbst muß ich ab sofort etwas mehr Pflege angedeihen lassen, schließlich gehöre auch ich zum Team.

Der Morgen kommt schnell, lichtblau und schön. Mädchen trägt inzwischen Vollzeug. Kurz nach Schiffsmittag legt sich der Wind ganz. Das bedeutet Siesta auch für mich, eine willkommene Ruhepause an einem Sonn- und Schontag. Wir sind bisher mit einem *Durchschnitts*etmal von 120 sm gefahren, das ist ganz schön schnell.

Nur eine Stimme im Äther: Lissabon

Die Nacht vom 17./18. Juli bringt wieder das gleiche Spiel: tagsüber eine Brise aus Südsüdwest, nachts Stille. Ich zähle schon gar nicht mehr, wie oft ich die Segel setze und trimme, um wenigstens etwas Fahrt im Schiff zu halten. Am Schluß liegt das Tuch dann doch wieder an Deck. An Schlaf ist sowieso nicht zu denken. Die drei Fischerboote, die mehr gegen Land zu ihre Fangschleifen ziehen, schicken uns ihren Schwell. Da redet man immer von der Wichtigkeit guten Verstauens bei schlechtem Wetter, aber nirgends lese ich, wie dieses Klappern und Schlagen bei Flaute und Dünung in den Griff zu bekommen ist. Mädchen torkelt herum wie ein betrunkener Seemann.

Eine kleine Variante gegenüber gestern gibt es doch: Nach Mitternacht steht über Land ein Gewitter, das eine schwarze Wolkenwalze auf die See hinaus schickt. Rasch bin ich bei den Vorbereitungen: große Genua verstauen, kleine Fock zum Setzen klarmachen, vorsorglich ein Reff ins Groß binden, Schoten bereitlegen, nochmals den Standort überprüfen und ins Ölzeug steigen. Aber dann: nichts – alles nur Bluff. Erst am frühen Morgen setzt sich eine leichte Brise aus Nordwest durch, die sich allmählich verstärkt. Das ist Musik in meinen Ohren. Von der Koje aus lausche ich dem Rauschen des Wassers an der Bordwand und dem Surren der Logge. Trotz des auffrischenden Windes und der rasch aufziehenden Bewölkung lasse ich Vollzeug stehen. Es wäre gut, wenn wir die Inselgruppe am Kap Carvoeiro noch vor der Dunkelheit in Sicht bekämen. Nach der Geschichte vor Corrubedo getraue ich mich nicht, zwischen den Inseln durchzufahren, unser Kurs soll westlich davon vorbeiführen.

Um Mitternacht haben wir dann das Feuer der Insel Berlenga achteraus, und ich übe mich in Reffen und Vorsegelwechseln. Am Schluß steht wieder einmal nur noch die kleine Fock. Bis der Fockbaum richtig sitzt, komme ich ganz schön ins Schwitzen. Es muß einen Trick geben, dieses Ding an seinen Platz zu bringen, ohne daß es zuvor wie wild durch die Gegend schlägt. Die Nacht wird kurzweilig, denn wir befinden uns 3 sm westlich des auf Lissabon zuführenden Seeweges. Gespannt beobachte ich die Dampferlichter und auch ein von achtern aufkommendes, schwaches weißes Licht, das sich sehr unruhig bewegt: noch ein Segler, der erste, dem ich auf meiner Reise bisher begegne. Er ist größer und schneller als wir, und bald kann ich ihn gut ausmachen. Er scheint Kurs auf die Tejomündung zu haben, gerade rechtzeitig für eine Ansteuerung bei Sonnenaufgang. Nein, mit einem Landfall habe ich nichts im Sinn. Die Küstenfunkstelle Lissabon soll mir nur noch einmal zu einer Sprechverbindung nach Hause verhelfen.

Lissabon liegt schon gut achteraus, als mich die freundliche Funkerin endlich verbindet. Mutter ist so schnell am Telefon, als hätte sie meinen Anruf erwartet. Große Freude auf beiden Seiten. Da entsteht über weite Entfernung hinweg eine emotionale Nähe, ein herzlicher Austausch – aber dann macht es „klick“, und man ist wieder allein. Erst recht allein.

Schnell verdränge ich solche Gedanken, die kann ich mir nicht leisten. Von jetzt ab führt unser Kurs direkt auf die Nordspitze

Teneriffas zu. Wir kehren Europa den Rücken, segeln weg von den Gefahren der Landnähe und Schiffahrtswege. Inzwischen läuft es an Bord etwas leichter. Ich habe meinen Rhythmus gefunden, bin nicht mehr so hektisch und habe auch gelernt, mich mit kurzen Schlafpausen zu erfrischen. Die Wunden an meiner Hand sehen zwar noch schlimm aus, aber die Infektion ist raus, der Heilungsprozeß beginnt. Erleichtert lasse ich mich von MÄDCHEN auf die offene See hinaus tragen, und ein steifer Nordwest sorgt dafür, daß dies schnell geschieht.

Donnerstag, 21. Juli, elfter Tag auf See: Soeben ist von achtern ein Stück Atlantik eingestiegen. Die Schoten schwappen in der Plicht herum wie in einer Badewanne. Irritiert starre ich auf mein triefendes Ölzeug und die gefüllten Gummistiefel. Mit so etwas habe ich nun gar nicht mehr gerechnet. Sicher, es weht, und Norddeich hat mit seiner Sturmwarnung für unser Seegebiet wohl recht. Aber die ganze Zeit hat die „Pazifik" die Seen ohne Ärger ausgesteuert, und das Dickste ging schon heute morgen durch, als wir den 37. Breitengrad überquerten und damit das Kap von Sao Vicente hinter uns ließen. Nun wird der Nachmittagskaffee also verschoben, ich assistiere der Selbststeueranlage. Bei dieser Windrichtung hat die See ja auch genug Fetch, um sich aufzubauen.

Noch haben wir keinen Nordostpassat, sondern wolkenverhangenen Himmel, Regen, viel kaltes Spritzwasser und dunkle Nächte. So bleibt es auch an den folgenden beiden Tagen – nicht eben das, was ich hier erwartet und worauf ich mich gefreut habe. Aber Geduld, wir werden den Passat schon finden. Um mich nicht an der anormalen Wettersituation festzubeißen, schaue ich wieder lange der See und dem Himmel zu. Da sage noch einer, Grautöne hätten keinen Reiz! Wenn sie nicht von anderen Farben dominiert werden, zeigen sie sich in unzähligen Schattierungen. Ich vergnüge mich mit immer neuen Eindrücken.

Abends wird es aber höchste Zeit, unseren Standort auf die neue Seekarte zu übertragen. Sie hat einen anderen Maßstab, an den ich mich erst gewöhnen muß. Schade, ich lege die alte Karte nur ungern ab. Wie ein treuer Freund hat mich darauf der Kurs unserer Fahrt von 1985 begleitet und damit auch die Erinnerung an jene Reise von Brest nach Malaga. Das gab mir eine gewisse Sicherheit. Jetzt liegt diese unpersönliche neue Karte vor mir, die nur den einen Vorteil hat, daß darauf Teneriffa bereits zu sehen ist. Auch meine anderen, ebenso zuverlässigen Begleiter bekommen hier draußen ein eigenes Leben, und ich brüte oft stundenlang über ihnen. Die Seehandbücher klären mich in ihrer knappen, sachlichen Sprache über das zu Erwartende auf, warnen mich und helfen mir, mich mit den Wetter- und Seegangsverhältnissen zurechtzufinden. Nie zuvor habe ich diese Bücher so genau gelesen. Anscheinend reagiere ich nicht mehr ausschließlich defensiv, sondern habe die Flucht nach vorn angetreten und versuche, mir die vielfältigen Erscheinungsbilder meiner Umgebung anzueignen. Das ist kein bewußter Vorgang nach dem Motto „Mach dich schlau", nein, die See selbst bringt mich immer wieder zu den richtigen Handlungsweisen.

Schwimmend an Land in Santa Cruz

Am Sonntag, dem 24. Juli und vierzehnten Tag auf See, werden wir belohnt. Schon in der Nacht ist der Himmel aufgerissen und hat Sonntagswetter und Bilderbuchsegeln angekündigt. Nun sind wir im Passat, wie ich es mir die ganze Zeit erträumt habe. Das Meer glänzt in tiefem Blau, akzentuiert vom leuchtenden Weiß der Schaumkronen. Die schön geformten Haufenwolken am Horizont zeigen Passatwetter an. Der um 1020 mb wie fixierte Barometerstand untermauert die günstigen Anzeichen. So macht das Segeln ungeheuren Spaß, und ich fühle mich wohl und sicher. Tagsüber fahre ich die Doppelfock und freue mich darüber, mit welcher Kraft uns die Segel nach Südwesten ziehen.

Den Sonnenschein des Tages löst ein klarer, sehr tiefer Sternenhimmel ab, und der Mond verzaubert unsere kleine Welt, gießt sein Silber verschwenderisch auf die See. Auch der folgende Tag ist wie ein Geschenk. Delphine und Möwen begleiten uns. Nachts lockt MÄDCHENS rauschende Fahrt das Meeresleuchten hervor. Die Zeit vergeht mit ruhigem Schauen. Diese Passatnächte sind einfach zu schön, um sie zu verschlafen.

So empfinde ich denn auch die scharfen Blitze der Leuchtfeuer von Teneriffa und Lanzarote in der Nacht vom 25./26. Juli zunächst als Eindringlinge. Sie stören den friedlichen Rhythmus, der sich zwischen der See, meinem Schiff und mir aufgebaut hat. Wir haben gute Etmale gemacht. Jetzt, da ich soweit bin, daß mich ein zerbrochenes Glas Mandelmus in der Proviantlast oder eine ausgeschorene Schot nicht mehr aus der Ruhe bringen können, weil ich mich hier einfach zu Hause fühle, jetzt signalisieren diese Feuer das baldige Ende der ersten Etappe.

Erneut ziehe ich das Seehandbuch zu Rate. Immerhin muß ich diesen ersten Landfall und die Hafenmanöver ohne Motor schaffen, und natürlich bin ich schon wieder nervös. Hätte ich gar keinen Motor, würde ich mir wahrscheinlich weniger Gedanken machen. „Gudrun, fang nicht schon wieder an“, ermahne ich mich im Selbstgespräch, das mir wie vielen Einhandseglern zur Gewohnheit geworden ist. „Dein Boot ist gerade 3 m breit, du wirst doch da hineintreffen!“

Gespannt warte ich auf den Tagesanbruch, um die notwendige Kurskorrektur vorzunehmen. Dann müssen wir endlich, ganz gegen meine innere Einstellung, auf Land zuhalten, wenn wir Santa Cruz nicht verpassen wollen. Inzwischen klebt die Skizze mit der nordöstlichen Küstenlinie Teneriffas am Niedergangsschott, die Detailkarte und der Hafenplan stecken in der Tasche am Relingskleid. Fasziniert verfolge ich, wie das sanfte Licht des Morgens die Insel erfaßt und ihre Farben aufleuchten läßt. Die Felsen an der Nordspitze liegen noch im Dunkeln, wirken schwer und finster gegen die feinen hellen Konturen des Teide, dessen Vulkankegel sich zaghaft vor uns aus dem Dunst schält. Der wundervolle Anblick der schroffen Berglandschaft und der sich am Hang hochrankenden weißen Stadt entschädigt mich für die Salzwasserduschen auf den letzten 15 sm. Denn der Kapeffekt hat den Passat verstärkt und die See kurz und steil werden lassen. Eigentlich geht mir das hier alles viel zu schnell. Vorsichtshalber berge ich das Großsegel. Doch kaum ist diese Arbeit beendet, bleibt der Wind mit einem Mal weg wie abgestellt. Wir befinden uns in der Landabdeckung, die ihre Tücken hat. Aus den Bergeinschnitten fauchen die Böen geradezu unanständig zu uns herunter. Aber nur

Geduld, wir haben für die letzten 5 sm noch fast den ganzen Tag Zeit.

Die auf Reede liegenden Frachter zeigen mir bereits die Einfahrt zum Fischereihafen von Santa Cruz, dessen Nordmole für Yachten reserviert ist. Bis kurz vor der Hafeneinfahrt läuft auch alles glatt, dann aber wird's schwieriger. Das Großsegel muß wieder ausgepackt werden, damit ich kreuzen kann, denn der Wind steht uns aus dem Hafenbecken direkt auf die Nase. Über eine Stunde mühe ich mich, an die Einfahrt heranzukommen, aber diese Böen scheinen unserem Bug förmlich zu folgen. Und in den Pausen dazwischen verlieren wir Fahrt und Höhe. Ziemlich müde und etwas genervt entscheide ich mich schließlich für das Hauptbecken statt für den Fischereihafen. Im Plan ist dort ein Bojenfeld des Club Nautico ausgewiesen, das ich bequem mit Backstagswind erreichen kann.

Keine schlechte Entscheidung. Eine sanfte Brise schiebt uns kurz darauf in die Einfahrt, und das Bojenfeld liegt wie auf dem Präsentierteller vor mir. Ein Aufschießer, ein schneller Griff zur Boje, und meine Leine geht fest. Wir sind angekommen. Es ist Dienstag, der 26. Juli, 15.00 Uhr, und mit einem Schlag wird alles ganz anders. Die ständige Bewegung, das Rauschen des Wassers an der Bordwand, die Kraft der ziehenden Segel, all das ist vorbei. Es bleibt nur ein sanftes Rucken an der Festmacherleine. Unfähig, diesen Wechsel so schnell zu verkraften, sitze ich müde und ausgelaugt im Cockpit und weiß überhaupt nichts mit mir anzufangen. Die Segel müßten zusammengelegt und verstaut werden, die Utensilien, die ich für die Ansteuerung gebraucht habe, gehören wieder an ihren Platz. Aber irgendwie scheine ich blockiert zu sein. Der Lärm des Klublebens dringt wie durch eine Wand zu mir. Ich weiß nur eines: Wir sind angekommen, wir haben es geschafft.

Langsam, ganz langsam kommt in mir Freude auf über das Erreichte und Dankbarkeit gegenüber meinem Boot und der See, die uns ohne große Blessuren durchließ. Der Gedanke daran, daß ich hier Freunde vorfinden werde und daß meine Eltern bestimmt schon auf ein Lebenszeichen von mir warten, bringt mich wieder in Gang. Sorgfältig erledige ich die noch anstehenden letzten Arbeiten.

Angekommen bin ich, na schön – aber noch nicht an Land. Das Dingi aufzupumpen, dazu habe ich nun wirklich keine Lust. Der ausgelassene Badespaß der Feriengäste bringt mich auf eine andere Idee. Schnell sind Ausweis- und Schiffspapiere, Geld, Sandaletten und ein langes Hemd in einen wasserdichten Container gepackt. Schwimmend erreiche ich die Anlage des Club Nautico, mache mich mit den mitgebrachten Kleidungsstücken präsentabel und frage mich zum Büro durch. So gut dies in meinem mangelhaften Spanisch möglich ist, trage ich meine Wünsche vor. „Sola" – einhand – scheint ein Zauberwort zu sein. Natürlich wird der Hafenmeister für mich den Zoll verständigen, mein Schiff und ich können an der Boje bleiben, bis alles in Ordung ist. Mit einem freundlichen „Adios" und einer Handvoll Münzen für den Fernsprechautomat werde ich entlassen.

„Mensch, wo bist du? Wir fahren gleich los und sind in spätestens einer halben Stunde bei dir", verspricht Petra am Telefon. Mein langjähriger Stuttgarter Segelfreund Wolfgang hat mich zwar bei seiner Tochter avisiert, die zur Zeit mit Eberhard, ihrem Mann, in Santa Cruz lebt, wo er an der deutschen Schule unterrichtet. Aber persönlich kennen wir uns noch nicht. Daß sie sich trotzdem sofort ins Auto setzt, um nach mir zu schauen, freut mich besonders. Mit meiner Meldung bei den Eltern dagegen habe ich Pech und bekomme keine Antwort; aber wir haben inzwischen Dienstag, das ist ihr Klubabend. Versuchen wir's also später noch mal. Den Rückweg zum Boot lege ich im Wassertaxi zurück. Ich solle nur ja nicht wieder schwimmen, meint schmunzelnd der Spanier, der mich chauffiert. Er wäre doch dazu da, uns von den Booten an Land zu bringen. So unbemerkt, wie ich dachte, ist mein schwimmender Landgang also doch nicht geblieben.

Das erste Abendessen auf festem Boden bei Petra und Eberhard ist für mich zuerst etwas ungewohnt. Es dauert aber nicht lange, dann fühle ich mich wie selbstverständlich in den Kreis der Kinder und Gäste aufgenommen. Und am Ende des langen Abends warten ein frisch bezogenes Bett und Verbandszeug für meine Hände auf mich. Mein Schiff wird schon eine Nacht ohne mich auskommen. Dankbar schlafe ich wie eine Prinzessin in feinen weißen Laken bis weit in den Tag hinein.

Freunde mit zwei oder vier Beinen

Für mich beginnen unbeschwerte und ereignisreiche Tage auf der von Sonne und Wärme verwöhnten Insel. MÄDCHEN liegt inzwischen bei den anderen Yachten an der Nordmole des Fischereihafens. Die ersten Segler, denen ich dort in die Hände laufe, sind Deutsche: Albert, Wahl-Kanare aus Großenbrode, und Wolfgang von der ARCA, der einhand nach Brasilien will. Sie führen mich in der kleinen Fischerkneipe an der Ecke ein und erzählen mir alles Wissenswerte über das Hafenleben. Am zweiten Tag holt mich dann Heinz Schneider vom Trans-Ocean-Stützpunkt mit einem fröhlichen „Willkommen" und der für mich aufbewahrten Post aus der Koje. Wenn er seinen offenen Jeep auf der Mole abbremst, überholt ihn seine eigene Staubwolke. Die lachenden Augen und der von keiner Schere in Form gezwängte Bart machen sein freundliches Gesicht sehr einprägsam. Seine stille Unterstützung bleibt mir in guter Erinnerung, ebenso sein Haus am Hang von San Andres, das uns Seglern immer offensteht.

Als Greenhorn in der Cruiserszene lerne ich erst mal die Geschichten und Reisen der anderen kennen, beginne langsamer zu leben und mich umzustellen. Es ist beruhigend, daß jeder irgendwelche Probleme mit Schiff oder Maschine hat und daß das Basteln zur Tagesordnung gehört. Nur schade, daß ich nicht französisch spreche. Die Crews dreier Nachbaryachten aus Frankreich stecken mich mit ihrer Heiterkeit und Unbekümmertheit aber auch so an. Was wohl die fleißigen Fischer von uns denken? Schon am frühen Morgen, noch bei Dunkelheit, kehren sie in ihren kleinen Booten vom Fang zurück. Bis ich aus der Koje komme, haben sie den Fisch längst ausgeladen, in Kisten geschichtet und verkauft. Der Boden der Auktionshalle ist dann schon saubergespritzt, und die herrenlosen Hunde und Katzen haben sich ihren Teil vom Fang gesichert. In der Kneipe an der Ecke nehmen die Fischer noch einen Drink: Feierabend für sie – Frühstückszeit für mich.

Es stört mich gar nicht, daß gerade zum Fischereihafen die ältesten Busse fahren, was ich erst merke, als ich am großen Platz umsteige, um Petras Familie in La Laguna zu besuchen. In der

Kühle ihres Hauses oder unterm Schattendach der Bougainvillea tauschen wir Gedanken aus, erfahre ich mehr über die Insel und ihre Bewohner. Nicht die im Reiseführer beschriebenen Sehenswürdigkeiten ziehen mich an. Mich reizen die zufällig entdeckten Liebenswürdigkeiten, die Schmiedekunst an den Balkonen und Balustraden, die oft mit Schnitzereien reich geschmückten Portale, die phantasievoll gearbeiteten Türklopfer. Oder die kleine Kneipe, in die mich die beiden deutschen Segler geführt haben. Hier scheint sich ein ganzes Lebensprinzip auszudrücken. Auf kleinstem Raum findet alles seinen Platz: zwei Papageien in ihren Käfigen, Dutzende von Yuccapflänzchen, Kunsthandwerk und Kitsch. Alles verschmilzt wie absichtslos zu einem bunten Bild der Erinnerung an andere Länder und Zeiten. Hinter der nur knapp zwei Meter langen Theke steht der Wirt und schiebt uns gelassen die kleinen, mit Rotwein gefüllten Gläser zu. Auch wir haben vorübergehend einen Platz in diesem Raum gefunden, der die gegensätzlichsten Dinge vereint. Als wir ihn schließlich verlassen, knirscht leise der feine Kieselbelag unter unseren Füßen.

Drei Wochen liegt MÄDCHEN bereits im Fischereihafen. Albert hat meine Gangschaltung überholt. Er, Wolfgang und ich sitzen oft schon beim Frühstück zusammen auf seiner KORMORAN oder verabschieden den Tag bei einem Glas Wein. Manchmal fällt es mir danach gar nicht so leicht, auf mein Schiff zurückzukommen, besonders dann, wenn es sich bei Niedrigwasser ein Stück von der Mole abgesetzt hat.

Die „Kleine", eine schwarze, streunende Hündin, die von uns Seglern gefüttert und verwöhnt wird, begleitet und bewacht mich auf Schritt und Tritt. Eines Nachts liegt MÄDCHEN mit straffen Leinen wieder weit ab von der Mole. Als ich versuche, sie an der Vorleine näher heranzuziehen, läuft mir die Hündin ständig zwischen den Beinen herum und hat ihre Schnauze immer vorne dran. Nach einigen vergeblichen Versuchen, auf mein Schiff zu kommen, bietet mir ein Unbekannter seine Hilfe an. Aber kaum hat er die Festmacherleine in der Hand, fällt die „Kleine" ihn mit giftigem Gebell an und beruhigt sich erst wieder, als er das Weite gesucht hat. Mit wedelndem Schwanz kommt sie dann zu mir zurück, bezieht erneut ihren Wachposten. „Hast ja recht, Kleine", lobe ich sie, „wer einhand unterwegs ist, sollte auch allein auf sein Schiff kommen." Nach einem beherzten Sprung lande ich auf dem Vordeck.

Ganz anders benimmt sich die Hündin, als Mitte August Wolfgang aus Stuttgart, Petras Vater, zu Besuch kommt. Unvermittelt steht er eines späten Abends vor MÄDCHEN auf der Mole, aber gegen ihn hat die „Kleine" nichts einzuwenden. Im Schein der Petroleumlampe lebt bei unserem Klönschnack die erste Etappe meiner Reise noch einmal auf.

Vor dem großen Sprung

In den nächsten Tagen bin ich mit Petras Vater auf der Insel unterwegs. Der Ausflug in die Canadas bewegt mich besonders, denn dort oben am Fuß des Teide kann man fast so etwas wie die Erdentstehung nacherleben. Diese Kraterlandschaft vermittelt stark den Eindruck einer erst kürzlich verheilten Wunde. Es ist mir, als wäre mit der Lava das Blut der Erde erstarrt, und ich versuche nachzuempfinden, wie das Geistige der Erde diese Erstarrung durchlebt hat, wie sich in den Vulkanausbrüchen die Kraft des Feuers entlud. Die Landschaft hat für mich etwas Heiliges und tief Anrührendes. Als ich Wolfgang ansehe, stehen auch in seinen Augen Tränen. Wir fühlen gleich. Schweigend fahren wir nach Süden weiter.

Am Leuchtturm bei Punta de la Rasca erleben wir dann die scheinbare Vereinigung der Elemente: Das Wasser des Atlantiks, die aus Feuer entstandene Erde und die Luft, die uns als scharfer Wind zerzaust, alle stoßen hier aufeinander. Lange stehen wir an dieser Landspitze und schauen. Die Schwere und Traurigkeit, die ich oben in der Lavalandschaft gespürt habe, fällt hier von mir ab.

Eine Woche später fahre ich nochmals allein in die Canadas. Beim Anblick dieser Landschaft begreife ich, daß die größeren, wirklich bedeutenden erdgeschichtlichen Vorgänge nichts, aber auch gar nichts mit den kleinen Empfindungen des einzelnen Menschen zu tun haben. Ich versuche genau hinzusehen und sensibler zu beobachten. Auch die Erde, auf der weiter unten Pinienwald wächst, weist diese Lavawunde auf, aber sie ist mit Humus bekleidet. Das Wunder des Lebens hat sie verdeckt. Viel bewußter gehe ich über den dicken Teppich aus Piniennadeln und versuche mir vorzustellen, was geschieht, wenn eine Insel geboren wird.

Anfang September ist die Reihe der Yachten deutlich dichter geworden. Für mich wird es Zeit, die Vorbereitungen für unsere nächste Etappe zu treffen. Das beschauliche, unbekümmerte Leben auf Teneriffa geht zu Ende.

Proviant auffüllen bedeutet einkaufen, was mir gar nicht liegt. Auf Petras Terrasse spreche ich davon und höre: „Ach, da mach dir mal überhaupt keine Sorgen. Also, wir brauchen..." Bei mehreren Tassen Kaffee mit Sahnehaube entsteht eine Liste der Lebensmittel und anderen benötigten Dinge. Am nächsten Morgen warten Petra, Eberhard und die Kinder bereits auf mich. Mit ihrem VW-Bus geht es nach Puerto de la Cruz, direkt in einen riesigen Supermarkt. Schnell und effektiv bringe ich das Einkaufen hinter mich, und der zweite Teil des Tages gestaltet sich dann viel angenehmer: Dem Essen im Patio einer Taverne folgt ein Stadtbummel und die Rückreise über das Anagagebirge und den Mercedeswald. Ich bewundere Eberhard, Petra und die Kinder, die sich mit Leichtigkeit der spanischen Sprache bedienen und ihre Wahlheimat sehr gut kennen. Mir bleibt dazu keine Zeit, ich bin nur ein Gast im Vorüberziehen.

In den letzten Tagen an Land löse ich mich schon aus dem bunten Leben der Stadt und der Gemeinschaft meiner Freunde. Stundenlang sitze ich auf der Mole und höre der See zu, stimme mich wieder auf ihren Rhythmus und ihre Farben ein. Es wird wirklich Zeit, daß wir loskommen, so schön es hier auch ist. Auf dieser bevorstehenden Etappe werde ich mich ganz ablösen, das Land wirklich hinter mir lassen und die unvorstellbare Weite des Atlantiks erfahren.

Ich kann die riesige Gesamtstrecke bis Kapstadt nicht auf einmal erfassen, sondern teile sie mir gedanklich auf. Zunächst liegt vor uns der Abschnitt im Nordostpassat, der uns hoffentlich bis Dakar treu bleiben wird. Dann kommt die rund 300 sm breite Zone der Doldrums. Viele Geschichten ranken sich um dieses Seegebiet, das mit seinen Windstillen und Gewittern von den Mannschaften der alten Rahsegler gehaßt und gefürchtet wurde. Danach erwartet uns der Südostpassat, der uns bis zirka 25° südlicher Breite bringen wird, ziemlich nahe an den südamerikanischen Kontinent heran. Am südlichen Rand der Roßbreiten soll unser Weg dann nach Südosten in die Westwinddrift führen, mit der wir nach Kapstadt gelangen wollen. Soweit meine Vorstellung.

In der letzten Nacht vor dem Auslaufen halte ich noch lange Zwiesprache mit der an die Ufermole brandenden See. Die vielen gutgemeinten Wünsche und Ratschläge meiner Eltern und Freunde beschäftigen mich, vor allem aber ihre nicht ausgesprochenen Sorgen. Ich hatte ja immer offengelassen, wie mein Weg von Teneriffa aus weiterführen würde. Dabei ist längst alles entschieden. Die Route der alten Teeklipper ist in meinem Kopf zu einem lebendigen Bild geworden, das mich führt.

MÄDCHEN wartet geduldig, bis ich zu ihr zurückkomme. Sie ist bereit, und ich bin es auch.

3. Teneriffa – Kapstadt

MÄDCHEN rutscht über den Bauch der Welt

Am Mittwoch, dem 14. September, heißt es wieder einmal Abschied nehmen: von Petra und ihren Kindern, die eigens deshalb zum Hafen gekommen sind; von den Segelfreunden und den Annehmlichkeiten des Landlebens. Die Südwindlage ist vorbei, der Passat zurückgekehrt. Es gibt nichts mehr, was uns am Auslaufen hindert. Der letzte Gruß aus den Nebelhörnern der Freunde verstummt erst, als ich die Hafenausfahrt im Kielwasser habe. Mit weichen Knien und Wasser in den Augen beginne ich den großen Schlag.

Gut, daß mich die See gleich voll in Anspruch nimmt. Zwischen den Inseln Teneriffa und Gran Canaria weht der Passat wie durch eine Düse und legt hier recht stark zu. Das erste Reff ist fällig, und noch bevor am Abend die schmale Mondsichel ihren Weg über den Sternenhimmel antritt, haben wir den ersten Ärger. Irgend etwas stimmt nicht mit der Selbststeueranlage. MÄDCHEN hat eine Patenthalse gefahren, daß das Rigg und ich nur so zittern. Ich schifte lehrbuchmäßig zurück und betrachte die Sache damit als erledigt. Ist sie aber nicht. Das Gestänge für die Windfahnenübertragung ist verbogen. Das kann ja heiter werden! Wir haben noch nicht mal die Südspitze Teneriffas erreicht und schon die erste Reparatur. Ich drehe erst mal bei und baue die entsprechenden Teile aus. „Paß bloß auf dein Werkzeug und das Material auf", schärfe ich mir ein, „du kommst hier an keiner Werkstatt mehr vorbei."

Doch es geht gut ab, ganz ohne Verlust. Zum Schluß setze ich nochmals alle Muttern nach, aber hinter die Ursache der Panne komme ich nicht. Hauptsache, es läuft wieder.

Gruß aus Afrika: Sand und Heuschrecken

Der dritte Tag auf See bringt eine neue Überraschung. Gegen Mittag wird der Himmel von Osten her gelblich trübe, ein eigenartiger Schleier verdeckt die Sonne. Bis ich begreife, was los ist, pfeift mir ein heißer Wind um die Ohren. Warum geht das denn alles so schnell? Ich komme mit dem Verkleinern der Segelfläche kaum nach. MÄDCHEN zieht schon den Großbaum an seinem Bullenstander durchs Wasser. Wenn es wenigstens nur Wind wäre, was uns hier peitscht, aber da ist ja Sand dabei! Feiner gelber Staub, der überall hineingepreßt wird, sich in Augen und Ohren setzt und zwischen den Zähnen knirscht. Das ist also ein Harmattan. Dieser sandführende, trockene Wind aus der afrikanischen Wüste bringt eine Hitze mit, die auf der Haut brennt. Nicht genug damit: Der Tau der Nacht verwandelt die gelbe Schicht in eine schwarze Schmiere, die mein ganzes Schiff, Fallen, Schoten und Segel überzieht. Meine Haare fühlen sich an wie ein verfilztes Wollknäuel.

Kaum zwölf Stunden hat der Anschlag gedauert, aber gleich Arbeit für mehrere Tage hinterlassen. Dann steht der Passat wieder durch und sorgt für schnelle Fahrt. Die ausgeprägten, mit regelmäßigen Schaumkämmen überzogenen Seen schieben uns rauschend nach Süden. Das Meer glitzert grell unter der sengenden Sonne.

Die vergangene Nacht war ein Geschenk an mich. Der Wind fegte den Himmel so leer, daß er sich in eine tiefblaue Kuppel mit Sternen und Mond verwandelte. Das Meer wurde ruhiger, die Seen wanderten ohne Hast nach Süden, spielten mit dem Licht des Mondes. Fliegende Fische schwirrten wie silberne Pfeile übers Wasser. MÄDCHEN zog ruhig ihre Bahn, die kleine Furche unseres Kielwassers wurde schon von der nächsten See wieder verwischt. Früh am Morgen, als sich Dunst und Wolken über das wunderbare Bild legten, ging ich für ein paar Stunden in die Koje.

Der Morgen des 20. September beginnt mit drückender Schwüle und Flaute. Resigniert berge ich am Nachmittag alle Segel. Die nachlaufende Dünung haut mir die leichte Brise, die ich einzufangen versuche, immer wieder aus den Segeln. Aber zur Aufheiterung gesellen sich Delphine zu uns. Eine ganze Schule führt ihre Kunststücke vor. Woher nehmen diese Tiere nur die Kraft, so herumzutoben und zu springen? Wenn sie mich doch nur ein bißchen mit ihrer unbändigen Vitalität anstecken würden.

Wenn wir schon nicht segeln können, muß ich wenigstens hinter die Launen der Selbststeueranlage kommen. Wir fahren schon die ganze Zeit einen labilen Kurs und kommen bei dem schwachen Wind ständig davon ab. Das Problem nervt mich seit dem Auslaufen, ich habe es nur immer wieder verdrängt und gehofft, daß es sich von selbst gibt. Aber nun muß ich endlich ran, denn wie sollen wir das Riesenstück Weg vor uns bewältigen, wenn das wichtigste Crewmitglied nicht mitmacht? Auf der letzten Etappe hat die „Pazifik“ anstandslos jeden Kurs gehalten. Was ist nur los?

„Mensch, klar doch!“ Ich fasse mir an die Stirn. „Wieso, glaubst du, heißt dieses Teil Kardangelenk? Ein Gelenk muß sich bewegen, das hier sitzt aber fest.“ Ich bin entsetzt, als ich entdecke, was ich mir da wieder eingebrockt habe. In meiner Sorge, ja kein Teil zu verlieren, habe ich alle Muttern, auch die an den beiden Kardangelenken, eisern festgezogen. Ein Wunder, daß die Selbststeuerung überhaupt noch gearbeitet hat. Nun braucht es nur zwei Handgriffe, und alle Probleme sind vergessen.

Nicht zu vergessen, weil unübersehbar, ist die vom sandführenden Wind hinterlassene Schmiere. Da hilft nur ein Großreinemachen. Ich fange mit Fallen und Schoten an und wasche sie gründlich aus, denn es wäre bestimmt nicht gut, wenn sich Sand in den Blöcken sammelte. Kaum sind wir den Dreck los, siedeln sich Heuschrecken bei uns an, schöne große, grüne Tiere. Was soll ich nur mit denen anfangen? Schnell schließe ich alle Luken und übe mich in der Heuschreckenjagd. Würde mich einer sehen, wie ich da mit dem Handtuch am Wedeln bin, müßte er mich für übergeschnappt halten.

In der Nacht vom 21. September rasen wir durch eine Gewitterfront. Grelle Blitze zucken aus dem undurchdringlichen Schwarz der Nacht, harte Donnerschläge lassen mich zusammenfahren. MÄDCHEN ist über den Kiel geerdet, ich bräuchte mir eigentlich keine Sorgen wegen eines möglichen Einschlags zu machen, tue es aber doch und verfolge angespannt das Geschehen. Wenn Gefahr im Verzug ist, halte ich es in der Kajüte nicht aus. Ich will sehen, was auf uns zukommt. Endlich prasselt der Regen nieder, und mit seinem Durchzug verlagert sich die gespenstische Szene nach Südwesten.

Kann überhaupt nicht finden, daß es auf See langweilig ist. Wenn ich mir nicht gerade selber Probleme schaffe, sorgt die Natur für Kurzweil. Gestern sind wir an den Kapverdischen Inseln vorbeigesegelt. Gesehen habe ich sie natürlich nicht, denn wir sind brav östlich des 20. Längengrads West geblieben. Je weiter östlich wir uns halten, desto geringer ist die Gefahr, auf einen der möglicherweise bei den Kapverden entstehenden tropischen Wirbelstürme zu treffen. Die Chance ist im September zwar sehr gering, aber bei meinem Talent, Besonderheiten aufzuspüren, sollte ich vorsichtig sein: zuerst Sand, dann Heuschrecken… Wer weiß, was ich noch alles auflese?

Das Logbuch vom 23. September enthält ein paar bemerkenswerte Angaben: „10. Tag, 1000 Seemeilen, Deklination der Sonne ab heute Süd = umgekehrtes Vorzeichen bei der Berechnung der Mittagsbreite. Beschlag am Spibaum ausgebrochen. Telegramm über MS WESTFALEN an Alex Keefer, meinen Vater.“ Und das kam so: Mittags hatte der Passat derart aufgefrischt, daß MÄDCHEN anfing, auf den Seen zu surfen. Vor lauter Begeisterung über die bei 10 kn am Anschlag stehende Logge wartete ich mit dem Reffen, bis es knapp wurde. Das Großsegel bekam ich gerade noch auf den Baum herunter, aber für die Genua war es zu spät. Hatte den Fockbaum mit Toppnant, Nieder- und Achterholer so starr fixiert, daß er schließlich am Beschlag ausbrach und quer übers Vorschiff schoß. Wie wild tobte er da vorn so lange herum, bis ich die Genua endlich doch gebändigt hatte. Aber siehe da, die Selbststeueranlage hielt auch vor blankem Mast Kurs. Kurzatmig und verschwitzt saß ich dann im Cockpit und versuchte, den Fockbaum zu reparieren. Dazu steckte ich den Beschlag wieder an seinen Platz und zog die aufgebrochenen Enden der Spiere mit V2A-Rohrschellen zusammen. Drei davon nebeneinander gaben genug Halt und Festigkeit.

Es konnte weitergehen in Richtung Südost. Ich wollte näher an Dakar heran, um eine Standortmeldung an meine Eltern abzugeben. Auf UKW-Kanal 16 war viel los, es hörte sich aber nach Lotsengesprächen an. In den Pausen versuchte ich ein paarmal mein Glück, vergeblich. Mein Anruf klang wohl schon etwas gereizt, jedenfalls hörte ich zu meiner Verblüffung plötzlich eine deutsche Männerstimme: „Min Deern, Sie bekommen Dakar-Radio nicht über UKW. Kann ich etwas für Sie tun?" Und ob er das konnte! Ich versuchte, ihm den Text meines Telegramms zu übermitteln, aber die Verständigung war miserabel. Ich hatte noch nicht einmal den Schiffsnamen verstanden und verlor immer wieder den Kontakt. Da schaltete sich MS Westfalen ein und bot sich als Relaisstation an. Es lebe die deutsche Seefahrt! Die beiden Kapitäne brachten mein Telegramm bestimmt gut auf den Weg nach Stuttgart, und ich konnte nun wieder beruhigt Süd machen.

Neptuns atlantischer Bolzplatz

So ist das: Immer wenn mir zu wohl wird, bekommen wir eins auf den Hut. Schon in der folgenden Nacht legt eine Bö Mädchen flach aufs Wasser. Mir bleibt keine Zeit, Schuhe oder sonstige Bekleidung anzuziehen, ich muß zusehen, daß ich die Segel herunter und uns wieder in eine bequemere Lage bringe. Zum Glück brennt draußen die Petroleumlampe, so habe ich wenigstens etwas Licht. Der Himmel ist mit rasender Geschwindigkeit schwarz geworden. Es sieht ziemlich gespenstisch aus, wie der schwarze, ausschießende Wolkenpilz den Sternenhimmel verdunkelt. Diese Walze kam ganz unvermittel von Osten her angefegt. Der ganze Spuk dauert nur eine Stunde, danach albert der Wind zuerst auf Südost, dann auf Nord herum und läßt uns schließlich für zwei Tage in einer Flaute sitzen.

Schlagendes Tuch, brütende Hitze, wir kleben an der Stelle. Segel bergen, Segel setzen. Ein neuer Versuch, Fahrt ins Schiff zu bringen. Wenn ich nicht Ruder gehe, turne ich an Deck herum und trimme die Segel, allerdings mit minimalem Erfolg.

Die folgenden Tage bringen äolische Wechselbäder, aber die

Grundstimmung bleibt schwachwindig. Dazwischen überfallen uns immer wieder Gewitterfronten, die mich zum Reffen hochscheuchen. Meist laufen diese Anschläge, die für ihren Beginn die späten Abendstunden bevorzugen, nach dem gleichen Muster ab: Sie kündigen sich fairerweise sechs Stunden vorher mit Schwankungen des Luftdrucks an; der zunächst mäßige Wind kommt aus Südwest bis West, wo der Himmel nur dünne Schichtbewölkung aufweist. Dann wächst im Osten eine große schwarze, sich wie eine Hand auffächernde Wolke empor und erweitert sich rasch nach Südost und Nordost. Bald hört man nur noch Regen, der so stark niedergeht, daß kleine Fontänen aus dem Wasser springen. Währenddessen dreht der aufgefrischte Wind über Nord auf Nordwest, wo er dann schwächer wird, um letztlich ganz auszusetzen.

Wir befinden uns im Bereich der ITC, der Intertropischen Konvergenzzone. Dieser Bolzplatz Neptuns liegt zwischen den beiden Hochdruckzonen nördlich und südlich des Äqators und verlangt viel Geduld. Ich finde das Wort Mallungen viel treffender, weil ich dabei immer an meine Nerven denke, die dazwischen zermahlen werden. Natürlich will ich jeden Luftzug in Fahrt umsetzen. Arbeite deshalb viel mit den Segeln, lasse sie so lange wie möglich stehen und bin dann stocksauer, wenn mich Böen doch zum Reffen zwingen. Trotzdem gibt es auch Positives: Regen verschafft mir 50 l Süßwasser, wunderbar ausgespülte Fallen und Segel und ein von seiner Salzkruste befreites Mädchen.

Der 1. Oktober bringt endlich die Erlösung: Es hat geklappt, wir haben den Südwestmonsun gefunden. War gar nicht so sicher, daß wir ihn dort antreffen würden, wo er von der nautischen Literatur hinverlegt wird. Zwischen Juni und September entwickelt sich dieser über die Elfenbeinküste, Liberia und Sierra Leone wehende Monsun. Bei uns vertreibt er die bedrückende Lähmung der letzten Tage, allerdings gleich recht kräftig mit endlos aufziehenden Regenbänken. Die Segel sind prall gefüllt. Mädchen stampft entschlossen gegen die kurze steile See an und zieht dabei das Leedeck durchs Wasser. Meine Hände quellen vor Nässe auf und bekommen eine schrumpelige Wäscherinnenhaut. Die prasselnde Gischt bringt auch ein paar Peinlichkeiten an den Tag: Das Skylight und die Fenster im Salon lecken. Das Salzwasser kriecht unter die Abdeckung der Lotsenkojen genau dorthin, wo meine Kleider gestaut sind. Seit wir auf Backbordbug segeln, finde ich im Schapp unter dem Kocher ebenfalls Wasser, und zwar Süßwasser. Das hat gerade noch gefehlt! Der Wassertank leckt, aber ich kann diese verflixte Stelle, an der das kostbare Naß entweicht, nicht finden. Würde auch nicht viel nützen, denn wie sollte ich einen gefüllten Plastiktank flicken? Auf feuchtem Untergrund hält keiner meiner Kleber. Ich überschlage im Kopf den Wasservorrat in den Reservekanistern: 110 l, die reichen für 55 Tage. Also kein Grund zur Sorge.

Seit wir wieder Wind haben, fühle ich mich putzmunter und entwickle Tatendrang. So wird es höchste Zeit, den Proviant zu kontrollieren. Zwiebeln und Kartoffeln sind tadellos, die Möhren etwas verschrumpelt, aber genießbar. Und, das sollte ich mir merken, die Sojamilch schmeckt noch wunderbar. Aber als ich das Brotfach öffne, weht mir ein strenger Geruch entgegen. Mit spitzen Fingern räume ich es aus. Hopp, über Bord mit den letzten drei Brotlaiben! Bei der hohen Luftfeuchtigkeit hatten die Schimmelbakterien darin Hochkonjunktur. Darüber fallen mir die Erzählungen meines Großvaters aus seiner Kriegsgefangenschaft in Rußland ein. Mangels Penicillin verwendeten sie Schimmelpilze des Schwarzbrots gegen Entzündungen und Eiterherde. Mich schüttelt es bei diesem Gedanken, und mein eigener Komfort wird mir so recht bewußt. Zweihundert Tabletten Breitband-Antibiotika habe ich an Bord und war mit den vereiterten Schnittwunden an den Händen sehr froh darüber. Wäre es allerdings nach mir gegangen, hätten 10 m Heftpflaster und ein paar Naturheilmittel ausgereicht. Doch meine Freundin Isolde, von Beruf Krankenschwester, hatte sich meiner medizinischen Ausrüstung angenommen, die Zusammenstellung der Medikamente mit einem Arzt besprochen und meine Bordapotheke eingerichtet. Nun füllt allein das Material für die Wundversorgung eine ganze Tasche. Im Ernstfall liegt es nur noch an mir, das Zeug richtig anzuwenden.

Habe gerade noch, bevor die nächste Wolke sie wieder verdeckt, die Sonne auf den Horizont gebracht. Nicht schlecht: Noch vier Breitengrade, und wir feiern Äquatortaufe. Wieder an Deck zum gewohnten Rundblick, traue ich meinen Augen nicht. Keine zehn Meter entfernt an Steuerbord hebt und senkt sich ein riesiger dunkelgrauer Körper. Ein Wal, größer als mein Schiff! Er ist fast auf Parallelkurs, aber eben nur fast. Da ziehe ich doch besser die Bremse. Mit zitternden Knien werfe ich schnell Groß- und Fockschot los und falle etwas ab. Während MÄDCHEN unter schlagenden Segeln driftet, gleitet der Riese seelenruhig dicht an uns vorbei. Vom Bugkorb aus beobachte ich die eleganten, ruhigen Bewegungen des zirka 11 m langen Tieres. Mit der großen, schön geschwungenen Schwanzfluke schiebt sich der schwere, gedrungene Körper scheinbar mühelos durchs Wasser. Wie viele Tonnen Wal da wohl an uns vorbeiziehen? Ich schätze ihn auf das dreifache Gewicht meines Schiffes. Erst als ich ihn kaum noch ausmachen kann, hole ich die Schoten wieder dicht, und MÄDCHEN nimmt Fahrt auf.

Zur Ruhe gekommen, denke ich noch einmal über den Vorgang nach. Der Wal zeigte keinerlei Interesse an uns, blieb auf Distanz und zog seine Bahn. Im nachhinein habe ich den Eindruck, daß er uns genau geortet hatte. Anders sieht es wahrscheinlich aus, wenn diese Tiere im Wasser schlafen und von einem Boot aufgeschreckt werden. Aber die vielen Geschichten über solche Zusammenstöße mit Walen, die zu schweren Beschädigungen oder gar zum Verlust von Yachten führten, verdränge ich lieber. Zu dumm nur, daß mir vor lauter Hektik die schlagende Schot meinen schönen Segelmacherhut aus Flensburg vom Kopf riß; nun hat der Wind ihn davongetragen.

Mit Braßfahrt über den Äquator

Seit drei Tagen Dünung aus Südost. Und seit drei Tagen hängen wir wieder in der Flaute. Es ist inzwischen Mittwoch, der 5. Oktober. Der Südostpassat muß ganz nahe sein, denn in seiner Dünung torkelt MÄDCHEN wie betrunken herum. Sollte mich gar nicht wundern, wenn bei diesen abnormen Bewegungen irgendein Sicherungssplint im Rigg seinen Dienst quittierte. Ich habe Kopfschmerzen, außerdem ist mir schlecht: von der Hitze, der Schwüle und dem Schlagen der Segel. Wir kleben auf dem dritten Breitengrad Nord fest, als wolle uns Neptun den Zugang zum südlichen Atlantik verwehren. Ich weiß inzwischen wirklich nicht mehr, was ich noch tun soll, um aus diesen strapaziösen Doldrums herauszukommen. Sitze ja schon, außer in den Schlafpausen, die ganze Zeit selbst am Ruder und sehne die Nacht herbei, damit sie die flimmernde Hitze des Tages etwas dämpft. Vielleicht gelingt es mir dann endlich, ein paar Stunden Schlaf zu finden? Nein, so wird Segeln zur Tortur. Auch muntert mich der Gedanke, daß mein das günstigste Wetter nutzender Zeitplan allmählich in Gefahr gerät, nicht gerade auf.

Um zwei Uhr früh erwache ich. Wir haben Fahrt im Schiff! Zaghaft beginnt die Bugwelle zu rauschen. Von meiner Koje aus kontrolliere ich den Kompaß. Stimmt genau, es liegen 210 Grad an. Meine ganze Abgeschlagenheit ist verschwunden, der Passat hat sie davongeweht. Ab jetzt, auf 02°00′N und 20°00′W, beginnt eine phantastische Reise. Wir fliegen dem Äquator entgegen.

Samstag, 8. Oktober: Heute morgen erhielt ich die erste Seewasserdusche des Südatlantiks. Ja, wir haben es geschafft und gegen Mitternacht die Linie überschritten. Einem Tag Bilderbuchsegeln war eine Nacht mit sternenübersätem Himmel gefolgt. Ich saß lange draußen und schaute zu, wie die dicht geschoteten, prall gefüllten Segel MÄDCHEN nach Südwest zogen. Die aufsprühende Gischt machte das Reisen etwas naß, aber es war ein wunderschönes Bild, wie das phosphoreszierende Wasser zu beiden Seiten wegstäubte und das Kielwasser eine lange leuchtende Schleppe bildete. Die uns begleitenden Delphine paßten sich MÄDCHENS Geschwindigkeit an und hatten an unserer Gesellschaft genausoviel Spaß wie ich an ihrer. Übermütig tauchten und sprangen sie um den neuen Weggefährten herum. Ich war so glücklich und zufrieden, daß ich eine Stunde vor dem großen Ereignis der Äquatorüberquerung einschlief und erst kurz vor Sonnenaufgang die Nase wieder in den Wind steckte.

Aber das vorbereitete Festessen schmeckt auch zum Frühstück, obwohl es nicht ganz zu den tropischen Temperaturen paßt: Kohlroulade, Kartoffeln und ein Stück Schokolade bringen mich ins

Schwitzen. Ja, und dann ist da noch das Päckchen von Helmut, einem Stuttgarter Segelkameraden. Habe ihm versprochen, es erst zu öffnen, wenn ich südliche Breiten ins Logbuch schreibe. Dem ist nun so, und zur Belohnung halte ich ein Buch mit phantastischen Erzählungen in Händen.

Am Nachmittag besucht uns eine kleine Sturmschwalbe. Vielleicht ist sie müde geworden bei ihrem unablässigen, tänzelnden Flug über unserem Kielwasser. Aber das Steuerseil der „Pazifik" ist kein guter Landeplatz, darauf muß sie die Steuerkorrekturen ausgleichen, sonst bekommt sie die Füßchen in die Umlenkrolle. Also: drei Hüpfer nach rechts, drei Hüpfer nach links. So wird es nichts mit der erhofften Ruhe, das hat der kleine Vogel sofort gemerkt. Er startet wieder und fliegt geradewegs in die Kajüte hinein. Das Tassenregal, der Satellitennavigator, die Kojendecken, alles wird ausprobiert und für untauglich befunden. Erst auf dem Besen der von der Decke hängenden Hexenpuppe findet die kleine Seeschwalbe schließlich ihren Schlafplatz. Zu gern hätte ich das winzige Federbündel in die Hand genommen und das feine Gefieder berührt. Aber um sie nicht zu stören, überlasse ich ihr die Kajüte und trete meine Wache an. Ich mag die Stunden der Dämmerung, wenn der Tag hinter den Horizont gleitet und das zarte Farbenspiel des Sonnenuntergangs verglimmt. Mit dem ersten Funkeln der Planeten, allen voran die Venus, kündigt sich die Nacht an.

Selbst Passatwinde haben ihre Schwankungen und Störungen und können schon mal kräftig auffrischen. So verlangt auch dieses Gebiet von mir, daß ich mich mit dem Naturgeschehen auseinandersetze. Dennoch herrscht hier eine beruhigende Regelmäßigkeit. Auch in meinen Tagesablauf ist wieder Gleichmaß eingekehrt.

Am Sonntag, dem 9. Oktober, herrscht kein Sonntagswetter. Statt einer Mittagsbreite gibt es Regenschauer und statt Sonnenhöhen Dichtungsversuche an Fenstern und Deck. MÄDCHEN geht recht hart gegen die See. Gischt sprüht bis zur Saling hoch, Vorschiff und Leedeck schaufeln emsig Wasser. Wir haben 30° Krängung bei zweifach gerefftem Großsegel und Genua III. So macht

Segeln Spaß! Nur der Aufenthalt in der Kajüte ist nicht zu empfehlen. Die Bewegungen sind so lebhaft, daß ich das Frühstück auf den Kajütboden verlege. Trotzdem landet die Müslischale und besonders deren Inhalt an der Schranktür unterm Kocher. Aber das kann mich nicht beeindrucken, fange eben noch mal von vorne an. Wir machen Meilen, nur das zählt. An die ungewohnte Schräglage und das harte Einsetzen werde ich mich schon gewöhnen. Die kleine Seeschwalbe ist heute früh weitergeflogen und hat zum Dank einige Kleckse hinterlassen.

Die folgenden Tage sind von Gleichklang, Schönheit und Frieden geprägt. Mit vollendet geformten Kumuli ist die typische Passatbewölkung aufgezogen; am Horizont werden sie von der Abendsonne mit zartem Rot überhaucht. Es gibt keine Anschläge aus dem Hinterhalt mehr, der geregelte Tagesablauf gestattet mir viele Ruhe- und Schlafpausen. Die gleichmäßig schönen Seen tragen weiße Schaumkronen, über die Wasseroberfläche jagen fliegende Fische, und Delphine spielen mit meinem Schiff. Im Silberlicht des Mondes und der südlichen Sternbilder glänzen die Nächte und die Schleppe aus Meeresleuchten, die wir nachziehen. Wie sie zerfließt die Zeit in den Bewegungen der See. Die Sonne steigt morgens aus dem Meer und kulminiert, um sich abends mit zauberhaften Farben im unendlichen Blau zu verlieren. Der Rhythmus des Tages wird abgelöst von der Unendlichkeit des Sternenhimmels. Zeit und Raum werden zu irrationalen Größen.

Erst am 14. Oktober geht eine Störung durch und bringt die Farben des Nordens mit. Stahlblau, weiß und grau präsentieren sich jetzt Himmel und Meer. Mittags zeigt sich ganz kurz die Sonne, und ich bekomme Gelegenheit zu einer Messung. Wir sind bereits auf 13°0′S und 27°10′W! Mädchen stürmt nur so durch den Südatlantik. Aber ich muß unbedingt noch einmal eine saubere Sonnenmessung bekommen oder den Satellitennavigator bemühen, denn meine Logge zeigt um mindestens einen Knoten zu wenig an. Meine genauen Tagesdistanzen kann ich nur noch durch den ermittelten Standort bestimmen.

Viel lieber beschäftige ich mich aber mit dem Trimm und den Segeln. Ich bin einfach begeistert vom Seeverhalten meines

Schiffes. Seit der Wind etwas auf Ost gedreht hat, ist unser Kurs angenehmer und noch schneller. Das gibt wieder ein Etmal von 140 sm – so fahren wir seit Tagen. Das Meer und der Himmel, sie gehören meinem Schiff, den Vögeln und den Fischen. Sonst gibt es hier nichts. Es ist warm, wir haben Wind, unsere kleine Welt ist in Ordnung. Belohne MÄDCHEN und die Selbststeueranlage mit Gleitfett, wo es nötig ist, und mich mit Speckpfannkuchen. Aus dem am späten Abend fast leergeblasenen Himmel blinzeln uns die Sterne ermunternd zu: Nur weiter so!

Bin so entspannt, daß ich gleich sechs Stunden bis zum Morgen durchschlafe. Derart ausgeruht, verbringe ich einen sehr produktiven Vormittag: Zwei Töpfe werden von Ruß befreit, der Kocher wird zerlegt und ein Brenner gewechselt. Danach sehe ich aus wie ein Schornsteinfeger. Das Cockpit muß gründlich geschrubbt werden und ich ebenfalls. Aber es war ungeschicktes Timing, denn nun wird es schon Zeit für die Mittagsbreite. Warum ausgerechnet jetzt auch noch ein Steuerseil der „Pazifik“ brechen muß, verstehe ich nicht. Die Sonnenmessung ist damit vermasselt, und die Rußspuren sind nun bis zur Navigationsecke vorgedrungen. Trotzdem – kein Malheur. Die Sonne verwöhnt uns wieder, ich werde bestimmt noch genug Gelegenheiten zur Standortbestimmung bekommen.

Nach getaner Arbeit genieße ich es, daß mein Schiff vor Sauberkeit strahlt und alle Dinge an ihrem Platz sind. Auf diesem Hoppelkurs ist schnell ein Becher Kaffee oder eine Tasse Suppe verschüttet. Doch jetzt sind alle diese häßlichen Spuren verschwunden, wir passen wieder zur Reinheit unserer Umgebung. Gegen die Kajütwand gelehnt, sitze ich mit angezogenen Knien im Cockpit und freue mich am Flug der Seeschwalben über unserem Kielwasser. Ob auch unser kleiner Gast von neulich darunter ist?

Meine Gedanken wandern zu meiner Familie und den Freunden daheim. Wir haben Mitte Oktober, da wird es in Deutschland schon kühl; die dunkle Zeit beginnt, es geht dem Winter entgegen. Wir aber fahren durch sonnenüberflutete Tage in den Sommer. Oktober, das war auch die Zeit der großen Sitzungen, der sich jagenden Termine an meinem früheren Arbeitsplatz. Kaum ein halbes Jahr ist es her, seit ich meinen Schreibtisch geräumt habe, und doch liegt mir das alles schon so fern. Wie überflüssig mir jetzt vieles erscheint, was damals Notwendigkeit war! Das Leben mit der See ist viel klarer und eindeutiger, ohne Wenn und Aber. Ich treffe die Entscheidungen, setze sie um und spüre unmittelbar ihre Konsequenzen. Und bei all dem läßt die See mir immer die Chance, mich richtig zu verhalten. Ihre Gesetze sind schlicht, es fällt leicht, sie zu akzeptieren. Allerdings gibt es hier draußen keine Hintertür, durch die ich mich aus der Affäre ziehen könnte. Ich muß durch alles, was kommt, hindurch – und das ist gut so.

Kurz vor Sonnenaufgang sichte ich an Steuerbord voraus die Lichter eines Schiffes. Sofort bin ich unten am UKW-Gerät und suche Kontakt zu bekommen. Doch leider will dort drüben niemand etwas von mir wissen. Schade, ich hätte zu gern eine Positionsmeldung nach Hause durchgegeben, dann könnten wir bereits jetzt Südost steuern. So muß ich mein Glück eben bei der Insel Trindade versuchen.

Die Bedingungen bleiben hervorragend. Von Wind und See begünstigt, zieht MÄDCHEN ihre Bahn.

Trindade, die abweisende Insel

Meine Mittagsbreite am 17. Oktober verwirrt mich etwas. Entweder liegen meine Messungen daneben, oder mein Sumlog ist defekt. Wir stehen bereits auf 19°S, also nur 90 sm nördlich von Trindade. Bin wie elektrisiert – noch 90 sm, und wir sehen Land! Als erstes müssen wir langsamer segeln, sonst schießen wir bei Nacht an Trindade vorbei.

MÄDCHEN hat das beste Etmal unserer bisherigen Reise gefahren. Weitere Sonnenmessungen bestätigen meine Position. Aber mein Log kennt nur noch die Zahl 3, zittert sich höchstens ab und zu bis zur 4 hoch. Vermutlich haben sich die Entenmuscheln des kleinen Impellers bemächtigt und verfälschen seine Angaben. Zur Vorsicht nehme ich das Harrierlog in Betrieb und erlebe eine Überraschung. Seine Nadel pendelt zwischen 6 und 7 kn!

Land kündigt sich an, und damit ist alle Beschaulichkeit dahin.

Ich bereite uns auf die Ansteuerung Trindades vor. An der Schottwand der Navigationsecke kleben die Seiten des Seehandbuchs mit Ansichtsskizzen und Daten. Unsere Fahrt ist gemindert, das Großsegel ruht auf dem Baum. Zu aufgeregt, um schlafen zu können, verbringe ich die Nacht an Deck. Mein Blick klebt am südlichen Horizont. Dort wird morgens die nur 1,5 sm breite und 3 sm lange Insel auftauchen. MÄDCHEN rauscht und rollt ihrem Ziel entgegen, und mit jeder zurückgelegten Meile wächst meine Spannung.

Schüchtern dringt das erste Tageslicht durch die im Nordosten aufgezogenen Kumuli und tönt ihre Unterseite zart orange. Doch im Süden ist der Himmel wolkenlos bis zum Horizont, die Kimm klar. „Jetzt mach schon, Trindade“, dränge ich, „laß dich sehen. Ich weiß, du liegst genau auf unserem Kurs.“ Als ich den x-ten Becher Kaffee ins Cockpit balanciere, gilt mein erster Blick natürlich wieder dem Horizont voraus – und: „MÄDCHEN, du hast sie genau vor dem Bugkorb!“ juble ich. „Lauf, was du kannst, sonst platze ich noch!“

Meine Hände können gar nicht so schnell arbeiten, wie ich das Großsegel setzen möchte. Die Reffleinen verheddern sich, zwei Rutscher gleiten aus der Schiene. Das Manöver dauert doppelt so lange wie sonst. Um meine Gelassenheit ist es geschehen, ich renne an Deck herum und freue mich. Wir haben die Insel haarscharf und zum berechneten Zeitpunkt getroffen. Ins Logbuch trage ich ein: „18. Oktober 1988, 06.00 Uhr Ortszeit, Insel Trindade in 185° gepeilt, Distanz zirka 15 sm.“

Danach sitze ich wieder mit der Skizze in der Hand im Cockpit und vergleiche sie mit dem Original, das im klaren Morgenlicht scharf umrissen wie ein Scherenschnitt aus dem Meer auftaucht. Noch kann ich keine Farben erkennen, nur die eigenwilligen Zacken des Landes, dem wir rasch näherkommen. Dann nehmen die Felsen bizzare Formen an, die Landschaft leuchtet in Erdtönen auf: grün, braun, rostrot. Unten am Wasser blinkt ein kleiner weißer Streifen, der Strand. Wir sind inzwischen bis auf 3 sm an die Bucht herangefahren, und ich kann mich gar nicht sattsehen am Spiel der Farben und Formen. Drehe bei und gönne uns eine Pause, suche mit dem Fernglas den Uferstreifen ab.

Eine kleine, sehr ordentlich und aufgeräumt wirkende Siedlung kommt mir vor die Linsen, auch Funkmasten sind auszumachen. Aber eine Insel ohne Boote? Das gibt es doch nicht! Trotzdem ist es so, der kleine Strand bleibt leer. Mir ist bekannt, daß Trindade zu Brasilien gehört und Militär beherbergt. Aber wieso zeigt sich nirgends auf der Insel Leben? Da fällt mir wieder der Hinweis im Seehandbuch ein, daß Trindades Leuchtfeuer nur zeitweise brennen. Seltsam... Leuchtfeuer helfen uns, Gefahrenpunkte zu meiden oder einen angesteuerten Ort zu finden. Was soll da „zeitweise"? Verunsichert frage ich mich, wie ich mich verhalten muß. Soweit ich weiß, hatte noch kein Segler Erfolg, der Trindade besuchen wollte, da werde ich wohl keine Ausnahme sein.

Trotz meiner Bedenken rufe ich die Insel über Kanal 16. Es braucht einige Wiederholungen, dann rauscht und kracht es im Hörer, jemand ist auf Frequenz. Melde mich nochmals, und in einem harten, krächzenden Englisch kommt Antwort. Das anschließende Gespräch zeichnet sich dadurch aus, daß ich nur ausgefragt werde. Mindestens zehnmal buchstabiere ich meinen und MÄDCHENS Namen, unseren letzten Hafen und den Bestimmungsort. Dreimal wechseln die Stimmen auf der anderen Seite, im Hintergrund höre ich eine Unterhaltung. Langsam werde ich sauer. Meine Frage nach der Möglichkeit, hier ein Telegramm aufzugeben, wird einfach ignoriert. Ich will das Gespräch schon abbrechen, da kommt eine vierte Stimme aus dem Mikrophon und klingt noch zackiger. Wieder einmal gebe ich Auskunft und nenne meinen Wunsch, höre aber nur: „That's impossible!" Kein „Sorry", nichts. Mir reicht's, ich fühle mich verschaukelt. Das hätten mir die Señores schon vor einer Viertelstunde sagen können. Dieses Trindade ist nicht sehr sympathisch.

Ein bißchen traurig steige ich nach oben und bringe MÄDCHEN wieder auf Kurs, weg von der Insel, die mir so verheißungsvoll schien. Von unserer jetzigen Position aus wirkt sie wie eine halb im Meer versunkene Festung. Wenig später legt sich eine Regenfront dazwischen und entzieht sie ganz meinem Blick. Vor uns liegt wieder der leere Südatlantik: 2700 sm bis Kapstadt, 840 sm bis Rio de Janeiro. Rio! In gut einer Woche könnten wir in die Bucht von Guanabara einlaufen, an der Copacabana und dem Corcovado mit der riesigen Christusstatue vorbeisegeln. Verlockend nahe liegt diese weltberühmte Szenerie. „Laß das“, ermahne ich mich selbst, „es gehört nicht hierher. Später mal vielleicht. Jetzt ist Kapstadt unser Ziel.“ Keine Sorge, ich rücke nicht ab von der großen Idee, die wir Meile für Meile verwirklichen.

Momentan habe ich allen Grund, mich zu freuen. Seit Überschreiten des Äquators am 7. Oktober haben wir 1301 sm zurückgelegt. Über zehn Tage lang ein Etmal von 130 sm, das spornt an und läßt die Strecke bis Kapstadt schrumpfen.

Holprig, naß und immer gegenan

Der nur mäßige Nordost des nächsten Tages gibt mir Gelegenheit, Bilanz zu ziehen und MÄDCHEN für rauhere Zeiten vorzubereiten. Ich staue Gewicht mehr zum Schiffsmittelpunkt hin, um den Auftrieb im Bug- und Heckbereich zu vergrößern. MÄDCHEN soll sich auch in grober See gut bewegen, leicht über die Wellen hinweggehen können. Unsere Sicherheit liegt in dem geringen Widerstand, den wir der See bieten. Bei nur 3,5 t Gewicht machen 40 kg mehr oder weniger im Bug schon etwas aus. Da wir durch den Verbrauch von Lebensmitteln und Wasser leichter geworden sind, kommt der Wasserpaß allmählich wieder in seine normale Lage. Trotzdem lagern noch Vorräte für 50 Tage in den Schapps; 120 l Wasser, 30 l Diesel und 15 l Petroleum stehen mir zur Verfügung. Das sollte reichen.

Den ganzen Tag wird hart gearbeitet. Dichte das Skylight nochmals mit Silikon ab und baue das Steckschott im Niedergang wasserdicht ein. Einige Schrauben an den Fenstern müßten nachgesetzt werden, an verschiedenen Stellen dringt Wasser durch. Aber wie soll ich das alleine schaffen? Ich kann entweder an Deck oder in der Kajüte sein, nicht an beiden Orten gleichzeitig; die Schrauben und Zylindermuttern müßten jedoch von beiden Seiten ineinandergezogen werden. Wie würde Joachim das Problem lösen? Wie schon oft, schildere ich ihm in Gedanken die Möglichkeiten, die mir einfallen. Richtig, es geht nur so. Kurz entschlossen rühre ich Epoxidspachtel an und fixiere damit die Zylindermuttern an der Innenwand. Nach dem Durchhärten der Masse lassen sich die Schrauben bequem nachsetzen. Schön sieht meine Arbeit nicht gerade aus, aber sie wirkt, die Fenster sind wieder dicht. Danach bleiben noch ein paar Kleinigkeiten zu tun: Sextant ölen, Steuerseile für die „Pazifik“ ablängen, Taschenlampen reparieren und den Relingsdraht nachspannen. Der Tag ist ausgefüllt. Von mir unbemerkt, haben Kumuli die Schichtbewölkung abgelöst; der Luftdruck fällt. Da braut sich was zusammen für die Nacht.

Nicht nur für die Nacht. Am Abend des nächsten Tages haben wir immer noch Starkwind aus Ostnordost und laufen hoch am Wind einen Kurs von 170° am Kompaß. Mädchen schlägt mit dem Bug gegen die Seen. Muß jetzt wieder das schwere Ölzeug tragen und komme von der Arbeit am Mast und von meinen Kontrollgängen naß zurück. Bleibe dann meist im Schutz der Sprayhood sitzen, damit der Wind das Gröbste trocknen kann. In der Kajüte hängt schon genug Feuchtigkeit und Gestank. Lüften kann ich zur Zeit nicht. Mitunter wäscht solides Wasser übers Vorschiff, fliegt über die Sprayhood hinweg und landet als Dusche in der Plicht. Inzwischen schlafe ich nur noch stundenweise und beobachte mißtrauisch den Barographen, der regelmäßige Kurven zwischen 1020 und 1014 mb zeichnet. Es ist stets das gleiche: 3/8 Bewölkung, 7/8 Bewölkung, Regenschauer, 4/8 Bewölkung, Himmel leergefegt mit Ausnahme der Zirren, die immer da sind. 60 % Luftfeuchtigkeit, 24°C in der Kajüte, viel Arbeit mit den Segeln.

Der 24. Oktober gönnt uns eine Pause. Der Wind flaut ab, kommt aber konstant weiterhin aus Nordost. Ich muß aufpassen, daß wir nicht geradewegs ins Zentrum des bei St.Helena liegenden Hochdrucksystems fahren. Über der taktischen Routenplanung schlafe ich am hellen Mittag ein. Die letzten Tage waren doch zu strapaziös.

Der Schlaf hat mir gut getan. Nun brauche ich nur noch ein warmes Essen, dann bin ich wieder obenauf. Doch es geht mir wie so häufig: Wenn ich mich endlich zum Kochen entschließe, ziehen schwarze Wolken auf. Das macht die Sache nicht gerade einfacher, aber mit einer Unterbrechung fürs Reffen bringe ich schließlich ein Omelett zustande, das allerdings eher nach Kaiserschmarrn aussieht. Macht nichts, da disponieren wir eben um und veredeln es mit der köstlichen Brombeermarmelade meiner Freundin Pia. „Guten Wind und immer Kiel oben“, hat sie mir als frommen Wunsch auf das Marmeladenglas geschrieben. Was den Kiel angeht, so ist wohl genau das Gegenteil gemeint, aber der Qualität der Marmelade tut das keinen Abbruch. Ihr delikates Aroma gaukelt mir mitten im Südatlantik das Bild von sommerlichen Wiesen und Hecken vor.

Allerdings holen mich die Regenböen, die gegen das Niedergangsschott schlagen, bald in die Wirklichkeit zurück. Ich bin froh, daß ich mir dieses durchsichtige Schott aus 10 mm starkem Macralon geleistet habe. So kann ich ungehindert ins Freie blicken, auch wenn alles dicht verrammelt ist, und fühle mich nie eingesperrt, sondern ständig mit draußen verbunden. Das wird in den folgenden Tagen besonders wichtig für mich.

Am 25., 26. und 27. Oktober weht es aus Ost bis Nordost. Dazu haben wir Zirren, einen Heliusring um Sonne oder Mond und Bewölkungsaufzug; prompt geht es los: zweites Reff ins Groß, dann drittes Reff und eines in die Genua IV. In Intervallen von zwölf Stunden brist der Wind bis 7 Bft auf. Der Seegang wird unregelmäßig und steil. Wenn ich draußen nicht gebraucht werde, liege ich auf der Koje, versuche mich zu entspannen oder schreibe.

Es ist ein mühsames Vorankommen gegen diese harten, zum Teil überlagerten Seen. Schon in der Aufwärtsbewegung weiß ich, wie wir gleich einsetzen werden; bevor es kracht, ziehe ich bereits den Kopf ein. Bin so genervt, daß mich schreckliche Träume plagen. Einmal fahre ich ganz erschreckt hoch und renne ins Cockpit, denn in meinem Traum trieb MÄDCHEN mit zerrissenen Segeln und zerschlagener Selbststeueranlage in einer aufgewühlten See. Der Traum war so realistisch, daß ich tatsächlich mit einer Katastrophe rechnete. Erleichtert richte ich mich für die Nacht im Cockpit ein, wo mich Kaffee mit Milch und Honig warm und wach hält. Es ist kühl geworden, sonst hat sich während meiner Schlafpause nichts geändert: nach wie vor steile Seen mit brechenden Kämmen, weiße Schaumplatten, das Pfeifen in den Wanten und die Hoffnung auf eine Winddrehung.

Am nächsten Tag das gleiche Bild, nur daß der Wind etwas

mäßiger weht und weniger Böen mitbringt. Aber diese Am-Wind-Kurse! Auf die Dauer sind sie nicht zu schaffen. Ich verausgabe mich dabei, gehe zu sehr in der Bewegung mit, spüre die Schläge, die MÄDCHEN einsteckt, als träfen sie mich selbst. Muß mich irgendwie aufbauen, damit die Moral nicht noch tiefer sinkt. Nur automatisch die Arbeit zu tun und das Schiff zu kontrollieren, das reicht nicht. Es hilft auch nichts, immer wieder auf die Pilot Charts zu starren, die für dieses Gebiet ganz andere Bedingungen versprechen. Nein, ich muß meine Freude am Segeln und an der See wiederfinden. Das kann ich aber nicht, wenn ich mich in meiner Koje verkrieche. Also fange ich erst mal mit einem heißen Fußbad und frischen Kleidern an. Schon besser. Dann beziehe ich Posten im Cockpit und beobachte die Elemente, in denen wir uns bewegen. Das Betrachten der See, das Aufgehen in ihrem Rhythmus, hat eine unwillkürlich meditative Wirkung, die mich wieder ruhig und zuversichtlich macht.

Unheimliche Begegnung

Rasmus belohnt mich für meine Einsichten. Der Barograph findet wieder in seinen normalen Tagesgang zurück, der Wind wird handiger, später sogar angenehm. Ich nutze die Gelegenheit, um Versäumtes nachzuholen: Petroleumlampen werden geputzt und aufgefüllt, die losen Verschnürungen der Rettungsinsel nachgespannt und die Essensspuren der letzten Tage aus der Pantry beseitigt.

Eben bemühe ich mich, frischen Brötchenteig in Form zu bringen, als von achtern langsam ein weißer Frachter aufkommt. Sofort ist der Küchendienst vergessen, ein Anruf wird abgesetzt. Prompt bekomme ich Antwort und kann mich mit dem Ersten Offizier der AZUR in unser beider Muttersprache unterhalten. Er scheint sich sogar über die unverhoffte Begegnung zu freuen. „Normalerweise treffen wir auf unserer Tour nur Wale und Albatrosse“, meint er. „Was machen Sie denn hier?“ Es wird ein sehr aufmunterndes Gespräch. Die AZUR ist ebenfalls auf dem Weg nach Kapstadt, und der Kapitän bietet scherzhaft an, „die beiden

Mädchen“ an Bord zu nehmen. Keine Frage, daß ein Telegramm an meine Eltern sofort abgesetzt wird. Mit drei langen Tönen aus der Schiffssirene verabschiedet sich der große Bruder.

Diese Begegnung kam zum richtigen Zeitpunkt. Bin danach ganz schön aufgekratzt und auch ein bißchen stolz auf uns. Denn in dem Gespräch ist mir erst bewußt geworden: Wir sind heute den 46. Tag auf See und haben seit Teneriffa 4400 sm zurückgelegt. Unsere derzeitige Position: 30°46′S, 13°32′W. Sollte die Azur noch in Kapstadt liegen, wenn wir eintreffen, werde ich an Bord einen Besuch abstatten. Zu gerne wüßte ich, wie die Menschen aussehen, die so herzlich auf mich eingegangen sind.

Vier Stunden nach dieser Begegnung verläßt uns der Wind. Die Schichtbewölkung reißt auf, der Barograph schreibt seit einiger Zeit steil nach oben. Wir fallen von einem Extrem ins andere.

Der 30. Oktober ist ein Datum, das bei mir haften bleibt. Zunächst deutet nichts an diesem verhangenen, fast stillen Morgen auf Aufregung hin. Meine Versuche, den Hauch von Wind in Fahrt umzusetzen, sind nicht sehr erfolgreich. Vorsorglich berge ich die große Genua wieder, bevor sie durch das Schlagen Scheuerstellen bekommt. Mädchen dümpelt in der nachlaufenden Dünung.

Froh über die Verschnaufpause, bessere ich am Bug Schäden im Relingsnetz aus, und der regelmäßige Blick übers Wasser ist dabei schon Gewohnheit. Halt, da war doch was! Im müden Auf und Ab der See glaubte ich eine flüchtige Bewegung zu erkennen. Könnte ein Wal sein, der nach Süden zieht. Nur keine Aufregung, er ist weit genug weg und schwimmt außerdem parallel zu uns. Ich setze meine Arbeit fort.

Als ich das nächste Mal aufschaue, schrecke ich heftig zusammen. Das Tier kommt zielgerichtet auf uns zu. Wenn es so weitermacht, rammt es uns mittschiffs. Mir vergeht der Humor. Aber das ist doch gar kein Wal! Noch kann ich nichts Genaues erkennen, nur daß es 4 bis 5 m groß ist. Und doch breitet sich eine nervöse Unruhe in mir aus, ich renne zurück ins Cockpit und starre von dort aus dem Fisch entgegen. Knapp vor Mädchen taucht er ab, und ich will schon erleichtert aufatmen, da kommt er auf der anderen Seite wieder hoch und fängt an, uns zu umkreisen.

„Gudrun, das ist kein Wal“, sage ich mir, „dieses Tier hat eine vertikale Schwanzflosse.“ Ohne bestimmbaren Grund fange ich an zu zittern und verkrieche mich in der Koje.

Nein, so geht das nicht; ich muß wissen, was sich draußen abspielt. Aber ich kann mir nicht erklären, was an dieser Begegnung so furchteinflößend ist. Sind es die lauernden Kreise, die der Fisch um MÄDCHEN zieht, oder liegt es daran, daß ich manchmal seine weiße Unterseite mit dem V-förmigen Maul sehen kann? Um mich abzulenken, halte ich meine Beobachtungen in Wort und Bild im Tagebuch fest. Soll ich einfach den Motor anwerfen und davonfahren? Aber was, wenn der Lärm den Riesenfisch aggressiv macht? Bis jetzt hat er uns ja noch nichts getan.

Ich entscheide mich fürs Warten, und schließlich verschwindet das Tier ebenso unvermittelt, wie es aufgetaucht ist. Um wieder zur Tagesordnung überzugehen, setze ich als erstes den Wasserkessel für Tee auf, denn solch simple Handlungen verfehlen fast nie ihre beruhigende Wirkung. Das starke heiße Getränk tut mir gut. Also, was war das eben? Ich schaue mir meine Aufzeichnungen an, und da steht: „11.20 Uhr – Fisch bei MÄDCHEN, 4 bis 5 m lang. Rücken dunkelgrau, Unterseite weiß. Maul an der Unterseite, V-förmig. Kann kein Blasloch sehen, obwohl er nur 1 m von uns weg ist. Taucht mehrfach unter dem Boot durch. Kreist. Wenn er oben schwimmt, verhaltene Bewegungen. 11.50 Uhr – er schwimmt weg.“

Damit bin ich genauso schlau wie zuvor. Ich weiß nicht, was für ein Fisch das war, weshalb er ein solches Interesse für uns bekundete. Ein Hai? Aber es gibt doch keine so großen Haie, denke ich (später höre ich, daß es etliche noch größere gibt). Warum bloß bin ich wegen eines nur 4 bis 5 m langen Fisches so aus der Fassung geraten? Bei unseren Begegnungen mit Walen hatten wir es mit viel größeren Ausmaßen zu tun.

Wie auch immer, es ist nichts passiert. Geblieben ist nur der Schreck, der mir noch eine ganze Weile in den Gliedern sitzt. Mißtrauisch beobachte ich den ganzen Tag die See rundum, die sich ölig unter der schwachen Dünung wellt. Schließlich setzt sich MÄDCHEN in einer aufkommenden leichten Brise sachte in Bewegung und bringt uns weg.

Die nächsten Tage lassen uns bei Schwachwind und Flaute nur im Schneckentempo vorankommen. Schlagende Segel, klappernde Blöcke. Übungen in Geduld waren noch nie meine starke Seite, doch hier bleibt mir gar nichts anderes übrig. Bei einem Barometerstand von 1026 mb befinden wir uns sehr nahe am Hoch oder bereits in seinem Kern. Das einzige, was uns hier heraushilft, ist Weg nach Süden. Aber wie – ohne Wind? Mit Motor? Kommt nicht in Frage, der Dieselvorrat ist streng rationiert: 20 l, um uns im Notfall aus einer schwierigen Situation zu befreien, der Rest zum Laden der Batterien. Und schwierig ist unsere Situation nun wirklich nicht. Allerdings erscheint sie mir am fünften Tag fast ohne Wind auch nicht sehr hoffnungsvoll. Ich schwanke zwischen Wut darüber, daß ich in diese Flautenfalle gefahren bin, und Niedergeschlagenheit, weil es nicht vorangeht. Dazu kommt, daß ich wegen des Lärms der schlagenden Segel und der nagenden Frage, wo im Hoch wir uns tatsächlich befinden, nicht schlafen kann. Der Appetit ist mir schon längst vergangen, lustlos knabbere ich an Nüssen und Süßigkeiten herum.

Durchschnittlich drei Prozent Windstillen geben die Pilot Charts für den Quadranten an, in dem wir uns befinden; die haben wir längst absolviert. Meine Hoffnung richtet sich auf den Albatros, der ganz in der Nähe dicht über dem Wasser seine Kreise zieht. Vielleicht ist sein Flug ein Zeichen für baldige Wetteränderung.

Erst am 4. November kehrt der Wind zurück, aber wieder aus dem östlichen Sektor. Ich bekomme Magendrücken. Das darf doch nicht wahr sein, wir können doch nicht den ganzen Weg bis Kapstadt gegen Ostwind ankreuzen!

Diesmal wird es etwas besser, denn eine kraftvolle Dünung aus Südwest dämpft die Windsee. Am 32. südlichen Breitengrad treffen wir zum erstenmal auf Dünung aus Südwest! Weiter im Süden geht wohl ein Tief durch. Ich bin auf der Hut. Der Wind könnte umspringen, eine Front bis zu uns herauf reichen. Der fallende Luftdruck und die ausgefransten Zirren warnen mich.

Am frühen Morgen des nächsten Tages ist es dann soweit. Es beginnt aus Nordwest zu wehen, und wir sind mitten drin im

Geschehen. Das sind ganz andere, großartige Seen, die MÄDCHEN jetzt erfassen, hochheben und in ihre Täler surfen lassen. Der rotgefärbte Himmel und die über uns hinwegjagenden dunklen Böen verleihen dem Tagesanbruch eine triste Abendstimmung. MÄDCHEN trägt nur noch das Trysegel und die gereffte Genua IV. Gespannt beobachte ich, am Mast stehend, ihre Fahrt, bis mir ganz schwindlig wird auf dieser Achterbahn. Aber genau das ist es, was wir brauchen: Wind aus den westlichen Sektoren, von mir aus auch so stark wie jetzt. Bleibe den ganzen Tag auf Posten und steuere mein Schiff selbst, lasse es mit den Seen fliegen, sich im Schaum der brechenden Kämme baden. Ist das ein herrliches Segeln!

Kurz und klassisch geht die Front in zwölf Stunden durch, dann dreht der Wind über Süd auf Südost zurück, und wir haben ihn wieder von vorn, zum Glück noch moderat. Vergebens versuche ich, mir die Lage des Hochdruckgebiets und den Verlauf seiner Isobaren vorzustellen; danach müßte der Kern südöstlich von uns liegen. Wir befinden uns auf 32°00′S und 01°36′W. Ich begreife dieses Wettergeschehen einfach nicht! Wütend feuere ich die Pilot Charts in die Ecke, um sie alsbald schuldbewußt wieder aufzuheben. Das Papier kann nichts dafür, daß es mit ganz anderen Informationen bedruckt ist.

„Liebe Grüße vom 32. Breitengrad. Noch 1000 sm bis Kapstadt. Umarmung, Gudrun." So lautet das Telegramm, das Kapitän Stollberg von der JARA JANBERG am Abend des 8. November für mich auf den Weg bringt. Sie kommt aus Kapstadt und ist auf dem Weg nach Südamerika. Nach seinen Informationen wird sich an der für mich ungünstigen Windrichtung nichts ändern, und er soll recht behalten.

Im Clinch mit dem Nordost

Wir haben den 11. November und noch immer keine Änderung! Zur Zeit weht es mit 7 Bft aus Ost. Inzwischen ist es mir fast gleichgültig, wie lange wir noch unterwegs sein werden, ich will nur mein Schiff heil nach Kapstadt bringen. Gegen diesen Seegang machen wir kaum noch Weg nach Luv. Ich brauche mehr Fahrt, um überhaupt voranzukommen, aber damit krachen wir entsetzlich hart in die Seen. Das kann auf die Dauer nicht gutgehen.

Die Quittung bekomme ich prompt. Noch in derselben Nacht läßt mich ein metallischer Knall zusammenschrecken. Renne zum Mast und leuchte die Verstagung ab. Nichts. Da ist aber etwas gebrochen, das unter Zug stand! Das einkommende Wasser füllt meine Gummistiefel, dringt durch den Kragen des Ölzeugs in meine warme Verpackung. Ich ignoriere es, denn ich bin immer noch am Suchen und Rätseln. Vergebens – alles scheint in Ordnung zu sein, alle Funktionen stimmen.

Ziehe mich in die Kajüte zurück, um in Ruhe nachzudenken: am Rigg keine Veränderung, das Ruder ist frei, die Selbststeueranlage arbeitet, am Rumpf keine Spuren einer Kollision. Woher also der Knall? Da lenkt mich ein seltsames Schaben aus dem Vorschiff ab, und ich weiß jetzt: Wir haben tatsächlich Bruch gemacht! Die Ursache hat sich gemeldet. Der Zug der hinteren Unterwanten wird an den Püttings durch eine Verstrebung aufgenommen und zur Schottwand geführt. An Steuerbord ist diese massive Stahlverstrebung in der Schweißnaht gebrochen und scheuert jetzt gegen die Schottwand.

Bin sofort wieder oben und will zur Entlastung der Want auf den anderen Bug gehen. Aber es ist ganz ausgeschlossen, daß ich in dieser See den Bug durch den Wind bringen könnte. Bleibt also nur eine Halse. „Gudrun, denk an dein Rigg“, ermahne ich mich selbst. „Fahre das Manöver langsam und schulbuchmäßig!“ Vor Aufregung steht mir Schweiß auf der Stirn, als ich die Halse vorsichtig einleite. MÄDCHEN nimmt beim Abfallen eine Wahnsinnsfahrt auf. Würde sie am liebsten einfach nach Südwest ablaufen lassen. Aber: „Weitermachen!“ dröhnt es in meinem Kopf. Warum muß so was ausgerechnet bei Nacht passieren? Vier Hände sollte man haben!

Wir bringen die Halse sauber zu Ende, und MÄDCHEN stampft schließlich auf Steuerbordbug mit 170° am Kompaß wieder gegen die Seen an. Ich lasse sie etwas voller segeln, bis ich den Schaden inspiziert habe. Das sieht nicht gut aus, dafür habe ich hier keine Reparaturmöglichkeit. Der ganze Zug der Unterwant wird jetzt nur noch vom Pütting in der Deckswand aufgenommen. Das bedeutet für uns, daß wir die harten Kurse nur noch auf Steuerbordbug fahren können. Ich umwickle das gebrochene Teil mit einem Lappen, damit es die Schottwand nicht zerkratzt. Dann trage ich noch den neuen Kurs in die Karte ein und gehe wieder nach oben. An Schlaf ist jetzt ohnehin nicht zu denken. Wenn es doch irgendwo einen Schalter gäbe, um diesen Ostwind und die Bewegungen der See wenigstens für eine Stunde abzustellen!

In den nächsten Tagen kämpfen wir uns Meile für Meile nach Osten. Jeden Morgen erzähle ich MÄDCHEN, meinem Maskottchen und mir, daß heute die erhoffte Winddrehung kommen wird, daß wir bald leichtes Segeln haben werden. Ich bin jetzt sehr vorsichtig, reduziere sofort die Segelfläche, wenn der Wind auffrischt und böig wird, und zwinge MÄDCHEN auch nicht mehr so hoch an den Wind. Lebe fast nur noch im Ölzeug und im Cockpit. Bin ziemlich fertig und habe Rückenschmerzen. Die Arbeit mit den Segeln fällt mir längst nicht mehr so leicht. Meine Bewegungen sind schwer und langsam geworden, zweimal bin ich schon ausgerutscht und nach Lee gefallen. Die jetzt kurzgehakte Leine des Lifebelts bremst mich dabei nicht gerade sanft ab.

Dann bin ich das leid und beschließe, so lange nach Südsüdost zu fahren, bis wir anderen Wind finden. Aber auch südlich des 36. Breitengrads ergibt sich keine Änderung. Meine Eintragungen im Logbuch gleichen sich: „NO 6 – 7, See grob". Nur mit etwas Glück kann ich wie am 16. November vermerken: „ONO 5, Regen, See gleichmäßiger". Womit haben wir das verdient? Bewundernswert, wie sauber die „Pazifik" unseren Kurs hält und wie gut MÄDCHEN die Belastungen verträgt. Nicht so erfreulich ist, daß inzwischen das Fenster auf der Steuerbordseite leckt und auch meine Hundekoje salzwasserfeucht ist.

Die Nacht zum 17. November wird nochmals hart und bringt ein paar schlimme Aufsetzer, obwohl ich verhalten fahre. Mache mir Sorgen und Vorwürfe. Wenn ich weiterhin so segle, fahre ich MÄDCHEN noch kaputt. Sie hat es nicht verdient, derart geschunden zu werden. Aber welche Alternativen bleiben mir? Noch tiefer in den Süden zu gehen oder… Ja, was? Ich kann nur weitermachen und aufpassen, damit wir die Sache gut hinter uns bringen. Um

Mitternacht dieses Tages stehen wir auf 35°10′ Süd und 5°43′ Ost. Noch knapp 600 sm bis Kapstadt. Das muß doch zu schaffen sein.

Es gibt sie also noch, die Süd- und Südwestwinde! Endlich fahren wir einen raumen Kurs. Mein Gott, sind das schöne Bewegungen! Ich weine vor Erleichterung und Freude, kann gar nicht glauben, was ich da spüre und sehe. Beim Wiegen meines Schiffes schlafe ich im Niedergang sitzend ein. Als ich aufwache, ist der Becher mit Kaffee verschüttet, und es dämmert schon. Ein moderater Südwest schiebt uns nach Osten. Der Luftdruck ist um 12 mb gefallen und steht jetzt auf 1010 mb. Zum erstenmal seit Trindade liegt direkter Kurs auf Kapstadt an.

Eigentlich wollte ich mich vor der Nachtwache nur noch eine Stunde in der Koje so richtig ausstrecken, den Geruch der feuchten Kleider vergessen und meine Haut frische Luft atmen lassen. Aber es sind vier Stunden Tiefschlaf daraus geworden. Verwirrt lese ich zweimal die Uhr ab, bevor ich begreife... Nicht schlimm, draußen ist alles ruhig. Es fällt leichter Regen. Ich lasse das Ölzeug hängen und richte mich im Niedergang im Schutz der Sprayhood ein. Bei den sanften, rollenden Bewegungen fallen mir immer wieder die Augen zu. Dabei wollte ich doch nach Schiffen Ausschau halten, denn unser Kurs verläuft zwischen zwei Dampferrouten. Je näher wir Kapstadt kommen, um so größer wird die Chance, ein Schiff zu treffen, eine Nachricht absetzen zu können. Seit meiner letzten Meldung sind zehn Tage vergangen, und ab jetzt erwarten meine Eltern jederzeit einen Anruf aus Kapstadt. Das muß nervenaufreibend sein. Wir beeilen uns. Mädchen läuft nicht schlecht, wird aber durch eine Sekundärdünung aus Ost etwas gebremst.

Am 18. November steht ein Festessen aus Sellerieherzen, weißer Sauce und Nudeln auf dem Tisch. Wirklich auf dem Tisch im Salon, einschließlich Teller, komplettem Besteck und Serviette. So feiere ich den zweiten Tag mit Südwestwind und den 66. Tag auf See. Von dem für zwei Mahlzeiten gedachten Essen ist am Schluß kein Krümel mehr übrig. Mir scheint, ich habe in den letzten Wochen einige Kilo an Gewicht verloren. Aber das läßt sich wieder ausgleichen. Viel wichtiger ist, daß ich während des nächsten

Landaufenthalts die undichte Stelle an Deck finde, die mir das Seewasser in meine Koje schickt. Sonst greift es noch die Elektrik an, von der eingeweichten nautischen Literatur ganz zu schweigen.

Doch vorerst genieße ich das gleichmäßige Auf und Ab der See. Malamoks und dunkle Sturmvögel begleiten uns. Wo waren sie denn in den letzten Wochen? Schön, wie sie mit ihren langen schmalen Schwingen oft nur wenige Zentimeter über dem Wasser dahingleiten. Auch in trübem Licht glänzt ihr weißes Gefieder, das an den Flügelrändern mit einem schwarzen Band eingefaßt ist. In unserer kleinen Welt herrscht fast Harmonie. Aber nur fast, denn leise drohend verstärkt sich wieder die Sekundärdünung aus Südost.

Zwei Tage später staune ich über mich selbst. Trotzig sitze ich fast den ganzen Tag an der Pinne und steuere MÄDCHEN gegen einen frischen Südostwind. Diesmal lasse ich mich nicht kleinmachen. Diesmal mische ich mit. Und es hilft. Der Tag wird schön, der Himmel klart auf, die Sonne läßt das Meer leuchten. Malamoks kreisen über unserem Kielwasser. Nachts hält die „Pazifik" MÄDCHEN auf etwas raumerem Kurs, aber am nächsten Morgen sitze ich schon wieder am Ruder und versuche, uns so elegant wie möglich durch die Seen zu bringen. Der fallende Luftdruck und der aufkommende Nieselregen spornen mich an. Der Wind wird bestimmt bald wieder drehen.

Der Tafelberg steigt über die Kimm

Meine Hoffnung hat nicht getrogen, der 22. November bringt tatsächlich eine leichte Brise aus Südwest. Als ich frühmorgens die Genua I auspacke, empfinde ich Dankbarkeit für mein Schiff: „Mein Gott, MÄDCHEN, du hast es fast geschafft!" Als erste Landboten umflattern uns Küstenseeschwalben, weiß mit schwarzem Käppchen, und ein Falter, der sich schließlich an Deck niederläßt. Unsere Breite um Mitternacht entspricht genau der von Kapstadt, unsere Distanz zur Küste beträgt noch 110 sm. Mache es mir für den Rest der Nacht wieder im Cockpit gemütlich: Rundblick,

1

2

1 Der erste Hafen ist erreicht. Unterhalb der Kulisse des Anagagebirges liegt Mädchen sicher im Fischereihafen von Santa Cruz auf Teneriffa.

2 An der Südwestspitze der Insel Teneriffa stehen gleich zwei Leuchttürme: Tenö alt (rechts) und neu.

3

4

5

3 Getroffen: Trindade, eine Insel von eigenwilliger Schönheit. Ihr Betreten ist allerdings unerwünscht.

4 Südwärts geht es mit dem Südostpassat.

5 Gewitter in den Doldrums bringen nicht nur Streß, sie füllen an Bord auch den Süßwasservorrat auf.

6 Die tägliche Standortbestimmung: Mit dem Sextanten wird die Sonnenhöhe gemessen.

7 Ein farbenprächtiger Sonnenaufgang, der aber nichts Gutes verheißt.

8 Wir vertrauen einander, mein Schiff und ich.

Dösen, Rundblick und gemächliche Fahrt mit einer leichten Brise aus West.

Am nächsten Morgen wird der Westwind allerdings lustlos und schiebt uns nur müde voran. Dafür laufe ich auf vollen Touren. Verschwende 20 l Süßwasser für den Hausputz und 10 l für mich und meine Haare. Jetzt darf ich das. In den Arbeitspausen klettere ich immer wieder bis zur Saling in den Mast und halte Ausschau, obwohl noch gar nichts zu sehen sein kann. Um 18.00 Uhr peile ich das Funkfeuer von Robbeneiland in 91° rechtweisend. Friedlich bricht unsere letzte Nacht auf See an, auch der Wetterbericht von Radio Kapstadt ist freundlich. Während wir uns langsam dem Land entgegenschieben, tauchen ringsum die Lichter von Fischerbooten auf. Seltsam: Jetzt, so kurz vor dem hartumkämpften Ziel, tut es mir leid, daß die Reise zu Ende geht. Morgen wird meine kleine Welt wieder mit dem Leben an Land konfrontiert. Was mich dort wohl erwartet?

Die Nacht wird mir lang. Alle Vorbereitungen für die Ansteuerung sind getroffen, die Umrißskizzen des Bergpanoramas von Kapstadt hängen an der Schottwand. Was tun, um nicht einzuschlafen? Ich spiele am UKW-Gerät herum, bis ich Radio Kapstadt empfange. Ob sie mich schon hören können? Es klappt, eine Verbindung nach Deutschland wird hergestellt. Meine Eltern allerdings haben einen zu festen Schlaf – drei Uhr früh ist ja auch eine schlechte Zeit zum Plaudern. Danach lasse ich die Rufnummer meines Segelfreundes Wolfgang anwählen, und tatsächlich: Verschlafen klingt seine Stimme über 83 Breitengrade hinweg an mein Ohr. Ich gebe ihm meine Position und voraussichtliche Ankunftszeit in Kapstadt durch. Er wiederholt alles automatisch, will wohl schnell wieder einschlafen.

„Halt, leg nicht auf! Weißt du, mit wem du sprichst?"

Da endlich wird er hellwach.

„Gudrun! Ist alles in Ordnung bei dir? Nach deiner letzten Meldung müßtest du doch schon vor einer Woche eingelaufen sein! Was ist passiert?"

„Nichts, alles in Ordnung. Wir liegen 40 sm westlich von Kapstadt in einer Flaute."

„Soll ich deinen Eltern sonst noch etwas ausrichten?"

„Schöne Grüße. Und zu Weihnachten wünsche ich mir ein Paar wirklich wasserdichte Gummistiefel."

Darüber lachen wir beide.

Der nächste Morgen bringt leichten, nur strichweisen Wind. In der Sonne vor mir liegt ein großartiges Panorama: die Westküste des Kaplands, das Bergmassiv der „Zwölf Apostel", Lion's Head und der Tafelberg. Noch klein zunächst und nur in Grautönen zeigt sich unser Ziel. Aber langsam wächst es, nimmt Farbe an und läßt Details erkennen. Die Skizzen im Seehandbuch geben nicht nur Aufschluß über Besonderheiten bei der Ansteuerung, sondern helfen mir auch, die einzelnen Berge und Einbuchtungen zu bestimmen. Wir fahren durch eine ganze Versammlung von Kapkrähen, die sich bei unserem Näherkommen schnatternd auflöst. Dann erregen schwarze, glänzende Gegenstände, die senkrecht aus dem Wasser ragen, meine Aufmerksamkeit. Will mich schon über die „Wasserverschmutzung" erregen, da werden die Gegenstände lebendig. Es sind Seehunde! Mehrere Gruppen von ihnen treiben ringsum im Wasser und recken die Flossen in die Luft. Sehr drollig sieht das aus, wie sie dort, auf dem Rücken liegend, Bauch und Flossen der Vormittagssonne darbieten. Sachte schiebt sich MÄDCHEN näher heran, und dabei muß ich wohl einen Seehund übersehen haben. Er taucht unter uns durch und reckt im Kielwasser laut schimpfend den Kopf in die Höhe. Ich habe viel Spaß mit diesen Tieren.

Dann muß ich mich wieder auf die Ansteuerung konzentrieren. Da wir etwas südlich der Tafelbucht stehen, kommt die Stadt und die typische Silhouette des Tafelberges erst jetzt heraus. Bald sind auch die Kräne und Hafenanlagen zu erkennen. Den Leuchtturm von Groenpunt habe ich bereits querab, als ich merke, daß ich nicht mehr allein bin. Fünf Yachten trainieren für eine Regatta, fahren Spinnakermanöver. Zwei Skipper nehmen schließlich Kurs auf den Hafen, und ich halte auf sie zu. Den Hafenplan habe ich zwar im Kopf, aber zwei Lotsen sind besser. Sie kommen von Norden, wir von Südwest, und im Fahrwasser treffen wir uns.

Dann geht alles sehr schnell. Trotz des auffrischenden Windes laufe ich auch in diesen Hafen unter Segeln ein. Im letzten Becken drehe ich eine Ehrenrunde, um das Tuch zu bergen, Fender und

Leinen bereitzulegen und den Motor zu starten: saubere Arbeit, hat Spaß gemacht. Vorsichtig manövriere ich dann durch das Bojenfeld und suche eine geschickte Stelle zum Anlegen. Das ist gar nicht so einfach. Kein Mensch weit und breit, der uns eine Hand leihen könnte. Aber es klappt auch so. Um 17.30 Uhr am 24. November, nach 72 Tagen auf See, mache ich an einem Steg des Royal Cape Yacht Club (RCYC) von Kapstadt fest.

Danach sitze ich an Deck und staune: über die weitläufigen Anlagen dieses Klubs, über die vielen Yachten ringsum und vor allen Dingen über den wunderschönen Blick auf den Tafelberg. Eine Postkarte mit genau diesem Bild hing jahrelang an der Wand vor meinem Schreibtisch im Büro. Jetzt sind wir da.

Eine wichtige Entscheidung

Bis das letzte Segel verstaut, die letzte Schot ausgeschoren ist und die Baumpersenning richtig sitzt, wird es Nacht. Der Eigner der Nachbaryacht ist eingetroffen. Interessiert erkundigt er sich nach unserer Reise. Kaum bin ich mit meinen Angaben zu Ende, verschwindet er unter Deck und kommt mit einer Flasche Sekt zurück. „Welcome in Cape Town!" Selbstverständlich bin ich zum Dinner an Bord eingeladen und werde dabei mit den Gepflogenheiten und Räumlichkeiten des Klubs vertraut gemacht. Aber ein sehr amüsanter Gast bin ich nicht. Mir fallen immer wieder die Augen zu, und von der Unterhaltung verstehe ich nur die Hälfte. In meinem Kopf surrt es wie in einem Bienenstock, auch fühlt sich der Boden unter meinen Füßen wie Watte an. Einsichtig verabreden wir uns lieber für den nächsten Tag.

Zurück an Bord, zünde ich wie jeden Abend die Petroleumlampe am Achterstag an, bereite meinen Kaffee zu, setze mich damit in den Niedergang und lausche in die Nacht. Es ist eine Nacht mit ungewohnten Geräuschen, dem Lärm des Landes und der nahen Stadt. Ich weiß nicht, ob ich mich freuen oder traurig sein soll. Meine stärkste Empfindung ist Dankbarkeit gegenüber der See und den Winden, die uns unbeschadet ankommen ließen, und gegenüber meinem Schiff, das mehr Durchhaltevermögen bewies, als ich ihm zutraute. Jetzt schaukelt es zwischen seinen Leinen vor der beeindruckenden Kulisse des Tafelbergs, als sei es gar nichts besonderes, hier zu liegen.

Meine Gefühle sind um so bewegter. Wir sind in Kapstadt, und das erste große Kap liegt greifbar nahe. In dem Moment, als wir zwischen den Molen hindurch in den sicheren Hafen segelten, wußte ich, daß der Weiterweg nach Osten für uns der richtige ist. Schon in diesem Moment waren alle Zweifel vergessen, war ich in Gedanken bereits wieder unterwegs nach Südosten. Unser Aufenthalt in Kapstadt ist also nur eine Pause, die wir beide nötig haben, die aber nichts an meinem großen Plan ändern wird. Von der Koje aus kann ich Orion sehen, der bei seiner Wanderung über den Sternenhimmel wie ein guter Freund bei uns hereinschaut. Automatisch registriere ich das Flackern seiner Sterne, das Höhenwinde signalisiert. Morgen wird es vielleicht wehen.

Aber ich muß endlich abschalten. Wir sind angekommen, wir liegen im Hafen, ab morgen sind ganz andere Dinge wichtig als in den vergangenen Wochen.

„You are the German lady, who is going singlehanded?“ Mit diesen Worten werde ich am nächsten Morgen im Klubbüro des RCYC begrüßt. Erstaunt schaue ich die Fragestellerin an, die mir ein ganzes Bündel Briefe entgegenhält. „You are Gudrun? I am Dingi.“ Verwirrt stehe ich auf dem dicken Teppich im Foyer des vornehmen Klubhauses und erfahre wie nebenbei, warum ich schon erwartet werde: Wolfgang hat sich in der vergangenen Woche mehrfach telefonisch nach mir erkundigt. Das ist mir etwas peinlich, den reizenden Frauen im Klubbüro aber überhaupt nicht; sie freuen sich, daß ich gut angekommen bin, helfen mir mit Tips und Informationen. Dingi wird zu einer stillen Freundin, zu meinem guten Geist hinter den Kulissen.

Beim Telefongespräch mit meinen Eltern klingt Vaters Stimme richtig erleichtert. Mutter verrät mir dann, was er nicht sagt: „Sie haben sich gegenseitig ganz verrückt gemacht. Jeder hatte eine andere Erklärung, warum du noch nicht eingetroffen warst. Sag ihnen, daß sie beim nächsten Mal nicht wieder deine Distanzen mitkoppeln sollen. Auf mich hört ja keiner!“

„Auf mich wahrscheinlich auch nicht."

Es wird ein anregendes Gespräch. Wir lachen, erzählen, sind glücklich, wieder Kontakt miteinander zu haben. Nach dem Telefonat bin ich über alle Familienangelegenheiten daheim auf dem Laufenden. Außerdem werde ich schon zum drittenmal an diesem Tag zum Essen eingeladen. Vielleicht liegt das an meiner sehr lose sitzenden Hose, es kann aber auch einfach Interesse sein.

In den nächsten Tagen komme ich mir vor wie eine Wasch- und Putzfrau, doch die Mühe lohnt sich. Der muffige Gestank in der Kajüte ist verschwunden, die Schapps sind wieder mit sauberer, wohlriechender Wäsche gefüllt. Das Wetter begünstigt meine Arbeit. Jeden Morgen blicke ich in einen lichtblauen Himmel. Über den Tafelberg hinweg weht ständig der Südost, mal mehr, mal weniger stark und einmal so stürmisch, daß er mir die Wäsche von der Leine holt. Mitunter wird dieser fönartige Wind so ungebärdig, daß sich die Fußgänger in der City von Kapstadt vor den Ampeln an die zu diesem Zweck angebrachten Haltebügel klammern müssen.

Im November ist es noch zu früh für das große Meeting der von Osten in Kapstadt eintreffenden Fahrtensegler. Bisher habe ich nur eine schwedische Yacht mit dem Ehepaar Roger und Marlies entdeckt. Nein, es war anders herum: Marlies hat meine Zollflagge gesehen und mir sofort ihre Hilfe angeboten. Die beiden halten ihr Schiff in so perfektem Zustand, als wollten sie jeden Moment auslaufen. Ihr nächstes Ziel ist Mauritius, deshalb sitzen wir so manchen Abend gemeinsam über den Karten und studieren die zu erwartenden Bedingungen am Kap – bis zu dem Tag, an dem François mit seinem entmasteten Schiff aus der Kapregion zurückkommt.

Betroffen stehen wir auf der Mole und starren ihn und sein Schiff an. Beide sehen schlimm aus. Ihr Anblick prägt sich tief in mein Gedächtnis ein. Es dauert eine Weile, bis wieder Leben in uns kommt, bis wir reagieren und uns bei ihm nützlich machen können. Danach ändern Roger und Marlies ihre Pläne, verzichten auf Mauritius und laufen wenige Tage später nach Norden in Richtung Lüderitz aus. Eine kluge Entscheidung, vor allem für ihr Baby, das bald ankommen soll.

Zur Abwechslung mal Regatta segeln

Ein strahlend schöner Tag. Der Tafelberg trägt sein weißes „Tischtuch“, die berühmte stationäre Wolke. Über seine Kante kippen die ersten Fallböen und pfeifen über die Tafelbucht hinweg, die schon seit Tagen mit hellen Segeln übersät ist. Die Rothman's Week läuft, Kapstadts Segelspektakel. Diese Regattaserie wird – bis auf eine längere Wettfahrt – auf olympischen Dreieckskursen in der Bucht vor Kapstadt ausgetragen. Fünf Tage lang gehen über hundert Yachten verschiedener Größe in fünf Gruppen an den Start. Und ich bin dabei.

Judy, die Skipperin unserer Frauencrew, steuert die RETUS, unsere 8,50 m lange L 26, mitten unter den anderen dreizehn Booten desselben Typs auf die Startlinie zu. Die Bordwände sind nur wenige Handbreit voneinander entfernt, die halb aufgefierten Segel knattern. Konzentriert wartet jede von uns auf den Startschuß. „Five, four, three, two – peng – the race is going. Alle Schoten dicht!“ Gedrängt sitzen wir auf der hohen Kante. Judy drückt RETUS an die Windkante hoch und versucht, sich aus dem Feld freizukreuzen. Als fünfte unserer Klasse erreichen wir die Luvtonne. Dann ein kurzer Befehl von Judy, und der Spinnaker steht. Es ist schon der zweite Lauf heute, trotzdem sind wir voll Eifer.

Erst drei Wochen ist es her, seit ich mich mit MÄDCHEN vorsichtig dieser Bucht genähert habe. Nun segeln wir vier Frauen jeden Morgen auf die Bay hinaus, und ich bin dabei. Judy, dieses nur 1,60 m große Energiebündel, hat mich eine Woche vor der Wettfahrt dazu eingeladen. Eine Regatta vor der Kulisse des Tafelbergs? Klar mache ich mit! Daheim auf der Sprinta Sport war zwar das Vorschiff meine Domäne, doch sollte ich mittschiffs keine Probleme haben. Die kriege ich dann auch nicht, nur das Wörtchen „up“ macht mir anfangs zu schaffen, weil ich es im Eifer des Gefechts mit „ab“ verwechsle und allerhand Unsinn anstelle.

Aber die Frauen sind großartig und überhaupt nicht ungeduldig. Wir einigen uns darauf, daß ich mich mit Linda, der Vorschiffsfrau, direkt verständige. Es macht Spaß, wieder einmal Regatta zu segeln, diese prickelnde Atmosphäre zu erleben. Wir sind eine verschworene Gemeinschaft, feuern uns gegenseitig an, ermuntern einander, wenn etwas schiefgelaufen ist, und genießen es, uns mit der Konkurrenz zu messen.

Während der Regattawoche ist der RCYC Angelpunkt aller Aktivitäten. Die Bootsbauer, Rigger und Segelmacher haben alle Hände voll zu tun, die Schäden bis zum nächsten Start zu beheben. In der Halle des Klubhauses stolpert man über Segeltaschen, überall herrscht fieberhaftes Treiben. Von der feinen Teaparty bis zum Jazz-Happening werden die Abende wechselweise von den Sponsoren gestaltet. Die Men's Bar kann ihren Status längst nicht mehr halten, in diesem Trubel steht das Bollwerk englischer Tradition auch den Frauen offen.

Ich bin in einer anderen Welt, wenn ich abends zu MÄDCHEN zurückkomme. Friedlich schaukelt sie an ihren Leinen. Unser nächster wichtiger Termin ist die Kranung, denn ich will sie aus dem Wasser nehmen. Aber erst nach der Regatta. Deren krönender Abschluß ist die Preisverteilung im Rathaus von Kapstadt, mit dem Aufmarsch der Prominenz wie Bertie Reed und John Martin. Dazu festliche Kleidung, Ansprachen, Sekt, Applaus und die Blitzlichter der Pressefotografen. Die RETUS-Crew ist nicht unter den Gewinnern, trotzdem können wir uns mit einem Platz im Mittelfeld und in den von einem Sponsor gestifteten Cocktailkleidern sehen lassen. Nur bewege ich mich etwas gehemmt in dem engen, geschlitzten Rock und den ungewohnt hochhackigen Schuhen. Wie komme ich damit bloß nachts die Leiter zu MÄDCHEN hoch, die inzwischen an Land aufgebockt ist?

Rock und Schuhe wurden einfach ausgezogen, und nun stecke ich wieder in Arbeitskleidung. Die undichte Stelle an Deck ist gefunden und überlaminiert. Mein Vater hätte Zustände bekommen, wenn er gesehen hätte, wie ich, am Fußende der Hundekoje verkeilt, die Trennscheibe ansetzte und ein Stück Innenschale herausschnitt, um an das Übel heranzukommen. Er hatte mir seine nie geliehen, weil ihm das Ding zu gefährlich schien.

Das Unterwasserschiff ist von Entenmuscheln befreit, abgeschliffen und zweimal mit Antifouling gestrichen. Toni, der Kranführer, hebt MÄDCHEN sachte über eine andere Yacht hinweg und setzt sie zurück in ihr Element. Ist das ein Bild! Weiß, mit blauem

Wasserpaß, schwebt sie durch die Luft. Auch Toni scheint sich über ihren Anblick zu freuen, wie er überhaupt den Fortgang meiner Arbeiten aufmerksam beobachtet und immer ein freundliches Wort für mich hat. Mein Tun wird im Klub als selbstverständlich akzeptiert. Niemand drängt sich auf, brauche ich aber eine Hand, ist immer jemand zur Stelle. Dabei macht es keinen Unterschied, ob diese Hand schwarz oder weiß ist.

Ich habe versucht, mich mit dem Problem der Apartheid auseinanderzusetzen, aber was aus der Entfernung leicht bestimmbar schien und in Denkschablonen paßte, wird hier im täglichen Leben bald in Frage gestellt. Je mehr ich versuche, in Gesprächen die vielschichtigen politischen Befindlichkeiten dieses Landes zu verstehen, desto verwirrter werde ich. Südafrika ist Heimat zahlreicher unterschiedlicher Kulturkreise, Hautfarben und Religionen. Apartheid scheint mir nicht nur ein Problem zwischen Schwarz und Weiß zu sein, sondern zwischen allen Bevölkerungsgruppen zu bestehen. Mein Anspruch, diese höchst komplizierte Situation beurteilen zu können, ist ganz schnell geschrumpft. Nur der Wunsch bleibt, die Menschen, mit denen ich umgehe, wenigstens im Ansatz zu verstehen und ihnen unbefangen zu begegnen.

Am Heiligen Abend bleibt es im Hafen ganz ruhig. Man ist auf einer der überall stattfindenden Partys oder bereits in Urlaub. Ich aber kann mich einfach nicht entschließen, eine der vielen Einladungen anzunehmen und diesen Abend am Swimming-pool zu verbringen. Dingi im Klub hat gleich zwei Päckchen und mehrere Briefe für mich, die ich wie einen Schatz zu meinem Schiff trage. Als erstes öffne ich das Päckchen meiner Mutter: Selbstgebackene Plätzchen, ein Weihnachtsmann aus Schokolade und ein kleiner Plastikchristbaum schmücken danach die Kajüte. Und mein Kollege Wilfried hat mir für enorme Portokosten einen Dresdner Christstollen geschickt. Könnten sie jetzt mein Gesicht sehen, hätten sie großen Spaß an meiner Freude über dieses eingeflogene Stück heimatlicher Weihnacht. Mein Salon sieht richtig gemütlich aus, eine Kerze brennt, ich schreibe Briefe und bin mit allen verbunden, die ich liebe. Feierliche Ruhe liegt über dem Hafengelände – fast so, als wären wir auf See.

„Ist denn ganz Kapstadt in Urlaub?"

Aber Judy lacht nur über meine Verzweiflung, geht ans Telefon und öffnet wieder eine Tür für mich. Trotz des allgemeinen Betriebsurlaubs werde ich also morgen meinen neuen Wassertank bekommen. Und tatsächlich, bevor der Chef zu seinem Ferientörn ausläuft, kommt er selbst zu uns und verabschiedet sich erst, als er sicher ist, daß der Wassertank an Bord richtig angeschlossen ist. Allmählich werden meine Vorbereitungen weniger, ebenso wie das Werkzeug, das immer im Weg herumliegt. Die Liste der anstehenden Arbeiten wächst zumindest nicht mehr. Die großen Brocken wie Fenster herausnehmen, neu dichten und wieder einsetzen sind erledigt, ebenso die Laminatarbeiten, und zum Jahreswechsel ist MÄDCHEN wieder komplett.

In sehr hoffnungsvoller Stimmung sehe ich dem neuen Jahr entgegen, das bei einer Party für jedermann auf dem Klubgelände gefeiert wird – mit einem Sirenenkonzert der Handelsschiffe, knallenden Sektkorken und dem zigfachen Wunsch: „Happy New Year!" Meine Gedanken sind in diesen Minuten bei der Familie und den Freunden, wandern aber auch voraus. Nächstes Jahr werde ich Neujahr vielleicht auf See verbringen, und dann ist es ein Tag wie jeder andere. Grund genug, darauf noch einen Schluck zu trinken.

Scheiden tut weh

Endlich habe ich die leidigen Provianteinkäufe hinter mich gebracht. Das Auto ist mit Tüten und Kartons gefüllt, alle Posten auf meiner Liste sind durchgestrichen. Der Umsicht einer Segelkameradin aus Pretoria, meiner treuen Helferin Este, habe ich es zu verdanken, daß sich darunter auch ein paar Spezialitäten und Delikatessen befinden. Diese Menge an Lebensmitteln muß nun für ein halbes Jahr reichen und den richtigen Platz in MÄDCHENS Bauch finden. Ziemlich geschafft von der Räumerei gönnen wir uns einen Drink im Klub.

Dort überrascht mich François mit einer Neuigkeit: „Oh, Gudrun, ich habe dir eine kleine Katze gebracht. Sie sitzt in einer

Tasche bei dir im Cockpit und ist wirklich hübsch und stark. Du wirst schon sehen. Bis später!" Und weg ist er. Richtig, ich habe bei François an Bord in letzter Zeit öfter mit seinen Katzen gespielt und auch gesagt, daß es schön sein müsse, so ein Tier zur Gesellschaft zu haben. Und jetzt habe ich eins! Ein niedliches weiches Knäuel miaut mich kläglich aus seiner Korbtasche an. Vorsichtig nehme ich es hoch. Das Kätzchen ist gerade so groß wie meine Handfläche, zittert am ganzen Leib und schaut mich mit blauen Augen aufmerksam an. Ich sitze etwas ratlos da und überlege, was jetzt zu tun ist. Marlies' Katze hatte an Bord einen Korb und ein Katzenklo mit Streu. Bis das alles besorgt ist, muß es ein Pappkarton mit alten Zeitungen tun.

Es ist wirklich eine mutige kleine Katze. Bei einer ungeschickten Bewegung erklärt sie meinen Finger zum Feind und beißt mit ihren feinen Zähnchen wild hinein. Von da an nenne ich sie „Tiger", obwohl ich noch nicht einmal weiß, ob das Fellknäuel dereinst ein Kater oder eine Kätzin wird. Tiger denkt nicht daran, im Karton zu bleiben. Eine Weile spielt er mit seinem Spiegelbild im Lack der Kojenbretter, dann entdeckt er den Weg auf die Koje und macht es sich auf meiner Decke bequem. Bis zum Abend ist die Katzenausstattung besorgt, nur interessiert sich keiner mehr dafür. Tiger hat bereits seinen Stammplatz gewählt, fühlt sich wohl bei uns und tut, was ihm gerade Spaß macht. Sein Freiheitsdrang ist so groß, daß er bald gelernt hat, über den Niedergang nach draußen zu klettern.

Auch ich gewöhne mich schnell an dieses quirlige kleine Lebewesen und kann über seine Streiche nur lachen. Aber auf unser künftiges Zusammenleben fallen bald Schatten. Herta von der PEGASO kommt zu Besuch, eine weitgereiste Skipperin und im Umgang mit Behörden viel erfahrener als ich. Ich kann ihre Bedenken nicht von der Hand weisen. Sachlich schildert sie mir die Schwierigkeiten, die meine Katze und ich zum Beispiel bei der Einreise in Neuseeland zu erwarten hätten: Ich müßte Kaution hinterlegen, Kontrollbesuche der Gesundheitsbehörde bezahlen und dürfte das Tier nicht an Land lassen.

Danach verbringe ich eine unruhige, traurige Nacht. Tiger hat sich vertrauensvoll an meinen Rücken gekuschelt und ist zufrieden. Ich bin es nicht. Trotz meines Gefühlsaufruhrs habe ich beschlossen, gleich am nächsten Tag ein neues Heim für ihn zu suchen. Aber ich bin deprimiert, denn eigentlich will ich ihn ja gar nicht weggeben.

Morgens lenkt mich ein Anruf im Klubbüro ab. Lilo, eine Deutsche, die mit ihrem Mann den Nordwinter in Südafrika verbringt, lädt mich zu einem Bummel durch Kapstadt und zu einem anschließenden Besuch in ihrem Haus ein. Ich erzähle ihr von meinem Kummer, und sie bestärkt mich: Tiger braucht ein Zuhause an Land. Sie wird sich mal umhören. Als ich an Bord zurückkehre und das Kätzchen anfängt, mit meinen Zehen zu spielen, komme ich mir wie ein Verräter vor.

Aber die Nachricht am nächsten Tag ist gut: Tiger soll ein richtiges Heim mit Haus und Garten bei Lilos Freundin bekommen. Die Aussicht, daß meine kleine Katze bald mit ihresgleichen im Grünen herumtollen wird, tröstet mich. Zusammen mit Lilo und ihrem Mann erlebe ich einen sehr schönen Tag, sitze auf der Terrasse ihres Hauses am Hang von Somerset West und lasse den Blick frei über die False Bay schweifen. Im Kreis der Gäste dreht sich das Gespräch beim Kap-Riesling um mein baldiges Auslaufen. Frikkie, ein Freund des Hauses, ist Pilot und wird mir die aktuellen Wetterdaten besorgen. Und tatsächlich, am nächsten Tag bringt er mir eine ausführliche Darstellung der augenblicklichen Wettersituation und künftigen Entwicklung. Morgen wäre ein perfekter Tag für den Start.

Nun bin ich am Rotieren. Habe gerade erst entdeckt, daß die Lichtmaschine des Motors nicht die Batterien auflädt. Was tun? Meine Kenntnisse von MÄDCHENS Verkabelung sind ziemlich vage. Halbherzig fange ich an, die Leitungen durchzumessen. Nein, so geht das nicht, Murks kann ich mir nicht leisten. Die telefonische Rückfrage bei Joachim in Deutschland ist wenig hilfreich. „Bei einer solchen Beanspruchung gehört die Bordelektrik alle zwei Jahre ausgewechselt“, informiert er mich. Wunderbar, das jetzt zu erfahren! Solche Allgemeinplätze helfen mir nicht weiter, hätte lieber gar nicht erst anrufen sollen. Trotzdem, meine Elektrik muß in Ordnung gebracht werden, und zwar am besten von einem Fachmann.

Judy nutzt ihre Beziehungen, und nachmittags ist bereits ein Profi am Werk: Udo, ein echter Hamburger Jung, geht der Sache auf den Grund. Sieht das vielleicht aus an Bord! Ich mag schon gar nicht mehr hinschauen, mit welcher Schnelligkeit er die Kabel durchtrennt und die alten ausräumt. „Udo, bist du sicher, daß das alles raus muß?“ Da spricht wohl die schwäbische Sparsamkeit aus mir.

Doch er bleibt unerbittlich. „Wenn ich's mir richtig überlege, gäb's hier noch viel mehr zu tun. Aber du willst ja unbedingt weg. Wann?“

„Sobald du fertig bist, laufe ich aus.“

Er sieht mich nachdenklich an und sagt eine ganze Weile gar nichts. Dann fordert er über sein Walkie-talkie Material an und verkündet schließlich strahlend, daß er bis morgen mittag fertig sein werde; auf sein abendliches Surfen könne er schon mal verzichten.

Ich verziehe mich lieber, um ihn nicht zu stören. Außerdem wird es höchste Zeit, die Formalitäten des Ausklarierens zu erledigen. Beim Zoll dauert es etwas länger, weil das Lacksiegel auf meiner Weinflasche nicht halten will. Drei Beamte sind damit beschäftigt und erfüllen voller Sportsgeist meinen ungewöhnlichen Wunsch. Die Idee, eine Weinflasche mit um die Welt zu nehmen und mit den Zollstempeln aller angelaufenen Länder versehen zu lassen, gefällt ihnen. Später soll sie zugunsten der Seenotrettung versteigert werden.

Es wird ernst, wir haben ausklariert. Auch Udo ist fertig und empfängt mich mit einem knappen: „Kannst los, wenn die Rechnung bezahlt ist.“ Das und eine herzliche Umarmung hat er sich mehr als verdient.

Prompt steigt in mir wieder Nervosität auf. Doch dieses Kribbeln, dieses Geladensein bis unter die Haarspitzen brauche ich wohl, um überhaupt loszukommen. Vergangene Nacht habe ich noch stundenlang vor meinen Karten und Büchern gesessen und mir die Daten über Strömungen, Leuchtfeuer und Anzeichen für schlechtes Wetter eingeprägt. Ruhe werde ich erst finden, wenn die Hafenausfahrt hinter uns liegt.

4. Kapstadt – Sydney

Als Gast im Reich der Weststürme

Dingi im Klubbüro sieht es mir schon von weitem an. „You are ready to leave?" Ja, in zwei Stunden geht es los. Aber sie hat wohl ein geheimes Nachrichtennetz aktiviert, denn als ich mir an den Segeln zu schaffen mache, kommt die komplette Frauencrew von der Rothman's Week angestürmt. Sie lassen mich nicht einfach so wegsegeln. Und andere Freunde denken genauso. Ich kann gar nicht fassen, was da um mich herum geschieht.

Über die Hafenanlage des Royal Cape Yacht Club tönt die große Schiffsglocke. Die Frauen vom Klubbüro wünschen mir per Lautsprecher eine sichere Reise. Am Steg stehen all die Freunde, die mir in den vergangenen Wochen so viel bedeutet haben. Die Crew der RETUS löst meine Leinen, aber fest geknüpft bleibt das Band der Freundschaft zwischen uns, was sich auch in den vielen kleinen Abschiedsgeschenken und Aufmerksamkeiten ausdrückt. Der Abschied fällt mir schwer, ich war hier angenommen. Doch die Idee dieser Reise ist unabhängig von meinen Gemütsschwankungen eine selbständige Triebkraft geworden, auch wenn ich vor dem Seegebiet der Kapregion einen Riesenrespekt habe.

Wie vertraut mir die Hafenanlagen Kapstadts durch die Regatta geworden sind, fällt mir so richtig auf, als MÄDCHEN gemächlich der Ausfahrt zugleitet. Die Tafelbucht empfängt uns mit einem leichten Nordwest. Die Front, auf die ich für meine Umrundung der beiden Kaps Südafrikas warte, soll in zwei Tagen durchgehen. Wenn mir doch bloß nicht immer das Bild von François und seiner Yacht vor Augen stünde, wie sie am 28. November aus der Kapregion zurückkamen: entmastet und übel mitgenommen. Ende September war er ausgelaufen, mit Ziel Mauritius, und auf dem 38. Breitengrad durchgekentert. Fast 60 Tage hatte er nach Kapstadt zurück gebraucht, mit Notrigg, defektem Motor und durch Seewasser verdorbenen Lebensmitteln. „Wie geht es dir, François?" hatten wir ihn gefragt und waren überrascht, daß seine geröteten Augen aufleuchteten. „Ich lebe!" war seine ganze Antwort gewesen. Ich habe in den letzten Tagen viel über sein Schicksal nachgedacht.

Kurs Südwest liegt an, weil ich Distanz zur Küste gewinnen will. Bei einem Landausflug zum Kap der Guten Hoffnung habe ich mir von der Plattform des Leuchtturms aus die zerklüfteten Felsen dort sehr genau angesehen. So eindrucksvoll es wäre, dicht daran vorbeizusegeln, so gern verzichte ich doch darauf zugunsten von reichlich Leeraum. Das beruhigt.

Noch ein Funkgespräch über Kapstadt Radio mit meinen Eltern. Es wird teuer, ist aber vermutlich unser letzter Kontakt für die nächsten 60 bis 70 Tage. Auf meiner geplanten Route zwischen dem 38. und 39. südlichen Breitengrad ist wohl kaum mit Schiffsbegegnungen zu rechnen. Die „Ocean Passages For The World" empfehlen für das Sommerhalbjahr eine Route ungefähr auf dem 42. Breitengrad oder alternativ dazu eine dem Großkreis näherkommende, bis auf den 52. Breitengrad hinaufreichende Strecke, die Seemeilen sparen hilft. Aber um welchen Preis? Lieber will ich langsam hineinwachsen und erst mal sehen, wie's läuft.

Vorerst läuft noch sehr wenig. Der zögerliche Nordwest bringt uns nur langsam voran. So bleibt mir Zeit, das Bergpanorama der „Zwölf Apostel" zu bewundern und meinen Gedanken nachzuhängen. Meine Seglerfreunde Conny und Rick sind wohl inzwischen ebenfalls ausgelaufen. Auch sie wollten um die Südspitze Afrikas, aber dann nach Durban. So werden wir uns wohl nicht mehr treffen. Sie versuchen dicht unter Land mit dem Neerstrom Weg nach Ost zu machen, ich will dem entlang der Agulhasbank nach Westen setzenden Strom weiträumig ausweichen. Südlich des 39. Breitengrads sollte ich dann frei sein von seinen gefährlichen Auswirkungen. Trotzdem tut der Gedanke wohl, daß Freunde auf ähnlicher Route segeln.

Ums Kap der Guten Hoffnung

Am Abend des nächsten Tages kündigen Regenschauer und ein Windsprung auf Südwest die Rückseite der Front an. Rechtzeitig verbessert sich die Sicht, so daß ich um 19.00 Uhr das erste der großen südlichen Kaps meiner Reise genau in Nord peilen kann: das Kap der Guten Hoffnung. Nur zu diesem Zweck bin ich nachmittags vorübergehend mehrere Stunden lang Ost gefahren. Ich wollte eine Peilung auf diesen legendären Punkt machen. Da liegt sie nun, die False Bay, im Westen begrenzt vom Kap der Guten Hoffnung, im Osten vom Kap Hangklip. Die Feuer der Leuchttürme blitzen, als wollten sie mir sagen: „Spute dich, bessere Bedingungen wirst du hier nicht finden." Ich lasse den Anblick auf mich wirken. Wenige Tage zuvor hatte ich vom Haus der Freunde in Somerset West fast zur gleichen Stunde den genau umgekehrten Blick. Vermutlich sitzen sie auch jetzt auf ihrer Terrasse und denken an mich...

Energisch korrigiere ich den Kurs wieder auf Süd. In Kapstadt war es mir immer peinlich, nach meinem nächsten Zielhafen gefragt zu werden. Wahrheitsgemäß erwiderte ich dann: „Direkt nach Neuseeland." Wenn ich außerdem, etwa bei der Emigrationsbehörde, die Frage nach Mitseglern mit einem schlichten „keine" beantwortete, entstand manchmal eine skeptische Pause, die nicht gerade aufbauend auf mich wirkte. Wie oft bekam ich zu hören: „Du fährst den falschen Weg!" Aber es ist *mein* Weg. Als wolle Rasmus mich darin bestärken, schickt er uns wenige Stunden später mit steigendem Luftdruck eine Winddrehung auf Ostnordost. So komme ich gar nicht erst in Versuchung, wieder direkt Ost zu laufen. Wir haben perfekte Bedingungen, und doch bleibe ich mißtrauisch und unsicher. Binde sogar das erste Reff ins Großsegel.

Wir haben Freitag, den Dreizehnten, da ist es kein Wunder, daß dieser Tag um 04.00 Uhr mit einem nassen Auftakt beginnt. Der Nordost hat zugelegt, wäre aber gar nicht so schlimm, wenn sich die See nicht so seltsam benähme. Es ist kein richtiger Rhythmus drin, und überall zeigen sich weiße Schaumplatten. Immer wieder setzen wir mit unserem Südostkurs zu hart ein. Gischt sprüht bis zur Saling hinauf, und mittags weht es bei fast wolkenlosem Himmel mit 7 Bft. Hatte ordentlich zu tun, bis die Sturmfock endlich gesetzt war. Wir müssen langsamer werden, damit nicht soviel Wasser überkommt. Als ich vorhin nach unten ging, lief das Wasser schon über die Bodenbretter. Gut, ich habe eine flache Bilge, und zehn Pumpenschläge am Tag sind normal. Aber jetzt sind es 40. Unten ist es nicht auszuhalten, so hart sind die Schiffsbewegungen. Will herausbekommen, woran das liegt, und nehme mir nochmals das Seehandbuch und die „Ocean Passages" vor. Dort finde ich im Nachtrag eine ganzseitige Abhandlung über anormale Seen in diesem Gebiet. Und im Seehandbuch steht der treffende Satz: „Auf der Südwestseite des Schelfgebiets der Agulhasbank ist mit Verwirbelungen des Stroms zu rechnen". Na bitte, wir stehen schließlich 150 sm südlich von Kap Agulhas.

Der Wind hat auf Nord gedreht und stark abgeflaut, aber ich zögere lange mit der Vergrößerung der Segelfläche, weil ich mit dieser See einfach nicht zurechtkomme. Es ist schwierig, bei den vielen Kreuzseen überhaupt Fahrt im Schiff zu halten; von den vier Windstärken hier können die nicht kommen. Das Wellenbild erinnert mich an die „Zipfelmützen", die wir damals nach der Straße von Gibraltar bei der Einfahrt ins Mittelmeer hatten. Sie waren seinerzeit ein lustiger Anblick, aber hier haben sie eine solche Größe und Kraft, daß sie mir eine Gänsehaut über den Rücken jagen. Außerdem bin ich stinksauer auf mich. Nur drei Tage auf See, und schon habe ich uns wieder in eine heikle Situation gebracht, die nicht hätte sein müssen, nur weil ich nicht konsequent genug Süd gefahren bin. Immerhin ist Wut besser als Angst, sie macht aktiv. Also weg mit den Büchern und raus mit dem Kochtopf!

Eine halbe Stunde später duftet es in der Kajüte nach Eintopf mit Schwarzwälder Schinken. Lilo hat ihn mir, neben anderen Köstlichkeiten, zum Abschied geschenkt. War gar nicht so einfach, für ihn einen luftigen Platz zu finden, wo er nirgends gegenschlägt. Nun ist er mit drei Bändseln im Heckkorb festgebunden.

Mein Abendessen wird ein voller Erfolg, danach ist mir ganz heiß und wohlig zumute. Nun kann die Nacht kommen. Hinter der Sprayhood geschützt und mit dem Lifebelt gesichert, döse ich vor mich hin. Der nächste Tag verläuft ähnlich, das Wetter hatte also nichts mit dem Dreizehnten zu tun. Am frühen Morgen legt der Wind zu und erreicht vormittags Sturmstärke, um abends wieder abzunehmen. Immer noch diese konfuse, steile See und viel Wasser im Schiff. Ich ziehe mein Ölzeug schon gar nicht mehr aus. Ein Glück nur, daß mir Vorschiffsarbeit und Segelwechsel so leicht von der Hand gehen; jetzt zahlt sich das Regattatraining aus. Obwohl ich sehr starkes Tuch fahre, ist es doch griffig, weil wenig geharzt. Auch die Idee, die Genua III und IV mit Reffreihen zu versehen, erleichtert mir die Arbeit. Ich fiere einfach die Schot um einen halben Meter auf, lasse das Fall nach, picke den Hals um und binde das Tuch am Fußliek ein. Nur das Umpicken der Schot auf die höherliegende Kausch macht manchmal etwas Ärger, wenn der Patentschäkel nicht einrasten will. Dann zerrt die Genua mächtig an der kurzen Hilfsschot, die ich durch das Auge im Schothorn ziehe und aus der Hand fahre. Verkeile mich dabei hinter die vordere Unterwant, damit ich den Zug nicht nur mit den Armen abfangen muß. Einhandsegeln macht eben erfinderisch.

Sonntag, der 15. Januar, beginnt gemütlich, wenn auch regnerisch, mit ausgedehntem Frühstück in der Koje und einer Runde Schlaf. Kurz nach Mittag bleibt der handige Nordwind weg. Die Segel schlagen, und ich beobachte mißtrauisch den Barographen; er fällt, aber nicht beunruhigend schnell. Und dann setzt sich ein Südwest energisch durch. Wir sind jetzt auf 38°50′ Süd und 21°30′ Ost. Rasch baut sich eine hohe See auf, ich höre ihr Rollen und Brechen. Gott sei Dank sind wir aus den Stromkabbelungen raus.

Ich unterstütze die Selbststeueranlage und versuche, so gut es geht, einen Kurs über neunzig Grad zu fahren. Gegen Mitternacht reißt der Himmel auf, bietet ein wildes Bild in den Farben Schwarz, Silber und Weiß. Meine angeblich sturmsichere Petroleumlampe ist längst ausgeblasen. Im Rigg heult der Wind. Wenn uns eine See ungünstig trifft, legt sich MÄDCHEN über und luvt stark an, obwohl ich schon drei Reffs im Großsegel habe. Mich auf den Rhythmus der Seen konzentrierend, versuche ich, sie achterlicher zu nehmen. Eine zu abrupte Bewegung am Ruder wird mit einer unfreiwilligen Halse bestraft; der Großbaum fällt hart in den Bullenstander, der zum Glück hält. Auch die nächste See bekommen wir noch von der falschen Seite, dann sind wir wieder auf Kurs. Bin inzwischen ziemlich müde. Meine Augen brennen, und die Gummistiefel sind voll Seewasser. Sollte den Wasserstand in der Bilge prüfen, traue mich aber jetzt nicht von der Pinne weg.

Das Rauschen der im Mondschein aufleuchtenden Wellenkämme und die Sturmschwalben begleiten uns die ganze Nacht. Die aufsteigende Sonne sieht noch eine bewegte See, doch zur Mittagszeit ist nur mehr die Dünung übrig. Es beginnen friedliche Tage mit leichten Winden: Gelegenheit, das nasse Zeug zu trocknen, Schlaf nachzuholen und vor allem die undichte Stelle zu suchen. Es ist der Ankerkasten, der nach innen leckt. Der kleine Riß sitzt ungünstig in einer Rundung, wo der Boden mit der Seitenwand verbunden ist. Erst einmal müssen die Lenzlöcher abgedichtet werden, sonst bekomme ich nie eine trockene Fläche, wie die Gebrauchsanweisung sie verlangt. Bäuchlings, mit dem Kopf im Ankerkasten liegend, schleife ich die Stelle danach an. Unter dem groben Sandpapier wird der Riß zwar immer länger, aber die Extraportion Härter, die ich dem Füller zugesetzt habe, wird hoffentlich ein schnelles Austrocknen bewirken. Ich bin guter Dinge, in jeder Beziehung.

Der Indik nimmt uns auf

Am 20. Januar liegt die Kapregion hinter uns, ich kann ausreffen. Die präzise Arbeit am Mast baut mich nach meinem vorherigen technischen Ungeschick wieder etwas auf. Aber der Reihe nach: Der Barograph war nochmals um 5 mb gefallen, und entsprechend stürmisch wurde die Nacht. Mit unserem Kurs von zirka 50° zum Wind wurden wir trotz Sturmfock ständig überspült. Der Bug schnitt einfach zu tief ins Wasser. Neu war auch, daß MÄDCHEN zweimal in den Wind drehte und dann mit backgestellter Fock liegen blieb. Das bedeutete jedesmal, daß ich einen Vollkreis mit Halse fahren mußte, um auf den alten Kurs zurückzukommen, denn in dieser See brachte ich den Bug nicht mehr durch den Wind. Daß solche Dinge immer nachts passieren müssen!

Und als der Ärger erst angefangen hatte, ging es auch so weiter. Die Bilgenpumpe zog nicht mehr, ein Streichholz hatte sich so dumm darin verfangen, daß die Gummidichtung nicht schließen konnte. Danach war an Schlaf vorerst nicht zu denken, deshalb machte ich mich daran, auch noch die letzten Segelsäcke von vorn zu holen und unter den Tisch im Salon zu packen, um das Vorschiff zu leichtern und den Längstrimm zu verbessern. Sie waren klatschnaß. Also war mein Dichtungsversuch im Ankerkasten wohl fehlgeschlagen. Das mußte ich mir nochmals vornehmen – aber nicht in dieser stockdunklen Nacht. Ganz verloren brannte meine Petroleumlampe gegen die drückende Schwärze an, und das Heulen des Windes und das Rauschen der Seen blieben uns bis zum Morgen treu. Bei Tageslicht kümmerte ich mich erst einmal um unsere Position, und das Ergebnis war erfreulich. Die Standlinie, gekreuzt mit Kurs und Distanz seit unserer letzten Position, wies uns auf 39° Süd und 30°10′ Ost aus.

Nun sind wir also im Indischen Ozean, der in seiner ganzen Weite vor uns liegt. Erleichtert und befreit mache ich mir an den Segeln zu schaffen, packe mit abnehmendem Wind immer mehr Tuch aus. Trotz der zum Teil recht stürmischen Winde liegt unser Durchschnittsetmal nur bei knapp 100 sm.

Die nächsten Tage machen mir viel Spaß. Der Indische Ozean hat uns aufgenommen, und ich habe seine Wechselhaftigkeit akzeptiert. Wir kommen jetzt gut miteinander aus. Bin mit der Anpassung der Segelfläche nicht mehr so zögerlich, auch wenn es manchmal schwerfällt, die Segel zu kürzen. Heute zum Beispiel, am Nachmittag des 21. Januar, überlege ich schon zum drittenmal, ob ich reffen soll. Ich möchte MÄDCHENS phantastische Fahrt nicht stören. 6 kn zeigt die Logge, also machen wir 7 kn, wenn ich ihre Fehlanzeige berücksichtige. Uns schiebt zusätzlich eine Dünung aus West, während wir mit einem handigen Südwind nach Osten stürmen. Die Bewölkung ist aufgerissen, Sonne verwöhnt uns. Ich genieße das Meer, den Himmel, die Vögel und den Wind, und das Mißgeschick vom Morgen ist vergessen. Da wollte ich unbedingt einen heißen Kaffee haben, obwohl ich wußte, daß der Kocher nicht ganz in Ordnung war. Ergebnis: Pantry, Navigation und Köchin rußgeschwärzt, doch für die Skipperin tatsächlich ein Pott Kaffee. Danach mußte ich drei Stunden basteln und säubern, aber jetzt funktioniert wenigstens *ein* Brenner wieder.

Mein kleines Leben läuft harmonisch und geordnet ab. Der Tag beginnt um Mitternacht, egal ob ich zuvor geschlafen habe oder nicht, mit einer Zigarette und dem anschließenden Rundgang. Danach kommen die Stunden, in denen ich Tagebuch führe, Briefe schreibe, lese oder einfach nur unseren Kurs auf der Karte verfolge. Wenn ich mir eine besondere Freude machen will, schlage ich die Doppelseite des Atlanten mit der Abbildung der ganzen Erde auf. Bislang habe ich mich zwar noch nicht getraut, darin unseren Kurs einzutragen, aber irgendwann werde ich es tun, vielleicht wenn sich der Kreis geschlossen hat. Ich habe das Gefühl, Gast zu sein im Reich des großen Lebens. Ich nehme teil am Zusammenspiel der Elemente, an der Geburt von Stürmen, der Unendlichkeit des Sternenhimmels, der Gestaltung von immer neuen Formen und Farben der Wolken und der See. Je selbstverständlicher ich mich meinen Gastgebern anpasse, um so natürlicher und leichter wird mein Überleben.

Inzwischen kommt es mir ganz normal vor, erst nach Sonnenaufgang schlafen zu gehen. Und wenn mir auf Wache mal die Augen zufallen, ist das hier nicht schlimm. Ich schlafe so flach, daß schon die kleinste Unregelmäßigkeit in der Schiffsbewegung oder eine Veränderung des Geräuschpegels mich wecken. Mein Tagesablauf paßt sich ganz den Anforderungen an. Wenn irgend möglich versuche ich, zwei Messungen für die Chronometerlänge und die Mittagsbreite zu bekommen. Mitunter ist zur Zeit der zweiten Messung der Himmel bedeckt oder der Horizont durch Seen verborgen. Manchmal wiegt der Sextant auch recht schwer in meiner Hand, und die Messung wird verwackelt. Dann versuchen wir es eben noch mal. Danach gehe ich meiner Lieblingsbeschäftigung nach: Schauen. Die See hat so viele Gesichter und Farben, Launen und Stimmungen. Im Glanz der Sonne erinnert sie mich an ein Kaleidoskop. Die kleinste Bewegung, die geringste Veränderung – und schon entsteht ein neues Bild.

Am nächsten Morgen herrschen wieder Grautöne vor. Leider sind wir auch ziemlich weit nach Norden geraten, deshalb paßt der handige Ostwind nicht schlecht. Er bringt uns wieder mehr in den Süden, wo wir hingehören. Auf dem Arbeitsprogramm des Tages steht das Abdichten des Kompaßgehäuses. Vielleicht kann ich diesmal die Dichtungsmasse so trocken aufbringen, daß es nicht mehr nach innen leckt. Doch während meiner Arbeit legt der Wind wieder zu, Seen waschen übers Deck und werden von der Ablaufrinne des Schiebeluks genau auf den Kompaß geleitet. Wie soll da das Dichtungsmaterial austrocknen können? Noch etwas macht mir Kopfzerbrechen: Das Spiel im Ruder bleibt, auch wenn die Muttern auf dem Verbindungsbolzen straff nachgesetzt sind. Hoffentlich behält Joachim recht, daß die Konstruktion stark genug ist. Hinter den Schlägen der See, die wir einstecken, sitzt sehr viel Kraft, die vom Ruder aufgefangen werden muß. Wenn ich von Hand steuere, gebe ich automatisch dem ersten Druck nach, weil es kräftemäßig gar nicht anders geht. Ist aber die Selbststeueranlage in Betrieb, kommt die Belastung direkt und unabgefedert.

Gegen 18.00 Uhr geht es dann richtig los. Den Auftakt bildet ein Regenguß, in dem ich keine 20 m weit sehe. Die Schaumkronen werden plattgedrückt. Natürlich bleibe ich draußen, um notfalls Ruder zu gehen, und der Wind holt mir doch tatsächlich die Mütze vom Kopf, meinen Glücksbringer aus Madeira, der mit so vielen Erinnerungen behaftet ist. Mit einem Satz bin ich unten in Lee und bekomme die Mütze gerade noch zu fassen.

Es folgt eine stürmische Nacht ohne Schlaf, mit klassischem Ablauf: Wind aus Nordwest mit Schauern, dann Westwind, Regen, in den ersten Morgenstunden schließlich Südwestwind, der bis 8 Bft auffrischt, dazu eine unangenehm hohe und weiße See. Es klingt wie ferner Donner, wenn sie bricht. Aber genauso schnell, wie es aufgezogen ist, beruhigt sich das Wetter wieder. Am Nachmittag sitze ich bei leichter Brise satt, müde und zufrieden inmitten der zum Trocknen ausgebreiteten Kleider im Cockpit. Diese Pausen zwischen den Fronten kommen mir vor wie ein langes Ausatmen.

Ein heftiges Krängen holt mich am nächsten Morgen aus dem Schlaf. Ein Schritt auf den Motorkasten, und ich kann vom Niedergang aus das Ende der Großschot greifen; der Druck ist weg, dafür haben wir wild schlagende Segel. Mir bleibt keine Zeit, etwas überzuziehen, das Tuch will gebändigt werden. Zum Glück hatte ich noch vor Mitternacht die große Genua eingepackt. Drei Stunden lang weht es nun hart aus Nordwest, am Abend haben wir dann wieder eine milde Brise aus West. Das Wettergeschehen ist hier wirklich sehr wechselhaft und heftig und verursacht eine Menge Arbeit, weil die Segelfläche immer wieder den Launen des Windes angepaßt werden muß. Geduldig schleppe ich Segelsäcke vom Vorschiff in die Kajüte und zurück.

Die Barometerblätter der vergangenen Woche sehen so aus, als seien sich die Windgeister noch nicht einig darüber, ob sie uns hier in ihrem Reich dulden sollen oder nicht. Das ist eben der Alltag auf See, jedenfalls die eine Seite davon. Die andere: rauschende Fahrt durch tiefblaue, mit weißen Schaumkämmen gekrönte Wellen, das Spiel der schwarzen Sturmvögel im Abwind unserer Segel, das ruhige, erhabene Gleiten eines Albatros', der einen großen Kreis über uns zieht und dann in der Weite verschwindet. Dazu die Lichtspiele der Sonne in ihrer unerschöpflichen Vielfalt. Sie vermögen Stimmungen zu erzeugen, in denen ich glaube, durch reines, flüssiges Silber zu fahren. Alles blitzt und blinkt. Dann wieder beschwören tiefziehende Wolken und Dunkelheit eine bleischwere Welt herauf, die bedrückend und feindlich wirkt. Doch schon ein paar Sonnenstrahlen genügen, um die vertrauten Farben der See zurückzurufen.

Eine Front jagt die andere

Am Samstag, dem 28. Januar und 19. Tag auf See, weckt mich das Schlagen der Segel gerade noch rechtzeitig zur Mittagsbreite aus dem Vormittagsschlummer. Meine Versuche, wieder Fahrt ins Schiff zu bringen, sind nicht sehr erfolgreich. Doch wie zum Ausgleich dafür taucht ein weißer Punkt am Horizont auf, der sich bald als modernes Containerschiff entpuppt, das nördlich an uns vorbeizieht. Ein richtiges Geschenk ist das, eine Möglichkeit für ein Telegramm nach Hause! Die Offiziere der PACIFIC OCEAN sind über meinen Anblick genauso überrascht wie ich über den ihren. Sie informieren mich über eine im Norden liegende und derzeit mit 10 kn nach Südsüdwest ziehende tropische Depression, die aber den 35. Breitengrad voraussichtlich nicht überschreiten wird. Unsere Position ist 37°06′ Süd, 46°01′ Ost oder 641 sm südlich des

Kaps Sainte-Marie von Madagaskar. Gute Wünsche für eine sichere Fahrt gehen von Bord zu Bord, dann ist der große Bruder wieder ein kleiner weißer Punkt auf dem Weg nach Indien. Als ich ihn schon längst nicht mehr sehe, bestätigt mir die freundliche Stimme des Kapitäns über UKW, daß mein Telegramm durchgegeben ist.

Vergnügt tanze ich im Cockpit herum und stelle mir vor, wie mein Vater sofort nach Erhalt der Nachricht Freunde und Bekannte anruft. Danach werden meine Mutter und er am Globus stehen und meinen tatsächlichen Standort mit ihren Berechnungen vergleichen. Oh, ich weiß, wir haben Verspätung und sind auch etwas zu weit nach Norden geraten. Aber im Gegensatz zu den quälenden Flauten der Doldrums stört mich die Windstille hier nicht. Irgendwann kommt der Wind bestimmt wieder.

Meine Geduld wird noch zwei Tage lang auf die Probe gestellt. Wenn überhaupt, bewegen wir uns nur im Schneckentempo vorwärts. Ich denke mir Verbesserungen an Bord aus, die ich im nächsten Hafen einbauen will, länge ein ganzes Bündel von Steuerseilen für die „Pazifik" ab und bastle mir eine Umlenkvorrichtung für die Dirk, damit sie vom Cockpit aus bedient werden kann. Gern lese ich auch noch einmal die Briefe, die mich in den Häfen erreicht haben. Auf See fallen mir darauf immer die besten Antworten ein, nur ist das nächste Postamt ziemlich weit weg.

In der leichten Brise am Morgen des 1. Februar steigen unsere Begleiter, die Malamoks und schwarzen Sturmvögel, wieder vom Wasser auf. Es war ein heiterer und schöner Anblick, als sie sich um das Schiff niederließen und unserer schleichenden Fahrt schwimmend folgten. Manchmal nahmen sie dabei ihre Schwingen zu Hilfe und rannten förmlich übers Wasser. Und so starten sie auch. Sind sie erst einmal in der Luft, benötigen sie für ihren Gleitflug kaum Flügelschläge. Nur wenige Meter über dem Wasser schweben sie dann dahin, und ein leichtes Spreizen der äußeren Steuerfedern genügt, um ihren eleganten Flug zu kontrollieren.

Auch mein Schiff ist wieder in Bewegung. Glücklich lausche ich dem zaghaften Singen der Bugwelle. Mädchen beginnt erneut ihre kleine, so vergängliche Furche ins Meer zu ziehen. Nach den Flautentagen ist dieses sanfte Gleiten durch die ruhige See wie ein langsames Erwachen, mit dem sich auch die gewohnten Geräusche wieder einstellen. Was ein bißchen Wind so alles bewirkt! Zu Hause als ausgesprochener Langschläfer bekannt, stehe ich hier bereits um 07.00 Uhr früh am Herd und backe einen ganzen Berg Pfannkuchen auf Vorrat. Vier davon werden fürs Frühstück mit Marmelade veredelt. Das Abendessen gestern fiel schmal aus, weil ich meine Kartoffeln mit den Vögeln teilte. Satt genieße ich die idealen Bedingungen des Tages, freue mich an dem ausgelassenen Spiel der kleinen Wellen und weigere mich hartnäckig, den großen Hof um die Sonne und die von Westen schnell aufziehenden Zirren als Warnung zur Kenntnis zu nehmen.

Aber bis Mitternacht hat der Wind über Süd auf Südost gedreht, und nun weht es... Ich mag diese Anschläge aus Ost überhaupt nicht. Die See wird dabei steil und kurz, das Ganze ist eine unbequeme, bissige Angelegenheit. Zum Glück sind die Temperaturen angenehm, denn wir nehmen wieder viel Wasser über. Manchmal legt der Wind so schnell zu, daß ich vom Mast gar nicht erst zurückkomme, ehe das dritte Reff ins Großsegel gebunden und auch die Genua IV gerefft ist. Das bedeutet unzählige Handgriffe, die ohne Hinsehen ausgeführt werden. Nur keine Fehler, es ist mühsam, sie zu korrigieren. Nur kein Bändsel loslassen, wenn es erst mal gepackt ist. Seit ich neulich mit einer Beule am Kopf vom Vorschiff zurückkam, verstecke ich mich vor den Hieben der Genuaschot hinterm Mast.

Der nächste Tag läuft dann völlig verquer und fängt gleich mit einer Verlustmeldung an: Die See hat sich den im Heckkorb aufgehängten Schinken und die Salami geholt. Dann verliere ich bei der Sonnenmessung ein zweites Schattenglas aus dem Sextanten. Und schließlich ergeben meine Berechnungen, daß wir knapp nördlich des 37. Breitengrads stehen. Aber bei diesem Südostwind schaffen wir nicht mehr als 110° am Kompaß; bei 35° Mißweisung und mindestens 10° Abdrift bleiben davon nur noch 65° für die Karte. Zu allem Überfluß haben wir mein Maskottchen, den Seebär, von seinem Platz heruntergesegelt, er liegt beleidigt und feucht in einer Ecke auf dem Kajütboden. So sind von ihm keine Aufmunterungen zu erwarten. Schuldbewußt trockne ich sein inzwischen arg strapaziertes Fell und stecke ihn an seinen Platz unter die Abdeckung der Lotsenkoje zurück. Pfui, die Bespannung ist ja naß! Eindeutig Seewasser, vom Skylight durchgelassen. Vorerst kann ich nur Papierstreifen in die U-Kante pressen, um festzustellen, wo dieses Ding wieder undicht geworden ist.

Es ist dumm, sich in eine so negative Stimmung sacken zu lassen. Sie hat nichts mit den äußeren Umständen zu tun, die waren schon schlimmer. Aber man kommt da schwer wieder raus. Es gibt in mir so einen häßlichen kleinen Kerl, der mich geradezu verhöhnt mit seiner Häme: „Das hast du nun davon... Wärst du doch..." Er versucht, mich richtig niederzumachen. Weiß nicht, wie lange ich mit mir selbst im Clinch liege, aber am Schluß finde ich mich einfach unmöglich. Selbstmitleid und Miesmacherei nützen überhaupt nichts, es gibt weit und breit keinen, den ich damit beeindrucken könnte. Objektiv gesehen, hatten wir bislang recht faire Bedingungen und vor allem immer wieder eine Chance zur Erholung. Ich wende einen alten Trick an: mir draußen im Cockpit vom Wind die dummen Gedanken aus dem Kopf blasen zu lassen. Dabei stabilisiert sich mein Gemütsbarometer.

Interessiert beobachte ich, wie sich die Schaumkämme der Wellen nach Luv als weiße Spitzenfächer ausbreiten. Dann entdecke ich eine runde gelbe Boje mit einem kurzen Stab. Kurz danach tanzt da noch etwas kleines Rundes, Türkisfarbenes auf dem Wasser. Von wem diese Zeichen der Zivilisation wohl stammen? Und wie lange mögen sie schon unterwegs sein? Zu gern hätte ich die Boje aufgefischt, bin dann aber für das Manöver nicht mutig genug. Es weht noch immer mit 7 Bft.

Die nächsten drei Tage gestalten sich von den äußeren Bedingungen her ähnlich und bringen uns handige, zum Teil bis Sturmstärke auffrischende Winde aus Südost bis Ost. Ich versorge mein Schiff und mich, tue einfach meine Arbeit. Schließlich bin ich ja zum Segeln hier. Wenn der Wind wieder zu fauchen anfängt und die See zu steil wird, vermindere ich die Fahrt auf 4 kn, damit MÄDCHEN nicht mehr so gegen die Seen kracht. Wenn ich den Eindruck habe, daß am Trimm etwas nicht stimmt, gehe ich selbst Ruder. Das bringt noch mehr Gefühl fürs Schiff und den Kurs. Es ist eben schwierig, unter diesen Bedingungen anständige Etmale zu fahren.

Ab dem 6. Februar folgt dann ein Zwischenspiel mit Winden aus West und Südwest, Nieselregen kündigt eine neue Front an. Der Luftdruck paßt mit seinen 1004 mb schon eher zu den Angaben in den Pilot Charts. Kurz vor Mitternacht sind wir bei steifem Westwind von bedrohlichen schwarzen Wolken eingekreist. Von Süden her sind sie aufgezogen und haben sich wie eine Zange um uns geschlossen. Bin gerade dabei, ein Reff einzustecken, als der Himmel im Nordwesten für Sekunden hell wird: Wetterleuchten. Auch wenn Donner und richtige Blitze fehlen, einfach wird die ganze Sache nicht. Böen pfeifen mir um die Ohren, zerren am losen Tuch und reißen mir die Reffbändsel aus den Händen. Aber ich bleibe stur. Das Reff wird ordentlich eingebunden, und wenn ich fünfmal nachgreifen muß. Womit habe ich das verdient? Im Segelklub daheim in Stuttgart wird heute Fasching gefeiert. Hier aber ging es nach einer kurzen Ruhepause in der Nacht schon wieder los, bis ich wie ein Clown aussah und mich auch so fühlte. War kurz eingeschlafen und vom Lärm einer grölenden Menge im Fußballstadion geweckt worden. Das Fußballfest war nur ein Traum, aber das Heulen Wirklichkeit: der Wind. Danach bekam ich dreimal ein wassergefülltes Cockpit und ein Vollbad in der Ölhose. Schoten, Eimer und Lappen schwappten im Wasser herum, und ich mußte fluchend alles wieder in die Reihe bringen. Unter Deck war inzwischen der Topf mit Spaghetti in der Navigationsecke gelandet und hatte dort seine Spuren hinterlassen. Stocksauer ziehe ich das nasse Ölzeug aus, was nur auf dem Salonboden geht, denn sonst lande ich ebenfalls in einer Ecke. Mit der trockenen Kleidung kehrt mein Optimismus zurück, den die nächsten fünf perfekten Segeltage auch bestätigen.

Doch die vergangenen Tage waren wohl zu einfach, zu schön, als daß es hätte so weitergehen können. Der Barograph schreibt sehr unruhig und zittrig, natürlich nach unten. Am Abend ist die See unter dem Winddruck grob und weiß geworden. Es heult im Rigg, Regen und überkommende Gischt vermischen sich. Über das Vordeck bricht massives Wasser. Geschlagen von der Übermacht der Elemente, sitze ich am Ruder und laufe unter Sturmfock und Trysegel nach Norden ab. Es ist bedrückend, Weg in die falsche Richtung zu machen, aber ich sage mir, in zwölf Stunden ist die Front durch, dann sieht die Welt wieder anders aus. Bin zwar unterm Ölzeug naß, bleibe aber sitzen und mache weiter. Beim Segelwechsel hat uns eine See unglücklich getroffen, als ich gerade auf den Knien war. Im leewärtigen Relingsnetz fand ich mich wieder, zappelnd wie ein Fisch. War ganz schön erschrocken. Der erste Griff galt der Lifebeltleine, sie war straff gespannt. Beim nächsten Mal falle ich für den Segelwechsel lieber einen Strich weiter ab, dann habe ich leichtere Arbeit.

Auch diese Nacht bringen wir hinter uns, und im Licht des neuen Tages mäßigt sich der Wind und dreht auf Nordnordwest. Die See ist eben fair zu uns, es hätte schlimmer kommen und vor allem länger dauern können. Steif und mit mühsam offen gehaltenen Augen gehe ich auf Steuerbordbug. Dabei versuche ich erst gar nicht, durch den Wind zu wenden, sondern fahre lieber gleich eine Halse. Ob es ein gutes Zeichen ist, wenn ich dastehe und mir laut die Kommandos gebe? Habe das bisher nie getan. Noch ein bedenkliches Vorkommnis: Auf unserem neuen Kurs mit rechtweisend 110° haben wir fast Backstagswind. Das bedeutet, daß wir zuvor einige Zeit Nordwest gelaufen sind, ohne daß ich es gemerkt habe. Egal, passiert ist passiert. Wichtig ist, daß mein Schiff den neuen Kurs unter Selbststeuerung stabil und ohne Probleme fahren kann und ich nicht mehr gebraucht werde.

Auf dem Boden vor der Pantry liegt ein Berg nasser Kleider. Die werde ich nachher, einschließlich Ölzeug, in einen großen Plastiksack stecken, bis es Gelegenheit zum Trocknen gibt. Jetzt sitze ich erst mal in einem kuschelig weichen, frischen Trainingsanzug in meiner Koje, und ein fremder Duft umgibt mich. Es riecht sauber nach einem Waschmittel. Auch mein zweites Ölzeug, eben ausgepackt, sieht so ordentlich und trocken aus. Oh, ich darf nicht vergessen, mein Werkzeug umzuräumen, das ich in der Ölzeugjacke ständig mit mir herumtrage: die kleine metallene Stabtaschenlampe, die tatsächlich wasserfest ist und sich gut zwischen den Zähnen halten läßt; den Zehner-Gabelschlüssel und den Stummelschraubenzieher zum Nachsetzen der Muttern am Kardangelenk der „Pazifik“; das Messer, die kleine Flachzange und die Reffwinschkurbel. Das ist ein ganzer Eisenwarenladen, aber die Zusammenstellung hat sich als praktisch erwiesen und mir schon viele Wege erspart. Kein Wunder, daß ich mich ohne das Zeug nun leicht und beweglich fühle. Dürfte ich vor einer Fee jetzt zwei Wünsche äußern, so wären es diese: eine Tasse heiße Schokolade, an die Koje serviert, und ein paar Tage ohne Ölzeug und Gummistiefel. Über diesen Wunschträumen schlafe ich ein.

Unzugänglich: die Ile Amsterdam

In den nächsten drei Tagen machen wir bei moderatem Wind aus Nord, Nordwest und West gute Fahrt nach Südost. Das sind leicht verdiente Seemeilen. Die nassen Kleider flattern am Achterstag, das Ölzeug trocknet zwischen den Unterwanten. Es hat richtig Spaß gemacht, in der Kajüte einen Großputz zu veranstalten. Piekfein strahlt mir meine kleine Welt entgegen. Die Töpfe sind mit Reis und Gemüseeintopf gefüllt. Dankbar betrachte ich mein Schiff, kontrolliere und befühle es. An diesem 17. Februar ist MÄDCHEN schon 39 Tage unterwegs, ohne Pause und den unterschiedlichsten Belastungen ausgesetzt. Sie fährt die Reise. Ich habe nur dafür zu sorgen, daß sie die richtigen Segel trägt, daß ein vernünftiger Kurs anliegt und daß nicht durch Unachtsamkeit Schäden entstehen.

Bald, morgen vielleicht, wird die französische Insel Amsterdam auftauchen. Sie markiert etwa die Hälfte der Strecke nach Hobart. Für die 3100 sm bis gestern 24.00 Uhr haben wir 38 Tage gebraucht, das ergibt ein Durchschnittsetmal von nur 82 sm. Da haben wir noch eine Menge aufzuholen. Aber was heißt hier „bald“? Wir brauchen genaue Daten. Zehn Minuten Rechenarbeit, und es steht fest: Von unserer Mittagsposition bis zum Ankerplatz der Insel sind es noch exakt 160 sm. Bei einer angenommenen Fahrt über Grund von 5 kn und einem rechtweisenden Kurs von 103° müßten wir morgen gegen 21.00 Uhr die Bucht treffen. Unangenehm, daß es dunkel sein wird, denn mir spukt die Idee im Kopf herum, dort für einen Tag vor Anker zu gehen. Segler in Kapstadt haben mir die Landschaft der Ile Amsterdam als wildromantisch beschrieben und von so herrlichen Dingen wie einer Einladung zum Lobsteressen und heißen Duschen erzählt.

Meine englische Seekarte ist nicht nur außerordentlich informativ, sie ist auch einfach schön. An der gesamten Westküste der Insel findet sich der Hinweis „Heavy Rollers". Der Ankerplatz und die steinerne Pier liegen ganz im Osten der Nordküste, vor Point Hosken. Ein festes rotes Richtfeuer markiert die Ansteuerung in 246,5°. Weitere Leuchtfeuer gibt es nicht. Die Ansichtszeichnungen der Küste haben es mir besonders angetan. Wenn ich die Karte nicht mehr brauche, werde ich sie an die Schottwand des Salons kleben. Was es sonst noch über diese Insel zu sagen gibt, hat mein Segelkamerad Wolfgang ermittelt, auf Tonband gesprochen und mir nach Kapstadt geschickt. Zucke richtig zusammen, als ich in dieser Einsamkeit seine Stimme so klar höre, als wäre er an Bord. Also, die Insel hat einen Durchmesser von zirka 5 sm und eine höchste Erhebung von 881 m. Nur etwa 30 Menschen leben darauf, vorwiegend Mitarbeiter einer französischen Forschungsstation und Meteorologen. Die Insel ist wie ihre 47 sm südlicher gelegene Schwester, die Ile Saint-Paul, Naturschutzgebiet. Es gibt dort viele Langusten, deren Fang jedoch ausdrücklich verboten ist. Trinkwasser läßt sich nur in kleinen Mengen beschaffen, das Klima ist relativ mild, aber stürmisch.

Soviel trockener Papierkram macht durstig. Krame meine verschiedenen Teesorten durch, finde aber nichts zu meiner Stimmung Passendes. Da fällt mir ein, daß mir Linda von der RETUS-Crew in Kapstadt eine ganz spezielle Dose Bier mitgegeben hat. Sie stammt vom letzten Whitbread Race. Bei mir an Bord gibt es sonst keinen Alkohol – mit Ausnahme der Flasche Trollinger Rotwein, die als Souvenir mitfährt und Zollstempel sammelt. Nun beschämt es mich fast, mit welcher Unbeherrschtheit ich nach dieser Bierdose krame und sie in einem Zug leere. Schuldbewußt spüle ich sie aus und packe sie wieder zwischen die Pullover. Normalerweise mache ich einen großen Bogen um Bier, aber heute ist eben ein besonderer Tag. Fünfzehn schwarze Sturmvögel und zwei Malamoks begleiten uns, führen im Abwind der Segel ihre Flugkünste vor. Nachmittags, als der Wind abflaut, lassen sie sich im Kielwasser nieder. Es wird ein richtiges Fest, sie zu füttern. Sie mögen meinen Käse und zanken sich darum. Ein Malamok schnappt gierig nach einem Stück Pappe und schubst es dann entrüstet weg. Die schwarz-weiße Zeichnung dieser Vögel und der schwarze Streifen über und hinter dem Auge lassen sie streng wirken, und genauso streng sieht mich der Geprellte an.

Nach ruhiger Nacht begrüßt mich ein windiger und verregneter Morgen. Der Luftdruck stiehlt sich heimlich nach unten. Ich besorge mir Kaffeewasser aus der Tasche des ersten Reffs, das ich vor drei Stunden eingebunden habe. Jetzt ist auch der Satellitennavigator in Betrieb, bei der Annäherung an Land ein hilfreiches und bequemes Instrument. Aber richtig vertrauen werde ich dieser kleinen Kiste wohl nie. Noch ehe sie unseren Standort errechnen kann, sichte ich um 10.35 Uhr einen kleinen dunklen Fleck. Nein, das ist keine Wolke, der Fleck bleibt bei 140° auf dem Handpeilkompaß stehen. Erfreut und aufgeregt tanze ich auf dem Vorschiff herum. Nach 40 Tagen haben wir die Ile Amsterdam eine Handbreit an Steuerbord voraus, klein, schwarz und gerade nur so groß wie mein Daumen.

Eineinhalb Stunden später bestätigt der Satellitennavigator meine Beobachtung: Noch 40 sm entfernt liegt in 104° die Ankerbucht. MÄDCHEN scheint ebenfalls Land zu riechen. Sie wird schneller in der sich langsam aufbauenden See. Mein Versuch, über Sprechfunk Kontakt mit der meteorologischen Station herzustellen, klappt. Doch danach lasse ich den Hörer mit einem flauen Gefühl im Magen einrasten. Der Meteorologe war zwar äußerst freundlich und zuvorkommend, hatte aber zwei schlechte Nachrichten für mich: Ein Tief mit 994 mb liegt auf 37° Süd und 64° Ost und zieht mit 25 kn ostwärts. Über seine Ausdehnung verrät er mir nichts, aber es ist anzunehmen, daß der Kern unter Berücksichtigung unserer Eigengeschwindigkeit in etwa 32 Stunden durchzieht. Ja, und zweitens: So leid es ihm tut, er kann auf UKW keine Sprechverbindung mit Europa herstellen und sieht auch keine Möglichkeit, ein Telegramm für mich aufzugeben. Wegen der Bedingungen am Landeplatz rät er mir, Kontakt mit den dort ankernden Fischerbooten aufzunehmen.

Trotz tiefziehender Wolken und Regen wird die Insel voraus immer deutlicher und größer. Bald kann ich mit dem Fernglas

Gebäude ausmachen, die sich hell vom dunklen Gestein abheben. Weiß gar nicht so recht, wie mir ist. Einerseits freue ich mich über die Nähe von Land und Menschen, andererseits sitzt mir seit dem Funkkontakt etwas im Nacken.

Um 18.30 Uhr stehen wir 4 sm nördlich des Ankerplatzes, seine roten Lichter sind klar auszumachen. Ich versuche mein Glück und rufe die Fischereifahrzeuge. Die Austra meldet sich. Ich erkläre meine Situation und höre: „Nein, Sie können jetzt unmöglich den Ankerplatz anlaufen. Es steht bereits starker Schwell herein, schweres Wetter ist im Anzug. Wir selbst laufen in Kürze aus und verlegen an einen ruhigeren Platz auf der Ostseite der Insel."

„Besteht hier eine Möglichkeit, eine Nachricht nach Deutschland abzusetzen?"

„Dazu müßten Sie an Land, dort gibt es ein Telefon."

So geht es noch ein paarmal hin und her. Warum begreifen sie denn nicht, was ich will? Aber so schnell gebe ich mich nicht geschlagen.

„Ich bin mit einer 9.30 m langen Segelyacht einhand unterwegs. Unser letzter Hafen war Kapstadt. Ist es..."

Ein Schwall französischer Worte prasselt auf mich ein. Verstehe überhaupt nichts. Danach folgt in Englisch die Aufforderung, mich in einer halben Stunde nochmals zu melden. Er will sehen, was er tun kann. Inzwischen hat der Wind so zugelegt, daß ich das Großsegel weiter verkürzen muß. Verblüfft erkenne ich Lichter an Backbord voraus, wo gar keine hingehören... Ach so, die Fischerboote wollten ja verlegen! Dieses hier dreht gerade über Steuerbordbug weg und zeigt mir dann sein Hecklicht. Aber das sind ja riesige Schiffe! In meiner Naivität habe ich mir Fischkutter wie auf der Ostsee vorgestellt. Dieses Schiff muß, während ich unten am Funkgerät war, aus der Bucht gelaufen sein.

Bei mir an Bord ist jetzt alles klar, wir haben wieder freien Leeraum. Die Ile Amsterdam liegt in unserem Kielwasser. Es wird Zeit für meinen Rückruf an die Austra. Und diesmal habe ich Erfolg. Der Kapitän wird in zwei Tagen, wenn er wieder an Land ist, meine Eltern anrufen; Name und Telefonnummer werden notiert und wiederholt. Erleichtert bedanke ich mich und wünsche gute Fahrt.

Aber ein Rest Unruhe bleibt. Kann einfach nicht entspannen. In ganz kurzen Abständen schaue ich nach oben, als sei irgend etwas zu erwarten. In den Regenschauern wird der Wind zu böig, die Genua IV braucht ein Reff. Danach will ich das Fall gerade wieder durchsetzen, als mich eine seltsame Veränderung am Himmel ablenkt. Das gibt es doch nicht! Habe ich Halluzinationen? Der Mond steht doch im Norden, warum taucht dann am Südhimmel dieses milchig weiße Licht auf? Zunächst nur bruchstückhaft, dann klar und ausgeprägt spannt sich ein riesiger Regenbogen über den Horizont. Ich stehe da und staune. Weiß nicht mehr, wie lange dieses vom Mond hervorgerufene Lichtspiel mich am Mast festhält, bevor es sich auflöst. Mir scheint, die See will mich mit besonderen Naturereignissen für manche Unbill entschädigen.

Mit zunehmender Stärke weht es aus Nordwest, und der Luftdruck ist bis auf 994 mb gesunken. Alles spricht dafür, daß es noch dicker kommt. Also schnell ein paar Zigaretten auf Vorrat gedreht, mit feuchten Händen geht das nachher nicht mehr. Die Essensfrage löse ich mit einem großen Pott Kaffee, dem ich mit Honig und Milchpulver Nährwert gebe. Die Nachtwache kann beginnen.

Zu Mittag des nächsten Tages steht dann nur noch die Sturmfock – wir laufen ab. Die See ist phantastisch, wild, sie tobt in Weiß, Türkis und Dunkelblau. Wenn sie nicht gerade von einer jagenden Wolke verdeckt wird, übergießt die Sonne alles mit einem gleißenden, reinen Licht. Der Barograph schreibt zwischen 994 und 997 mb, das Rigg heult. Wir haben Sturm. Ich sitze am Ruder und wundere mich, warum keine der von achtern anrollenden Riesenseen über uns hinweggeht. Aber MÄDCHENS Heck wird immer gerade noch rechtzeitig angehoben. Oft sitzen wir bis zur Scheuerleiste im Schaum und surfen dann talwärts. Wie lange das wohl noch gutgeht? Das ganze Rigg vibriert. Obwohl ich die nicht benutzten Fallen durchgesetzt habe, so hart es irgend ging, zerrt der Wind daran, als wären sie nur lose festgemacht. Das habe ich bislang noch nicht erlebt. Ich steuere nur nach Gefühl und Gehör. Zwanzig Grad hin oder her interessieren jetzt überhaupt nicht.

Die See übt eine noch nie erfahrene Faszination auf mich aus. Lange Wellenkämme schäumen auf, brechen zusammen und hinterlassen weiße Platten, die sich türkisgrün färben. Gischt erfüllt die Luft. „Schau nicht nach achtern!“ hat man mir beim Auslaufen in Kapstadt geraten, aber das sagt sich so einfach. Zwanghaft wird mein Blick von der unaufhörlich aus Nordwest heranrollenden Bedrohung angezogen. Bedrohung? Nein, dazu bin ich zu sehr Teil des Geschehens. Ich weiß nur, daß es großen Ärger gibt, wenn wir jetzt querschlagen. Am Ruder reagiere ich rein instinktiv, geleitet von der Bewegung und den Geräuschen. Ich stehe in einem Spannungsfeld, das auch den letzten Nerv in mir erfaßt. Zukunft und Vergangenheit gibt es nicht mehr, nur den Augenblick. Eingegliedert in das Toben von Sturm und See, tue ich, was zu tun ist, und beobachte ungläubig, wie sich in der von den Wellenkämmen abreißenden Gischt kleine Regenbögen bilden. Sie sind ein eigenwillig sanfter Kontrast zu dieser wilden Umgebung. Die untergehende Sonne hinterläßt einen orangeroten Himmel, der sich zum Zenit hin in einen weißen Perlmuttschleier hüllt. Das war ein prägender Tag, der mir so kurz vorkam wie eine Stunde.

Am späten Abend hat der Wind über West auf Südwest gedreht und etwas nachgelassen. Aber unvermindert gewaltig und schön ist die See. Um Mitternacht trägt MÄDCHEN bereits wieder die gereffte Genua und das dreifach gereffte Großsegel. Ich zögere ziemlich lange, bevor ich die notwendige Halse fahre, aber auf Backbordbug liegen wir dann besser in der See. Das Wetter ist unfreundlich geworden: Regen und dichtbezogener Himmel. Egal, wir haben unsere Prüfung bestanden. Meine Koje wartet auf mich. Das milde Licht der Petroleumlampe tanzt im Rhythmus der Schiffsbewegung durch die Kajüte, die so aussieht, als wäre nichts gewesen.

Einhandseglers bester Freund

Die kommenden Tage bringen bedeckten Himmel, und der zunächst noch handige Südwind flaut immer mehr ab. Als hätte uns der Sturm ausgespuckt, sitzen wir mitten in einer anderen Welt. Nur zaghaft kräuselt sich das jetzt graue Kleid der See über der alten Dünung. Alles wirkt schwer und unbeweglich. Die Segel flappen, widerwillig macht MÄDCHEN ein paar Meilen nach Ost.

Wenn mir schon das Regenwasser aus dem Großbaum direkt in den Nacken tropft, kann ich es auch gleich mal mit einer Dusche versuchen. Das wird eine sehr belebende Erfrischung. Danach fühle ich mich wie neugeboren und lasse meinem Übermut die Zügel schießen. Arbeite barfuß an Deck, verspeise gleich eine ganze Tafel Schokolade (bleiben noch fünf) und lebe nur so vor mich hin. Höchstens daß ich mal an meinem Werkzeug herumputze. Auch wird das Achterliek der Genua IV an einer Scheuerstelle nachgenäht; für zehn Zentimeter verbrauche ich allerdings drei Nadeln. Immer findet sich irgendeine Arbeit, doch daneben bleibt noch genug Zeit zum Schlafen, Träumen, Lesen, Briefeschreiben und Zeichnen. Oder um die „Bäckerei“ zu eröffnen. Das Lustige am selbstgebackenen Fladenbrot ist, daß es jedesmal anders ausfällt. Aber alle Varianten schmecken warm aus der Pfanne am besten.

Samstag, 25. Februar, und noch immer kein Wind. Wir dümpeln. Inzwischen sind die Malamoks so an uns gewöhnt, daß sie ganz nahe kommen. Einer ist besonders mutig und nimmt es fast mit dem Pendelruder der Selbststeueranlage auf. Doch so erholsam diese Ruhepause auch ist, noch schöner wäre es, das Wasser wieder an der Bordwand entlangrauschen zu hören.

Na bitte, rechtzeitig zum Sonntag haben wir Starkwind aus Südsüdwest bei einem Luftdruck von 1022 mb. Segelwechsel und Reffen habe ich schon in der Nacht hinter mich gebracht. Trotzdem kommt mit jeder See Gischt über. Wenn ich den Kopf zu früh wieder hinter der Sprayhood hervorstecke, bekomme ich die Ladung voll ab. Schadet nichts. Die Logge surrt, wir machen Meilen. Allerdings habe ich bei diesem Am-Wind-Kurs wieder verdächtig viel Wasser im Schiff. Also ab in die Vorpiek und prüfen, was im Ankerkasten vorgeht.

Da vorn ist alles feucht, aber die Schadstelle läßt sich nicht lokalisieren. Gut kann es jedenfalls nicht sein, wenn die Ankerkette bei jeder See auf den Boden des Schapps hämmert. Das Ankergeschirr muß dort raus. Nur wird die Sache nicht ganz einfach, weil sich ein Schäkel partout nicht öffnen läßt. Deshalb habe ich einen Anker von 16 kg und eine 8-mm-Kette von 10 m Länge in einem Stück umzustauen. Die Ankerleine ist schnell gekappt, die kann ich später wieder einspleißen. Aber wie bekomme ich den Rest über Deck? Das ist es – im leeren Wasserkanister! Durch ein handgroßes, eingeschnittenes Loch ist die Kette rasch eingefädelt und dann mit einem Bändsel am Griff gesichert. Wechselweise wandern nun Anker und Kanister über Deck nach achtern ins Cockpit und von dort durch die Kajüte in die Vorpiek. Danach bin ich sehr zufrieden mit mir. Der Anker blieb während der weiteren Reise dort unten und kam erst vor dem Landfall in seinen Kasten zurück, der in der Zwischenzeit die Sturmfock aufnahm.

Für diesen guten Einfall belohne ich mich mit einem großen Stück Schokolade, das ich besser für die Nacht aufbewahrt hätte. Dann wird es Zeit für meinen Kontrollgang, auch wenn es draußen nicht besonders einladend ist. Der steife Südwest hat die See grob und weiß werden lassen, der Himmel ist zu, es regnet. Aber bevor es ganz dunkel wird, werfe ich noch einen Blick auf die Selbststeueranlage, Einhandseglers besten Freund. Zweimal am Tag gehe ich vor ihm auf die Knie. Anders kann ich nämlich den Sitz der Muttern auf dem unteren Kardangelenk nicht prüfen. Übrigens habe ich einen neuen Trick: Präge mir vor der Freiwache genau die nächstmögliche Segelkombination und die erforderlichen Handgriffe dafür ein. Das funktioniert sehr gut. Selbst wenn ich dann abrupt aus dem Schlaf gerissen werde, ist mir sofort klar, was ich tun muß.

Diesmal ist es eine unfreiwillige Halse, die mich nach oben hasten läßt. Im Stockdunkeln bringe ich uns erst mal wieder auf Kurs. Die Taschenlampe zwischen den Zähnen, die Pinne zwischen den Knien, bediene ich die Schoten. Warum bloß fuhr MÄDCHEN auf Raumschotkurs eine Halse? Automatisch lasse ich die Kette der Selbststeueranlage wieder auf der Pinne einrasten, um mit der Lampe Licht in diese Frage zu bringen. Sofort fängt MÄDCHEN an abzufallen, und ich kann die nächste Halse gerade noch abfangen. Das reicht nun wirklich. Wir drehen erst mal bei, damit die Situation überschaubar wird.

Was ich dann sehe, läßt mich zusammenzucken: Die Selbststeueranlage arbeitet nicht mehr. Die Übertragungsstange für die Bewegung der Windfahne hüpft ohne Verbindung zum oberen Part auf und ab. Der 6-mm-Bolzen fehlt. Dieser Schuft von Bolzen hat sich aus dem Gußeisenteil herausgedreht! Dabei weiß ich genau, daß ich der Mutter am anderen Ende, nachdem ich sie abends nachgesetzt hatte, wieder Lose gab, damit keine Reibung entstand. Aber das ist jetzt unwichtig, ich brauche Ersatz für den Bolzen. Eine Schraube gleicher Stärke müßte es tun. Suche und Anprobe beginnen, und beim dritten Versuch habe ich die richtige Länge. Nur die Montage wird schwierig, weil das Gestänge ja nicht stillhält. Doch mit Geduld kommt alles wieder in die Reihe, nur der Verlust eines Schraubenschlüssels ist zu melden. Die Fahrt kann weitergehen. Ich bleibe zunächst noch im Cockpit, um die Selbststeueranlage zu beobachten. Sie arbeitet einwandfrei. Der Ozean ist schön heute nacht, bewegt mit weißen Schaumkämmen. Seine Seen haben keine Eile, sie wandern einfach so dahin.

Der 28. Februar beginnt mit einem freundlichen Morgen und erholsamer Seefahrt. Winde aus dem nördlichen Sektor bringen uns dem australischen Kontinent immer näher. 900 sm im Nordosten liegt Kap Leeuwin. Die Temperaturen sind angenehm, der Faserpelz wird mir fast zu warm. Daß der Himmel sich vorwiegend grau und bedeckt zeigt, stört mich nicht. In den Regenschauern kann ich meinen Wasservorrat aufstocken. 185 l Süßwasser sind wieder an Bord. Mit dem Dieselvorrat sieht es bedeutend knapper aus, ich habe nur noch 30 l von den ursprünglichen 50. Werde ab jetzt die Batterien nur mehr alle 15 Tage für zwei Stunden laden. Grundnahrungsmittel sind reichlich vorhanden, die würden bei meinem geringen Verbrauch noch ein halbes Jahr reichen. Aber mir fehlen kleine Leckerbissen und Appetitanreger. Ich träume von einem Butterbrot mit frischem Schnittlauch oder von einer Schüssel voll verschiedener Salate. Stattdessen muß ich mich an meinen Körnerbrei halten, der ja sehr gesund sein soll und auf jeden Fall nahrhaft ist.

Ruhig lösen die Tage einander ab, der Himmel bleibt bedeckt. Zufriedenheit und Bordroutine bestimmen mein Leben. Bin jetzt sehr froh über den Satellitennavigator. Erst in der Nacht zum 5. März reißt der Himmel wieder auf. Sofort richte ich mich im Cockpit ein, um die Wanderung des Mondes, der Planeten und Sternbilder zu verfolgen. Wenn ich dabei ein bißchen träume, geraten die Sterne ins Tanzen, scheinen sich nach einer geheimnisvollen kosmischen Choreographie zu bewegen. Stimmt ja auch irgendwie. Was sind schon die wissenschaftlichen Daten über ihre Größe, Helligkeit und Höhenwinkel gegen das Gefühl selbstverständlicher Ruhe, das sie zu mir herunterfunkeln? Nur der Mond ist anders, als Symbol des Wandels verrät er mir die Zeit. Je voller er wird, desto schwerer fällt es ihm, rechtzeitig aufzustehen und seinen Bogen im Osten zu beginnen.

Ich erlebe diesen Ozean als steten Wechsel von befristeten Beständigkeiten. Vielleicht ist es mit den menschlichen Begegnungen ähnlich, die wir vom Leben immer wieder geschenkt bekommen. Es bleibt uns eine gewisse Zeitspanne, um sie zu bereichern und zu entwickeln, ist diese aber vorbei, sehen wir die Wirkung unseres Tuns. Ist es denn nicht so, daß wir unser Handeln nur in dem Maß zur Vollendung bringen können, wie wir bereit sind, uns hinzugeben? Vor allem unsere Illusionen hinzugeben, die wir aus Angst vor dem Leben aufgebaut haben, vielleicht auch aus Angst vor dem Tod. Die Angst beherrscht so vieles in uns, selbst unsere Gedanken, obwohl wir sie frei glauben. Man hat Angst, daß dieses oder jenes passieren könnte, aber nichts passiert einfach nur so. Alles ist ein Ergebnis des Wandels, der Entwicklung. Während wir an unseren Illusionen und Halteseilen fürs Leben basteln, versperren wir uns dadurch den Blick auf das Eigentliche: den Wandel und die Entwicklung, die unabhängig von unserem Willen ablaufen.

Inzwischen ist der Mond als schmale Sichel wiedergeboren. Sein scheues Lächeln wird ab und zu von einer Wolke verdeckt. Wenn er erst in voller Größe am Himmel steht, wird er sein weißes Licht sogar durch die Wolken zur Erde schicken. Die Vollkommenheit der Sonne können wir nur aus großer Entfernung ertragen, doch der Mond steht uns nahe als Symbol des Vergehens und Sicherneuerns. Frei schweifen meine Gedanken. Es tut gut, die Impulse, die man hier draußen erhält, nicht nur zu fühlen, sondern auch zu denken, wertfrei und ohne Zweckbestimmung. Nicht eingesperrt in vorschnelles Urteilen, sondern selbstbestimmt wie der Wind und die See, der Flug der Vögel und der Glanz des südlichen Sternenhimmels. Ich fühle mich hier zu Hause. Zu Hause? Ja, vielleicht gibt es ein geistiges Zuhause.

Zauberhaftes Südpolarlicht

Mit unserem Zickzack-Kurs sind wir inzwischen auf dem 39. Breitengrad Süd und 100. Längengrad Ost angekommen. Drei Tage Sonnenschein und mäßiger Wind, dann bringt uns Rasmus mit einem steifen Ost wieder in Trab, der jedoch bald nachläßt und uns als handiger Wind eine Woche lang treu bleibt. Der Luftdruck ist dabei sehr hoch, er variiert zwischen 1023 und 1031 mb. Ich finde, daß in der Fachliteratur die Vorgänge im Hochdruckgebiet etwas zu kurz kommen. Werden die Isobaren eines solchen an sich ausgeglichenen Luftdrucksystems zusammengedrückt, kann es anstrengend werden.

Am Abend des 16. März sitze ich im Niedergang – es regnet wieder einmal – und denke über die Ereignisse des Tages nach. Gegen 08.00 Uhr morgens haben wir den Längengrad von Kap Leeuwin auf dem 40. Breitengrad gequert. Sauber haben wir das hinbekommen, das zweite der großen Kaps liegt nun achteraus. Ob es uns wohl wie das Kap der Guten Hoffnung noch eine Abreibung hinterherschickt? Hätte vielleicht doch nicht mein Klobecken gerade hier versenken sollen. Das Porzellan war an zwei Befestigungslöchern unreparierbar ausgebrochen. Wußte nicht, was tun mit dem losen Ding. Nun ist es über Bord, und der große Genuasack hat einen prima Stauraum. Aber ob Rasmus sich das gefallen läßt – während der ganzen Reise keinen Rum und jetzt solch einen Gruß? Ach was, nur nicht den Ärger herbeidenken.

Sturmschwalben tanzen auf unserem Kielwasser. Sie berühren mit ihren kleinen schwarzen Füßen tatsächlich die Wasseroberfläche. Ihr flatternder Flug erinnert an Schmetterlinge. Außerdem ist eine neue Art von Sturmvögeln aufgetaucht, immer in Gruppen. Die Oberseite ihrer Flügel ist rußgrau, die Unterseite weiß, das Köpfchen ist schwarz. Ab und zu lassen sie sich auf dem Wasser nieder, um dann wieder gemeinsam aufzusteigen. Seit gestern ist auch ein neuer Albatros da, hält aber sehr auf Distanz. Schade, er hat ein besonders schönes Kleid. Die weiten Schwingen sind unten von reinstem Weiß, das sich vom übrigen Dunkelgrau strahlend abhebt. Unsere kleine Welt ist im Gleichklang, denn die große Welt, die See und der Himmel, ist freundlich zu uns. Von der übrigen Welt weiß ich nichts, vermisse sie auch gar nicht. Warum sollte sich das Spiel der Gesellschaft, seit wir unterwegs sind, geändert haben? Bestimmt wird immer noch viel Geist und Kraft darauf verwendet, das Leben nur scheinbar bequemer und besser zu gestalten. Wir dagegen haben es hier zwar nicht immer bequem, aber gut. Wir achten Wind und See, vertrauen den Naturabläufen und versuchen, uns einzufügen. So einfach ist das alles.

Auch der nächste Tag wird eine reine Freude. Kann wieder ganz leicht die Sonne messen, ausgedehnt im Cockpit frühstücken und dem Rauschen der Bugwelle zuhören. Am lichtblauen Himmel ziehen von Norden her Zirren auf, die Vogelschwingen gleichen. Setze am Abend die Genua III und schaue anschließend vom Bugkorb aus meinem Schiff zu. Später sitze ich im Cockpit und genieße den Übergang vom Tag zur Nacht. Mit dem Abklingen der letzten Helligkeit strahlen die Sterne auf, bis alle ihren Platz eingenommen haben und ihr Glanz unser Kielwasser zu einem schmalen silbernen Band werden läßt.

Ich frage mich gerade, warum die tiefer stehenden Sterne heute so rötlich schimmern, als mein Blick am Südhimmel zwei weiße senkrechte Streifen einfängt. Es gibt keine so schmalen vertikalen Wolken, die der Mond hätte bescheinen können. Habe ich mich getäuscht? Doch mit einem Mal werden die Streifen breiter, bewegen und verfärben sich. Das sieht so aus, als wehe über den Südhimmel ein feiner Seidenschal, dessen Farben von zartem Rosa zu tiefem Rot changieren. Nach Westen hin strahlt dieses transparente, lebendige Licht bis weit zum Zenit hinauf.

Ich habe gar nicht gemerkt, daß ich aufgestanden bin. Nun stehe ich still da und lasse dieses wunderbare Phänomen auf mich wirken. Tränen laufen mir über die Wangen. Alles ist so feierlich. Als die Lichtschleier erloschen sind, bleibe ich noch lange draußen und träume diesem zauberhaften Anblick nach. Ich habe das Südpolarlicht gesehen, eine durch Sonnenwinde, die ins Magnetfeld der Erde eindringen, hervorgerufene Lichterscheinung. Die Erklärung klingt sehr nüchtern, das Erlebnis ist mehr, viel mehr. Auch wenn es nur wenige Minuten dauerte, bleibt es mir unvergeßlich.

Zur Mittagszeit des nächsten Tages stehen wir auf 40°30′ Süd

9

10

9 Nach langem Kampf gegen Ostwinde: Mit einem friedlichen Himmel beginnt die letzte Nacht vor dem Einlaufen in Kapstadt.

10 Bei der Ansteuerung von Kapstadt: Der Tafelberg weist den Weg.

11 Ausgerechnet bei der Ansteuerung von Whangarei zieht eine Regenbö durch.

12 Ich habe Freundschaft mit den Malamoks geschlossen, meine Käsebrocken schmecken ihnen.

13 Und wieder einmal weht es. Wir haben Sturm!

14 Im australischen Sydney muß MÄDCHEN zur Überholung an Land.

15 Nach 92 Tagen auf See der Blick auf eine Weltstadt: Sydney!

11

12

13

14

15

16

17

18

16 Zum Abschied zeigt sich die Landschaft um Whangarei noch einmal in reinem Licht und herrlichen Farben.

17 Neuseeland liegt im Kielwasser. Statt dem Grün und Braun des Landes umgeben mich nun die Farben und Formen von Himmel und See.

18 Das habe ich vom Südpazifik am wenigsten erwartet: zwei Tage Flaute.

und 118°16′ Ost. Wir stehen tatsächlich. Bei absoluter Flaute gießt es in Strömen, schon seit sechs Stunden. Ha, tut das meinem Boot gut! Seine in 67 Tagen angesammelte Salzkruste wird von diesem herrlich weichen Regenwasser abgespült. Die Fallen und Schoten werden so weich wie neu, und meine Hände sind tadellos sauber. An Land mag ich Regen nicht besonders, hier freue ich mich wie ein Kind darüber. In Plane und Eimern sammelt sich das Wasser, behutsam fülle ich meine Kanister voll. Trotz allem Überfluß will ich mit dieser Zuteilung der Natur nicht verschwenderisch umgehen.

Es ist wahnsinnig. Seit dem 20. März ist Segeln für uns ein einziges Rauschen durch eine phantastische See. Gewaltige Wellen heben uns an und reißen MÄDCHEN in atemberaubendem Surf mit sich. Wir sind umgeben von weißen Schaumplatten und den Streifen brechender Wellenkämme. Der Himmel prunkt mit nie gesehenen Farben und einer kaum faßbaren Lebendigkeit, er schmückt sich mit Zirren in allen nur denkbaren Formen. Das Heulen des Windes, es gehört hierher; das Donnern der Seen, es muß so sein; die Gischt, die über uns hinwegfliegt und im kleinsten Sonnenstrahl regenbogenfarben schimmert, sie gehört zu uns. Ich bin in einem rauschartigen Zustand. MÄDCHEN fährt ihre Reise, sucht sich ihren Weg. Ich darf dabei sein. Das sind fünf Tage Euphorie, fünf Tage mit Etmalen von 135, 130, 145, 125 sm. Aber auch fünf Tage eiserner Disziplin bei der Bordroutine. Stürme sind das nicht, es ist einfach nur herrliches Segeln bei Starkwind.

Am Ostersamstag klaffen im Grau des Himmels blaue Flecken. Die Begleitmusik des Windes ist verstummt. Noch haben wir eine lange hohe See, die nicht von unseren 6 Bft stammen kann. Manchmal noch packt uns eine hohe Welle, hebt uns an und läßt MÄDCHEN lossurfen, bis die Logge bei 10 kn stehen bleibt. Das ist erregend und faszinierend. Habe in den vergangenen Tagen viel mit den Segeln gearbeitet und dabei mein Herz für das Trysegel entdeckt. Kombiniert mit der Genua IV, verschafft es uns gut ausgetrimmte, schnelle Fahrt. Seit 74 Tagen segelt mein Schiff ununterbrochen, sucht sich wie von allein seinen Weg durch die Weite des Ozeans. Manchmal meine ich zu träumen und verliere das

Gefühl, Distanzen zu bewältigen. Der Sinn für Geschwindigkeit ist noch da, wirkt sich jedoch nicht so aus, daß wir schneller ans Ziel kommen wollen. Wir segeln, das reicht. Irgendwann möchte ich noch tiefer in den Süden gehen, über die Eisberggrenze hinaus. Es muß unvorstellbar schön sein, solch einen riesigen Kristall im Meer treiben zu sehen.

Der Wind legt weiter zu und erreicht am nächsten Mittag in Böen Sturmstärke. Konnte gerade noch rechtzeitig die Batterien laden. Der Lärm des Motors dabei ist mir schier unerträglich. Wie soll das erst an Land werden, mit all dem Lärm und Gestank? Will noch nicht daran denken, bin jetzt am Ruder gefragt. MÄDCHEN schießt auf den langen weißen, brechenden Schaumkämmen wie verrückt los. In diesem Moment querzuschlagen, könnte eine Katastrophe bedeuten. Trotzdem warte ich noch mit der Verkürzung der Segelfläche, denn ich will dieses traumhafte Segeln nicht stören. Wäre nicht sonderlich überrascht, wenn mein Boot abheben und fliegen würde. Wieder erliege ich der Faszination der See, sie ist so absolut, so gewaltig und klar, ohne jedes Wenn und Aber.

Diese Regenböen haben ihre eigene Gesetzmäßigkeit. Sie tauchen ganz harmlos auf, als dunkle Flecken am Horizont, schießen dann in alle Richtungen pilzförmig aus und greifen nach uns wie eine schwarze Hand. Das ist ein so dynamischer Vorgang, daß ich darüber die Gefahr, die auf uns zukommt, fast vergesse. Das muß doch auf Fotos festzuhalten sein! Aber ich komme nur noch dazu, das Schiebeluk zu schließen und mich festzuhalten, bevor eine mächtige See grollend von achtern einsteigt und mich gegen die Schottwand preßt. Muß jetzt doch die Segelfläche verkleinern. Wahrscheinlich war das eine Warnung, daß es hier noch ganz anders zugehen kann und wir bisher nur Glück hatten.

Bevor ich nach draußen steige, kleide ich mich für die Nachtwache neu ein: Zwei Pullover, zwei lange Hosen und der Faserpelz unterm Ölzeug machen unbeweglich. Als ich bereits fertig zum Auftritt bin, fällt mir ein, daß ich noch etwas essen sollte. Der Kocher macht wieder Ärger, aber ich setze ihm meinen Dickkopf entgegen. Ergebnis: warmes Essen, rußgeschwärzte Decke, beißender Rauch. Flüchte ins Freie. Um Mitternacht befinden wir uns

15 sm südlich des 44. Breitengrads und 190 sm westlich der Südspitze von Tasmanien. Hätte lieber nicht rechnen sollen. Jetzt ist es aus mit der Gelassenheit der vergangenen Wochen, die bekannte Spannung vor einem Landfall baut sich in mir auf. Es scheint verfrüht, bei 200 sm Distanz schon von Landfall zu sprechen, aber nach einer zurückgelegten Gesamtstrecke von 6600 sm sind 200 nicht mehr viel.

Die Tasmansee zeigt uns die Zähne

Am Mittwoch, dem 29. März und 77. Tag unserer Reise, taucht Land auf. Unscharf noch und nicht bestimmbar, aber zweifellos Land. Was ich da um 13.00 Uhr sehe, muß Tasmanien sein, schließlich gibt es hier nichts anderes. Wir waren schnell, vorgestern hat MÄDCHEN wieder ein Rekordetmal von 145 Seemeilen gefahren. Die Seen haben mitgeholfen, uns aber weiter nach Süden versetzt als notwendig. Jetzt will ich endlich etwas sehen von der Küste und den vorgelagerten Felsinseln, deren Beschreibung ich im Seehandbuch so oft nachgelesen habe.

Es macht mich glücklich, das bergige Panorama der tasmanischen Küste auftauchen zu sehen. Gespannt suche ich nach den typischen Landmarken und Peilungen, aber bei 30 sm Distanz ist das nicht so einfach. Also ändere ich den Kurs auf Nordost, bis die Felsgruppen klar auszumachen sind. Ich will südlich von Pedra Branka und Eddystone bleiben, zwei unbefeuerten Schären, die im Westen und Osten ein Riff begrenzen. Auf Pedra Branka brüten die Australtölpel. Schade, daß sich keiner dieser schönen Vögel mit gelbem Kopf sehen läßt.

Unverständlich, warum außer Maatsuyker keiner der gefährlichen Felsen vor der Südküste Tasmaniens ein Feuer trägt. Wir müssen uns sputen, damit wir noch vor Einbruch der Dunkelheit wieder sauberes Wasser vor dem Bug haben. Vier Hände und vier Augen könnte ich brauchen. Um 16.30 Uhr peile ich Eddystone genau in Nord, und ebenfalls im Norden liegt die Einfahrt zum D'Entrecasteaux-Kanal nach Hobart. Obwohl wir diesmal perfekte Bedingungen für die Ansteuerung eines Hafens haben, widerstrebt mir der Gedanke, hier an Land zu gehen. Das Leben mit der See ist mir zu selbstverständlich geworden.

Ab Mitternacht schiebt uns ein mäßiger West in Richtung Kap Pillar an der Südostküste der Insel. Der helle Fünferblitz seines Leuchtturms weist uns den Weg. Bin nicht traurig, daß es so langsam vorangeht, denn ich will ganz früh noch einmal Radio Hobart zu erreichen versuchen. Der Morgen bringt nur Gutes. Unter einem zartrosa Himmel dehnt sich vor uns das Bergpanorama von Tasman Head bis Kap Pillar. Und über Radio Hobart ist mein Telegramm schon unterwegs mit folgendem Wortlaut: „Pos 43-32 S, 147-41 E. An Bord alles klar. Segeln direkt weiter nach Neuseeland.“ Hätte ich gewußt, daß beim Trans-Ocean-Stützpunkt von Hobart ein Brief meiner Mutter auf mich wartete – wer weiß, vielleicht hätte ich Tasmaniens Hauptstadt doch angelaufen. Aber irgendwann komme ich bestimmt wieder und bringe dann viel Zeit mit, um diese Insel zu entdecken. Vielleicht durch ihr vorwiegend regnerisches Wetter, vielleicht durch ihre geschichtliche Entwicklung, sicher aber durch die kluge Entscheidung, weite Teile dieses siebten australischen Bundesstaates unter Naturschutz zu stellen, ist die Insel zu einem Reservat für seltene Pflanzen und Tiere geworden, mit einer Landschaft, so wild und schön wie das sie umschließende Seegebiet.

Es tut sich etwas mit dem Wetter. Zur Mittagszeit liegen wir bekalmt vor der Storm Bay. Altokumuli sind aufgezogen, über denen lange streifenförmige, ausgefranste Zirren starken Höhenwind erkennen lassen. Zunächst zaghaft, dann recht kräftig setzt ein Nordwind ein. 15 sm südlich von Pillar fangen wir an, zu diesem Kap aufzukreuzen. Schön, wie sich sein schlanker Leuchtturm auf dem schroffen, dem Festland vorgelagerten Felsen in die Höhe reckt. Nur 6 sm nordnordwestlich davon liegt die Einfahrt nach Port Arthur – schon wieder eine Verlockung. Nur eine Stunde, und wir wären in der schützenden Bucht, umgeben von bewaldeten Hügeln und verwöhnt von den Annehmlichkeiten des Landes. „Schluß jetzt mit den Wunschträumen“, ermahne ich mich. „Mach, daß du hier wegkommst und die Tasmansee hinter dich bringst. In zwei Tagen ist schon April.“

Vorsichtshalber gehe ich auf Steuerbordbug, auch wenn wir

damit nur zwei Strich über Ost fahren können. Der Wind dreht immer mehr auf Nordost. Habe ein beklommenes Gefühl im Bauch, denn die Tasmansee genießt nicht den besten Ruf. Studiere zum x-ten Male die Pilot Charts und das Seehandbuch. Hier gibt es im Durchschnitt 3% schwere Stürme von 10 Bft oder darüber und 11% stürmischen Wind bis Sturm von 8 Bft und mehr. Erst nördlich des 40. Breitengrads sieht es wieder besser aus. Gut und schön, diese Prozentangaben, aber wenn uns ein Sturm trifft, haben wir 100 %. Versuche mich mit der Tatsache zu beruhigen, daß hier jedes Jahr das Sydney Hobart Race ausgetragen wird, allerdings zur hochsommerlichen Weihnachtszeit.

Am späten Abend des folgenden Tages haben wir unseren Sturm. Ich fahre, so lange es geht, unter Sturmfock und Trysegel gegenan, aber dann wird die See zu hoch und zu grob. Bin zum Beidrehen gezwungen, wenn ich nicht wieder nach Südwesten ablaufen will. Die Tasmansee zeigt uns die Zähne. Ich muß untätig dasitzen und zusehen, wie wir in die Richtung, aus der wir kommen, zurückgetrieben werden. Lange halte ich das nicht aus, nach fünf Stunden sind wir wieder unterwegs, obwohl graue Wolken- und Regenwände über uns hinwegjagen. Es wird eine harte, nasse Segelei, und das bei einem Barometerstand zwischen 1023 und 1024 mb. Als der Satellitennavigator um 18.00 Uhr unsere Position mit einer Breite von 41°49′ Süd angibt, traue ich meinen Augen nicht. Die Schläge auf Steuerbordbug ergeben zwar nur einen Kurs von 135° – aber in 24 Stunden überhaupt keinen Weg nach Norden gutgemacht zu haben, das ist doch unmöglich! Leider stimmt es. Funkpeilungen plazieren uns nur 15 sm nördlicher.

Erst der 5. April bringt bessere Bedingungen. Die letzten Tage waren scheußlich. Die Ostküste Tasmaniens schreckte uns ab mit Regenböen, stürmischem Nordost, dahinjagenden schwarzen Wolkenfetzen und stockdunklen Nächten. Zur Linken lag die Küste, zur Rechten ein Quadrant mit noch höherer Sturmhäufigkeit. Ich leistete mir nur sehr wenige Schlaf- oder Ruhepausen, dafür aber einen viel zu hohen Kaffee- und Zigarettenkonsum. Wann immer es ging, vergrößerte ich die Segelfläche, um gegen die harten Seen anzugehen. Unsere Abdrift betrug 20 bis 30 Grad.

So brauchten wir fünf Tage für vier Breitengrade oder 240 sm nach Norden und verdienten uns jede Meile hart und naß.

Möglicherweise war es in der Nacht zum 4. April meine Übermüdung, die mich voraus ein weißes Schaumband sehen ließ, das einer Brandung glich. 30 sm östlich der tasmanischen Küste, um uns herum nur tiefes Wasser, und ich hatte dennoch nicht den Nerv, unseren Kurs beizubehalten. Wahrscheinlich fuhr ich wegen einer Platte phosphoreszierenden Planktons ein Ausweichmanöver, aber sicher ist sicher.

Doch nun ist das endlich vorbei. Der Wind kommt zwar immer noch aus Nordost, aber nur mit vier bis fünf Windstärken. Am Nachmittag gelingen mir zwei gute Sonnenhöhen. Demnach stehen wir auf 40°08′ Süd und 148°56′ Ost. Mein Schiff ist in besserem Zustand als ich. Nachts hält mich eine ekelhafte Kreuzsee wach, die sich aus der Winddrehung über West auf Südwest ergab. Bei meinem morgendlichen Kontrollgang staune ich nicht schlecht: Der Radarreflektor fehlt, obwohl er fest im Masttopp verschraubt war. Er muß wohl in hohem Bogen davongeflogen sein, denn ich finde nicht den geringsten Kratzer an Deck. Auch der Windex und das Topplicht sind unversehrt. Allmählich werde ich ziemlich mürbe. Zum Beispiel erinnere ich mich nicht mehr daran, wann ich diesen ganz unseemännischen Eintrag in die Seekarte machte: „Schlechte Zeiten für uns – kommen nicht wieder her“. Muß eben einfach weitermachen, dann kehrt die Freude am Segeln und an der See bestimmt bald wieder zurück und löscht alle Sorgen aus.

Ein paar durchwachsene Tage. Am frühen Morgen des 11. April wieder Sturm, natürlich aus Nordost. Laufe Richtung Sydney ab. Mir wird ganz schlecht bei dem Gedanken, daß ich meinen urspünglichen Plan vielleicht ändern muß. Ich will doch in Neuseeland überwintern und nicht in Australien. Aber wenn sich die Wetterlage nicht bessert, sehe ich wenig Chancen, Weg nach Ost zu machen. Momentan kann ich mir auch nicht vorstellen, daß ich, erst einmal im Hafen, so schnell wieder auslaufen würde. Ich fühle mich geschlagen, meine Stimmung ist sehr gedrückt. Die Freunde sind in weite Ferne gerückt, ich lese nur noch selten in ihren

Briefen. Ich weiß, daß sie an mich denken, und das ist tröstlich. Doch ihr Leben und mein Leben sind so verschieden. Ich würde jetzt gern mit ihnen sprechen, aber worüber? Über das, was ich hier erlebe? Nein, geht nicht, ist zu früh. Über alte Zeiten? Wozu, die sind vorbei.

Gekentert!

24 Stunden später liegt ein Ostkurs an, und sofort geht es mir besser. Kann mich über die wärmende Sonne und die Fahrt meines Schiffes in der endlich wieder blauen See freuen. Der Wind hat nachgelassen und auf Nordwest gedreht.

Aber die Freude dauert nicht lange. Zu Mittag weht es erneut aus Nordost, wieder schlagen wir in die Seen und nehmen viel Wasser über. MÄDCHEN ächzt und stöhnt. Wenn ich die Hände auf die Schottwand lege, kann ich die Verwindung darin spüren. Vorher sind wir so hart gegen eine See gefahren, daß es das Bücherbord aus seiner Verschraubung gerissen hat. Da liegen sie nun, die Dichter, Philosophen, Humoristen und Fachautoren, wild durcheinandergewürfelt auf dem nassen Boden. Mir reicht's – jetzt bringe ich MÄDCHEN auf Westkurs. Und denke dabei an den Rat eines alten Seemanns: „Schiffe fährt man nicht, man läßt sie fahren." Freiwillig würde MÄDCHEN nie gegen diesen Wind angehen. Wie erlöst surft sie nun auf den Seen nach Westen.

Aber das war nur der Anfang. Um zwei Uhr früh liegen wir unter Sturmfock und Trysegel beigedreht, und der Wind heult jetzt aus Nord. MÄDCHEN steckt erneut harte Schläge der brechenden, steilen See ein. Ich muß mir darüber klarwerden, wie es weitergehen soll. Dabei weiß ich nur eines: Nach Süden will ich nicht. Aber es wird mir nicht erspart bleiben, wenn sich das Wetter nicht bald ändert. Sitze wie ein gefangenes Tier auf meiner Koje. Warum handle ich denn nicht? Alle zehn Minuten hinauszugehen und in die tobende Finsternis zu starren, das bringt gar nichts.

Das Frühlicht enthüllt eine schlimme See und gegen Sonnenaufgang einen blutroten Himmel. Der Satellitennavigator arbeitet und wird uns in wenigen Minuten einen Standort sagen, dann laufen wir ab. Meine Gedanken haben sich festgefahren. Ich ahne, daß wir fällig sind – zu Recht.

Gerade kritzle ich unsere Koordinaten auf den Kartenrand, da trifft uns eine See, die förmlich explodiert. Es ist ein Schlag wie mit einem großen Hammer. Meine Welt kippt um, ich höre nur noch strömendes Wasser. Dann bin ich für ein paar Sekunden weg, erinnere mich an gar nichts. Komme erst wieder zu mir, als MÄDCHEN sich bereits in der Aufwärtsbewegung befindet. Als erstes renne ich in den Salon und starre durch das Oberlicht zum Mast. Gott sei Dank, er steht! Er ist noch an seinem Platz, und soweit ich von hier aus sehen kann, sind auch die Stage und Wanten intakt. Unwillkürlich presse ich die flache Hand gegen alle Fenster. Das Wasser machte ein so gräßliches Geräusch, daß ich sie nicht heil erwartet hätte. Aber sie sind dicht. Langsam öffnet sich die Zange, die sich um meinen Hals gelegt hat.

Hastig pumpe ich das über den Bodenbrettern stehende Wasser ab. Läuft es irgendwo nach? Scheint nicht so. Klettere über das Niedergangsschott nach draußen und bekomme gleich die erste Dusche ab. Naß hangle ich mich zum Mast vor, um das Trysegel zu bergen. Verbissen und trotzig ringe ich so lange mit dem dicken, wild schlagenden Tuch, bis es unter dem Schiebeluk in der Kajüte verschwunden ist. Dabei spüre ich weder das überkommende Wasser noch meine aufgeschlagenen Hände. Die verbogene und zerrissene Sprayhood, das fehlende Relingskleid, die über Bord gewaschenen Schoten und Fallen und was sonst noch alles – das ist zweitrangig. Erst mal muß ich genauer prüfen, ob MÄDCHEN irgendwo Schäden davongetragen hat, durch die Wasser eindringen könnte.

„Haben wir ein Glück!“ Immer wieder murmele ich diese Worte vor mich hin, während ich unten das Chaos inspiziere. Die zwei kleinen Risse an der Decke der Innenschale und die Wuling in der Navigationsecke und auf meiner Koje registriere ich nur. Im Salon war alles perfekt verstaut, im Vorschiff allerdings ist das Durcheinander komplett. Aber die Schramme, die der Generator gleich unterhalb der Decke in die Bordwand geschlagen hat, ist nicht so tief, daß Wasser durchkommt. Wir hatten wirklich Glück. Wieder an Deck, gelingt es mir gerade noch, den Bezug der Sprayhood vor dem Zugriff der See zu retten. Also ab damit nach unten.

Langsam bekomme ich die Lage in den Griff. Hole mir die Fallen und Schoten zurück. Die Windfahne der Selbststeueranlage fehlt natürlich. Die Lose in der vorderen Unterwant an Backbord kann ich mir nicht erklären, denn das untere Pütting ist in Ordnung, und an der Befestigung am Mast kann ich keinen Schaden erkennen. „Weiter, du bist noch nicht fertig.“ Ich tue, was getan werden muß, als würde mich jemand kommandieren. Vielleicht hilft mir dabei, daß ich diese Situation schon so oft durchdacht und mir die Reihenfolge meiner Handlungen fest eingeprägt habe. Als der Wind wieder stärker aufheult, habe ich die Sturmfock mitschiffs geschotet und sitze doppelt gesichert am Ruder.

Im Nordwesten ist eine schwarze Wand aufgezogen, keine Wolke, sondern eine scheinbar massive Wand, die mir Angst macht. Wir lassen sie über uns ergehen. Im peitschenden Regen sehe ich nur noch Grau und Weiß. Bestimmt wird es bald besser, es kann ja nur besser werden. So verbringe ich die nächsten fünf Stunden am Ruder, naßgeschwitzt und mit ausgetrocknetem Mund. Zu Mittag haben wir es überstanden, und die Selbststeueranlage kann meine Arbeit übernehmen: Kurs Südwest. Die See hat für mich entschieden, wir werden Sydney anlaufen.

Mißtrauisch beobachte ich den Seegang. Wir hatten schon höhere Seen, aber noch nie so steile. Mit dem Nachlassen des Windes gewinne ich Vertrauen zurück. Mein Schiff und die Selbststeueranlage sind besser als ich. Hätte ich mit der Entscheidung abzulaufen nicht so lange gezögert, wäre uns die Kenterung erspart geblieben. Warnungen gab es genug. Aber zum Lamentieren bleibt mir keine Zeit, ich muß das Durcheinander unter Deck aufräumen, obwohl ich mich am liebsten einfach hingesetzt und die Augen zugemacht hätte. Doch die unerbittliche Stimme in meinem Kopf kommandiert weiter, und ich finde tatsächlich eine schnelle Lösung für das Problem: Stecke alles in einen leeren Segelsack. Was da wieder zum Vorschein kommt! Der kleine Ersatzkocher, das große Messer, Teller, Tassen, Gleitspray, meine Tasche mit dem Notproviant und jede Menge Kleinkram. Fische mir nur die Karte, den Zirkel und einen Bleistift heraus. Alles andere wandert hinter die sicher schließende Tür des „Kühlschranks“. Nun noch ein trockenes Handtuch über die nasse Koje gebreitet, und mein Platz am Navigationstisch ist wieder benützbar. Das Durcheinander im Navigationsschapp bringt mich auf die Idee, den unteren Schrank der Pantry zu inspizieren. Aber das hätte ich besser nicht tun sollen. Schließe die Tür ganz schnell wieder. Auch für das Vorschiff findet sich eine großzügige Lösung, nur der Generator macht Mühe. Er hat sich auf seinem neuen Platz fest verkeilt, kein Wunder bei 20 kg in freiem Flug. Dabei hatte er vorher ein 50 cm hohes Brett, das ihn sicherte, zu überwinden. Muß mir für die weitere Reise zusätzliche Sicherungsmaßnahmen ausdenken.

Die oberflächliche Ordnung, die langsam entsteht, tut meinen Nerven gut. Sie sind nicht mehr die besten. Bei jeder Unregelmäßigkeit in den Schiffsbewegungen renne ich zum Niedergang und meine, am Ruder eingreifen zu müssen. Heißer Tee mit Honig hilft nicht viel gegen das Zittern meiner Hände. Das baut sich erst langsam ab. Immerhin bekomme ich um 17.30 Uhr einen Standort vom Satnav, der uns 85 sm östlich von Sydney ausweist. Wenn wir jetzt direkten Kurs segeln könnten, wären wir morgen mittag im Hafen. Geht aber nicht, denn genau von dort weht uns ein kräftiger Westwind entgegen.

Wieder hoch am Wind, alles wie gehabt. In der Nacht lasse ich Mädchen unterbesegelt laufen. Ich kann und will nicht schlafen, glaube es meinem Schiff schuldig zu sein, daß wir das letzte Stück gemeinsam hinter uns bringen. Dann wird es Zeit, das alles im Logbuch nachzutragen. Soll darin Windstärken angeben, wo doch alles nur noch weiß und grau war und ich andere Sorgen hatte. Also schreibe ich 9 Bft hin, soviel werden es wohl gewesen sein. Wie ein Witz kommt es mir vor, daß ich die genaue Position der Kenterung habe: 33°54′ Süd, 153°32′ Ost am Freitag, dem 13. April, um 06.10 Uhr.

Während ich die Sprayhood flicke, kommen mir immer wieder die gleichen Fragen in den Sinn: Wie konnten die Tassen aus ihrem Regal fallen, obwohl bis zur Decke nur knapp ihre Höhe breit Luft war? Warum hat sich der Anker, der an Stock und Pflug gesichert war, um 180° gedreht? Was ist mit der losen Unterwant? Wie tief lag der Mast im Wasser? Über all das kann ich nur spekulieren, es fehlt mir einfach ein Stück des Geschehens. Gebe es schließlich auf, klettere nach draußen und lasse die Nacht vorübergehen.

Großherziges Australien

Der nächste Tag baut mich wieder auf, mit schönem Segeln bei mäßigem Südwest, heißer Sonne, Landvögeln und Delphinen als Begleiter. Am Abend sitze ich bei meiner Petroleumlampe, und um uns herum entfaltet sich modernste Technik: Flugzeuge stören die Harmonie des Sternenhimmels, Großtanker durchpflügen die See. Mit Macht kündigt sich die Zivilisation an, obwohl Sydney noch 30 sm im Westen liegt. Zwiespältige Gefühle machen sich in mir breit. Sicher, ich muß an Land, mein Schiff braucht dringend eine Überholung. Trotzdem – wäre ich jetzt irgendwo in der Weite des Indischen Ozeans, würde ich von meiner Koje aus dem Tanz der Sterne zuschauen und dem Rauschen des Meeres lauschen. Irgendwann würden mir die Augen zufallen, weil die See mich in den Schlaf gewiegt hätte. Eine so friedliche Nacht habe ich schon seit Wochen nicht mehr erlebt. Bis wir in Port Jackson, der großen Hafenbucht von Sydney, irgendwo festgemacht haben, wird es für mich keinen Schlaf mehr geben. Das sind drei Nächte hintereinander.

Das beste Mittel, mich wachzuhalten, ist Beschäftigung, und daran fehlt es nicht. Zum x-ten Mal lese ich den Abschnitt des englischen Seehandbuchs, der sich mit Port Jackson und Sydney Harbour befaßt. Auf meiner Seekarte ist dieser weitverzweigte Einschnitt nur ein Punkt. Mit Hilfe der sehr exakten Angaben zeichne ich mir eine Skizze der Einfahrt und der sich daran anschließenden Buchten, Inseln und Brücken. Aber allzu lange kann ich mich nicht unter Deck aufhalten, der zunehmende Schiffsverkehr fordert meine volle Aufmerksamkeit. Ich muß Lichterführungen bestimmen, Fahrtrichtungen ausmachen und vorsichtshalber Kursänderungen vornehmen. Die Bugwelle reflektiert das Licht meiner Positionslampen, das mich blendet. Überhaupt ist es viel zu hell hier. Meine Augen brennen, ich brauche recht lange, bis ich die Kennungen der Leuchtfeuer ausgezählt und identifiziert habe. Außerdem kann ich mir selbst nicht mehr trauen. Vorhin beim

Ausreffen ist mir die Winschkurbel einfach aus der Hand gefallen, und ich habe tatenlos zugesehen, wie sie noch zweimal an Deck aufschlug, bevor sie sich ins Wasser verabschiedete. Ich hätte Zeit genug gehabt, das teure Stück zu retten, zeigte aber keinerlei Reaktion.

Vorsichtshalber trage ich meine Peilungen erst dann in die Karte ein, wenn ich dreimal den gleichen Wert abgelesen habe. Demnach stehen wir am 15. April um 03.00 Uhr früh 5 sm östlich der Einfahrt zu Port Jackson. Friedlich beigedreht, warten wir auf die Dämmerung. Vielleicht haben wir uns diese günstigen Bedingungen für den Landfall verdient. Die Sonne glitzert auf der mäßig bewegten See, während wir mit einem moderaten Südsüdwestwind zwischen den Heads durchsegeln, den beiden grandiosen Landspitzen, die das Tor zu Port Jackson bilden. Zwei weiße Obelisken in Deckung zeigen uns den Weg. Es gibt Freunde, die behaupten, ich würde mein kleines Schiff bei Ansteuerungen wie einen Großtanker fahren. Mag sein, aber ich finde es besser so. In der Bucht bleibe ich am Rand des Hauptfahrwassers, bis wir in die Watson Bay einschwenken können. Dort habe ich ein Treffen mit dem Zoll vereinbart, als ich über UKW bei „Sydney Maritim" unsere Ankunft meldete. Von der Stadt selbst habe ich bislang noch nichts gesehen. Das Ufer der Bucht säumen noble Bungalows, Palmen, schmucke weiße Steganlagen, und davor liegen Segel- und Motoryachten in ganzen Bojenfeldern. Inzwischen tukkert mein Diesel, und ich fahre langsam die Anleger ab in der Erwartung, irgendwo ein Schild „Customs" – Zoll – zu entdecken. Aber alle tragen nur den Hinweis, daß hier Anlegen verboten sei. Gerade will ich zur zweiten Runde ansetzen, als ich begreife, daß das schwarze Motorboot, das auf uns zuhält, der Zoll ist. Aber aus meiner Idee, bei ihm längseits zu gehen, wird nichts. Ich muß ein Ankermanöver fahren.

Erst als ich das Okay gebe, setzt das Zollboot die Offiziellen ab. Mädchen bekommt sofort Schlagseite. Zwei Zöllner, zwei Vertreter der Einwanderungsbehörde und der Health Officer, alle stehen sie auf der Steuerbordseite. Mit gelassener Freundlichkeit nehmen sie meine Entschuldigung für die feuchten Sitzgelegenheiten in der Kajüte an. Auch mein Geständnis, daß ich kein Visum für Australien besitze, weil mein Aufenthalt hier nicht eingeplant war, kommentieren sie nur mit einem Lächeln. Das ist alles „no problem“. Dagegen machen die Papiere meiner Ausklarierung von Kapstadt mehrfach die Runde durch ihre Hände. Ob die Bass-Straße schlimm gewesen sei? Fünf Augenpaare sind auf mich gerichtet, während ich berichte, daß mein Kurs südlich um Tasmanien herum und erst dann nach Sydney führte. „Und kein Stopp in Hobart?“ – „Nein, direkt hierher.“ Ihr Schweigen verrät Überraschung. Danach setzt eine ungeheure Geschäftigkeit ein, an der ich nur am Rande beteiligt bin. Immer wieder wird mir ein komplett ausgefülltes Formular mit kurzer Erklärung, was ich da unterschreibe, ausgehändigt. Fast vorsichtig erkundigen sie sich nach den noch vorhandenen Lebensmitteln. Ich habe von strengen Kontrollen beim Anlaufen eines australischen Hafens gehört, aber mir wird eine äußerst zuvorkommende Behandlung und ein herzlicher Empfang zuteil.

Als das Zollboot wieder längseits kommt, um die Beamten abzuholen, sind noch längst nicht alle Fragen beantwortet, die sie mir zu meiner Reise gestellt haben. Mit guten Wünschen für einen angenehmen Aufenthalt werde ich verabschiedet, dann bin ich wieder allein. Mein Anker wartet darauf, hochgeholt zu werden. Bis er endlich wieder in seinem Schapp ruht, klebt mir das Hemd am Körper. Dieser Spezialanker von Rolf Kaczmirek beißt sich vielleicht fest!

Voll ungläubigem Staunen erlebe ich die nächste Stunde. Sydney bietet einen großartigen Anblick mit seinen aneinandergereihten Buchten, baumbestandenen kleinen Inseln, den in der Sonne blitzenden, verglasten Hochhäusern der City und natürlich mit der Harbour Bridge. Davor steht das Opernhaus, dessen eigenwillige Dachkonstruktion wie ein Kranz weißer Segel in den lichtblauen Himmel ragt. Wie oft habe ich dieses Panorama auf Fotos gesehen, und doch ist es etwas ganz anderes, mit MÄDCHEN in diese Welt hineinzufahren. Ich lache und weine gleichzeitig.

Au Backe, gerade noch rechtzeitig fällt mir ein, daß ich die Tonne bei Darling Point an Backbord lassen muß. Vorsichtig schlängle ich mich durch das riesige Bojenfeld in der Rushcutter's Bay, scheine aber in die falsche Richtung zu fahren. Überhaupt nehmen sich mein Schiff und ich unter diesen schönen, modernen Yachten, meist Regattaschiffe mit fröhlichen, sommerlich gekleideten Seglern, etwas deplaziert aus. Alle sind auf dem Weg nach draußen. Wir aber machen ganz hinten in der Bucht am letzten Ponton fest. Nach der Anmeldung beim Hafenmeister finden wir in diesem völlig überfüllten Klubhafen sogar noch einen Platz am Steg, zumindest für die kommenden vier Tage. Im Büro des Klubs gibt mir eine freundliche Empfangsdame namens Bella wertvolle Tips, wo ich an diesem Samstag noch kurz vor Ladenschluß frische Lebensmittel und vor allem australische Dollar bekomme.

Ich zwinge mich dazu, das noch zu erledigen, denn sonst könnte ich mir nicht mal einen kühlen Drink leisten. Der Gehsteig schwankt unter meinen Füßen, Autos hupen, wenn ich die Straße zu überqueren versuche. Mir ist, als würde ein Film zu schnell abgespult. Ständig stehe ich im Weg herum. Aber irgendwie lande ich trotzdem in King's Cross, dem Vergnügungsviertel von Sydney, und finde auch die angegebene Wechselstube. Danach muß ich noch zum Supermarkt. Das ist ja nicht auszuhalten! Die vielen Menschen, die Schlangen von Einkaufswagen, dazu pausenlos Musikberieselung – und schließlich die vielen Kassiererinnen, die ohne einmal aufzublicken die Ware flink über ein magisches Auge ziehen, das die Preise addiert: der Mensch als Gehilfe der Maschine. Verwundert hebt meine Kassiererin den Kopf, als ich ihr einen „guten Tag" wünsche. Draußen auf der Straße betrachte ich neugierig meine Ausbeute: Brot, Butter und etwas Obst. Die Schokolade, von der ich schon seit Wochen träume, habe ich glatt vergessen. Aber mein Verstand fährt eben Karussell. Nichts scheint mir erstrebenswerter, als wieder auf meinem Mädchen zu sein.

„Mein Gott, wo bist du denn? Du kannst doch noch nicht in Neuseeland sein!" Mein Vater hat wohl wieder mitgekoppelt.

„Nein, wir hatten etwas Pech. Stell dir vor, wir sind in Sydney. Ich erzähle dir alles. Du kannst hier im Klub anrufen."

Ja, es ist sehr komfortabel im Cruising Yacht Club of Australia. Neben den großzügigen Duschanlagen und dem Terrassenrestaurant stehen den Gästen Telefon und Fax zur Verfügung, zur Kommunikation mit der ganzen Welt. Eigentlich wollte ich mich schon längst in meine Koje verkriechen, aber ich bin so aufgedreht, daß ich kein Auge zubringe, trotz meiner Müdigkeit. Ich bin in Sydney, Australien! Es ist nicht zu fassen, daß mich mein Schiff so weit getragen hat.

Aber mein Kopf will einfach nicht abschalten und erstellt dauernd Reparaturlisten: Der Mast braucht eine Manschette und neue Beschläge für die Unterwanten; die Bordtoilette liegt auf 40° Süd und dem Längengrad von Kap Leeuwin, da sollte Ersatz her; der Ankerkasten muß anständig laminiert werden, das Sprayhoodgestänge muß wieder zurechtgebogen und das Tuch geflickt werden; den Bolzen des Ruderkopfes will ich prüfen, und wenn MÄDCHEN schon aus dem Wasser ist, könnte ein neuer Anstrich nichts schaden. Zuallererst aber muß sie wieder trocken werden, und damit ließe sich am leichtesten beginnen. Wer weiß, wie lange uns die Sonne derart verwöhnt? Also raus mit den nassen Plünnen. Oh, was ist denn das? Richtig, der Segelsack mit den Flugobjekten von unserer Kenterung. Schnell wieder in den Vorratsschrank damit und Tür zu. Das kann ich mir heute nun wirklich nicht mehr vornehmen. Außerdem...

Mir wird schwindlig, ich muß an Deck. Aber dort werde ich auf meine Reise angesprochen, und so finde ich mich schließlich auf der Terrasse des Klubhauses wieder, unter netten Menschen und bei einem kühlen Drink. Ich höre mich reden und lachen, eingehüllt in eine Wolke von Heiterkeit, aber mein Herz ist noch auf See und vor allem bei meinem Schiff, das friedlich in der Box vor sich hinzuträumen scheint. Was habe ich MÄDCHEN geschunden während dieser Wochen in der Tasmansee! Es ist einfach wunderbar, wie sie sich bewährt hat. Ja, ich werde sie dafür entschädigen und alles tadellos in Ordnung bringen, das verspreche ich ihr. Immer wieder mustere ich erstaunt meine Umgebung. Australien – Sydney! Meine letzten Zweifel, ob das tatsächlich stimmt, spült eine heiße Dusche hinweg. Dabei schäme ich mich ein bißchen, daß ich so verschwenderisch mit dem Süßwasser umgehe. An Bord fällt mir danach zwar noch auf, daß es in meiner Kajüte stinkt, aber dann falle ich auf meine Koje und endlich in tiefen Schlaf. Es ist Sonntagnachmittag, als ich nach 17 Stunden wieder die Augen öffne.

In den nächsten Tagen beginne ich, mich einzuleben. Ich finde heraus, wo ich die notwendigen Reparaturmittel bekomme, wer der beste Rigger ist und vieles mehr. Matthew vom Seglerladen hat sich die „German Lady“ und ihr Schiff gleich nach meinem ersten Besuch genauer angesehen. Von diesem Zeitpunkt an ist er mir ein stets gutgelaunter und findiger Ratgeber. MÄDCHENS Überholung beginnt.

5. Sydney – Whangarei

Im Winter über die Tasmansee

Inzwischen ist der Himmel über Sydney grau. Es regnet seit Tagen. „Drizzle“ nennen die Engländer diesen hartnäckigen Nieselregen. Die Menschen hier scheint er nicht zu stören, sie sind alle mit großen schwarzen Regenschirmen ausgerüstet. Diese Schirme machen den Gang durch die City zu einem Slalomlauf.

Oh, pardon – frontal getroffen! So ein Zusammenstoß kann also auch ohne Schirm passieren. Die unwahrscheinlich blauen Augen meines Gegenübers sehen mich überrascht an. Nach den üblichen Entschuldigungsfloskeln stellen wir fest, daß wir uns auf deutsch unterhalten können. Die blauen Augen gehören Paul, ebenso der wirre Haarschopf, der große Rucksack und die Sandalen. Seit acht Wochen reist er durch Australien, wie ich auf dem Weg zu einer Snackbar in der zweiten Etage des Sydney Tower erfahre. Sein Bericht entführt mich in die sengende Sonne und flimmernde Hitze im Zentrum Australiens. Er schwärmt vom Outback, der verdorrten Sand- und Felslandschaft im roten Herzen Australiens, von den Felsendomen der Olgas, den Pinnacles und natürlich vom Ayers Rock, dessen Felswände in der Abendsonne rubinrot aufleuchten. Er spricht von der Einsamkeit und subtilen Vielfalt der Wüstenlandschaft, von den Menschen und Orten im dünn besiedelten und rauhen Viehzuchtgebiet der Kimberley-Region.

Über sein Glas hinweg sieht Paul mich dann auffordernd an. „Und wie war deine Reise? Erzähl' mal – oder bist du immer so stumm wie ein Fisch?“

„Tja, ich habe es wirklich mehr mit dem Wasser. Bin in einem Segelboot unterwegs.“

„Siehst aber überhaupt nicht nach Schickimicki aus. Wie groß ist denn der Dampfer, mit dem ihr die Küste unsicher macht?“

„Nein, warte, es ist ganz anders. Ich bin hergesegelt, von Europa aus.“ Jetzt bin ich an der Reihe mit dem Erzählen.

Als wir wieder auf der Straße stehen, ist es schon dunkel, nur der Regen ist geblieben. Trotz des Wetters verabreden wir uns für den nächsten Tag bei mir an Bord in der Rushcutter's Bay.

Morgens hätte ich fast verschlafen, deshalb renne ich hastig ins Cockpit, um nach Paul Ausschau zu halten. Der sitzt seelenruhig auf dem Steg und liest ein Buch. Als er mich bemerkt, lacht er nur und ist mit einem Satz an Bord. „Das ist ja irre, so ein winziger Kahn!“ ruft er.

„Sei vorsichtig! Wenn du mein Schiff beleidigst, schüttelt es dich ab. Das wäre mir nicht so recht.“

Unser Frühstück dauert bis zum späten Nachmittag. In den nächsten Tagen gerate ich mit meinen Reparaturarbeiten etwas in Verzug. Paul scheint sich auf MÄDCHEN wohl zu fühlen, er schaut fast jeden Tag bei uns vorbei. Sandwüste oder Wasserwüste – wir verstehen uns, machen Ausflüge in die Blue Mountains und zum Bondi Beach. Wir feilschen um die Tage, an denen ich Zeit habe, und Paul ist gut im Feilschen.

MÄDCHEN ist verschwunden!

Am nächsten Morgen wollen wir zusammen mit Freunden den Hafen erkunden, zu den Heads hinaussegeln und wenigstens kurz den Bug in die Tasmansee stecken. Für den Abend davor ist ein Bummel angesagt, der in einer kleinen Kneipe endet, mit der Paul wirklich nicht zuviel versprochen hat. Es wird ein unbeschwerter Abend, unsere Stimmung ist sehr ausgelassen. Eine weißhaarige Wahrsagerin liest mir Reichtum, Kindersegen und große Reisen aus der Hand. So wird es spät nach Mitternacht, bis wir ins Schlauchboot balancieren und zu MÄDCHEN hinauspaddeln, das jetzt an einer Muringboje liegt.

„Paul, siehst du mein Schiff?“

„Nein, aber bleib um Gottes willen sitzen, sonst landen wir gleich im Wasser. Gudrun, warum bist du denn plötzlich so aufgeregt?“

„Hier, genau an dieser Boje lag MÄDCHEN. Und jetzt ist sie weg!“

„Ach, du irrst dich bestimmt. Sie liegt vielleicht etwas weiter draußen.“

Paul legt sich mächtig in die Riemen und rudert immer weiter hinaus, bis zum Ende des Bojenfelds und in der nächsten Reihe wieder zurück. Er fragt nichts mehr. Mein Mund wird immer trokkener, mein Magen zieht sich zusammen. Das gibt es doch nicht, mein Schiff kann doch nicht einfach verschwinden! Es muß hier irgendwo sein. Aber wir sind fast schon wieder bei den Steganlagen und haben keine Spur von ihm gefunden.

„So hat das keinen Sinn, Gudrun. Mal sehen, ob wir jemanden vom Klub auftreiben.“ Pauls Stimme klingt ganz kratzig vor Anstrengung, auf seiner Stirn stehen Schweißperlen.

Aber ich gebe nicht auf. „Da! Dort ist sie! Siehst du sie? Dort an einer Privatboje gegenüber den Steganlagen!“

Mit einem schnellen Griff zieht mich Paul auf den Sitz zurück. Diesmal hat nicht viel gefehlt, und ich hätte das Dingi zum Kentern gebracht. Paul nimmt seinen Frondienst wieder auf, legt schwungvoll bei MÄDCHEN an, ist blitzartig an Deck und fuchtelt mit der Taschenlampe herum. Etwas ruhiger kommt er zurück zur Reling.

„Alles in Ordnung, kein Einbrecher da. Mylady können an Bord kommen. Oder soll ich den Tee hier draußen servieren?“

Denn ich sitze noch immer im Schlauchboot und streichle unentwegt den Rumpf meines Schiffes. Meine Knie sind so weich, daß ich nicht aufstehen kann. Da tut Paul das einzig Richtige, steigt wieder zu mir ins Dingi und hält mich so lange im Arm, bis ich mich beruhigt habe. Dann hilft er mir an Bord und macht sich in der Pantry zu schaffen.

Äußerst merkwürdig: An Bord ist alles unberührt, die Leine zur Boje ist korrekt belegt. Aber mir reicht's, in dieser Nacht will ich über MÄDCHENS Verschwinden nicht weiter nachdenken. Habe noch nie einen besseren Tee getrunken als den, den mir Paul mitfühlend in die Hände drückt.

Am nächsten Morgen klärt sich alles auf. Die Muringbojen des Klubs liegen tatsächlich weiter draußen, ich hatte MÄDCHEN irrtümlich an einer Boje des Nachbarvereins festgemacht, die der Eigner dann belegt vorfand. Mit einem Motorboot wurde mein Schiff an den Platz geschleppt, wo wir es schließlich vorfanden. Zu meiner Freude bekommen wir danach einen Platz ganz hinten am Ponton zugewiesen, was für meine weiteren Arbeiten sehr praktisch ist.

Zwei Tage später reist Paul ab. Am Nachmittag kommt der Rigger Joe Henderson an Bord, prüft die Schäden am Mast und macht Lösungs- und Kostenvoranschläge. Mir wird klar, da steht etwas Größeres an. Mit dem Mast wäre ich nicht mehr über die Tasmansee gekommen. Auf Joes Vorschlag hin erhalten die Unterwanten eine ebenfalls durchgebolzte Aufhängung, der Mast wird an der beschädigten Stelle über die Saling hinaus mit Edelstahlplatten verstärkt, und die Unterwanten bekommen Toggles. Rückfragen bei Jochen, meinem Segelmacher und Rigger in Überlingen, bringen den gleichen Lösungsvorschlag. Die Summe, die mir Joe für die Reparatur nennt, läßt mich tief durchatmen. Aber es muß sein.

Am nächsten Morgen um 08.00 Uhr haben wir schon Termin am Kran. Es ist nicht das erste Mal, daß ich einen Mast lege, aber es geschah noch nie bei derart hohem Schwell. Joe weiß, warum er so schnell arbeitet. Ich atme erst auf, als der Mast auf dem Steg liegt. In drei Tagen, wenn die Reparaturen fertig sind, steht mir das gleiche Spiel noch einmal bevor. Wir tuckern zurück zu unserem Platz im Klub, und MÄDCHEN kommt mir ohne ihr Rigg ganz nackt und traurig vor. Keine Bange, in ein paar Tagen hat sie wieder einen Mast, den wir nur noch oberhalb der Saling absegeln können.

„Ist das alles für mich?“ Im Klubbüro drückt man mir gleich mehrere Telefaxseiten in die Hand. „Happy Birthday!“ ruft es im Chor.

Ach so, heute ist mein Geburtstag. Da wird es mit der Arbeit nicht mehr viel. Als ich Stunden später zu MÄDCHEN zurückkehre, steht ein bunter Blumenstrauß auf dem leeren Mastfuß. Unglaublich, wie spontan und herzlich die Australier sind.

In den nächsten Tagen treibe ich meine Vorbereitungen konzentriert voran. Alles wird rechtzeitig fertig. Es bleibt sogar noch Zeit für gemeinsame Stunden mit Segelfreunden und für einen Landbesuch bei Ela und Fis, die vor zwei Jahren mit ihren Kindern nach Sydney ausgewandert sind. Fis hat mich eines Nachmittags mit einer Tüte schwäbischer Brezeln überrascht. Noch ist er ohne Boot, seit drei Jahren hat er keinen Fuß mehr auf Planken gesetzt. Das ist hart für einen begeisterten Segler wie ihn. Aber wenn ich ihn recht verstehe, ist es auch verdammt hart, sich in Australien ein neues Leben aufzubauen. Die Stunden bei mir an Bord geben seinen Träumen neue Nahrung.

MÄDCHEN bekommt ihren Mast wieder, Joe hat ganze Arbeit geleistet. Zum Schluß setzt er mein Rigg noch so durch, daß mir angst und bange wird.

„Joe, ich will doch keine Regatta fahren!"

„Okay, okay, aber du willst deinen Mast behalten, oder? Dann laß den Trimm für die weitere Reise so."

Unter seinen Händen geht der Wantenspanner noch eine halbe Umdrehung dichter. Zufrieden prüft er zum Schluß alle Kontermuttern. Am Rigg kann es jetzt nicht mehr liegen, wenn etwas schiefgeht. Der Rest ist meine Sache.

Lieber gleich zu Anfang Sturm

Es ist Sonntagmittag, der 20. Mai. Der Zoll ist von Bord. Wir liegen in der Watson Bay an einer Boje, und ich lasse noch einmal das Panorama des Hafens von Sydney auf mich wirken. Die vergangenen Wochen ziehen an mir vorbei: gute Tage, schlechte Tage, Arbeit und Sorgen um Schiff und Rigg. Aber auch neue Freunde, lange Gespräche bis in den Morgen, Lachen und Lebensfreude. Ein Glas Tee, eine Tasse Kaffee, eine Flasche Wein, ein Essen: Geschenke unter Yachties. Gebrauchte Seekarten und Reiseführer über Neuseeland sind an Bord, als Aufmerksamkeit eines amerikanischen Skippers. Ein Unbekannter hat meine Holzrechnung bezahlt. Auch in dieser von Business und Geld geprägten Stadt habe ich Menschen getroffen, die mir warmen Herzens und selbstlos halfen. Dank ihnen allen!

Noch einmal starte ich eine Anfrage – die dritte seit Tagesbeginn – bei Sydney Radio wegen der Wetterlage. Es bleibt dabei: SE 6 Bft, 2,5 m Schwell zwischen den Heads. Wir liegen in einem Hochdruckgebiet, aber in zwei Tagen werden uns die Fronten eines im Süden durchziehenden Tiefs treffen. Ein Spaziergang wird sie also nicht, diese Reise, schließlich haben wir fast schon Winter. Noch einmal werfe ich einen Blick über mein Schiff: Schön sieht es aus, zuverlässig und stabil. Wenn ich nach Neuseeland will, müssen wir eben noch einmal über die Tasmansee, auch wenn mich bei diesem Gedanken ein ungutes Gefühl beschleicht. „Auf was wartest du, Gudrun? Setz die Segel!"

Es braucht etwas Konzentration, bis wir die beiden Leuchttürme der Heads im Kielwasser haben. Der Schwell bringt MÄDCHEN fast zum Stehen. Ich reffe aus, damit wir möglichst schnell in gleichmäßigen Seegang kommen. 16 137 sm liegen jetzt schon in unserem Kielwasser, und dennoch ist jedes Auslaufen neu und erregend. Die erste Nacht bleibe ich wie immer im Cockpit und beobachte, wie die Lichter Sydneys langsam kleiner werden, bis uns endlich die See mit ihren Farben und Geräuschen aufnimmt. Ich fühle mich wohl, auch wenn die Anfangszeit draußen wieder eine Lehrzeit wird. Landleben bringt immer einen Bruch in die Einheit von Natur, Schiff und Mensch. Macht nichts, bald wird sich der alte Rhythmus wieder eingestellt haben. Wir sind unterwegs, und das ist gut so.

Zwei Tage später haben wir Sturm. Rasmus zeigt uns, was Seefahrt heißt. Am 22. Mai sackt der Barograph mittags in zwei Stunden um 5 mb nach unten und läßt sich bis Mitternacht durch nichts in seinem weiteren Abstieg bremsen. Vorsorglich räume ich die Pantry total leer. Die Navigationsecke ist bereits blank, das Relingskleid hochgebunden, alle Sicherungsriegel sind noch einmal überprüft. In zwei Thermosflaschen dampft extra starker Kaffee. Die Arbeit mit den Segeln geht wieder los: Wechseln, Reffen und jedesmal ein Bad auf dem Vorschiff. Kurz vor Sonnenuntergang sind dann auch die 7 m^2 der gerefften Genua IV noch zuviel. Bergen geht ja noch, aber das Einsacken auf dem Vorschiff schaffe ich nicht mehr. Die überwaschenden Seen reißen mir das Tuch aus den Händen und holen sich mühelos auch noch den Rest aus dem Segelsack. Wie oft habe ich in solchen Situationen die Segelmacher, die so kleine Segelsäcke schneidern, an meine Stelle gewünscht! Mit ein paar Bändseln verschnüre ich das Tuch zu einer Wurst und schleife es in die Plicht, um es von dort durchs Schiebeluk zu stopfen. Danach wird die Sturmfock gesetzt und ausgebaumt. Inzwischen heult der Wind schon wieder, aber das Brechen der Seen kann ich nur hören, nicht sehen, denn es ist stockdunkle Nacht geworden. Regen peitscht mir ins Gesicht.

Kurz vor Mitternacht wird die Situation durch schwere Böen noch verschlimmert. Mich selbst laut kommandierend, schote ich die Sturmfock mittschiffs, dann sitze ich wieder wie schon seit Stunden an der Pinne, zweifach mit dem Lifebelt gesichert, und suche den besten Weg mit den Seen. Mein Mund wird immer trokkener. Der vorbereitete Kaffee steht unten, gleich neben dem Niedergang, ist aber für mich momentan unerreichbar. Plötzlich zerreißt ein greller Blitz das undurchdringliche Schwarz. Ein Gewitter hat mir in dieser gespenstischen Szenerie gerade noch gefehlt. Dazu kommt ein Windsprung von Nordwest auf Südwest, der in kurzer Zeit eine gefährliche Kreuzsee aufbaut. Es scheint, als wollten manche Seen geradezu explodieren. Gebannt höre, fühle und beobachte ich das Toben rundum. Richtig wäre nun ein Kurs mehr nach Südost, damit wir die überlagerten Seen von Steuerbord bekommen. Aber jetzt eine Halse zu fahren, obwohl ich nicht einmal den Kompaß ablesen kann, das riskiere ich nicht. Ich muß äußerst aufmerksam steuern und fange dabei wieder an, mir selbst zuzuschauen und meine Handlungen wie die einer Fremden zu beurteilen. Ja, und natürlich denke ich auch an unsere Kenterung auf der letzten Etappe. Unsere geschätzte Position ist ungefähr ein Grad südlicher und zwei Grad östlicher... Ach was, es gibt nur den Weg nach vorn.

Der Südwest reißt schließlich mit unglaublicher Schnelligkeit die schwere Bewölkung auf und putzt den Himmel blank. Mondlicht fällt durch die letzten jagenden Wolkenfetzen und taucht die langen Kämme und Schaumstreifen in hartes Weiß. Gegen Morgen läßt der Sturm nach, bei Sonnenaufgang zeigt das Handwindmeßgerät noch 7 Bft. Du meine Güte, wieviel waren es dann in der Nacht? Egal, wir sind durch. Die Selbststeueranlage hat wieder übernommen, ich komme endlich zu meinem Kaffee und einem doppelten Frühstück. Schön ist der Anblick dieses hellblauen Himmels und der weißen Haufenwolken mit ihren stahlblauen Unterkanten. Auch mein morgendlicher Kontrollgang bringt nur Gutes, alles ist in bester Ordnung. Selbst der Seegang normalisiert sich langsam.

Unter dreifach gerefftem Groß und Genua IV machen wir flotte Fahrt nach Osten. Die Mittagsbreite weist uns auf 34°30′ Süd aus, etwas nördlicher als nötig. Trotzdem bin ich froh, daß wir unsere erste Abreibung zu Beginn der Reise erhalten haben. Irgendwann kommt immer das erste schwere Wetter, und gleich zu Beginn ist es mir am liebsten. Dann haben wir es hinter uns und nehmen das Kommende gelassener. Diesmal war es besonders wichtig, denn ganz tief in mir war wohl etwas verrutscht. Jedesmal, wenn eine See hart die Bordwand traf, fuhr ich zusammen und sah das Bild unserer Kenterung vor mir. Aber das ist jetzt vorbei.

Große schwarze Sturmvögel folgen uns. Es ist ein schönes Bild, wenn sich das Schwarz ihrer gespreizten Außenfedern gegen den blauen Himmel abzeichnet. Ich kann sie gut beobachten, sie kommen sehr nahe. Einem Vogel fällt es sogar ein, bei uns zu landen. Nach mehreren Anläufen sitzt er auf der Mastreling. Seine Füße haben Schwimmhäute und kurze, gebogene Krallen, damit rutscht er auf dem glatten Stahl immer wieder ab. Schließlich versucht er es auf der Sprayhood und zuletzt auf meiner Wollmütze. Das gibt es doch nicht! Jetzt habe ich tatsächlich einen Vogel – zumindest auf dem Kopf. Ab und zu schlägt er mit den Flügeln, um die Schiffsbewegungen auszugleichen. Zunächst sitze ich ganz still, um ihn nicht zu verscheuchen, aber dann läßt er sich auch durch einen Positionswechsel nicht stören. So kann ich diesen witzigen Anblick in der Spiegelung des Steckschotts bewundern. Erst als ich der Sprayhood zu nahe komme, sucht sich der Vogel einen neuen Platz. Mein schwimmendes Gefährt kam ihm wohl gerade recht für eine kleine Rast. Er zeigt auch überhaupt keine Scheu, als ich ihm eine kleine Schale mit Wasser zuschiebe. Für diese Vögel ist der Mensch noch kein Feind.

Während mein schwarzer Freund sich auf dem Ende der Großschot ausruht, schreibe ich Tagebuch und verhole mich dann bis zum Abend in die Koje. Von meinem Schlafsack aus kann ich die jetzt wieder gemessen wandernden Wolken betrachten. In meiner Phantasie sehe ich darin Tiere, Gesichter oder ganze Landschaften, bis mir die Augen zufallen.

Ein Stück Heimat

26. Mai 1989 – wieder einmal beginnt der Ärger nachts. MÄDCHENS Gieren und das Pfeifen des Windes holen mich in den ersten Morgenstunden unsanft aus der Koje. Auf der Logge stehen 8 kn. Da ich im Ölzeug geschlafen habe, bin ich gleich einsatzfähig, nur zu dumm, daß ich nicht an die Gummistiefel gedacht habe. Nun stehe ich im Cockpit bis an die Knöchel im kalten Wasser. Wenigstens klärt das den Kopf. Es weht wieder aus Süd wie an den vergangenen beiden Tagen, und die in Intervallen aufziehenden Regenwolken bringen Böen mit. Eindrucksvoll, wie diese Wolken aufmarschieren, sich ausbreiten, über uns hinwegjagen und am anderen Horizont verschwinden. Dabei schicken sie ihre Schatten wie Warner vorneweg. Das Spiel von Licht, Schatten und Farbe ist von großer Lebendigkeit und daran schuld, daß mein geplanter kurzer Rundblick oft mehrere Stunden dauert. Auch in dieser Nacht sieht der Himmel wieder phantastisch aus: mal fast leergeblasen, mal voll dicker, dunkler Wolken, dazu Zirren und Eisnadelbewölkung, funkelnde Sterne und ein fast voller Mond. Dick verpackt und mit einer wärmenden Tasse Kaffee in der Hand, warte ich im Cockpit auf den Morgen. Flammend rot kündigt er sich an. Die Genua IV verträgt schon bald ein Reff. Ich bleibe weiterhin im Ölzeug und vorwiegend draußen, um bei wachsendem Seegang der Selbststeueranlage zu assistieren. Es wird ein ganz normaler Tag auf See, der aber am Abend eine Überraschung bringt.

„Sie können deutsch mit mir reden", meint der Kapitän der CONSHIP BRAVE, den ich über UKW angesprochen habe. Wir tauschen Informationen aus. Sein Containerschiff kommt aus Hamburg, hat über den Panamakanal Auckland in Neuseeland angelaufen und ist jetzt auf dem Weg nach Sydney. Als nächstes geht es nach Fernost – „und dann freut man sich schon wieder auf zu Hause.“ Dieser Satz bleibt bei mir haften. Solche Kontakte auf See bewegen mich, das Entgegenkommen, das Verständnis und die Hilfsbereitschaft der Seeleute tun mir gut. Ich spüre die Anteilnahme in ihren Stimmen. Selbstverständlich geben sie mir den neuesten Wetterbericht durch: Süd 7 Bft, Regenschauer, Böen – wie gehabt. Besonders erfreulich finden wir das beide nicht. Dafür geht aber mit meinem Telegramm nach Hause alles klar. Nach guten Wünschen für die Weiterfahrt bin ich wieder allein. Schnell laufe ich ins Cockpit, um wenigstens noch die kleiner werdenden Lichter des großen Bruders zu sehen.

Diese Tasmansee ist wirklich was Spezielles. Seit zwei Tagen haben wir einen Barometerstand zwischen 1016 und 1021 mb, also keine gravierenden Schwankungen, und dennoch weht es hier ständig. Wir stehen schon auf 164°12′ Ost und 33°50′ Süd, es sind also nur noch 450 sm bis zum Nordkap Neuseelands und dann noch einmal 170 Seemeilen nach Whangarei. Aber was heißt „nur noch“? Hier draußen muß jede Meile hart verdient werden. Freuen auf zu Hause? Nein, ich darf mich nicht in Erinnerungen verlieren, nicht jetzt und nicht hier. Ich will ganz mit der See leben, um rechtzeitig zu erkennen, was richtig ist für mein Schiff und für mich.

Am Sonntag, dem 28. Mai, male ich eine lachende Sonne ins Logbuch. Der klare gelbe Sonnenaufgang scheint wohl den Wind verscheucht zu haben, jedenfalls hört man ihn nicht mehr. Eine schöne Brise um 4 Bft füllt die Segel und gibt mir die seltene Gelegenheit, auch jene Partien des Großsegels zu prüfen, die sonst immer eingebunden sind. Schadstellen kann ich zum Glück keine finden. Dafür finden meine Füße später ein nasses Schlafsackende vor. Na gut, dann werden eben die Socken wieder angezogen, und darüber kommen Plastiktüten, mit Klebeband zusammengehalten. Aber die salzige Nässe in meiner Koje macht mir Sorgen, das Deck scheint irgendwo undicht zu sein. Tatsächlich finde ich später auf der Steuerbordseite – gleich dort, wo man vom Cockpit den ersten Schritt an Deck macht – eine weiche Stelle im Laminat, über der sich der Antirutschbelag blasenförmig ablöst. Eisern unterdrücke ich den Impuls, mit dem Messer daran herumzupulen, und drapiere das Cockpit lieber mit Büchern, Kleidern und Schlafsack, die das Wasser gierig aufsaugen. Als sie wieder getrocknet sind, läßt sich das Salz darin auch durch Schütteln und Klopfen nicht ganz entfernen und zieht erneut Feuchtigkeit an. Aber ich will mich nicht ärgern, der Tag ist zu schön dazu.

Wie am Schnürchen klappen meine Sonnenmessungen, Mittagsbreite und Chronometerlänge verschaffen mir eine exakte Position. Zufrieden sitze ich auf meiner Koje und betrachte die Eintragungen in der Seekarte. In zwei Tagen könnten wir, wenn alles glatt läuft, die Tasmansee überquert haben. Sie hat uns auf der letzten Etappe derart zugesetzt, daß es mich wirklich Überwindung kostete, es nochmals mit ihr aufzunehmen. Aber bisher war sie relativ fair zu uns, und vor allem haben wir mit der Windrichtung Glück.

Noch während sich die Sonne im Westen verabschiedet, steigt in ihrem nachglühenden Glanz die Venus auf und beginnt ihren Lauf. Im Osten macht sich Orion auf seine Wanderung, und einige Stunden später folgt ihm der Mond, der die kleinen Schaumkronen der See mit funkelnden Edelsteinen besetzt. Auch MÄDCHEN leuchtet im Mondlicht. Ihre Segel, dieses dicke und störrische Tuch, verwandelt der große Zauberer in zarte, scheinbar durchsichtige Gebilde. Mich aber beginnt er zu necken. Da war achteraus doch ein kleiner weißer Blitz? Angestrengt schaue ich auf die See. Beim zweiten Aufblitzen muß ich über mich selbst lachen: Die weißlackierte Windfahne hat mir den Glanz des Mondes zugespiegelt. Glücklich liege ich dann irgendwann in der Koje und überlasse mein Schiff dem Frieden dieser Nacht.

Akrobatik an und unter Deck

Der nächste Vormittag gleicht einer Sportveranstaltung: einreffen, ausreffen, wieder einreffen – und damit ist nur das zweite und dritte Reff gemeint. Manchmal lohnt es gar nicht, daß ich ins Cockpit zurückkehre, dann bleibe ich lieber gleich auf der Mastreling sitzen. Es gehen wieder diese kalten Regenböen durch. Meine

Hände platzen in der Nässe jetzt leicht auf. Sie machen eine vertraute Arbeit, lauter Handgriffe, die wie von selbst klappen – und trotzdem: Beim Setzen des Trysegels beispielsweise rutscht mir der Schäkel aus der Hand, und das Großfall weht mit seiner gesamten Länge vom Topp oben waagrecht aus. Ich habe tatsächlich den Nerv, mich erst einmal über diesen Anblick zu amüsieren. Die Cartoons in den Segelzeitschriften sind also doch nicht frei erfunden. Aber was nun? Ich brauche das Fall wieder, und zwar möglichst bald. Die richtige Idee kommt mir wie von selbst. Fliehkraft, Trägheit der Masse, das waren physikalische Begriffe, die mir in der Schule nichts sagten, aber hier draußen nutze ich sie wie selbstverständlich. Langsam falle ich von unserem Raumschotskurs immer weiter ab, bis MÄDCHEN platt vor dem Laken läuft. Wie erwartet setzt die Rollbewegung ein, das Fall kommt ins Pendeln und verfängt sich für Sekunden am Außenwant. Ein Satz, und ich bin auf der Mastreling, erreiche mit den Fingerspitzen eben noch den Schäkel. Den Mittelfinger eingehakt, dann schnell damit zur Schiffsmitte und nach unten, um das Ding zu sichern. Anschließend wieder zurück auf einen stabileren Kurs, sonst schieben uns die Seen noch in eine unfreiwillige Halse. Wieder vorn am Mast, wundere ich mich darüber, wie schnell und geschickt man sich trotz des schweren, wassertriefenden Ölzeugs bewegen kann – wenn es sein muß.

In den Mast wäre ich bei dem Seegang auf keinen Fall geklettert. Notfalls hätte ich das Fall einfach durchgezogen, bis der Schäkel oben an der Rolle festgekommen wäre, und hätte die Dirk als Großfall benutzt.

Von meinem Erfolg angespornt, mache ich mich ans Kochen. „Kochen“ ist bei meiner Dosenkost allerdings stark übertrieben. Es wird ein Balanceakt, aber ich bin dankbar für jede warme Mahlzeit, denn neuerdings fühle ich mich schon bald strapaziert und friere schnell. Während der Regenböen verziehe ich mich auf die nasse Backbord-Hundekoje und stütze mich mit den Füßen am Motorkasten ab. Zu tun gibt es wenig für mich, die „Pazifik“ hält MÄDCHEN in der groben See recht gut auf Kurs. Trotz des unruhigen Barographen habe ich nicht den Eindruck, daß es noch dicker kommen wird. Tatsächlich kann ich am frühen Abend das Trysegel gegen das dreifach gereffte Großsegel austauschen. Es geht aufwärts.

Am nächsten Morgen erwache ich ganz erstaunt nach einer meiner kurzen Schlafpausen, denn mir fehlt die Musik des Windes und der See, die seit einer Woche unser Begleiter ist. Zum Schiffsmittag sitzen wir in einer Flaute. Am fast wolkenlosen Himmel kann ich bequem die Sonne schießen. Was das bloß wieder gibt? Seltsam, die Dünung aus Süd wird von einer leichten See aus Nordost überlagert. Und tatsächlich: Anfangs zögerlich und dann schön gleichmäßig setzt sich nachmittags eine Brise aus Nord durch. Das paßt ja prima! Noch kann ich meinem Glück nicht ganz trauen, denn tagelang hat uns dieser giftige Südwind malträtiert. Jetzt, genau zum richtigen Zeitpunkt, dreht er auf Nord. Hätte ich sie an Bord, ich würde Rasmus eine ganze Flasche Rum opfern. Nun kann ich damit rechnen, gegen Mitternacht das Leuchtfeuer der Three Kings Islands vor der Nordspitze Neuseelands zu sehen, und danach soll unser Kurs nach Südsüdost führen, Richtung Whangarei.

Neuseelands Nordkap voraus!

Mittwoch, der 31. Mai, wird ein unvergeßlicher Tag. Nachts um 02.00 Uhr peile ich das erwartete Leuchtfeuer rechtweisend Süd auf der Kimm. Also stehen wir etwa 15 sm nördlich davon. Das bedeutet, daß wir ab jetzt 110° am Kompaß fahren können und damit genau das Nordkap treffen müßten. An Schlaf ist nicht mehr zu denken. Wir nähern uns der Küste, der Küste Neuseelands, und entsprechend euphorisch ist meine Stimmung. Angestrengt versuche ich, die felsigen Inseln auszumachen, meine sogar, Schatten zu erkennen. Und wirklich, die aufgehende Sonne bestrahlt die Inselgruppe, die wir schon achterlicher als querab haben. Fast gleichzeitig kommt die gesamte Nordküste Neuseelands heraus, von Kap Reinga bis zum Nordkap – ein begeisternder Anblick für mich. Vor lauter Freude fahre ich, ohne es zu merken, über die vorgelagerte Bank mit nur 70 m Wassertiefe. Aber die See ist hier ohnehin etwas unruhig und verquer, weil entlang Neuseelands Nordküste ein von West nach Ost setzender Strom steht.

Ich segle, was das Zeug hält, um das Kap bei Tageslicht hinter mich zu bringen. Schließlich trennen uns noch 40 sm, und die Wintertage sind kurz. Immer klarer und deutlicher wird die Küste, erwartungsvoll suche ich sie nach dem ersten Grün ab. Die Zeit vergeht wie im Flug. Um 17.30 Uhr verdeckt mir das Kap bei untergehender Sonne die Sicht auf die übrige Nordküste – damit haben wir es passiert. Als der Wind dann abnimmt und wir gerade noch 3 kn laufen, schalte ich ohne zu zögern für zwei Stunden den Motor ein. Seglerehre hin oder her: An Kaps spielt man nicht herum, und ich brauche sichere Distanz für die Nacht.

Sternenhimmel, glatte See, leichte Brise. Wir werden verwöhnt. Ruhig schiebt sich MÄDCHEN durch das flache Wasser. Ich mache es mir im Cockpit mit einer ganzen Tüte Süßigkeiten und einer Kanne Kaffee gemütlich und zähle im Lauf der Nacht vier Frachter, allerdings dichter unter Land. Morgens frischt es auf, und am späten Vormittag des 1. Juni muß ich schon wieder reffen. Wir stehen jetzt 30 sm nordöstlich von Kap Brett, dem südlichen Arm der Bay of Islands. Die Küste ist schön, mit vorgelagerten Felsengruppen, die je nach unserem Standort Form und Farbe wechseln; besonders angetan haben es mir die Cavalli Islands. Ich bin neugierig auf das Land und freue mich an den erdigen Tönen der Landschaft.

Doch als wir zwei Stunden nach Mittag Kap Wiwiki querab haben, fange ich plötzlich an, mit mir zu hadern. Sollten wir vielleicht doch die Bay of Islands anlaufen? Die Bilder von dieser Bucht waren traumhaft schön. Dann könnte ich in der kommenden Nacht ruhig vor Anker oder an einer Muring schlafen – eine verlockende Aussicht. Andererseits käme ich mit der Ansteuerung in die Dunkelheit, denn ein guter Landfall braucht seine Zeit. Ich fahre doch nicht mit 5 kn in eine fremde Bucht hinein! Auch weist die Detailkarte eine Menge kleiner Inseln und Felsen auf – mit einem Leitfeuer zwar, aber ich bin allein. Und die Gezeiten, wie sieht es damit aus? Mein Kopf droht zu zerspringen. Ich muß mich entscheiden, sonst werde ich unsicher, und dann passieren Fehler.

Das Barometer beantwortet die Frage für mich, indem es zu fallen beginnt, zu schnell für meinen Geschmack. Kerikeri-Radio meldet zwar nur 6 Bft aus Nord, nachts zunehmend, mit westlicher

Tendenz, aber mein Instinkt warnt mich vor einem Landfall unter diesen Bedingungen. An Steuerbord würde sich eine Küste mit vorgelagerten Felsen erstrecken, an Backbord lägen mehrere Inseln. Und das bei auffrischendem Wind und fallendem Barograph. Was macht dagegen eine Nacht mehr auf See schon aus? Hier draußen bin ich sicher. Um 17.30 Uhr peile ich Kap Brett in etwa 10 sm Entfernung auf 260°. Bis Bream Head, hinter dem die Einfahrt nach Whangarei liegt, sind es noch 55 sm. Wir bleiben in sicherem Abstand zur Küste, mit Kontrollmöglichkeiten durch Peilung auf das Feuer von Kap Brett. Es ist immer gut, entschieden zu haben.

Kochen, essen, Nachtwache vorbereiten... Die Kennungen der Leuchtfeuer, die Distanzen zur Küste und zu den Poor Knights Islands weiter im Süden stehen mit Kugelschreiber auf meinem Handrücken. Und es wird tatsächlich eine hektische Nacht. Das Baro fällt in vier Stunden um 5 mb und stabilisiert sich erst um 10.00 Uhr vormittags bei 994 mb. Zunächst macht es ja noch Spaß, in der „Warteschleife" unter Sturmbesegelung raumschots hin und her zu schießen, aber bei dem Wind baut sich schnell eine grobe See auf. Von wegen Nordwest, er tendiert eher zu Nordnordost. Vermutlich ist das wieder so ein Tief, das aus dem Norden herunterzieht und uns jetzt kurz vor der „Haustür" noch erwischt. Es hilft nichts, da müssen wir durch: eineinhalb Stunden 80°, dann Halse, anschließend eine Stunde 280° – und das Ganze zehn Stunden lang. Dazwischen immer wieder Peilungen auf das Feuer von Kap Brett. Es ist wieder wild hier draußen, auf Steuerbordbug waschen die Seen ständig über Deck. Zwischen den Wolken kann ich die Sterne sehen, sie sind nur flackernde weiße Flecken. Etwas später ziehen dann Regenschauer auf, und ich kriege noch mehr zu tun. Vorsicht ist angesagt, denn die See bricht und drückt uns zusammen mit dem Strom nach Süden.

Beim Halsen muß ich manchmal die Selbststeueranlage unterstützen, wenn Mädchen ungünstig in der See liegt. Und ausgerechnet in dieser Nacht bricht die Welle der Logge! Damit habe ich ab 23.50 Uhr keine Distanzanzeige mehr. Der Satnav bekommt seit zehn Stunden keinen Fix zusammen. Er empfängt, bricht dann aber wieder ab, vermutlich wegen eines Wackelkontakts im Antennenkabel. Sehnsüchtig schaue ich nach dem Morgen aus, aber er läßt mich lange warten. Schließlich haben wir schon Juni, das entspricht dem November auf der Nordhalbkugel. Als es endlich dämmert, verschlucken schwere Wolkenbänke und Regen das erste zarte Tageslicht.

Endspurt in den Hafen

Noch bei völliger Dunkelheit lasse ich um 05.00 Uhr während einer Halse endlich den Kurs auf 175° am Kompaß stehen. Mein gegißter Ort scheint mir ziemlich sicher, und irgendwie muß es ja weitergehen. MÄDCHEN zischt vielleicht ab – immer noch ohne Sicht auf Land. Drei Stunden später liegt die Küste dann wie ein Schaufenster vor mir. Immer wenn eine Wolkenbank, die sich wie eine Hand ausdehnt, über uns durchgeht, gibt es an der „Handwurzel" ein Fenster, das mir die Orientierung erlaubt. Erleichtert registriere ich, daß die Inselgruppe der Poor Knights klar an Backbord liegt. Die Küste haben wir gut 5 sm entfernt an Steuerbord. Mir ist, als verleihe mir der neue Tag neue Kräfte. Ich turne aufs Vorschiff und setze die Genua IV. Und weil ich schon dabei bin, wird auch noch das Try- gegen das dreifach gereffte Großsegel ausgetauscht. Wir haben den Bream Head im Bugkorb, und was sich da an Landschaft auftut, läßt mein Herz hüpfen. MÄDCHEN rast dem Ziel entgegen. Mein Funkgespräch mit Whangarei Harbour breche ich ab, weil das Großsegel ganz weg muß – wir surfen!

Noch eine halbe Stunde halte ich nach Süden, um dann in sicherer Distanz auf Westkurs zu gehen. Toll, damit treffen wir genau die Ansteuerungstonne. Mein Schiff fährt in der weißen, jetzt durch Landabdeckung glatteren See, daß es die reinste Freude ist. Noch 4 sm mit 320°, und wir sind drin, zumindest in der äußeren Hafeneinfahrt: um 13.30 Uhr am Freitag, dem 2. Juni. 55 sm in acht Stunden, das ist sehr gut für unsere Verhältnisse. Als Lohn dafür begrüßt uns Whangarei mit einer Regenbö. Also Segel bergen und die letzte Meile vorsichtshalber unter Motor laufen. Kaum habe ich Festmacherleinen und Fender ins Cockpit geschafft, sind wir auch schon bei den Steganlagen von Marsden Point.

Ich bin total aufgedreht: Die Tasmansee liegt hinter uns, eine wundervolle Landschaft mit einmalig schönem Naturhafen vor uns. Wie es nach Whangarei weitergeht, mit den Sandbänken, Inselchen und Auswirkungen des Tidenstroms, darüber brauche ich noch nicht nachzudenken. Sachte gehen wir nach zwei Orientierungsrunden an einem Schlepper längsseits. Seine Besatzung hat mich herangewinkt. Hände nehmen meine Leinen an, helfen mir über die Bordwand. Und dann stehe ich da mit einem Becher dampfenden Kaffees in der Hand, meine Knie zittern, und ich muß mich zusammennehmen, um ihre Fragen zu beantworten.

Ja, aus Sydney. Ja, einhand. „It was rough, wasn't it?" O ja, es war rauh; 40 kn Wind und in Böen mehr. Nein, ich soll nicht weiterfahren, es sei viel bequemer, hier bis morgen zu warten. Lachend wird mein Becher nachgefüllt. Zoll und Immigrationsbehörde sind schon verständigt. Falls ich Lust auf eine heiße Dusche hätte, die sei gleich hinter der nächsten Tür links. Und ob ich Lust habe! In den letzten 14 Tagen bin ich nur drei- oder viermal für einige Stunden aus meinem Ölzeug gekommen. Aber vorher muß ich noch MÄDCHEN aufklaren. Und die Behördenvertreter empfangen, die genauso freundlich sind wie die Männer vom Schlepper. Noch zweimal bringen deren Einsätze etwas Unruhe für mich, dann endlich beginnt die Ruhe und Besinnlichkeit. Große Freude und Dankbarkeit für mein braves Schiff – mit diesen Empfindungen sinke ich in tiefen Schlaf. Daß wir jetzt halb herum sind um den Globus, ist kein Traum, auch wenn es mir noch so vorkommt.

Mein erster Gedanke am nächsten Morgen: telefonieren, zu Hause Bescheid geben. Aber wie? Wir sitzen hier draußen in einem eingezäunten Gelände. Der Schiffsführer des Schleppers kann mir helfen, von seinem komfortablen Boot aus bekomme ich die TO-Stützpunktleiterin in Whangarei ans Telefon. „Mach dir keine Sorgen, ich verständige deine Eltern", verspricht Elke. Beruhigt gehe ich ans Säubern, Trocknen, Ausruhen – die Bettdecke wird am Großfall gehißt.

Mit einlaufendem Wasser spulen wir die letzten 10 sm ab. Eine Detailkarte habe ich nicht, es war einfach keine zu bekommen, dafür aber genaue Instruktionen von Stützpunktleiter Uwe, Elkes

Mann. Das Fahrwasser ist gut ausgetonnt. Bei Sonnenschein und frischem Wind wird es ein Anblick zum Träumen: Buchten, kleine Inseln, Sandbänke, grüne Hügel, satte, intensive Farben. Und dann bin ich auch schon da. Wie versprochen stehen Elke und Uwe auf dem kleinen Anleger und winken wie toll. Uwe kommt mit einem ganzen Packen Post für mich und seiner wunderbar duftenden Pfeife an Bord, und gemeinsam tuckern wir das letzte Stück bis zum Town Basin von Whangarei, wo sich Uwe wie in seiner Westentasche auskennt. Zwischen zwei Pfählen gehen dann meine Leinen für die nächsten vier Monate fest.

Wohnen auf einer Baustelle

Die Landschaft wirkt vertraut, sie erinnert an die Küste Norwegens. Auch die freundliche Kleinstadt trägt diesen Charakter. Die Umgangsformen der Menschen sind beeinflußt von englischer Tradition, trotzdem besitzt Neuseeland eine ganz eigene Prägung, landschaftlich wie kulturell.

Lange bevor Kapitän Cook 1769 mit seiner ENDEAVOUR, von den Gesellschaftsinseln kommend, dieses Land wiederentdeckt hat, war es Heimat der Maoris. Diese aus dem polynesischen Raum stammenden Seefahrer hatten sich bereits 800 Jahre vor den ersten Europäern vorzugsweise auf der Nordinsel niedergelassen und nach ihrer Tradition gelebt. Die Legende der Maoris beschreibt ihre Ankunft als die Geschichte der Entstehung allen Lebens.

Sie erzählt von Rangi, dem Himmelsvater, von Papa, der Erdmutter, und einer langen dunklen Nacht, der Te Po.

In dieser Nacht entzog sich Taue, Gott der Wälder und ältester Sohn von Rangi und Papa, in der Dunkelheit dem Bannkreis seiner Eltern. Unter großen Mühen trennte er die beiden und schob sie auseinander. Seinen Vater umkränzte Taue mit der Sonne, dem Mond und den Sternen. Die Erdmutter Papa schmückte er mit Pflanzen und Tieren. Die Kraft seines schöpferischen Aktes übergoß das neu geschaffene Universum mit Licht. Die Tränen der Trauer, die Himmelsvater Rangi wegen der Trennung von seiner Frau vergoß, überfluteten die Erde und schufen Seen und Meere.

Mir gefällt diese Legende sehr. Während eines Besuches bei meiner Freundin Donna in Auckland soll ich später noch viele wunderbare Geschichten der alten Maoris hören, die ihre Heimat als lebendiges Wesen auffaßten und in allen Dingen Ausdruck und versinnbildlichten Willen der Götter sahen. Noch heute wird das alte Wissen von der Natur und dem Wesen der Dinge nach strengen Regeln innerhalb der Gemeinschaft weitergegeben. Wer Träger uralter Weisheiten sein darf, wird nicht nach Ansehen oder Alter erwählt, sondern nur nach Eignung und Würdigkeit.

Mein Leben in den ersten Wochen im Town Basin von Whangarei bleibt dagegen sehr prosaisch und real. Ich habe viel nachzuholen an Einkäufen, Wäschewaschen und Ausruhen. Es ist ruhig hier, längst nicht alle Dalbenplätze am Flußufer sind belegt. Der große Treck der Fartensegler ist längst nach Norden unterwegs. Aber Rose und Peter von der SWISS FAMILY sind übriggeblieben und fieberhaft damit beschäftigt, ihr Auslaufen nach Neukaledonien vorzubereiten. Trotzdem nehmen sie sich Zeit, mir Tips und praktische Hinweise zu geben. Als auch sie uns verlassen haben, hält immer häufiger Elkes Minicooper vor unserem Liegeplatz. „Will nur mal sehen, wie es dir geht. Du hast dir nicht gerade die günstigste Zeit für Neuseeland ausgesucht.“ Es ist inzwischen kühl und regnerisch geworden. Vor jedem Landgang muß das Dingi erst einmal gelenzt werden, aber das stört mich nicht. Ich habe Zeit und lebe gern so vor mich hin, plane und gestalte Unternehmungen für die nächsten Wochen, während der Regen aufs Skylight trommelt.

Aber MÄDCHEN macht mir einen gehörigen Strich durch die Rechnung, denn die weiche Stelle an Deck erweist sich als größerer Schaden. Unter dem Antirutschbelag hat sich das Laminat vom Schaumkern gelöst, durch Risse ist Feuchtigkeit eingedrungen, und bei jedem Auftreten wird noch mehr Wasser eingepreßt. Das ist ein ziemlicher Schock und bedeutet viel Arbeit, denn es gibt mehrere solcher Stellen.

Mein Schiff kommt an Land und steht nun dank Uwes Hilfe sicher auf Brian Buscks Hof unmittelbar am Flußufer, der hier ein Pflanzencenter betreibt. Auf diesem Liegeplatz vieler durchreisender Yachten verwandelt sich MÄDCHEN in den nächsten Wochen in eine Baustelle, und ich finde neue Freunde in Mike und André, die seit Jahren mit einem eigenwillig umgebauten Folkeboot zwischen den Südseeinseln und Neuseeland unterwegs sind; in David, der zur Zeit ein neues Schiff sucht; in Beryl und John, die mit dem Bau ihres Schiffes gerade fertig sind, und in Fred, der seine FAIRLESS um 100 kg Blei im Kiel erleichtern will. Dieses bunt gemischte Seglervolk lebt hier freundschaftlich zusammen mit der Familie Busck, die uns Aufnahme gewährt, und mit ihren Arbeitern, die Betonsteine für die Gartengestaltung herstellen. Wir teilen uns die Kantine und den Tee, der von Mike pünktlich um 10.00 und 15.00 Uhr zubereitet wird. Ich lerne verstehen, wie er von fast nichts leben und doch so hoffnungsvoll und heiter sein kann. Eines Morgens überrascht er mich mit einem Fahrrad, das mir den Weg in die Stadt erleichtern soll. Es ist eine ausgesprochene Antiquität mit geplatzten Reifen und versagenden Bremsen, aber wenn es fährt, leistet es mir gute Dienste. Lachend repariert es Mike in seiner „Werkstatt", wenn es wieder einmal zusammengebrochen ist.

Für meine Besuche bei Elke und Uwe in Waikaraka ziehe ich den Autostopp vor. So manches meiner vielen Probleme kommt dort bei einem Glas Wein und Elkes feiner Küche einer Lösung näher. Nach einem solchen Abend geht die Arbeit auf meiner Baustelle dann gleich viel leichter. Zeitweise sieht MÄDCHEN schlimm aus. Zusammen mit den Bootsbauern Alan und Chris habe ich einen Sanierungsplan entworfen. Das Deck ist delaminiert, es muß großflächig behandelt werden. Die Vorbereitung und die Nacharbeiten sind mein Job, das Einpressen des Spezialklebers und das Laminieren werden von Alan und Chris übernommen. Zwei zusätzlich eingezogene Decksbalken sollen mehr Festigkeit bringen. Es gibt Tage, da glaube ich, den ganzen Berg Arbeit nicht mehr überschauen zu können, aber freundliche Gesten geben mir immer wieder Auftrieb: das von David gekochte Abendessen, die von Uwe wieder gängig gemachte Stoffbuchse, die besorgte Aufforderung von Mike und Fred, endlich Schluß zu machen und den Abend bei einem Glas Bier ausklingen zu lassen. Manchmal kommt es dann vor, daß Fred seine Trompete hervorholt und den Abend zum Klingen bringt.

Abschied vom „schönsten Ende der Welt"

Als Gast von June, Mikes Freundin, wandle ich eine Woche in der Bay of Islands – der Wiege Neuseelands – auf historischen Pfaden. Russell, Kerikeri, Waitangi sind geschichtsbeladene Orte und reizvolle kleine Städte. Ich genieße die landschaftliche Schönheit in dem intensiven, klaren Licht Neuseelands und die gelassene Freundlichkeit seiner Menschen. Ich lerne die Malerin Yvonne kennen, unter deren Pinselstrichen die lichtdurchfluteten Mangrovenwälder der Bucht oder die entfesselte Brandung bei Kap Brett zu einer Komposition von Farbe und Gefühl werden. Dieses Land läßt sich, falls überhaupt, nur in Bildern festhalten. Sprache reicht für seine Lebendigkeit und Intensität nicht aus.

Die Zeit vergeht viel zu schnell, schon kündigt sich der Frühling an. Mit ihm kehren auch die Crews der deutschen Yachten, die hier zu Dauerliegern wurden, wieder zurück. Oft bleibe ich zu einem Klönschnack bei Heather und Nis auf der TAI-TAI, bei Inga und Wolfgang auf der KANGA MUSSA oder bei Fritz und Susi auf der FRISU hängen. Aber MÄDCHEN läßt mich nie für lange los. Ist eine Arbeit abgeschlossen, ergibt sich sogleich die nächste. Rolf prüft meine Elektrik und zieht mit mir zusammen bei stehendem Mast ein neues Koaxialkabel ein, damit die elektronischen Geräte, die alle gecheckt sind, zuverlässigen Antennenkontakt haben. Inzwischen sind auch die Püttings für die Achterstagen verstärkt, eine neue Welle für den Motor ist eingebaut, eine Solarzelle fest an Deck montiert und angeschlossen. David hat das Niedergangsschott umgebaut und fest verriegelbar gemacht. „Andernfalls könnte dir eine von achtern einsteigende See das Schott aus der Nut drücken." Und das im Südpazifik... Gut, das ist nun vereitelt.

Für MÄDCHENS Überholung haben sich viele Menschen hier persönlich engagiert und leisten Hilfe, wo sie können. Am 16. Oktober ist der große Tag, an dem mein Schiff wieder zu Wasser geht. Das ist eine Feier wert und die beste Gelegenheit, in gemütlicher Runde mit den Freunden bis tief in die Nacht zusammenzusitzen und über ihre Pläne zu sprechen. Danach habe ich endlich wieder Augen für die uns umgebende Natur, den aufblühenden Klee, für die aufspringenden Knospen und die zwitschernden Vögel, die emsig kleine Zweige zum Nestbau sammeln. Das alles hatte ich bisher vor der Nase, aber keinen Blick dafür. Jetzt wird es Zeit zu entspannen, loszulassen, noch einmal zu reisen und wenigstens einen Hauch von der Großartigkeit und Vielfalt dieses Landes einzufangen. Wer zum Beispiel noch nie gesehen hat, mit welcher Geschwindigkeit ein neuseeländischer Schafscherer sein Werk verrichtet, bekommt dabei einen ordentlichen Schreck. Geschickt setzt er das Messer an und schält die dicke Wolle ab. Wie aus einem abgeworfenen Mantel springt danach ein schmal und klein gewordenes Schaf heraus. Selbst Elkes und Uwes Fritz, der die Zufahrt zu ihrem Grundstück bewacht und Rasenmäher spielt, muß diese Prozedur über sich ergehen lassen. Der eigensinnige Bock, der ungebetene Gäste so unsanft rammt, macht selbst dem erfahrenen Scherer Schwierigkeiten. Doch am Ende muß auch Fritz seine Wolle lassen, und als sein Blöken verstummt ist, kehrt wieder Friede ein in dem gastlichen Haus, das ich heute zum letzten Mal besuche. In ein paar Tagen werden wir auslaufen.

Ohne daß ich es merkte, sind mir die Menschen und meine Umgebung so sehr ans Herz gewachsen, daß mich der Gedanke ans Auslaufen traurig stimmt. Alle schwärmen vom Sommer in Neuseeland – und ich will abreisen. „Du kannst deine Reise nicht fahren, wenn du dich hierher zurücksehnst. Sei vorsichtig, sonst kommst du von Neuseeland nie mehr los und vergammelst hier." Das war Fred, und es war eindeutig.

Keine Sorge, ich bin ja bereits in Aufbruchstimmung. Aber zuvor gibt es noch Ärger mit dem Motor, angekündigt durch das dünne Rinnsal des Kühlwassers. Der Abgas-Sammler ist mit einem kohleähnlichen Zeug zugesetzt, er muß ausgebaut und gereinigt werden. Ich verstehe das nicht, immer ist es der Motor oder der Antrieb, der Schwierigkeiten macht. Dabei ist er höchst selten in Betrieb. Oder gerade deshalb? Es wird mir wohl nicht erspart bleiben, mich eingehender mit diesem Teil meines Schiffes zu befassen.

Für die letzte Aufregung sorgt dann drei Tage vor meinem Ablegen ausgerechnet das wichtigste Stück an Bord, die Selbststeueranlage. Der feine Staub bei Busck hat das Rändel ungängig gemacht. Noch einmal ein Reparatureinsatz, dann könnte es endlich soweit sein. Dank Inga von der KANGA MUSSA sind auch wohlsortierte Lebensmittel an Bord und einige Leckereien aus ihrer Pantry. Doch so einfach komme ich nicht los, erst muß noch einmal gefeiert werden. Für den 10. November haben Inga und Nis eine liebevoll gestaltete Abschiedsparty auf dem Rasen vor den Liegeplätzen vorbereitet. Alle Freunde sind gekommen, um mir gute Wünsche und kleine Souvenirs mitzugeben.

Mitten in diese gefühlsbeladene Stimmung platzt dann die Neuigkeit von der Öffnung der Berliner Mauer. Die DDR ist im Aufbruch, auf dem Weg in die Freiheit! Ich kann es kaum glauben. Diese Nacht ist wirklich voller Emotionen.

6. Whangarei – Valdivia

In der Wasserwüste des Südpazifiks

Kurs Südost liegt an, wir sind wieder unterwegs. Das Wetter: Wind aus Nord mit fünf Beaufort, Aufzug von Zirren, fallender Luftdruck. Ich übe. Wie schnell man doch verlernt. Wieder gehe ich jedem unbekannten Geräusch im Schiff nach, wieder bin ich, wenn schon nicht selbst, so doch mit allen Sinnen ständig an Deck. Gestern, am 12. November 1989, habe ich um 08.00 Uhr in Whangarei die Leinen losgeworfen.

Am Abend vor dem Auslaufen hatte ich vom Town Basin zu der flußabwärts gelegenen Marina Kissing Point verlegt, denn ich wollte diese letzte Nacht in Neuseeland ungestört auf meinem Schiff verbringen. Das Trompetensolo, das Skipper Fred mir von seiner FAIRLESS aus über den Fluß nachschmetterte, als wir an unserem Liegeplatz bei Busck vorbeifuhren, klingt mir jetzt noch in den Ohren. Immer wieder lasse ich Menschen zurück, mit denen ich gern mehr Zeit verbracht hätte.

So auch meine guten TO-Geister Elke und Uwe, die in Begleitung von Freunden auf einen Abschiedsbesuch vorbeigekommen waren. Während unserer gemütlichen Kaffeerunde fiel mir ein, daß ich noch eine Ersatzbatterie für den Handfunkpeiler brauchte. Beim Herausnehmen der alten hatte ich dann auch gleich das dünne Kabel in der Hand, und der gemütliche Teil des Besuches war damit beendet. Die beiden Männer interessierten sich nur noch für das Innenleben des Funkpeilers – zu meinem Glück. Bei der diffizilen Arbeit wurde Uwes Pfeife kalt, aber die Reparatur gelang. Gleichzeitig lernte ich wieder etwas dazu, unter anderem, daß für solche Fälle ein Uhrmacherwerkzeug an Bord sehr nützlich gewesen wäre.

Als ich wieder allein war, ging ich nochmals die Wettervorhersagen durch, überprüfte, ob alles gut verstaut war, und schrieb noch einen letzten Brief. „Nagle deine restliche Post einfach an den Dalben, wir holen sie ab“, hatten die Freunde beim Abschied vorgeschlagen.

Warum auch nicht? Meine Freundin Sigrid daheim würde sich über Post von mir freuen, und im nächsten Hafen wartete dann bestimmt schon ihr Antwortbrief auf mich. Mir war sehr an ihrer Meinung zu dem historischen Geschehen in der DDR und zur Öffnung der Berliner Mauer gelegen. Dieses tiefgreifende Ereignis beschäftigte mich mehr, als für meine Reisevorbereitungen gut war.

Über dem Briefeschreiben war es Mitternacht geworden, trotzdem fühlte ich mich zu unruhig zum Schlafen. Schließlich würden wir morgen auslaufen, um erneut in die hohen südlichen Breiten vorzustoßen, diesmal in den Pazifik. Mein Stuttgarter Segelmentor Wolfgang hatte mir in seinem letzten Brief geschrieben, daß von nun an jede Meile ein Stück Heimweg wäre. Er hatte recht – rein rechnerisch. Für mich aber war dies nach wie vor eine Etappe auf dem Weg zu meinem großen Ziel, dem Kap Hoorn. Also kein Heimweg, sondern das wichtigste Stück der gesamten Reise, deren gedankliche Anfänge bereits sieben Jahre zurücklagen.

Das Bild einer Kurve drängte sich mir auf: Irgendwann an ihrem Anfang hatte ich die Idee zu dieser Reise gehabt, und von da an begann die Linie zu steigen. Die Idee wurde kreativ in die Tat umgesetzt. Jetzt befand ich mich im Bereich der Kuppe, kurz vor dem Höhepunkt. Diese Zeit schien mir die beste zu sein, denn sie setzte bei mir die meisten Energien frei. Und danach? Die neuen Erkenntnisse und Erlebnisse würden mir jedenfalls bleiben...

Alles schön und gut, sagte ich mir, trotzdem mußte ich jetzt schlafengehen. Schließlich waren es nur noch wenige Stunden bis zum Morgengrauen.

Pinguine und Delphine

Ich verstehe mich selbst nicht mehr. Wochenlang schufte ich wie eine Verrückte, um losfahren zu können, und jetzt laufen mir die Tränen übers Gesicht. MÄDCHEN hält auf die offene See zu. Vom Frühtau wie frisch gebadet, liegt das Flußdelta von Whangarei Harbour mit dem freundlichen Gleichmut eines Sommertages da und strahlt in beeindruckend intensiven Farben. Auf den dunklen, eigenwillig geformten Felsen von Bream Head beginnt die Morgensonne ihr Spiel mit Licht und Schatten. Die Hügel, die reich bewachsenen kleinen Inseln, die Schilfgürtel, alles leuchtet in frischem, reinem Grün. Wie anders sah das hier bei unserer Ankunft im Winter aus!

Den Tonnen des Fahrwassers folgend, schiebt MÄDCHEN sich der Ausfahrt in die Bream Bay zu. Draußen erwarten uns eine ruhige See und ein leichter Nordostwind: Es wird ein glücklicher Start. Wir gleiten an Marotere Island vorbei auf die Inselgruppe der Mokohinau zu. Eine Schar kleiner Weißflügel-Pinguine ist ebenfalls unterwegs zu den Inseln. Die Tiere sind nur schwer erkennbar, ihre schiefergrauen Körper liegen tief im Wasser. Die flinken Bewegungen ihrer Flossenflügel treiben sie erstaunlich schnell durchs Wasser. Diese kleinen Kerle, die an Land so unbeholfen wirken, hängen uns hier mühelos ab. Allerdings sind wir auch nicht besonders schnell, denn der Wind wird immer schwächer und setzt schließlich ganz aus.

Bin gar nicht böse über die Verzögerung. Die Pause läßt mir Zeit, über meine vielfältigen Begegnungen in Neuseeland nachzudenken. Seine Menschen sind mir mit freundlicher Offenheit und spontaner Hilfsbereitschaft entgegengekommen. Voller Sportsgeist haben Freunde mir geholfen, in letzter Minute aufgetretene Schwierigkeiten aus dem Weg zu räumen. Segelfreund David, selber noch ohne Schiff, war mit mir einen ganzen Tag lang unterwegs, um Ersatz für eine angerissene Überwurfmutter – „aber bitte mit metrischem Gewinde!“ – aufzutreiben. Letztlich mußte doch die alte Mutter wieder zusammengelötet werden. Oder: Zwei Tage vor meiner Abreise besorgte mir der Yachtausrüster noch eine Ersatzantenne aus Auckland. Auch zeigte sich das Hafenamt bei der Berechnung meiner Liegegebühren äußerst großzügig.

Es war eine ausgesprochen gute Zeit in Whangarei. Die Menschen hatten eine Art des Umgangs miteinander, die mir behagte. Dieses Leben im Town Basin hatte ohnehin so etwas Festhaltendes. Nur zu leicht hätte ich dort hängen bleiben und mein Ziel vergessen können, um in beschaulichem Rhythmus die Zeit verstreichen zu lassen. So gesehen ist es gut, daß wir wieder unterwegs sind. Aber mein Schiff kennt ja jetzt den Weg nach Neuseeland.

Der vierte Tag auf See zeichnet sich durch lauter Besonderheiten aus. Ich schreibe zum zweitenmal den 14. November und wieder westliche Länge. Heute früh um 05.00 Uhr sind wir von einer Minute zur anderen um 24 Stunden zurückgerutscht. Wir haben die Datumsgrenze überquert und einen Tag geschenkt bekommen. Wäre Heather auf ihrer TAI-TAI mitgesegelt, hätte sie ihren heutigen Geburtstag gleich zweimal feiern können. Es dauert eine ganze Weile, bis ich das in meinem Kopf klar bekomme, aber es stimmt natürlich: Gestern hatten wir noch eine östliche Länge von 179° und waren der Greenwichzeit um zwölf Stunden voraus. Heute stehen wir auf einer westlichen Länge von 179° und haben gegenüber Greenwich zwölf Stunden Verspätung. Und 24 Stunden zusammen ergeben nun mal einen Tag. Aber auf meine Bordzeit hat die Sache keinen Einfluß.

Die neue Seekarte, die ich ab heute benutzen will, gibt mir gleich das nächste Rätsel auf. Ich vermisse darin die Angaben zur Mißweisung. Die Legende ist eingedruckt, es fehlen nur die lilafarbenen Linien, die über die Differenz zwischen dem wahren und dem geographischen Nord informieren. Beim Sortieren und Numerieren meines Kartenmaterials war mir dieses Detail natürlich nicht aufgefallen. So geht das nicht, man sollte schon wissen, wie groß die Abweichung zwischen dem Kompaßkurs und dem tatsächlich gefahrenen Kurs ist. Die Pilot Charts helfen mir wieder einmal weiter. Sie bringen neben den Angaben über durchschnittliche Windgeschwindigkeiten und Windrichtungen, über Sturmhäufigkeit, Wasser- und Lufttemperatur, Stromverhältnisse, Seegangshöhe, Eisberg- und Treibeisgrenzen auch den Verlauf der magnetischen Mißweisungslinien. Danach verläuft die Linie mit immerhin

22° östlicher Mißweisung ungefähr entlang des 40. Breitengrades Süd bis zum 100. Längengrad West. Von dort aus fällt sie ab und beschreibt einen Bogen in Richtung Antarktis. Für dieses Gebiet habe ich zum Glück anderes, vollständiges Kartenmaterial.

Genug gedankliche Übungen für heute, MÄDCHEN braucht meine Hand. Bei auffrischendem Nordwest tobt sie übermütig in dem sich schnell aufbauenden Seegang herum. Hat wohl ganz vergessen, daß sie eine Skipperin hat, die es nicht mag, wenn man ihr den Kaffeebecher umkippt. Um ihr Temperament zu zügeln, stecke ich ein Reff mehr ins Großsegel. Und sonst? Außer dem Regen gibt es an Deck weiter nichts zu beanstanden. Mein Schiff läuft gut und folgt willig den Kurskorrekturen der Selbststeueranlage. Als Einstimmung auf Kommendes kann ich mich ungestört Wilfried Erdmanns Buch *Die magische Route* widmen. Seine präzise Schilderung der Umstände, die er südlich des 50. Breitengrads erlebt hat, hinterlassen ein sehr flaues Gefühl in meinem Magen. Das sind Maßstäbe! Es ist für mich unfaßbar, wie man eine so schwere und so weit im Süden verlaufende Weltumsegelung auch noch nonstop durchstehen kann. Für mich gilt ein anderes Konzept. Bis zum 100. Längengrad West soll der 45. Breitengrad mein südliches Limit sein. Erst danach will ich den Aufstieg für die Kapumrundung beginnen, um Schiff und Mannschaft so lange wie möglich zu schonen. Das bedeutet zwar einen längeren Weg als bei einer südlicheren Route, ist aber für mich nicht ausschlaggebend.

Nun gehe ich besser an Deck und lasse mir frische Luft um die Nase und die abstrakten Überlegungen aus dem Kopf wehen. Schon seit drei Tagen bleiben uns dieser Sprühregen und der handige Nordwest treu. Habe mich zwar an die graue, eintönige Umgebung gewöhnt, trotzdem sind mir die Delphine, die jetzt auf uns zuhalten, eine willkommene Unterbrechung. Ausgelassen fangen sie an, mit MÄDCHEN zu spielen, eilen ihr voraus, um in eleganten Bögen wieder zu ihr zurückzukehren. Die Kraft und Lebendigkeit dieser Schwimmkünstler regen mich immer wieder an. Dann sitze ich im Bugkorb und bringe unseren Besuchern zum Dank ein Ständchen. Es sind große, wunderschöne, schwarz-weiß gezeichnete Tiere, die uns da begleiten. Das gebrochene Licht der Wasseroberfläche mischt sich mit der Färbung ihrer Haut und löst die Umrisse der Tiere auf. Unmöglich, von ihrem Anblick nicht begeistert zu sein.

Zum Zahnarzt tausend Seemeilen

Am 16. November zeigt sich endlich die Sonne. Dafür hat uns der Wind verlassen. MÄDCHEN dümpelt im Takt der Dünung. Ich berge die Segel und lasse mein Schiff so lange treiben, bis der Wind sich entschieden hat, aus welcher Richtung er zurückkommen will. Er tut es am Abend aus Nordost und legt bis zum nächsten Morgen kräftig zu. MÄDCHEN kann einen vollen Anliegerkurs fahren. Wenn sie in die Seen einsetzt, stäubt ihre Bugwelle als glitzernde Gischt hoch auf. Manchmal steckt sie den Bug zu tief hinein, dann nimmt sie Wasser über und verschont auch das Cockpit nicht mit salzigen Duschen. Trotzdem, es macht Spaß, ihr dabei zuzusehen. Noch mehr Freude bereitet mir allerdings die Tatsache, daß mein Schiff endlich dicht ist. Es gibt keine verräterischen Salzspuren mehr an den Innenwänden der Kajüte, keine feuchten Kojen. Die morgendlichen Pumpenschläge sind nur mehr Erinnerung, die Bilge bleibt fast trocken. Der Aufwand, den ich in Neuseeland betrieben habe, hat sich gelohnt. Ich habe ein sicheres Gefühl und segle sie gleich etwas strenger.

Die folgenden beiden Tage bieten sich auch dazu an: herrlicher Segelwind aus Nord, schnell ziehende weiße Kumuli auf lichtblauem Himmel, stetig steigender Luftdruck. Es ist schön, wieder auf See zu sein, sich mit ihren Veränderungen auseinanderzusetzen und mit ihrem Wechsel zu leben. Selbst die schmutzige Arbeit mit der verstopften Dieselzufuhr ändert für mich nichts daran. Die leidige Sache muß erledigt werden, damit die Bordbatterien nachgeladen werden können. Eine Stunde Basteln in unbequemer Lage, dann ist die von Schmutzteilen blockierte Leitung wieder frei, und ich tröste mich damit, daß Dieselöl gut sein soll gegen rauhe Hände.

Danach bin ich wieder bei meiner Lieblingsbeschäftigung: der See und ihren Tieren zuzuschauen. Eine neue Art Sturmvögel fliegt mit uns: graue, zierliche mit einem schnellen, unsteten Flugverhalten. Mitunter stoßen sie in hohem Bogen auf die Wasseroberfläche herab und winkeln dabei die langen, schmalen Flügel leicht an. Dann ist das große W auf der Oberseite ihrer Schwingen deutlich zu sehen. Wenn die See so wie jetzt bewegt ist, sind sie mit ihrer guten Tarnung in den Wellentälern kaum auszumachen.

Am 19. November gibt es statt Sonnenbad und Müßiggang am Vormittag einen Gang in den Mast. Daß mir das erst jetzt aufgefallen ist – zu dumm! Beim Nachsetzen der Reservefallen bin ich darauf gekommen: Die Verspannung zwischen Maststufen und Außenwanten habe ich in Whangarei unglücklicherweise so angebracht, daß die Reservefallen jetzt dahinter liegen und blockiert sind. Im Ernstfall wäre das peinlich geworden.

Etwas verkrampft bringe ich die Kletterei in den Mast und die Arbeit oben hinter mich. Mädchens Bewegungen in einer Höhe von zehn Meter über Deck sind nicht besonders angenehm, und vor dem Übersteigen der Saling muß ich mir schon einen Ruck geben. Endlich bringe ich die befreiten Fallen mit nach unten und bin glücklich über meinen Erfolg. Am besten werte ich die ganze Geschichte als Übung für den Ernstfall, dann brauche ich mich über das selbstverschuldete Problem nicht zu ärgern.

Es bliebe mir auch nicht viel Zeit dazu, denn am Abend frischt der Wind mächtig auf, legt ständig weiter zu. Wir bekommen unsere erste Abreibung. Das ist vielleicht eine Nacht – pechschwarz! Der Wind heult, die See rollt. Dann öffnet der Himmel alle Schleusen, und ein Sturzregen peitscht mir ins Gesicht. Wenn ich nur etwas sehen könnte! Aber diesen Wassergüssen hält nicht einmal die Petroleumlampe stand. Sie erlischt. Habe jetzt gar keine Lichtquelle mehr, die mir helfen könnte, mich zu orientieren. Prompt kommt beim Einbinden des dritten Reffs ins Großsegel das Fall unklar. Sein loser Part schlägt hinter die Saling. Es ist nicht leicht, in dieser Situation die nötige Geduld aufzubringen, um das Fall wieder in die richtige Lage zu bekommen. Natürlich habe ich dabei auch nicht gerade den idealen Arbeitsplatz auf dem Leedeck, das ständig von Wasser überspült ist und mich den gierig zischenden Wellen unten sehr nahe bringt. Aber ich kann das Geschicklichkeitsspiel unter erschwerten Bedingungen erfolgreich beenden.

Wo kommt bloß dieser Wind her? So gravierend war der Luftdruckabfall nun wirklich nicht! Muß nachts tatsächlich noch die Sturmfock setzen. Davon komme ich pitschnaß nach achtern zurück, weil uns just in dem Moment, als ich auf den Knien lag, um das Fall einzuschäkeln, eine See breitseits traf, MÄDCHEN anluven ließ und massives Wasser übers Vordeck schickte. Aber nichts da, diesmal lasse ich mir das Fall nicht aus den Händen schlagen. Zurück im Cockpit, kippe ich erst einmal das Wasser aus den Gummistiefeln. Ob mir oben Seewasser oder Regen ins Ölzeug läuft, ist eigentlich egal. So durchnäßt, kann ich auch gleich draußen bleiben. Das lenkt mich vielleicht von dem hartnäckigen Pochen und Zupfen eines Backenzahns ab, der sich seit einiger Zeit sporadisch meldet.

Sollte mich vielleicht auch um den Kurs kümmern. Sehr unschön, wie der Seeschlag unseren Rumpf trifft. Also gut, akzeptiert, das ist nicht nur eine durchziehende Bö, es weht richtig. Folglich zeigen wir den Seen lieber mehr von unserem Achtersteven; ich falle um 15° ab. Großartig, wie MÄDCHEN danach losprescht. Nur würde ich zu gern auch sehen, was um uns herum vorgeht. Starre aber nur in eine dunkle, äußerst dynamische Masse. Noch nicht einmal das Weiß der rauschend brechenden Kämme ist auszumachen. Hoffentlich kommt bald der Morgen.

Er kommt mit erneuten schweren Regenschauern, von denen die Wellen flachgedrückt werden. MÄDCHEN fährt wunderbar sicher und schnell in der eigentümlich platten See. Eigentlich sollte ich dem Regen dafür dankbar sein. Denn als er aufhört, die Bewölkung später sogar aufreißt und der Wind etwas nachläßt, wird der Seegang aggressiv. Die bisher regelmäßigen Wellen steilen sich mit krummem Buckel auf. Die Schiffsbewegungen werden heftiger, ruckartiger. Die Seen nehmen uns auf, rahmen uns mit ihrem Schaum ein und lassen uns talwärts rauschen. Eine Zeitlang beobachte ich das Spiel, bis ich sicher bin, daß die Selbststeueranlage ohne meine Hilfe MÄDCHEN auf Kurs hält. Dann wird es Zeit, daß ich aus den nassen Kleidern komme.

Mein Zahn macht mir inzwischen ernstlich Sorgen. Kann nichts Warmes essen oder trinken, ohne daß es einen stechenden Schmerz verursacht. Lege mich eine Stunde schlafen in der Hoffnung, ohne Beschwerden wieder aufzuwachen. Aber das ist natürlich nicht der Fall. Mit Schmerztabletten erreiche ich eine Linderung, werde aber meinen Kaffee in Zukunft vor dem Trinken abkühlen lassen. Außerdem verspreche ich mir noch mal eine Schlafpause, sobald ich die Genua IV statt der Sturmfock gesetzt habe. Mädchen braucht nämlich mehr Fahrt, um den Seegang besser verkraften zu können. Zum Glück scheint die kommende Nacht heller zu werden. Und der Himmel reißt tatsächlich auf, gibt dem Glitzern der Sterne den Weg frei. Leider habe ich dafür momentan gar keinen Sinn.

Am 21. November kündigen die klar aufgehende Sonne und steigender Luftdruck einen vollkommenen Tag an. Er bringt mir herrliches Segeln in einer ausgeprägten, aber gleichmäßigen See und frischen Nordwind. Mein Schiff läuft nicht nur wunderbar, es sieht auch schön aus und paßt sich mit seiner weißen Lackierung harmonisch dem von Schaumkronen durchzogenen Meer an. Ich hätte also allen Grund, in Hochstimmung zu sein, bin es aber nicht. Morgens mußte ich schon wieder zu Schmerztabletten greifen und habe vorsorglich noch Penicillin geschluckt. Der Zahn reagiert höchst empfindlich, auch auf Zucker. Was tue ich nur, wenn das Problem nicht in den Griff zu bekommen ist? Der nächste Zahnarzt wohnt tausend Seemeilen weit hinter mir im Westen.

Meine Stimmung fährt Fahrstuhl, immer auf und ab. Ich trage die Mütze mit den Ohrenklappen auch in der Kajüte, denn Wärme tut vielleicht gut. Beim besten Willen kann ich mir nicht vorstellen, daß ich mich von einem rebellischen Backenzahn zur Änderung meiner Pläne zwingen lasse. Ein heftiger Kampf tobt in mir, den ich mit einem Kompromiß beende: Will weiter versuchen, die leidige Geschichte mit Penicillin auszukurieren, werde aber unterdessen vorsorglich auf Westkurs gehen für den Fall, daß ich damit keinen Erfolg habe. Es ist später Abend, als ich Ruder lege: für einen Kurs zurück nach Neuseeland. Das ist eine ausgesprochen fatale Lage, die mich lebhaft an meine Situation in der Tasmansee erinnert. Aber momentan weiß ich einfach nicht, was richtig ist. Das aufmunternde Wort eines Freundes wäre jetzt eine Wohltat. Vorsorglich binde ich das dritte Reff ins Großsegel und lasse

MÄDCHEN laufen. Werde erst einmal ausgiebig schlafen, danach sehen wir weiter. Denn Entscheidungen, die in solch einem Gefühlsaufruhr getroffen wurden, ist nicht zu trauen.

In den Brüllenden Vierzigern

Der nächste Morgen sieht mich gut ausgeschlafen und ausgeglichener. Dankbar beobachte ich den Sonnenaufgang. Mit ihrer gewaltigen Kraft schiebt die Sonne den letzten Rest der Nacht beiseite und legt sich beschwichtigend auf die noch immer unruhige See. Der einzige Schönheitsfehler: daß die Sonne in meinem Rücken aufgegangen ist. An diesem Morgen trinke ich den Tee besonders heiß und mit viel Honig, aber der Test muß sein. Schon nach dem ersten Schluck könnte ich einen Luftsprung machen vor Freude: keine Zahnschmerzen mehr zu spüren!

Erleichtert gehe ich zurück auf Südostkurs. „MÄDCHEN, wir fahren wieder der Sonne entgegen!" Fühle mich leicht wie ein Vogel, eine bedrückende Sorge ist von mir genommen. Geschwind werden die Reffs ausgeschüttet, wird mein Schiff auf dem neuen – alten – Kurs ausgetrimmt. Ich habe den Wunsch, MÄDCHEN bei diesen idealen Bedingungen selbst zu fahren. Will segeln, einfach nur segeln.

Der angebrochene Reffhaken für das Großsegel kann mich nicht beeindrucken, ein Provisorium ist schnell montiert. Ein am Hals des Großbaums angeschäkelter großer Karabinerhaken übernimmt seine Funktion. Habe meine Ersatzteilkiste in Neuseeland nochmals gut aufgefüllt und bin jetzt froh darüber. So sparsam ich Besonderheiten beim Proviant zulasse, so großzügig kaufe ich Material für MÄDCHEN ein. Sie ist es ja schließlich, die mich über die Ozeane trägt. Ich habe ihr keine Meile vergessen.

Mit etwas Abstand denke ich noch einmal über die Zahnschmerzen und ihre mögliche Ursache nach. Wenn ich jetzt nichts mehr spüre, wirkt wahrscheinlich das Penicillin und unterdrückt eine Entzündung oder einen Eiterherd. Das wird es wohl sein, denn der Zahn ist überkront. Medikamente sind in ausreichender Menge an Bord. Also verordne ich mir selbst, fünf Tage lang regelmäßig Penicillintabletten zu schlucken. Waffenstillstand.

Dieser Tag findet seinen Abschluß in einem Sonnenuntergang von vollkommener Schönheit. Sanft gleitet die klare gelbe Scheibe ins Meer, schickt ihr letztes Licht hinauf zur Venus über ihr. Langsam treten aus der Tiefe der Himmelskuppel die Sterne hervor und lassen die Nacht in ihrem ruhigen Licht glänzen. Leichter Wind, sanfte Dünung – Stille, Frieden, Ruhe und Klarheit, auch in mir.

Um Mitternacht trage ich als Standort 41°05′Süd, 164°40′ West ins Logbuch ein und notiere neben den weiteren nautischen Daten meine Medikamenteneinnahme. Von der Koje aus beobachte ich den Reigen der Sterne, bis mir die Augen zufallen.

Bei hohem Barometerstand und leichten, mitunter mäßigen Winden erleben wir vier Tage erholsamer Seefahrt. Delphine gesellen sich wieder zu uns, Albatrosse ziehen ihre Kreise. MÄDCHEN schafft nur kleine Etmale, weil sie ab und zu in einer Flaute hängen bleibt. Aber sobald eine leichte Brise ihre Segel füllt, nimmt sie Fahrt auf und gräbt den kleinen Strich ihres Kielwassers ins Blau der See. „Keine Materie bewegt sich ohne den ihr innewohnenden Geist.“ Die Götter der Winde und der See sind uns wohlgesonnen.

Neben der üblichen Bordroutine bleibt mir viel Zeit zum Lesen, Schreiben und Basteln. Die Abdeckung für den Naßzeugschrank ist fertig geworden und montiert. Habe sogar MÄDCHENS Emblem eingestickt, das sie am Bug trägt: einen gespannten Bogen, Sinnbild konzentrierter Kraft. Die Idee dazu stammt von meinem langjährigen Segel- und Klubkamerad Joachim. Er hat seinen Geburtstagsbrief an mich mit diesem Zeichen geschmückt und mir folgende Gedanken mit auf den Weg gegeben: „Die Kraft des Bogens ist wie die Kraft, die in Dir ist. Du selbst erzeugst die Spannung, die notwendig ist, um den Pfeil auf den Weg zu bringen... Was aus Dir selbst kommt, ist der Weg.“

Der 26. November leitet eine Wetterverschlechterung ein, langsam und doch in deutlichem Kontrast zu den vergangenen schönen Tagen. Eigentlich habe ich darauf gewartet. Alle kleinen

19

20

21

19 Immer wieder bringen die von achtern anrollenden Seen MÄDCHEN zum Surfen.

20 Eine Kreuzsee ist über uns hinweggegangen. Die Gewalt ihres brechenden Kammes hinterläßt verbogene Relingstützen.

21 Ständige Plage in den hohen südlichen Breiten: nasse Kleider. Sie an Bord zu trocknen, kann zum Problem werden.

22

23

24

25

27

26

22 Nach harter Überquerung des Südpazifiks: Die Küste Chiles ist im Dunst zu ahnen.

23 Im ruhigen Wasser des Rio Valdivia führt unser Kurs flußaufwärts zum Hafen der gleichnamigen südchilenischen Stadt.

24 Seltener Anblick: Ein Albatros läßt sich aufs Wasser nieder.

25 Unvergeßlich sind die Seen der hohen Südbreiten im Pazifik.

26 Im Yachtklub von Valdivia

27 Sommernacht am Ufer des Rio Valdivia

3(

29

28 Einer der schneebedeckten Gipfel der Andenkette, das Paine-Massiv.

29 Puerto Eden auf Wellington, eine kleine Siedlung in Patagonien.

30 Vierbeinige Bewohner der Anden: Lamas, von den Indianern auch Guanakos genannt.

Arbeiten und Verbesserungen sind erledigt, das Ölzeug, die Gummistiefel und die Kleider sind getrocknet und bereit für den neuen Einsatz.

Auf diesem 43. Breitengrad scheint unsere Schonzeit zu Ende zu gehen. Schon die vergangene Nacht war rauh und naß. Deck und Skipperin wurden abwechselnd mit Salzwasserduschen oder Regenschauern gespült. Trotzig geht MÄDCHEN gegen den steifen Nordost und die harte See an, schüttelt das überkommende Wasser ab, um ihrerseits Gischtfahnen in die Höhe zu werfen. Bei mir allerdings geht das Abschütteln nicht so einfach. Das Ölzeug wird schwer vor Nässe; Kragen, Ärmel und Hosenbeine bieten dem kalten Wasser bereitwillig Durchlässe. Schmollend ziehe ich mich zurück. Dabei bräuchte ich nur das dritte Reff einzubinden, schon wäre es ruhiger. Aber nein – solange wir nicht gegen die Seen schlagen, wird gesegelt, dazu bin ich schließlich da.

Die zur Mittagszeit einsetzende Sekundärdünung aus Nordwest, der seit zwei Tagen stetig fallende Luftdruck und eine Nebelwand warnen mich: Ein Tief ist im Anzug. Bin wachsam und angespannt. Will vorbereitet sein, wenn es losgeht. Der Windsprung auf Nord kommt erst am späten Abend. Dieser verflixte Sturm läßt sich Zeit, spannt meine Nerven auf die Folter. Es gibt nichts mehr zu verstauen oder vorzubereiten, nur ich selbst bin noch weit entfernt von der Gelassenheit, die ich im Indischen Ozean empfand. Der Pazifik ist mir fremd, ich fühle mich darin wie ein gerade noch geduldeter Eindringling.

Erst am Ende des nächsten Tages ist es soweit. Der Sturm bricht natürlich abends los, damit mir die Nacht auch ja nicht zu langweilig wird, und bringt Regenböen mit. MÄDCHEN läßt sich von den Seen mächtig durch die Dunkelheit schieben. Wir fahren Achterbahn in einer schwarzgrauen Landschaft, die außer dem Geräusch ihrer Bewegung nichts von sich preisgibt.

29. November, Schiffsmittag und wieder keine Sonne zum Messen. Stattdessen heulender Wind und weiße, langgezogene Schaumplatten auf einer grauen, groben See. Das sind die Roaring Forties, die „brüllenden“ vierziger Breitengrade. Bin mal gespannt, wann der Barograph seinen Abstieg beendet. Derzeit steht er auf 982 mb, und noch immer weht der Wind hart aus Nord-

west. Seit dem Morgen bin ich im Cockpit, assistiere der Selbststeueranlage. Es ist atemberaubend, wie MÄDCHEN auf den Seen losschießt. In stetem Wechselspiel wiederholt sich dieses Beschleunigen auf der Welle und das Abbremsen im Wellental. Das ist Segeln! Ich habe die Selbststeueranlage ausgekuppelt, denn das hier ist meine Sache. Es macht einfach Spaß, das Schiff zu steuern, diesen wilden Ritt zu erleben, zu bewältigen. Ich sollte viel öfter Ruder gehen. Mit der Hand auf der Pinne hat man ein weitaus besseres Gefühl für die Bewegungen des Schiffes. Erst spät in der Nacht gebe ich das Ruder wieder an die Selbststeueranlage ab.

Am nächsten Morgen macht mich der nachlassende Wind übermütig. Ausgeschlafen und kühn beschließe ich, im Freien zu frühstücken. Der Himmel ist halb leer geblasen, der Wind hat auf Südwest gedreht. Bereits in der Nacht habe ich die Segel geschiftet und bin auf den anderen Bug gegangen. Es wird mir doch wohl gelingen, meinen Kaffeebecher und mein Brot heil ins Cockpit zu bringen? Es ist ein köstliches Schwarzbrot mit Butter und Salz, eine meiner letzten Scheiben. Bin so in den Genuß vertieft, daß ich der achteraus aufziehenden Bö seelenruhig zuschaue. Keine Reaktion. Mein Verstand hämmert mir ständig ein: „Groß bergen!“ – ohne Erfolg. Erst als mir kalter Sprühregen ins Gesicht weht und MÄDCHEN sich bedenklich weglegt, komme ich in Gang. Unter dem Winddruck läßt sich das ganz aufgefierte Großsegel kaum bergen. MÄDCHEN rast derweil los, als wolle sie einen Geschwindigkeitsrekord aufstellen. Aus den Augenwinkeln sehe ich, daß die Selbststeueranlage bis zum Anschlag auf Abfallen getrimmt ist. Solange ich das Tuch nicht unten habe, wird sich das auch nicht ändern. Bin wütend auf mich und meine unverständliche Trägheit in einer doch so eindeutigen Situation. Das habe ich nun davon! Zwei Bändsel müssen vorerst ausreichen, um das Segel auf dem Baum festzuhalten. Denn die Genua braucht ein Reff, der Wind nimmt unanständig schnell zu.

Eine unkontrollierte Steuerbewegung läßt mich unsanft auf dem Hinterteil landen. Was war das nun wieder? Kein Zweifel, die Windfahne ist abgeknickt. Jetzt bin ich am Rotieren: nach achtern, um die Windfahne zu retten; nach vorn, um die Genua zu bergen und zu sichern; wieder zurück, um festzustellen, was da los war. Unregelmäßigkeiten bei der Selbststeuerung treffen mich an einem ganz empfindlichen Nerv. Theoretisch kann die Windfahne nicht abbrechen, praktisch schon – warum? Der auf dem Rändel sitzende Hebel, der die Kraft der Windfahne auf das Ruder überträgt, hat seinen oberen Punkt übersprungen: Die Anlage hat sich selbst außer Betrieb gesetzt. Schuldbewußt bringe ich alles wieder in die Reihe. Soviel selbstgemachter Ärger hätte wirklich nicht sein müssen. Betrübt sammle ich das Werkzeug zusammen, lasse die aufgeweichten Reste des Frühstücks über Bord gehen. Anschließend mache ich mich daran, einen neuen Schlitz in die Windfahne zu sägen. Die zehn Zentimeter, die ihr fehlen, haben keine nennenswerte Auswirkung. Und so endet der Tag besser, als er anfing. Der sehr frische Südwest hält nur bis zum Nachmittag an, dann dreht er auf Nordwest zurück und nimmt spürbar ab.

Das gibt mir Gelegenheit, mich in der Pantry nützlich zu machen. Will endlich etwas Regelmäßigkeit in meine Eßgewohnheiten bringen, mich nicht überwiegend nur von Müsli ernähren. Während der Topf mit Sauerkraut seinen verführerischen Geruch in der Kajüte verbreitet, schäle ich Kartoffeln. Es ist ein eigenartiges Gefühl, mitten in der riesigen Wasserwüste dieses Gemüse in Händen zu halten, die an der Schale haftende Erde zu spüren. Nachdenklich bereite ich die Speisen zu.

Der Abend kommt früh und mit Regenschauern. Die Flamme der Petroleumlampe wirkt ganz verloren in der düsteren Kajüte. Doch der gleichmäßig steigende Luftdruck signalisiert eine friedliche Nacht.

Sommerlicher Advent

Habe lange nicht mehr so gut geschlafen. Und wie zur Belohnung überspannt uns ein wolkenloser Himmel. MÄDCHEN gleitet durch ein tiefblaues Meer, das sich mit kleinen Schaumkronen schmückt. Dieser 1. Dezember ist ein Sommertag, an dem mir alles leicht von der Hand geht. Mastrutscher sind ausgewechselt, Taschenlampen repariert, Batterien nachgeladen, die Kajüte ist gesäubert und das Mittagsbesteck – 42°30′S, 148°55′W – ins Logbuch eingetragen. Jetzt darf ich meinen Überraschungsbrief öffnen. Das ist eine hübsche Idee: Hertha und Nis von der TAI TAI haben mir einen Adventskalender eingepackt. Auf so etwas muß man erst mal kommen! Von nun an werde ich jeden Morgen, wenn ich eines der Türchen öffne, in Gedanken einen Gruß nach Neuseeland schicken. O nein, ich vergesse nicht, daß Weihnachten am 24. Dezember um 18.00 Uhr beginnt. Nur nach welcher Zeit – Ortszeit bei mir, Greenwichzeit oder Neuseelandzeit? An meinem heutigen Standort habe ich gegenüber Hertha und Nis zwanzig Stunden Verspätung. Durch unseren Ostkurs bessert sich das etwas: alle 15 Längengrade um eine Stunde. Die Gedankenspiele mit der Zeit gefallen mir deshalb so gut, weil sie – außer in der Navigation – eigentlich keine Bedeutung für mich hat. Auch dieser Tag ist im Rauschen des Wassers an der Bordwand zerronnen.

Noch drei Tage haben wir den Sommer zu Gast, mit mäßigem Wind und friedlich wandernden Seen. Und mit genug Sonne zum Wärmen, zum Messen und zum Trocknen. In den Nächten werfen die schmale Mondsichel und die Venus ein silbernes Band auf unser Kielwasser. Ich liebe es zuzuschauen, wie die Nacht den Tag ablöst und der Sternenhimmel sich langsam ausbildet.

Im Augenblick geschieht dies besonders harmonisch und mit großer Ruhe, die sich auf mich überträgt. Dieser Ozean, dem ich mit soviel Mißtrauen begegnet bin, schenkt mir Bilderbuchsegeln und leicht verdiente Seemeilen. Nein, ich möchte nirgendwo anders sein als hier, in Begleitung des Albatros, der uns nun schon den zweiten Tag folgt. Wenn ich ihm zuschaue, verstehe ich den alten Wunsch der Menschen, fliegen zu können. Welchen Gesetzen der Natur gehorchen diese großartigen Flieger auf ihren bis zu zweijährigen Wanderungen? Wie finden sie zurück zu ihren angestammten Brutstätten? Wenn ich ihren freien Flug vergleiche mit dem technischen Aufwand, der mir meine Reise erst ermöglicht, komme ich mir sehr unbeholfen vor.

Nebel auf See hat etwas Befremdliches für mich. Ständig warte ich darauf, daß aus der Wattewand unvermittelt etwas auftaucht.

Die gedämpften Geräusche der See ziehen erst recht meine Aufmerksamkeit auf sich. Am 5. Dezember sitzen wir mitten in einer solchen Situation.

Aber dann kommt St.Nikolaus mit stürmischen Schritten, Regen und steifem Nordwind. Die einsetzenden Böen reißen mich aus meinen Gedanken. Trotz Reffaktion, nassem Ölzeug und dem Heulen des Windes in den Wanten – den Geburtstagstoast auf meinen Vater lasse ich mir nicht nehmen. Er ist schließlich nicht ganz unschuldig an dem, was ich hier treibe. Von ihm habe ich segeln gelernt, auf allen seinen Jollen durfte ich üben. Diese sorgfältig gepflegten und hochglanzlackierten Boote gab er in die Hände seiner zwölfjährigen Tochter. Oft mußte er zusehen, wie ich damit, wenn der Wind für meine Kräfte zu stark wurde, einfach ins Schilf fuhr und abwartete, bis er nachließ, um dann erneut mit dem Üben zu beginnen. Der O-Jolle folgte das Finn-Dinghi, das noch interessanter für mich war, weil nach dem Kentern wieder aufrichtbar. Aber für meinen Vater bedeutete es noch mehr Ärger und manch verständnislosen Blick, wenn er meine Wiederaufrichtungsversuche nur beobachtete, statt selbst einzugreifen. Er wußte ganz genau, daß ich mit dem Boot allein zurechtkommen wollte. Beides waren Einhandboote – was ist also logischer, als daß ich jetzt ebenfalls einhand unterwegs bin? „Also, Vater, auf deine Gesundheit und deine Träume – mögen dir beide erhalten bleiben!"

Allmählich lasse ich mich nicht mehr so schnell aus der Ruhe bringen, wenn eine Front durchgeht. Die letzte war gnädig. Mit dem üblichen Südwest hat sie sich verabschiedet und läßt uns nun mit leichten, unschlüssigen Winden sitzen. Eigenartig, wenn der Wind nicht mehr zu hören ist. Dafür schlagen die Segel bei dem starken Rollen in der nachlaufenden Dünung um so mehr. Hätte nicht gedacht, daß wir in diesen Breiten noch einmal auf Schwachwind treffen. Aber dann könnte sich wenigstens auch die Sonne sehen lassen, sie hätte an Bord einiges zu trocknen. Die Zwiebeln und Kartoffeln sind feucht geworden, muß einen Teil davon wegwerfen. Die Möhren, einzeln in Zeitungspapier eingepackt, haben ihre knackige Form eingebüßt, einige sind schimmlig geworden. Über Bord damit. Am Ende der Inventur liegt eine eigenwillige

Zusammenstellung von Lebensmitteln vor mir, die zubereitet und verzehrt werden müssen. Kartoffeln, Möhren und Zwiebeln passen zusammen. Was aber mache ich mit dem Stück Käse, den angeschlagenen Eiern und den lädierten Äpfeln? Besonders leid tut es mir um die zwei im Kielwasser schwimmenden Brotlaibe. Das letzte genießbare Brot schlage ich sorgfältig in ein Leinentuch ein. Ansonsten ist kaum ein Verbrauch an meinen Vorräten abzulesen, ich werde wieder mit noch reichlich gefüllten Schapps ankommen. Selbst aus dem Fach mit Süßigkeiten quillt mir eine fast unverminderte Auswahl entgegen. Wenn ich nur nicht so faul und phantasielos wäre, sobald es ans Kochen geht! Man sollte nicht glauben, daß ich eine Haushaltsschule besucht habe. Aber das Problem ist nicht mangelndes Können, sondern das Nichtwollen. Ich mochte es noch nie, nur für mich allein zu kochen.

Am Abend dieses Tages probiere ich lange und genüßlich aus, zu welchen verschiedenen Zwecken sich eine Gummiwärmflasche verwenden läßt. Ha, mein letzter Einfall gefällt mir ausgesprochen gut: Die nur halb gefüllte Wärmflasche paßt wunderbar unter den Rückenlatz meiner Ölhose. Das ist nicht nur ein angenehmes Gefühl, sondern sicher auch ein wirksames Mittel gegen meine Rückenschmerzen und verspannten Muskeln. Nun müßte ich nur noch für gleichbleibende Wärme auch in meinem Schlafsack sorgen. Egal wie kalt es wird, ich habe nicht die Absicht, mich auskühlen zu lassen.

Packe gleich noch ein anderes praktisches Problem an: mein Wandthermometer. Es zeigt seit Beginn dieser Reise hartnäckig 18°C an, auch wenn ich morgens in der Kajüte meinen dampfenden Atem sehe. Eine Weile habe ich mich von dem Instrument foppen lassen und mich selbst verweichlicht geschimpft. Nun wird es Zeit, daß ich der Sache auf den Grund gehe. Das Gerät ist nicht mehr als ein Spielzeug. Es hat winzige Schräubchen, die man nur mit der Pinzette aufsetzen kann, und eine aus ihrer Arretierung gesprungene Feder. Diese feine Spirale hüpft mir bei der ersten Berührung entgegen und verschwindet für immer. Doch vielleicht ist es ganz gut, wenn ich weiterhin über die tatsächlichen Temperaturen im ungewissen bleibe und die Anzahl meiner Kleiderschichten nur nach dem Wohlbefinden festlege. Entschlossen räume ich den hübschen, aber unbrauchbaren Wandschmuck ins hinterste Fach des Kartentisches. Den letzten Anstoß dazu gab die vom Hersteller mitgelieferte Empfehlung. Danach sollte das Thermometer in frischer Luft an einem trockenen Platz angebracht werden, ohne daß es von direkten oder reflektierten Sonnenstrahlen getroffen wird. Auf meinem Schiff gibt es einen solchen Platz nicht.

Wenn es nach mir ginge, könnte der Wind ruhig zulegen. Alle kleinen Arbeiten sind erledigt, auch habe ich genügend Schlaf getankt. Also, wo seid ihr, Roaring Forties?

Es braut sich was zusammen

Werde es in Zukunft bleiben lassen, Rasmus so herauszufordern. Am frühen Morgen des 12. Dezember bekomme ich die Quittung: kein Frühstück, dafür Reffen und Segelwechsel auf dem von Wasser überspülten Vordeck. Am Schluß stehen nur noch das Trysegel und die Sturmfock. Habe bislang nur 7 Bft gemessen, diesmal aus Nordost. Bei unserem Am-Wind-Kurs wird es dennoch eine nasse und rauhe Segelei. Zum Glück sollte der Wind bald drehen, der fallende Luftdruck kündigt die nächste Front an.

Tags darauf trifft sie ein, und fünf Stunden lang weht es besonders hart. Ich assistiere der Selbststeueranlage. Mein Schiff steckt das überkommende Wasser und die mitunter harten Schläge der See gelassen ein. Wenn ich das nur auch von mir sagen könnte! Meine Anspannung entspricht den Kurven auf dem Barographenblatt: mal hoch, mal tief. In solchen Zeiten beruhige ich mich, indem ich die Logbucheintragungen von ähnlich schwierigen Tagen nachlese.

Unfair ist Rasmus allerdings nicht. Nach 24 Stunden geht der Wind zurück und dreht auf seine Startposition Nord. Dieser ständige Wechsel läßt Langeweile bei mir gar nicht erst aufkommen. Die Wetterbeobachtung ist ein wichtiger Bestandteil meines Tagesablaufs. Heute ist der Himmel übersät mit Zirren in den bizarrsten Formen: ausgefranst, mit Haken an den Enden oder als ganz feine Streifen kaum sichtbar. Sie ziehen von Westen her auf. Kein Wunder, daß der Barograph so zittrig schreibt. Trotzdem bleibt das Wetter zunächst stabil, und ich genieße das Segeln in der nie zur Ruhe kommenden See. Freue mich an den Sonnenstrahlen, die mich wärmend einhüllen, und staune über den scheinbar zum Greifen nahen Sternenhimmel oder das sich verschwenderisch ins Meer ergießende Silber des Mondes. Sein strahlendes Gesicht hat schon wieder eine leichte Einbuchtung auf der linken Seite; er nimmt ab, und zwar in umgekehrter Weise als auf der Nordhalbkugel.

Am 16. Dezember liegt eine neue Seekarte auf dem Tisch. An ihrem unteren rechten Rand ist die Südspitze Südamerikas eingezeichnet. Ab heute wandern unsere Standortkreuze auf der Karte nicht mehr wie bisher ins Leere, sondern haben ein sichtbares Ziel an dieser Südspitze. Noch etwas Positives: In vier Tagen wird die Sonne ihren höchsten Stand erreichen, das macht die Nächte erfreulich kurz.

Ich habe Muße, über unseren weiteren Weg nachzudenken, denn die Bedingungen draußen sind noch immer gut: ein handiger Nordwest und lockere Bewölkung, die die Sonne durchläßt. Natürlich hat sie einen Hof wie meist, wenn ich sie zu Gesicht bekomme. Mir scheint, da braut sich was zusammen. Seit wir südlich des 40. Breitengrads segeln, lebe ich eigentlich immer in Erwartung schlechten Wetters. Das ist eine der Belastungen dieser Route. Unseren Kurs suche ich mit Hilfe der Pilot Charts so aus, daß wir in den Quadranten mit möglichst geringer Sturmhäufigkeit segeln. Damit ist es allerdings bald vorbei. Noch zehn Längengrade, und unser Abstieg – nein, unser Aufstieg nach Süden muß beginnen.

Mädchen ist in sehr gutem Zustand, ich kann bei meinen Kontrollen keinen Verschleiß feststellen. Die Selbststeueranlage hat ihre Tauglichkeit nun wirklich unter Beweis gestellt; Ersatzteile sind genügend vorhanden. Und wie sieht es mit mir aus? Ganz gut soweit – bis auf diesen Backenzahn, der sich mit schöner Regelmäßigkeit meldet und immer zur unpassenden Zeit. Doch mit meiner Entscheidung am elften Tag der Reise habe ich mich festgelegt, jetzt muß ich damit zurechtkommen. Im Ernstfall setze ich auf die Penicillintabletten. Jetzt, da alles so schön läuft, ist das kein Thema.

Zwei Stunden vor Mitternacht läuft dann gar nichts mehr schön. Wollte nicht wahrhaben, was ich längst registriert hatte: daß der

Nordwest kräftig zulegt. Nun ist er nicht mehr zu überhören. Mädchen trägt noch die Genua III und kommt damit in eine beunruhigende Rollbewegung, zieht abwechselnd das Luv- oder das Leedeck durchs Wasser. Mein Versuch, mich mit einem Reff durchzumogeln, bringt nichts. Am Ende muß ich doch die Genua IV setzen und stelle danach nur einen halben Knoten Fahrtverlust fest. Das nächste Mal werde ich die Vorsegel früher wechseln, denn das Manöver mit dem Fockbaum wird nicht einfacher, wenn ich abwarte.

Warum bloß muß es immer wieder diese Nachteinsätze geben? Und sie sind noch nicht zu Ende, der Luftdruck fällt weiter. Schade, daß es nicht so bleiben wird wie jetzt. Noch liegt Mädchen wunderbar in den Seen, fährt einen phantastisch schnellen Kurs. Das ist begeisterndes Segeln, nur mitunter etwas strapaziös wegen der ausgeprägten Schiffsbewegungen. Sie ist eben ein Kurzkieler, der eher ausweicht, als in die Seen hineinzufahren.

Das Barometer hat nicht gelogen, der dritte Adventssonntag bringt Sturm: volles Cockpit, hohe Seen, weiße Schaumplatten über die gesamte Länge der Wellentäler. Die dreieinhalb Quadratmeter roten dicken Tuchs der Sturmfock stehen wie ein Brett am Vorstag und lassen uns förmlich fliegen. Kaum zu glauben, aber es ist so. Wenn Mädchen so weiterrast, sind wir in siebzehn Tagen am Kap, sofern mein Standort aus der Sonnenhöhe vom Nachmittag zutrifft. Es ist bei unserer Berg- und Talfahrt schwierig, die Sonne, wenn ich sie unten habe, auch tatsächlich auf den Horizont zu setzen. Allzu schnell schieben sich immer wieder Seen dazwischen. Aber ich gehe einfach davon aus, daß die Position 43°25′S, 112°50′W stimmt, und bin sehr zufrieden mit uns.

Dann schnüre ich die Kapuze wegen des Lärms noch etwas enger und mache mich auf den Weg zum Vorschiff. Die Winddrehung auf Südwest ist da, ich muß schiften, damit wir unseren Südostkurs halten können. Vom Mastfuß aus wirken Mädchens Bewegungen unerhört dramatisch. Als hätte sie überhaupt kein Gewicht, so wird sie von den Wellenkämmen erfaßt und mitgenommen. Ungläubig beobachte ich die dahinjagenden Seen. Ein großartiges Bild! Aus dem halb leer gefegten Himmel wirft die

Sonne ein unwirkliches, weißes Licht auf die wilde Szenerie. Das müßte perfekte Bilder geben. Vielleicht sollte ich doch endlich mit dem Fotografieren anfangen.

Aber es kommt nicht dazu, ich muß mich um den Trimm meines Schiffes kümmern. Mädchen könnte etwas mehr Segelfläche vertragen, sie würde dann schneller aus den Wellentälern kommen. Ich versuche es mit dem Trysegel – paßt. Die Anordnung der Beschläge und Winschen ist optimal auf mich abgestimmt, da gibt es nichts, was klemmt oder hakt. Noch eine letzte Kontrolle, dann kann ich mich wieder dem Albatros zuwenden, der eben so knapp am Vorstag vorbeisauste, daß ich schon fürchtete, er könnte hängen bleiben.

Ich habe Wort gehalten und bin auf dieser Reise auch im Cockpit immer angeleint. Das umständliche Umpieken hat sich gelohnt. War gerade auf dem Achterdeck, um die Selbststeueranlage zu checken, als wir uns flachlegten. Die Welle, die über uns hinwegging und uns kurzerhand zur Seite räumte, hatte ich gar nicht kommen hören. Und danach war ich dann nur noch mit mir selbst beschäftigt. Die einsteigende See warf mich recht grob nach Lee in den Heckkorb. Das gibt blaue Flecken! Und pfui, wie ist das Wasser kalt! Bis ich mich endlich hochgerappelt habe, steht Mädchen mit schlagenden Segeln im Wind. Muß der Selbststeueranlage helfen, damit wir zurück auf Kurs kommen und die rauschende Fahrt von neuem beginnen kann.

Am nächsten Tag das gleiche Bild. Resultat: wenig Schlaf, viel Konzentration. Seit drei Tagen erreichen wir Etmale von 130 sm und mehr. Es ist unbeschreiblich: Wir segeln, gleiten, surfen, fliegen! Ich bin aufgekratzt und begeistert, aber auch abgespannt.

Fast glaube ich, daß die Zahnschmerzen etwas mit meiner Psyche zu tun haben. Immer wenn ich entspanne, weil eine Streßsituation vorbei ist, fangen sie wieder an. Diesmal nehme ich vorsorglich gleich Tabletten. Wenn es doch eine Entzündung ist, darf sich nichts festsetzen, sonst komme ich in eine brisante Lage. Aber ich muß vorsichtig sein mit dem Penicillin, es macht mich müde und geistesabwesend, ganz abgesehen von den Folgen einer gestörten Darmflora. Unaufmerksamkeit kann ich mir nicht leisten. In diesem Seegebiet gibt es keine halben Sachen.

Wie zur Bestätigung flammt der Westhimmel bei Sonnenuntergang orangerot auf. Die Farben sind von solcher Reinheit und Tiefe, daß mich ein unheimliches Gefühl beschleicht. Was wird uns das bringen?

Der schlimmste Sturm der Reise

Es brachte zunächst nur einen Tag Ausruhen bei 6 Bft aus Südwest. Heute, am 20. Dezember, ist unser 40. Tag auf See. Voll böser Vorahnungen befrage ich nun schon zum x-ten Male den Barographen. Wir haben doch erst vor zwei Tagen eine Front hinter uns gebracht! Und nun entpuppt sich der leichte Anstieg des Luftdrucks als Scheinmanöver. Die Barographenkurve beginnt jetzt erst wirklich zu fallen. Mehr als Südost kann ich nachmittags nicht mehr halten. Dabei müßten wir forciert nach Süden fahren, wenn wir auf der gedachten Route bleiben wollen. Über die Nordwestdünung legt sich eine Windsee aus West, und der Seegang baut sich zu ungewöhnlicher Höhe auf. Da ist noch mehr im Spiel als unsere derzeitigen 8 Bft.

Immerhin, die Selbststeueranlage arbeitet ohne meine Unterstützung. Seit das Trysegel geborgen ist und wir mit den sieben Quadratmetern der gerefften Genua fahren, ist die Rollbewegung aus dem Boot heraus. Das flößt mir soviel Vertrauen ein, daß ich für kurze Zeit eindöse. Habe ich zu Beginn der Reise darauf gehorcht, *ob* der Wind aufheult, versuche ich jetzt aus der Art, *wie* er es tut, meine Schlüsse zu ziehen. Wenn ich meine Kräfte richtig einteilen will, muß ich so lange wie möglich entspannt bleiben, um immer noch Reserven zu behalten. Aber heute nacht will mir dies einfach nicht gelingen. Nervös kontrolliere ich immer wieder die Selbststeueranlage. Nichts ist anders als sonst, und doch stelle ich mich so an.

Am Vormittag des nächsten Tages weiß ich dann, daß meine Unruhe berechtigt war. Der Wind heult immer stärker auf, mischt sich mit dem Donnern der brechenden Wellenkämme. Wir sind schnell, zu schnell. Im Surf fängt der Ruderschaft an zu surren. Es wird höchste Zeit für die Sturmfock. Ich warte mit dem Segelwechsel, bis wir in der weißen Schaumplatte auf der Rückseite einer See sind. Dann renne ich los und berge die Genua. Die Zeit reicht, um das Tuch herunterzuholen und zu sichern. Gleich darauf sind wir wieder auf der Vorderseite der nächsten See. Also festhalten und warten, bis der Kamm durch ist. Meine Güte, ist das eine Achterbahn! Konzentriert folgt ein Handgriff dem anderen, bis die Sturmfock steht. Nur das Ausbaumen schaffe ich beim besten Willen nicht mehr.

Ich schleife die Genua mit nach achtern und stopfe sie einfach über das Schiebeluk in die Kajüte. Unser Kurs ist stabiler geworden. Bin jetzt ruhiger als in der vergangenen Nacht. Aber wann hört dieser Wind endlich auf zuzunehmen, wann schreibt der Barograph wenigstens wieder waagrecht? Gehe nochmals zum Mast und zurre das Großsegel noch fester an den Baum. Lasse die Dirk so weit nach, daß der Großbaum fast auf der Sprayhood liegt; bei dichtgesetztem Niederholer kann er sich jetzt kaum noch bewegen. Doch MÄDCHEN wird schon wieder zu schnell und dabei luvgierig. Also winsche ich die Sturmfock mittschiffs. Falls das nicht reicht – die Leinen zum Nachschleppen liegen griffbereit unten neben dem Niedergang. Ansonsten hilft jetzt nur noch Segeln. Ich sitze am Ruder und suche nach dem besten Weg mit den Seen. Ich höre, fühle, registriere und reagiere. Das Rigg vibriert. Das eindringliche Surren des Ruderschafts verstärkt sich. Und wir fliegen, fliegen durch weißen Schaum, durch glasig grünes Wasser. Entsetzt starre ich in die mit breiten weißen Streifen durchzogenen Wellentäler. „Weitermachen, Gudrun, einfach konzentriert weitermachen!" Die Kraft, mit der uns die Seen erfassen und mitnehmen, ist erschreckend und faszinierend zugleich.

Und dann … Wie es kam, weiß ich nicht mehr. Ich versuche noch abzufallen – zu spät! Schon liegen wir, nur unter Sturmfock, flach auf dem Wasser. „Mach schon, MÄDCHEN, komm wieder hoch!" Gerade noch rechtzeitig richtet sie sich auf, ehe die nächste See uns bereits wieder losbrausen läßt. Gurgelnd entleert sich das gefüllte Cockpit über die Lenzrohre. Doch ganz ungeschoren sind wir diesmal nicht davongekommen. Zwei Relingsstützen hat der Wasserdruck so stark nach innen gebogen, daß der Relingsdraht schlaff herunterbaumelt. Auch der Heckkorb ist aus der Form geraten, eine Stütze aus ihrer Verschraubung gerissen. Sonst nichts? Nein, Glück gehabt.

Um Mitternacht meine ich, der Wind hätte etwas nachgelassen. Zumindest hat es aufgehört zu regnen. Die Kämme der Seen sind runder, abgeflachter. Ich kupple die Selbststeueranlage wieder ein, bleibe jedoch einsatzbereit neben der Pinne sitzen. Mein Rücken ist verspannt, Arme und Beine fühlen sich an wie eingeschlafen. Aber wie mein Schiff das schafft, ist unglaublich. Es schwingt mit den Seen, sein Heck kommt immer gerade so rechtzeitig wieder hoch, daß der Wellenkamm darunter durchrauschen kann. Dann sind das Deck und das brodelnde Wasser fast auf einer Ebene. Weiß nicht, was MÄDCHEN sonst noch alles aushalten könnte, das hier ist schon schlimm genug. Kann mir keine Steigerung mehr denken. Welcher Kompaßkurs anliegt, hat jetzt keine Bedeutung. Wichtig ist nur, daß wir in die Seen passen.

Mit dem ersten Stern, der mir durch die Wolken zublinzelt, kehrt meine Zuversicht zurück. Auch dieser Sturm wird zu Ende gehen, aber noch ist es nicht soweit. Ich stehe die ganze Nacht hinter dem Niedergangsschott und beobachte. Eine Wolkenwalze nach der anderen zieht am Südwesthimmel auf, fegt über uns hinweg, wird durch die nächste abgelöst. Meine größte Sorge ist, daß MÄDCHEN in einer See zu sehr beschleunigen könnte. An etwas anderes kann ich nicht mehr denken. Nehme nur noch Geräusche und Bewegungen auf, halte mich bereit, sofort einzugreifen.

Der Morgen enthüllt ein Seepanorama von solcher Einmaligkeit, daß ich darüber die lauernde Gefahr vergesse. Kann jetzt schauen, ohne daß es mir die Kehle zuschnürt. Es gibt nicht viel zu tun: nur die Selbststeueranlage ist zu kontrollieren und die am Mast aufgeschossenen Fallen sind zu sichern. Dann sitze ich wieder an der Pinne und beobachte wie hypnotisiert die aufziehenden Böen und die See. Mit der Zeit wirkt die Situation weniger erschreckend. Die Freude am Standhalten wächst und verdrängt die Ängste. Ich werde sicherer, traue mich nach unten und verkeile mich in meiner Koje. Mein Körper schläft, aber meine Gedanken und Sinne sind draußen: auch eine Art, sich auszuruhen.

Zur Mittagszeit trommelt Hagel aufs Deck. Herrje, das ist wirklich ein zäher Sturm diesmal! Selbst um Mitternacht ist noch keine wesentliche Besserung eingetreten. Unter Sturmfock läuft MÄDCHEN nach wie vor Rumpfgeschwindkeit und mehr. Seit 24 Stunden schreibt der Barograph 990 mb, mit ein paar Zacken nach oben und unten. Wir stürmen weiter im Zickzack-Kurs durch die Seen.

Am Morgen des 23. Dezember und nach etwas Schlaf erscheint mir die Situation schon ganz selbstverständlich. Baume die Sturmfock wieder aus und setze das Trysegel. Gleich rennt MÄDCHEN wieder ungestüm los und wird luvgierig. Zweimal füllt die See die Plicht. So geht das nicht, mein Cockpit ist doch keine Badewanne! Das Trysegel kommt wieder auf den Baum. Ergebnis der Übung: besseres Seeverhalten meines Schiffes und aufgeschlagene Finger.

Jetzt will ich aber endlich wissen, wieviel Wind wir noch haben. Werde ganz still, als die Nadel des Handwindmessers bis auf 9 Bft ausschlägt. „O MÄDCHEN, was bist du für ein wunderbares Schiff! Und durch welch ein Unwetter hast du uns gestern gefahren!“

Aber nun sind wir wahrscheinlich über den Berg. Ich mache mir Kaffee mit viel Milch und viel Honig, wechsle die vollgesogenen Zeitungen auf dem Kajütboden gegen frische aus, drehe mir ein paar Zigaretten und leiste mir trockene Socken. Der Regenbö, die gerade durchgeht, werfe ich nur einen kurzen Blick zu. Wieder ist Hagel drin, aber sie wirkt längst nicht mehr so bissig. Nachmittags beginnt der Luftdruck schnell zu steigen. Der Wind dreht auf Südwest und nimmt etwas ab, paßt gerade für die gereffte Genua IV und das Trysegel. Doch jetzt, mit dem Nachlassen des Windes, wird die See konfus. Auf die großen Kämme setzen sich kleine Wellen auf. MÄDCHEN muß harte Schläge einstecken.

Nur noch ein bißchen Konzentration, meine Kleine, dann sind wir durch. Ich halse zurück auf Backbordbug, Kurs Südsüdost liegt wieder an. Beim Versuch, dem Tief auszuweichen, bin ich viel zu weit nach Norden gekommen.

Gleich zwei Albatrosse begleiten uns auf unserer rauschenden Fahrt durch die in der Sonne leuchtende See. Ich gehe wieder selbst Ruder, denn es ist schwierig, nicht zum Spielball der Seen zu werden. Wir müssen jetzt endlich wieder unseren eigenen Kurs halten. Es klappt.

Noch eine Nacht mit wenig Schlaf, nicht wegen des heulenden Windes, sondern wegen der groben See. Ich bin ausgelaugt und gleichzeitig aufgedreht. In meinem Kopf hat nichts anderes Platz als dieser Sturm, kann mich auf nichts sonst konzentrieren. Wenn ich in der Kajüte zu tun habe, geschieht das unnötig hastig, damit ich gleich wieder voll auf das Geschehen draußen eingehen kann. In solchen Krisen kenne ich das Stadium wachsender Müdigkeit nicht, meine Konzentration bleibt voll bis zu dem Punkt, an dem sie dann in totaler Erschöpfung abstürzt. Ich kenne das. Diesen Punkt muß ich noch etwas hinausschieben, noch ist nicht die Zeit, sich in den Tiefschlaf fallen zu lassen.

In dieser Nacht zum 24. Dezember spannt sich über meinen Hoffnungen und Ängsten ein Himmel von unendlicher Tiefe und Unnahbarkeit.

Zwei Stunden Ruhe am Morgen, dann bin ich wieder draußen. Weiß nicht, wie lange ich das noch aushalte, muß einfach nur weitermachen. Habe mich an Deck zwischen Mastreling und Unterwant verkeilt und schaue meinem Schiff und der See zu. Die Sonne hat die Schwere der Nacht weggedrückt und läßt den großen südlichen Ozean in seiner ganzen Schönheit und Wildheit aufleuchten. Langsam beginne ich, weiter als nur bis zur nächsten Stunde zu denken. Wir haben den bislang schwersten Sturm unserer Reise überstanden. Gewohnheitsmäßig kontrolliere ich laufendes und stehendes Gut, die Püttings und die Segel. Und wieder steigt dieses warme Gefühl der Dankbarkeit in mir auf. Dankbarkeit für mein braves kleines Schiff, das meine ganze Welt ist, mein Weggefährte und Zufluchtsort in einer Umgebung, die ständigem Wandel unterliegt. Dank unserer Fähigkeit zu instinktiver Anpassung sind wir unbeschadet durch das schwere Wetter gekommen. Und nun bin ich glücklich. Worüber? Einfach darüber, daß ich hier stehen, mein Schiff und die See beobachten kann.

Wie meist, wenn ich zur falschen Zeit ins Träumen gerate, holt mich die See unmißverständlich zurück. Eine überwaschende Welle füllt meine Gummistiefel mit eiskaltem Wasser. In triefendem Ölzeug und mit steifen Gliedern gehe ich nach achtern, um das wichtigste „Crewmitglied“, die Selbststeueranlage, zu checken. Im Logbuch registriere ich: 24.12.89, 06.00 Uhr – Südwest 7, böig, schnell steigendes Barometer, kalt. Rückseitenwetter.

Ich kann aufatmen, wir sind durch. Zeit zum Ausruhen. Die letzten drei Tage hat mir dieser Sturm alle Gedanken aus dem Kopf geblasen; jetzt spüre ich jeden Knochen. Mein Backenzahn macht sich ebenfalls mit hartnäckigem Zupfen bemerkbar. Den hatte ich ganz vergessen. Einen Pott dampfenden Kaffees in der Hand, verhole ich mich in die Hundekoje. Mit der Wärme im Schlafsack steigt auch eine dumpfe Mattigkeit in mir hoch. Ich bin einfach leer, nur mein Kopf arbeitet; klar und unerbittlich fängt er an zu analysieren und trägt als Merkposten ein: auf die Wiederholung solcher Stürme gefaßt machen. Wir wollen noch weiter nach Süden.

Ruderbruch am Heiligen Abend

Nein, so geht das nicht weiter. Ich bin total im Naturgeschehen aufgegangen und habe auch das letzte, so wichtige Stück Distanz aufgegeben. Wie losgelöst von mir selbst, wandert mein Blick ständig über die See zum Horizont, als könne ich darüber hinausschauen und erforschen, was uns noch erwartet. Wie lange habe ich eigentlich nichts mehr gegessen? Wann das letzte Mal wirklich geschlafen? Jetzt bin ich so fertig, daß ich keinen Schlaf finden kann. Und wie sieht es unter Deck aus! Die Pantry – sehr unappetitlich; die Zeitungen auf dem Kajütboden – zerknittert und naß; mein Adventskalender baumelt, nur noch von einem Klebestreifen gehalten, im Rhythmus der Schiffsbewegungen. Auch mit ihm bin ich in Verzug geraten, dabei darf ich heute das Türchen in der Mitte öffnen. Es ist Weihnachten, Heiliger Abend. Das Fest der Menschlichkeit und Freude. Ich will es bewußt begehen und in einer besinnlicheren Grundstimmung, als mir dies in der Hektik und dem Konsumstrudel des Stadtlebens daheim möglich war.

Ruhig und bedächtig, mit vielen kleinen Pausen, beginne ich, die Kajüte und mich auf den festlichen Abend vorzubereiten. Wie vertraut mir hier alles ist, wie wichtig auch die geringste Kleinigkeit! Das Christbäumchen aus Plastik und die Geschenke der neuseeländischen Freunde sind mit Draht an der Schottwand gesichert. Ich stecke nach einem Badefest mit fünf Litern Süßwasser in frischer Kleidung.

Unbemerkt ist die Sonne über den Zenit gewandert. Ich lasse den Sextanten unten im Kasten und balanciere statt dessen eine Muck Kaffee über das Niedergangsschott. Wir haben immer noch frischen Südwest, aber die Böen fauchen nicht mehr so, die Seen kommen regelmäßiger. Erwartungsvoll suche ich in den Wellentälern nach unserem Albatros. Doch er scheint heute keine Zeit für uns zu haben – im Augenblick jedenfalls sind wir allein. Nein, eigentlich nicht allein. Über Tausende von Meilen hinweg erreichen mich die Gedanken meiner Familie und Freunde. Sie sind da, sie umgeben und stützen mich; die kleinen, beim Abschied zugerufenen Worte, jetzt bekommen sie einen tieferen Sinn. Wieder unten am Kartentisch, beginne ich Briefe zu schreiben und ein Tonband für meine Eltern zu besprechen. Gedanklich suche ich den Kontakt, lasse erwartungsfroh den Abend auf mich zukommen. Wie oft hatte ich mir gewünscht, Weihnachten einmal auf See zu feiern...

Plötzlich legt sich MÄDCHEN stark über, eine See wäscht übers Deck, Wasser wird durch die Ritzen am Niedergang gepreßt und findet – wie könnte es anders sein – einen Weg in meine Koje. Die Segel schlagen, wir sind total aus dem Tritt. „Nein, nicht schon wieder, das ist unfair!“ Mit einem Satz bin ich draußen, packe mit beiden Händen die Pinne, versuche MÄDCHEN auf Kurs zu bringen. Warum reagiert sie nicht? Warum habe ich keinen Ruderdruck? Wir sind ein Spielball der See. „Unternimm sofort was, bevor Schlimmeres passiert!“ Nur mit Mühe gelingt es mir, die Segel herunter zu zerren. Das störrische Tuch hat es wieder auf meine Hände abgesehen. Erst mit blankem Mast wird mein Schiff etwas stabiler, legt sich quer zur See und driftet.

„Weitermachen! Was ist mit dem Ruder los?“ Mit dem Oberkörper beuge ich mich achtern tief übers Süll, kann aber keine Veränderung feststellen. Das Ruderblatt bewegt sich frei, angeströmt vom Wasser. Also wieder zurück zur Pinne ... O je, warum habe ich das nicht gleich gesehen! Der Bolzen am Ruderkopf steht auf der einen Seite um fast die Hälfte seiner Länge heraus. Mir geht ein Stich durch den Bauch. Das darf doch nicht wahr sein! Genau diesen Bolzen habe ich in Sydney ausgebaut und vermessen in der Absicht, mir einen Reservebolzen anfertigen zu lassen. Dazu kam es leider nicht. Und jetzt?

Ich würde am liebsten losheulen. Zwinge mich aber, mich auf die notwendigen Handgriffe zu konzentrieren und logisch zu denken. Den zweiten Teil des gebrochenen Bolzens hole ich mit ein paar Schlägen und einem Dorn heraus. Was für ein Anblick – mein Schiff ohne Pinne!

Unten hat sich inzwischen der Inhalt der Werkzeugtasche über den Boden verteilt. Mitten in diesem Durcheinander sitzend, beginne ich fieberhaft nach einem passenden Ersatzbolzen zu suchen.

Richtige Stärke, aber zu kurz; richtige Länge, aber zu schwach. Als letzten Versuch räume ich die zum Stauraum umgebaute zweite Hundekoje leer und hieve die Notruderanlage heraus. Leider nur um festzustellen, daß auch die daran verwendeten Gewindebolzen zu kurz sind. Da hilft nichts, es bleibt bei der einzigen Möglichkeit: einem 8 mm starken Gewindebolzen. Das heißt, ich habe nur 6,4 mm Kerndurchmesser dort, wo 10 mm hingehören würden. So sehr ich mich auch mühe, ich bekomme die Verbindung nicht satt fest. Das Ruder hat großes Spiel, und mich bedrückt, daß es so verzögert reagiert. Aber zumindest bekommt MÄDCHEN ihre Pinne zurück und kann wieder gesteuert werden. Mißtrauisch setze ich vorerst nur die Genua IV. Erst nach einer Stunde Rudergehen gewinne ich Vertrauen in meine Reparatur. Kläre durch Versuche die nagende Sorge, wie jetzt wohl die Selbststeueranlage funktioniert. Sie funktioniert – allerdings mit viel Vortrimm auf der Kette und einem instabilen Kurs.

Unten in der Kajüte erwartet mich das bei der Suche hinterlassene Chaos. Mit ihm werde ich erheblich schneller fertig als mit meinen ebenso chaotischen Gedanken. Fassungslos starre ich auf die zwei Teile des Bolzens in meiner Hand. 10 mm starker V2A-Stahl – einfach gebrochen. Es ist sinnlos, sie immer wieder zusammenzufügen. Instinktiv weiß ich, daß ich damit die Chance, Kap Hoorn zu runden, verloren habe, 1500 sm vor dem Ziel. Aber ich verdränge diesen Gedanken sofort wieder. Heute denke ich darüber nicht mehr nach, treffe keine Entscheidungen. Der Kurs Südost bleibt stehen.

Ungerührt von meinen kleinen und großen Nöten ist die Heilige Nacht angebrochen. Dick verpackt sitze ich im Cockpit und betrachte den Sternenhimmel. Die Weihnachtslieder aus dem Kurzwellenempfänger kann ich jetzt nicht ertragen. Sie wirken fremd und künstlich und wecken natürlich Emotionen. Erst die unaufhaltsam wandernden Seen nehmen meinen Kummer mit. Die danach in mir aufkommende Ruhe und Sicherheit sind mein Weihnachten.

Es bleibt mir noch etwas zu tun: in einem Brief an Elke danke zu sagen. In Neuseeland hatte der kritische Blick der TO-Stützpunktleiterin an einem Stehbolzen der Selbststeueranlage eine leichte Biegung entdeckt. Wegen ihrer Bemerkung darüber kaufte ich mir kurz vor dem Auslaufen aus Whangarei noch den Ersatzbolzen, der jetzt im Ruderkopf steckt. Es gibt eben doch Schutzengel. Er wird wohl auch den Rest der Heiligen Nacht über uns gewacht haben. So kann ich im Tiefschlaf alles vergessen, den zu dünnen Bolzen im Ruderkopf und die Situation, die eine schwere Entscheidung von mir verlangt.

Am Morgen des ersten Weihnachtsfeiertags stecke ich nur kurz den Kopf hinaus, dann sitze ich wieder in der Wärme meines Schlafsacks und gehe mit mir zu Rate. Was darf ich riskieren, was nicht? Ich komme einfach zu keinem Entschluß. So lasse ich mein Schiff im frischen Südwestwind einstweilen weitersegeln und genieße die Geborgenheit meiner Koje.

Manchmal fällt es schon schwer, nicht den Humor zu verlieren. Andererseits sorgt mitunter der Zufall dafür, daß man lacht, wenn einem gar nicht danach zumute ist. Während ich so dasitze, treffen uns immer wieder Seen, die für diese Windstärke eigentlich zu hoch und steil sind. Jetzt gerade wieder. Das überkommende Wasser tropft durch das Schiebeluk in meine Koje. Und durch eine ruckartige Bewegung von MÄDCHEN fängt mit einem Mal meine kleine Spieluhr an, die letzten Takte von Mozarts Wiegenlied zu spielen. Wie passend, ein Schlaflied! Das Absurde der Situation vertreibt meinen aufkommenden Ärger. Ich kleide mich an und gehe ans Ruder.

Es ist ein ausgesprochen ungutes Gefühl, wenn die Seen das Ruderblatt treffen. Und nach zwei Stunden weiß ich, daß ich nur weiter nach Süden fahren kann, falls ich einen Bolzen der richtigen Stärke finde. Die Sucherei beginnt von neuem – ohne Ergebnis. Es gibt nirgendwo an Bord ein passendes Teil, auch keines, das ich ausbauen könnte. Ich halse auf Kurs Nordost. Jetzt wird mir meine ganze Misere erst so richtig bewußt.

Mit dem nächsten Morgen beginnt ein Tag des Katzenjammers. Bei weiter nachlassendem Wind sitze ich desinteressiert im Cockpit und stiere vor mich hin. Mir ist übel. Ich denke an die anstrengenden Vorbereitungen der Reise – und jetzt hat mir ein gebrochenes Stück Stahl alle Karten aus der Hand geschlagen. Ich bin ganz nah am Durchsacken, würde es am liebsten geschehen lassen. Aber ich bin auf See und habe die Pflicht, mein Schiff und mich selbst wohlbehalten in einen Hafen zu bringen. Nichts sonst zählt.

Impulsiv nehme ich das kleine Fotoalbum mit den Bildern meiner Familie und Freunde zur Hand, zum erstenmal seit langem. Danach geht es mir etwas besser. Ich fange an, die demolierte Reling notdürftig zu reparieren, deren eine Stütze um dreißig Grad nach innen gebogen ist. Welche Kräfte müssen darauf eingewirkt haben! Und nicht nur darauf. Geradebiegen ist aussichtslos, das schaffe ich nicht. Aber ich finde eine ganz einfache Lösung: Drehe die Stütze so, daß die Biegung nach achtern schaut, und schaffe mit einer kleinen Rohrschelle einen neuen Durchzug. Der Relingsdraht kann wieder gespannt werden.

Ein bitterer Verzicht

Der 28. Dezember ist genauso trübe wie meine Stimmung. Alles grau in grau, Wind Nordnordwest mit 5 bis 6 Bft, Nieselregen, fallender Luftdruck. Ein Tag, an dem man am besten gar nicht erst aus der Koje steigen würde – wenn da nicht immer wieder Korrekturen am Vortrimm der Selbststeueranlage nötig wären. Erstaunlich, daß sie überhaupt noch so gut Kurs hält. Ich versuche, MÄDCHEN durch die richtige Verteilung der Segelfläche möglichst neutral zu trimmen, jeden Ruderdruck zu vermeiden. Das hält mich ganz schön in Trab, lenkt aber ab. Mein Schiff dankt es mir mit schneller Fahrt.

Zur Mittagszeit des nächsten Tages stehen wir bereits knapp nördlich des 40. Breitengrades. Eine harte, aber einmalig schöne Welt liegt hinter uns. Vergangene Nacht habe ich mich endgültig dafür entschieden, das chilenische Valdivia anzulaufen. Es ist der erste größere Hafen außerhalb der Patagonischen Kanäle und zu erreichen über die nach meinen nautischen Unterlagen einfach anzusteuernde Bucht von Corral. Bis dahin sind es noch zirka 600 sm. Für Valparaiso kann ich mich trotz vorhandener Ansteuerungskarten nicht erwärmen. Es liegt zu weit im Norden.

Noch etwas Besonderes zeichnet diesen Tag aus: Es ist der Geburtstag meiner Mutter. Ich trinke einen Becher stark gesüßten Tees auf ihr Wohl. Ich weiß, sie glaubt an mich und an den glücklichen Ausgang dieser Reise. Werde mein Bestes tun, das verspreche ich ihr im Geiste. Was aber sage ich ihr, wenn sie mich in ein paar Tagen am Telefon fragen wird, wie es mit uns weitergeht? Noch allzu oft schaue ich mir auf den Pilot Charts die Bedingungen für eine Umrundung von Kap Hoorn an. Schließlich habe ich in Valdivia immer noch die Chance, mich wieder nach Süden zu wenden. Das ginge aber nur, wenn ich zunächst 300 sm weit nach Westen segeln würde. Denn bei den Stürmen in dieser Region kann der Leeraum nicht groß genug sein. Ja, es wäre eine Chance... Ach was, alles nur Spekulation! Zuerst einmal muß ich ankommen. Wer weiß, was uns bis dahin noch bevorsteht?

Als wolle er mich versöhnen, hält der Sommer Einzug. Die heiße Sonne auf der Haut tut gut und belebt meinen müden Körper. MÄDCHEN braucht mich nicht. Es scheint ihr Spaß zu machen, mit dem mäßigen Wind durch die leichte See zu ziehen und die auf dem Wasser niedergegangenen schwarzen Vögel aufzuschrecken. Soviel Tuch hat sie schon lange nicht mehr getragen. Die Genua I kam ganz zerknittert aus ihrem Sack. Auch dem Großsegel sind die

Falten der wochenlang eingebundenen Reffs eingeprägt. Wie eine Knospe, die sich entfaltet, bieten sich die Segel diesem strahlenden Tag dar. Dennoch kommt mir Mädchen vor wie ein angeschlagener Vogel. Die verbogene Reling und das schlangenförmige Kielwasser erinnern an ihre Wunden.

Auch wenn er unseren Frieden stören wird, allmählich muß ich mich um den Motor kümmern. Kann mich gar nicht erinnern, wann ich ihn zum letzten Mal gestartet habe. Aber die Bordakkus müssen nachgeladen werden.

Der Motor springt höchst unwillig an, läuft ein paar Minuten, hustet und bleibt stehen. Ich tippe auf Luft im Diesel und mache mich daran, die Zuleitung zu entlüften. Doch es wird etwas komplizierter. Ich kann die kleine Handpumpe betätigen, so oft ich will, es kommt überhaupt kein Treibstoff. Mit der Betriebsanleitung in der Hand prüfe ich das System Stück für Stück durch. Nur Pech, daß ich mit dem falschen Ende, dem beim Motor, angefangen habe. Der Fehler sitzt nämlich am anderen Ende, im Abstellhahn nach dem Tank. Der läßt nichts durch. Notgedrungen mache ich mich daran, den Tank zu entleeren, um den Hahn ausbauen zu können. Eine unschöne Planscherei ist das, bis ich den Inhalt in Kanistern habe. Nicht genug damit, ich muß auch noch die Achterpiek ausräumen, weil der Ausbau des Hahns nur von dort zu bewerkstelligen ist.

Im Cockpit entsteht ein heilloses Durcheinander. Ich hocke in der Achterpiek und mühe mich mit festsitzenden Muttern ab. Noch eine Drehung, und das Teil kommt frei. Gleichzeitig schwappt mir der Rest des Diesels entgegen, der willig von meiner Faserpelzhose aufgesogen wird. Wenn ich irgendwo hinfasse, bin ich mittendrin im Schlamassel. Und da soll es Menschen geben, die auch die schmutzigste Arbeit sauber erledigen können. Ich jedenfalls gehöre nicht dazu. Doch das soll mich nicht irritieren – nicht jetzt, da die Ursache des Problems in meiner Hand liegt und gleich in ein Reinigungsbad wandern wird.

Zusammensetzen macht eindeutig mehr Spaß als Zerlegen und geht auch schneller. Dann heißt es Diesel einfüllen, Zufuhr entlüften und den Testlauf starten. Funktioniert! Ohne Stolpern und

Husten tuckert mein Motor vor sich hin, und das Geräusch hört sich gar nicht so störend an. Bin beeindruckt von meinem Erfolg. Eindrucksvoll ist aber auch das Durcheinander, das sich in dieser kurzen Zeit im Cockpit und in der Kajüte breitgemacht hat. Also aufräumen, Werkzeug sortieren – und dann folgt ein Vollbad für die Plicht und mich. Die Eimerdusche ist unangenehm kalt, aber unvermeidbar. Hinterher fühle mich putzmunter. Das war schon längst fällig.

Bis zum frühen Morgen des 31. Dezember hat sich der Wind ganz gelegt. Es ist Silvester – und wir driften in einer grauen Weite, die durch nichts akzentuiert wird. Tiefe Stille hüllt uns ein. Mir drängt sich die Empfindung auf, daß Zeit und Raum ineinander verschmelzen, sich aufheben und zur Unendlichkeit werden.

Mit der untergehenden Sonne ziehen die letzten Stunden des Jahres 1989 herauf. Zu seiner Würdigung zünde ich ein Räucherstäbchen an. Sein gekräuselter Rauchfaden steigt senkrecht empor. Friedlich und mit großer Gelassenheit atmet das Meer im Rhythmus der sanften Dünung.

1989 – das war für mich ein Jahr mit extremen Höhen und Tiefen. Ein Jahr, in dem der Indische Ozean mich weiter sehen und mehr erleben ließ als je zuvor. In dem die Tasmansee mich auf die Probe stellte, der Pazifik mich bis an die Grenzen meiner Kraft forderte, mich aber auch befreite. Zwei Ozeane und die Tasmansee habe ich in diesem Jahr überquert, und zwar in den hohen südlichen Breiten. Ich habe gestaunt, gezittert, gebangt, gehofft und geweint, vor Freude oder vor Schmerz.

1989 war ein Jahr, in dem Begegnungen mit unvergeßlichen Menschen mich stärkten und lebendige Bilder in mir hinterließen. Ein Jahr, das mir trotz der ungeheuren Fülle der Ereignisse große Ruhe und Sicherheit schenkte. Das so reich war an Eindrücken und so tief in seinen Wirkungen wie keine Zeit vorher.

Ich freue mich auf das neue Jahr und will es froh begrüßen – ohne Vorsätze außer dem einen: zu sein. Meine Gedanken wandern zu meiner Familie, zu den vielen Freunden, die alle auf ihre Weise halfen, damit mein Traum wahr wurde. Noch ahnt keiner von ihnen, daß ich vor dem großen Ziel aufgeben mußte, daß mir der Höhepunkt dieser Reise genommen wurde. Mit den Wellen und den Wolken schicke ich meinen Dank und meine guten Wünsche für sie auf den Weg. Ich bin sicher, daß sie, durch das geheimnisvolle Band unserer Gefühle geleitet, bei ihnen ankommen werden.

1. Januar 1990 – was für eine schöne Jahreszahl. Und was für ein glanzvoller Tag. Lichtblau ist der Himmel, tiefblau das Meer, und beide schmücken sich mit Weiß: mit kleinen Haufenwolken und vereinzelt aufblitzenden Schaumkronen. Als wär's ein Spiel, segelt mein Schiff auf Vorwindkurs dahin. Ich aber träume mit offenen Augen noch immer vom Süden. In einem Brief an meinen Freund Paul, den Globetrotter von Sydney, beschreibe ich ihn so: „Dieser Stille Ozean und die hohen südlichen Breiten nehmen Dich viel stärker gefangen, als ein Mensch dazu in der Lage wäre. Sie blockieren fast alle Gedanken an Familie, Freunde und Zukunft, lassen nur noch den Augenblick, das Sein gelten. Das Heulen des Windes und das Tosen der See fegen den Kopf erst frei und füllen ihn dann auf mit etwas, das sich vielleicht mit den Worten ‚ich lebe' ausdrücken läßt. Wie berauscht von den Elementen fliegst Du mit den Wellen und Deinem Schiff durch eine der letzten Urlandschaften unserer Erde. Ganz gleich, wie hart und entfesselt sie sich auch gibt, wenn Du Dich in sie einfügst, läßt sie Dir eine Chance."

Gastfreundliches Chile

Zwei Tage später schickt uns eben dieser Süden noch einmal einen Gruß. Es läuft eine hohe Südwestdünung, und MÄDCHEN segelt mit dem kräftigen kalten Südwind einen wunderbar schnellen Kurs. Niedrige Kumuli verhüllen die Sonne, und ich friere. Will aber nicht nach unten gehen, weil uns ein Albatros schon den ganzen Vormittag folgt und mich mit seinem Flug begeistert. Mit einem Mal streckt er seine hellgelben Füße aus, winkelt die Schwingen etwas an und wassert. Das alles geschieht so nahe beim Schiff, daß ich genau verfolgen kann, wie er zuerst mit den Schwimmhäuten seiner Füße aufkommt, um dann langsam in das nasse Element zu gleiten. Mit den Flügeln balanciert er sich so lange aus, bis er im Wasser sitzt. Dann faltet er die langen schmalen Schwingen sehr vorsichtig zusammen. Ich bin überrascht, wie geschickt er seine Flügel ohne jede Berührung mit dem Wasser an den Körper bringt. Es ist das erste Mal auf meiner Reise, daß mir ein solcher Anblick vergönnt ist.

Dem Albatros, dem Herrn der Lüfte über den Ozeanen, gehört meine ganze Bewunderung. Diese prachtvollen Flieger trotzen scheinbar mühelos der Gewalt der Stürme. Und jetzt macht mir dieser Vogel mit seinen mehrfachen Starts und Landungen noch ein besonderes Geschenk. Erst als er uns nach Stunden verläßt und nur noch ein Punkt am Horizont ist, wende ich mich meiner überfälligen Standortbestimmung zu.

Nach der vierten Sonnenhöhe glaube ich es endlich: Um 17.00 Uhr am 3. Januar stehen wir nur noch 90 sm vor der Bucht von Corral. Der südamerikanische Kontinent, der uns wie ein gewaltiger Riegel den Weg versperrt, ist nah, doch er verrät sich durch nichts. Das Meer wirkt hier so unberührt wie überall auf der zurückliegenden Strecke. Kein einziges Zeichen der Zivilisation habe ich bislang entdeckt. In den hohen Breiten scheint dieser Ozean noch sich selbst zu gehören.

Wieder studiere ich die Skizze, die ich mir nach den Angaben im Seehandbuch für die Ansteuerung der Bucht von Corral gemacht habe. Zum zweitenmal laufen wir eine fremde Küste mit einem Übersegler an, auf dem unsere Bucht nur angedeutet ist. Hätte ich nicht bei der Ansteuerung von Sydney unter ähnlichen Umständen gute Erfahrungen gemacht, wäre ich lieber nach Valparaiso gegangen, von dem ich ausreichendes Kartenmaterial besitze. Wie immer bereite ich den Landfall sorgfältig vor, aber diese Arbeit steht in krassem Widerspruch zu meinem innersten Wollen. Da, wo wir morgen einlaufen werden, will ich gar nicht ankommen. Die Auseinandersetzung in mir ist noch nicht beendet.

Wieder einmal bricht eine letzte Nacht auf See an, und sie wird rauh und naß. Der steife Südsüdost legt so stark zu, daß ich das Großsegel bis zum dritten Reff verkleinern muß. Akzeptiert – es ist ein würdiger Abschluß, noch einmal so gefordert zu werden. Ich bleibe auf Wache und steuere MÄDCHEN die ganze Nacht selbst. Lasse mich durch ihre und die Bewegungen der See beim Rauschen der Bugwelle davontragen.

Im matten Licht der Morgendämmerung taucht ein schmaler, lila getönter Streifen am Horizont auf. Nach 5300 sm liegt wieder einmal ein Kontinent vor uns; ich kann nicht anders, ich bin bewegt. Wie magisch angezogen ruht mein Blick auf dem Land, das mit zunehmender Helligkeit die Pastelltöne eines Turner-Gemäldes annimmt, bis es endlich von der aufgehenden Sonne in gleißendes Licht getaucht wird. Exakt auf diesen Punkt, von dem aus die Sonne ihre Bahn zum Zenit antritt, fahren wir zu. Dort müßte die Bucht von Corral und weiter flußaufwärts die Stadt Valdivia liegen.

Unter meiner trügerischen Ruhe bin ich aufs äußerste angespannt. Wie sieht das Land aus, dem wir uns nach 54 Seetagen nähern? Welche Bedingungen erwarten uns? Habe ich die Klippen nordöstlich von Morro Gonzalo und die Sandbank Hermanas in meiner Skizze richtig plaziert?

Je näher wir der Küste kommen, desto mehr dreht der Wind auf Süd. Dabei läßt er zwar etwas nach, trotzdem sind wir noch zu schnell. Vor Morro Gonzalo, der westlichen Begrenzung der Einfahrt zur Bucht, steht jetzt ein beachtlicher Ebbstrom. Beigedreht warten wir in 10 sm Entfernung auf sein Kentern. Die Bucht erstreckt sich in Nord-Süd-Richtung. Da wir von Westen kommen, kann ich sie erst einsehen, wenn wir den weit vorspringenden Felsen passiert haben. Meine Müdigkeit ist vergessen, ich bin neugierig, wie das hier weitergeht. Bis jetzt stimmt meine Skizze, aber wird das so bleiben? Noch eine letzte Standortbestimmung, diesmal bequem mit dem Handpeilkompaß, dann nehmen wir die Ansteuerung in Angriff. Die Bahia de Corral tut sich vor uns auf. Die vielfältigen Grüntöne ihrer üppigen Vegetation lassen das Blau des Himmels und des Wassers noch deutlicher hervortreten. Eingerahmt von der rasch ansteigenden, mit Buschwerk und Bäumen bewachsenen Küste, gleiten wir an der Ostspitze von Morro Niebla vorbei, woher ein Leuchtturm und die Überreste eines alten spanischen Forts grüßen.

Ach ja, eine Detailkarte wäre jetzt doch ganz nützlich, denn das

Seehandbuch spricht von einer „mit überfluteten Leitdämmen eingefaßten Mündung des Rio Valdivia". 9 sm oberhalb dieser Flußmündung liegt die gleichnamige Stadt. Um Zeit zu gewinnen, berge ich die Segel und lasse MÄDCHEN unter Motor langsam tiefer in die Bucht laufen. Auf meinen UKW-Ruf an die chilenische Armada erhalte ich keine Antwort. Peinlich. Dies ist schließlich der erste Hafen, den wir in Chile anlaufen, aber ich kann meine Anmeldung nicht loswerden. Dabei wird gerade hier besonderer Wert darauf gelegt.

Gut, dann steuern wir eben Corral an und machen dort Meldung. Kann mich jetzt nicht länger damit aufhalten, der Wind ist umgesprungen und steht uns genau auf den Bug. An Steuerbord voraus ragt etwas aus dem Wasser, das nicht wie ein Seezeichen, sondern eher wie ein Wrack aussieht. Im Glas kann ich erkennen, daß es beides ist: ein Wrack, das ein Feuer trägt. „Also welche Seite, Backbord oder Steuerbord?" Wir gehen an Steuerbord vorbei, weil ich vor dem steil abfallenden Ufer tiefes Wasser vermute. Nein, es ist wirklich kein Vergnügen, hier ohne Karte zu navigieren. Dankbar registriere ich, daß ein Ausflugsboot hinter mir den gleichen Weg wählt. Jetzt wird es aber Zeit für die Leinen und Fender, sonst sind wir am Steg, und ich habe nichts zum Festmachen. Ohne es bisher bemerkt zu haben, koche ich in meinem Ölzeug, das ich seit der vergangenen Nacht trage. Egal, darauf kommt es jetzt auch nicht mehr an.

Der Dampfersteg ist mit seiner drei Meter über dem Wasserspiegel liegenden Rampenkante nicht gerade der ideale Anlegeplatz für uns. Befestigungsmöglichkeiten für die Leinen gibt es erst einen Meter über meinem Kopf, und der Strom drückt MÄDCHENS Heck weg. Habe alle Hände voll zu tun, bis wir fest sind. Die Menschen oben auf dem Steg schauen erstaunt zu uns herunter und fragen sich wohl, was das werden soll. Es dauert, bis Bewegung in die Wartenden kommt, die dann aber lebhaft ist. Fürsorglich prüfen sie meine bereits festgemachten Leinen und reden auf mich ein. Ich verstehe kein Wort und kann mit Englisch nichts ausrichten. Hier spricht man Spanisch! „Buenos dias" und: „Donde esta aduana, por favor?" ist alles, was mir einfällt, aber die Reaktion ist überwältigend. Wieder reden alle gleichzeitig auf mich ein.

Hände helfen mir bei meiner Kletterei auf den Steg, dann ergreift ein Chilene die Initiative. Er nimmt mich ins Schlepptau und geht zielbewußt los – oder besser: er rennt. Mit meinen Gummibeinen und dem schwindligen Kopf kann ich sein Tempo nicht halten. Lange vor mir verschwindet er durch die Tür eines Hauses mit der Aufschrift „Capitania“. Bis ich in der Amtsstube stehe, ist hier schon eine lebhafte Unterhaltung in Gang, die bei meinem Eintritt sofort verstummt. Bruchstückhaft, dank kollektiver Verständigungshilfe, bringe ich die wichtigsten Daten rüber. Die Armada wird informiert, daß ich Chile angelaufen habe und in etwa zwei Stunden an der Mole in Valdivia eintreffen werde. Eine Karte an der Wand verrät mir den Weg dorthin.

Zu meinem Schiff zurückgekehrt, sieht mein „Beschützer“ seine Mission keineswegs als beendet an. Entschieden erbietet er sich, mit mir den Fluß hinaufzufahren. Ich kann ihn doch nicht brüskieren und einfach nein sagen; zu langem Argumentieren bin ich andererseits nicht mehr in der Lage. Also fährt er mit. Seinen Namen habe ich vergessen, nicht aber das Aufleuchten in seinen Augen, als ich ihm eine Zeitlang das Ruder von MÄDCHEN überlasse. Diese Fahrt durch die zauberhafte Flußlandschaft übertrifft bei weitem alles, was ich von Chile erwartet habe. Noch ganz benommen von diesen Eindrücken, mache ich in Valdivia an der Hauptmole unweit des Büros der Armada fest.

Eine Frau, die behauptet, einhand aus Neuseeland zu kommen, und ein Chilene an Bord – das wird bestimmt Verwirrung stiften. Ich stelle mich auf eine längere Prozedur ein, aber es löst sich alles in Wohlgefallen auf. Einer der Beamten weiß Bescheid, die Meldung von Corral ist durchgekommen. Dann geht alles sehr schnell. Als wäre ich eine gute Bekannte, werde ich von einer jungen Frau in deutscher Sprache begrüßt. „Ich sage Justo Bescheid“, verspricht sie. „Er ist TO-Stützpunktleiter und wird dir bei den Formalitäten helfen.“ Am liebsten hätte ich sie umarmt. Aber so kann ich nur noch staunen, daß ich hier in Valdivia auf einen Stützpunkt von Trans-Ocean treffe.

Justo und Gugi Schüler waren zufällig auf der Mole, um einen Freund zu verabschieden. Sofort nehmen sie sich meiner an. Nacheinander werden die Fragen der Marine, des Zolls und des Vertreters der Gesundheitsbehörde beantwortet. Als ich zaghaft nach einem Ankerplatz frage, ernte ich Gelächter: „Du liegst selbstverständlich bei uns im Klub. Herzlich willkommen!“ Und wirklich, wenige Minuten später gehen die Leinen in dem kleinen schmucken Hafen des Club de Yate fest.

Justo und Gugi empfangen mich mit frischem Weißbrot und Köstlichkeiten aus der Pasteleria. Ich fühle mich wie im Schlaraffenland. Aber dann erinnert mich einer ihrer Seglerfreunde, ein Arzt namens Eberhard, feinfühlig daran, daß es in meinem Schiff auch eine Koje gibt. Die wäre wohl jetzt das richtige für mich, meint er mit besorgtem Blick. Weiß Gott, da hat er recht! Das Telefonat zu meinen Eltern bleibt unangemeldet, der Haufen Leckereien auf dem Tisch unberührt. Lange vor Sonnenuntergang bin ich im Reich der Träume.

7. Valdivia – Panama

Nach Norden in die Sonne

In den modern und freundlich eingerichteten Räumen von Telecom Valdivia herrscht reges Treiben. Gleich werde ich die Stimme meiner Mutter oder meines Vaters hören. O je, sie vermuten mich jetzt nach der geplanten Kap-Hoorn-Umrundung irgendwo bei den Staaten-Inseln. Wieder ertönt der Lautsprecher und ruft die Voranmeldungen aus: „Osorno“, „Concepcion“, „Puerto Montt“, „Santiago“... Eilige Schritte zu den Telefonkabinen, der Warteraum wird langsam leerer. „Alemaña!“ Das bin ich, endlich! Kaum habe ich den Hörer in der Hand, sprudle ich schon los, aber eine höfliche Bitte um Geduld stoppt meinen Redeschwall. Die Leitung steht erst bis zur Auslandsvermittlungszentrale in Santiago, es dauert noch, bis ich endlich die vertraute Stimme meiner Mutter höre. Noch nie zuvor hat mein Anruf soviel Freude und Erleichterung ausgelöst. Daß ich nicht ums Kap fahren konnte, ist für sie gar kein Thema. Auch meine Seglerfreunde Wolfgang und Joachim, mit denen ich kurz darauf telefoniere, reagieren ähnlich. Keinen scheint es zu stören, daß ich die falsche Seite des südamerikanischen Kontinents angelaufen habe. Bei soviel Herzlichkeit und Freude auf ihrer Seite bringe ich es nicht fertig, meine Enttäuschung und meinen Frust über die Routenänderung abzuladen.

In den nächsten Tagen halte ich mich an die Bitte meiner Mutter und erhole mich, schlafe bis tief in den Tag hinein, schlendere ziellos durch die Straßen Valdivias, sitze im Café oder genieße die Abenddämmerung am Flußufer. Doch mit meiner Beschaulichkeit ist es sofort vorbei, als Justo, Klubkommodore und TO-Stützpunktleiter in Valdivia, mit Bernardo, dem Skipper einer Nachbaryacht, vor mir steht und auf Antwort wartet. Mit Bernardos 15 m langer Swan BEAGLE soll es in den Süden gehen – und da bin ich natürlich sofort dabei. Die Gelegenheit zu einem kurzen Törn nach Puerto Montt und die Möglichkeit, den Chacaokanal kennenzulernen, die erste Einfahrt in die Patagonischen Kanäle, muß ich einfach wahrnehmen. Ich klare MÄDCHEN auf und überlasse sie den treuen Händen von Robin, dem guten Geist des Yachtklubs von Valdivia.

Es wird ein angenehmer Törn in guter Kameradschaft. Etwas erstaunt bin ich allerdings, wie lau sich der Pazifik gibt. So kenne ich ihn noch nicht. Die einzige Aufregung bereitet mir mein Anglerglück, denn ausgerechnet während meiner Wache beißt der von der übrigen Crew langersehnte Fisch an. Hätte er damit nicht noch warten können? Auf MÄDCHEN habe ich Thunfisch in Dosen mit, weil ich es einfach nicht fertigbringe, einen Fisch zu erschlagen, und jetzt zwingt mich mein wild zappelnder Fang zum Handeln. Er erhält noch eine Gnadenfrist in einem Eimer Seewasser. Als Bootsmann Daniel auf Wache kommt, interessiert ihn der Fisch weit mehr als unsere Position. Bevor er ihn fachkundig zerlegt, ziehe ich mich in die Kajüte zurück und bereite Kaffee zu.

Wegen der starken Gezeitenströmung wird die Einfahrt in den Chacaokanal spannend. Lange Schaumstreifen und fast spiegelglatte Stellen verraten eine halbkreisförmige Wasserbewegung. Doch als die Enge hinter uns liegt, tut sich ein geschütztes, mit bewaldeten Inseln durchzogenes Segelparadies auf. Das Festland, das sich am Tag unserer Ankunft noch in einen grauen Wolkenschleier hüllt, erstrahlt am nächsten Morgen in seiner ganzen Schönheit: die rosa schimmernden, schneebedeckten Berge der Andenkette und die ebenfalls weiß bestäubten Kuppen der Vulkane Calbuco und Osorno. Diese gen Osten in den Himmel wachsende Bergkette ist nur auf zirka 60 km Breite chilenisches Territorium. So schmal ist hier das Land.

Schweren Herzens muß ich Abschied von der BEAGLE nehmen, sie wird mit Bernardo und neuer Crew ihre Fahrt entlang der Insel Chiloe fortsetzen. Ein bequemer Reisebus bringt mich zurück nach Valdivia, wo die Arbeiten an meinem Schiff endlich beginnen.

Wenn das so weitergeht, lerne ich kein einziges spanisches Wort hinzu. Denn mit erstaunlicher Leichtigkeit und makellosem Akzent bedienen sich die meisten Klubmitglieder der deutschen Sprache. Alex, ein am Ufer des Rio Valdivia hängengebliebener Bayer, hat sich sogar seinen heimatlichen Dialekt bewahrt. In zäher Kleinarbeit hat er zusammen mit seiner Frau Dagmar der Wildnis gerodetes Land mit Wohnhaus, Werft und Segelmacherei abgerungen. Bei ihrer Umsegelung des südamerikanischen Kontinents mit der ARCA waren sie auch nach Valdivia gekommen, hatten sich in das Stück Land am Flußufer verliebt und beschlossen, nach Beendigung ihrer Reise zurückzukehren und sich hier eine Existenz aufzubauen. Doch das alles erfahre ich erst später, denn während Alex seinen kritischen Blick über MÄDCHEN gleiten läßt, hat er keine Zeit für Erzählungen. Wir sind uns einig: Nach dem Ruder muß richtig „g'schaut" werden, und dazu will ich in seine Werft verlegen. Die verbogenen Teile der Reling und die reparaturbedürftige Genua wandern in seinen Kleinbus. Alex hat es eilig, denn in zwei Tagen müssen er und Dagmar für eine Woche geschäftlich nach Santiago reisen.

Reisen ist mein Stichwort. Ich weiß genau, wohin ich will: in den Süden, zur Magellanstrasse. Alles Weitere wird sich finden. In der Stadt treffe ich Justos Frau Gugi, die mich ins Auto einlädt und gleich vor dem Büro der chilenischen Fluglinie absetzt. Schnell ist das Konzept für meinen Ausflug fertig: Flug von Puerto Montt nach Punta Arenas, Besuch im Nationalpark Torres des Paines und Rückreise durch die Patagonischen Kanäle nach Puerto Montt mit einem Viehtransporter.

An der Magellanstraße

Je weiter südlich uns der Flieger trägt, desto vertrauter kommt mir das Wetter vor. Bereits kurz nach dem Start fegen dicke Wolken über die schneebedeckten Gipfel der Andenkette und nehmen uns jede Sicht auf das verwirrende Ensemble von Kanälen, Inseln und Bergen. Schade, aber ich muß mich mit kurzen Einblicken zufrieden geben.

Punta Arenas, die Hauptstadt der chilenischen Provinz Magellanes, kühlt meinen Unternehmungsgeist mit einer kalten, windigen Nacht ab. Auch am nächsten Tag fegt der Wind durch die grauen Straßenzüge und nagt von den Fassaden noch die letzte Erinnerung an die einst glanzvolle Zeit der Hafenstadt. Vor Eröffnung des Panamakanals im Jahre 1914 lagen hier Schiffe vieler Nationen auf Reede, denn bei ihrer Fahrt durch die Magellanstraße war Punta Arenas eine wichtige Versorgungsstation. Jetzt liegen an der Mole des Hafens lediglich die chilenische Marine und Hochseefischer. Einen Eindruck, welch stolze Schiffe einst hier vor Anker gingen, vermitteln nur noch die Stiche und Gemälde im Museum. Und das Wetter hat es darauf abgesehen, mich ins Museum zu treiben. Die Exponate erzählen von der Lebensweise der fast ausgerotteten Urbevölkerung Feuerlands, von ihrer handwerklichen Geschicklichkeit und vor allem von ihrer Kunst, in diesem harten Klima zu überleben. Die Geschichte der Indianer Feuerlands ist wenig erforscht. Heute gibt es kaum mehr Angehörige dieser Volksstämme, die man danach befragen könnte.

Allmählich dehne ich meine Streifzüge in die nähere Umgebung aus. Ich habe Glück, in der Pinguinkolonie an einer geschützten Einbuchtung der Magellanstraße ist die Kinderstube besetzt. Sorgsam werden die Erdlöcher, in denen die Tiere brüten, von einem Elternteil bewacht, während der andere im Wasser auf Nahrungssuche geht. Sie halten sich meist in Gruppen auf und scheinen eine sehr gute Verständigungsmethode zu haben. Der Rückzug oder die Annäherung an etwas so Fremdes wie den Menschen geschieht fast synchron, wie nach Absprache.

Erst am Tag vor meiner Abreise schafft die Sonne den Durchbruch durch die Wolken und lockt Leben auf den Straßen und Plätzen von Punta Arenas hervor. Bevor ich mich auf den Weg zur Busstation mache, laufe ich hinunter zum Hafen, um noch einen Blick auf die legendäre Wasserstraße zu werfen, die 1520 von Fernando Magellan unter unvorstellbaren Entbehrungen, dem Verlust eines Schiffes und vieler Menschenleben als Seeweg vom Atlantik in den Pazifik entdeckt wurde. Der kalte, stürmische Wind, der das Wasser peitscht, läßt mich ihre Strapazen ahnen. Und doch war dieses Land die Heimat nomadisierender Indianer, die bewundernswerte Eigenschaften entwickelt hatten, um im extremen Klima Feuerlands zu überleben, während Siedler vieler Nationen trotz ihrer technischen Überlegenheit hier immer wieder scheiterten. Die Geschichte der Begegnung zwischen den Urvölkern Feuerlands und dem „weißen Mann" gehört zu den traurigsten und unrühmlichsten Kapiteln der Kolonialgeschichte.

Meine Fahrt im komfortablen Reisebus nach Puerto Natales führt zunächst nordwärts entlang der Magellanstraße und dann durch eine weite, karge und fast baumlose Weidelandschaft. Der größte Teil der Strecke ist zurückgelegt, als in der sinkenden Sonne die schneebedeckten Berge der Bucht von Ultima Esperanza aufblitzen. Wasserläufe und bewaldete Hügel bieten dem Auge Abwechslung, aber sonst gibt sich die Provinzhauptstadt Puerto Natales bescheiden. Die Straßen der quadratisch angeordneten Stadt gleichen einander so sehr, daß man sich die Orientierung durch Abzählen erleichtern muß.

Zum Auspacken in meiner einfachen, aber sauberen Unterkunft bleibt mir keine Zeit, denn drei Dinge interessieren mich brennend: die Yacht, die unten im Hafen liegt, die Möglichkeit zu einem Ausflug in den Paine-Nationalpark und der Grund für die laute Musik aus der Nachbarstraße. Verblüfft stelle ich fest, daß hier über mehreren Ladentüren Lautsprecher angebracht sind, aus denen Musik auf die Straße dröhnt – zur alltäglichen Unterhaltung. Die Stadt scheint sich ihrer einmaligen Lage bewußt zu sein, denn gleich drei Reisebüros bieten ihre Dienste zu abgesprochenen Preisen an. Das Ticket für die Fahrt in den Nationalpark steckt bald in meiner Tasche.

Jetzt will ich aber zum Hafen und nachsehen, unter welcher Flagge diese schöne Ketsch segelt. Als auf der TANGAROA nich nur die österreichische Flagge, sondern auch der TO-Stander ausweht, ist meine Freude groß. Ich werde an Bord eingeladen und verbringe einen schönen, langen Abend mit Josef, Marlies und Christian. Wie gut das tut, wieder Planken unter den Füßen zu spüren und den Wind in den Wanten zu hören! Die TANGAROA hat eine weite Reise hinter sich und will noch den südamerikanischen Kontinent umrunden. Die Magellanstraße liegt bereits in ihrem Kielwasser, wird aber in Josefs Erzählungen für mich wieder lebendig.

Bevor uns der gut besetzte Reisebus am nächsten Morgen in Richtung Nationalpark trägt, hält er vor einer Höhle unweit der Stadt. Verdutzt stehe ich vor der Nachbildung eines 5 m hohen, saurierähnlichen Tieres, das ihren Eingang bewacht. Es ist ein Mylodon, ein Riesenfaultier, das angeblich zusammen mit Urmenschen diese Höhle bewohnt hat. Der deutsche Kapitän Eberhard, der sich als Schafzüchter und Naturforscher in Puerto Natales niederließ, hat die Höhle mit den Mylodonknochen entdeckt und ihr seinen Namen gegeben.

Offenbar unter dem Eindruck dieser Faultier-Geschichte beginnt unser Motor zu stottern und zu husten. Den Nationalpark können wir für diesmal vergessen, im Schrittempo geht es nach Puerto Natales zurück. Doch die Panne bringt die Mitreisenden einander näher, und als wir am nächsten Tag in einem neuen Gefährt die einmalig schöne Landschaft des Paine-Gebirgsmassivs erreichen, sind wir fast alte Bekannte. Reißende Wasserläufe verwandeln sich hier in gischtsprühende Katarakte, eigenwillige Felsformationen ragen wie Wachtürme aus den Gletschern, Moorsenken wechseln ab mit Sand- und Steinmoränen. Über dem türkisfarbenen Wasser des Lago Azul steigen Flamingos auf. Die Tierwelt hier läßt sich von den Touristen auf den wenigen Schotterstraßen nicht beeindrucken. Es ist das Reich der Guanachos, der Nandus und des Condors. Voll neuer Eindrücke kehren wir nach einem viel zu kurzen Tag nach Puerto Natales zurück.

Am nächsten Vormittag trägt uns ein umfunktionierter Fischkutter in die wunderbare Welt der Ultima Esperanza. Den immer enger werdenden Fjord rahmen steile Felswände ein, über die sich zahllose Wasserfälle wie silberne Bänder ins Meer stürzen. Sie müssen ihren Ursprung irgendwo oben im Eis und Schnee der Andengipfel haben, die in der Sonne glitzern. Am Ende des Fjords erwartet uns der eindrucksvoll kalbende Gletscherstrom des Balmaceda. Sein knirschender Abbruch, das aus seinen tiefen Spalten leuchtende metallische Blau und die überall treibenden Eisschollen faszinieren uns. Bei einem Landausflug gibt mir eine Chilenin eine Handvoll mir fremder Beeren zu essen, von denen es heißt, daß man nach ihrem Genuß wieder zum Fjord zurückkehren müsse. Vielleicht ist mir deshalb so wehmütig zumute, als unser Kutter abends an der Mole von Puerto Natales anlegt.

Mit einer israelisch-deutschen Reisegruppe schiffe ich mich um Mitternacht des 27. Januar auf dem Viehtransporter TIERRA DEL FUEGO zur Reise nach Puerto Montt ein, nicht ohne mich von der Crew der TANGAROA verabschiedet zu haben. Da Marlies und Josef sich viel Zeit für die Patagonischen Kanäle nehmen wollen, werden wir uns in Valdivia wohl nicht mehr sehen – denken wir. Aber es soll anders kommen.

Die TIERRA DEL FUEGO ist dicht beladen mit Transportern, in denen sich Schafe, Rinder und Pferde drängen, und riecht entsprechend scharf. Als B-Klasse-Passagier wohne ich in einem umgebauten Container, habe aber nicht die Absicht, mich lange darin aufzuhalten, denn die Fahrt durch die Kanäle fasziniert mich. Sie erinnert mich an unseren Segeltörn durch die norwegischen Fjorde zum Nordkap, obwohl die Wildnis hier bis zum Wasser herunter reicht und hoch oben die weißen Gipfel der Anden leuchten. Die Wasserstraße weitet oder verengt sich unvermittelt, Inseln oder Wracks erzwingen einen Zickzack-Kurs von der TIERRA, die wie alle Schiffe hier einen Lotsen an Bord haben muß.

Dieser Lotse ist es auch, der mir Zugang zur Brücke und zum Kartentisch verschafft und dafür sorgt, daß ich während unseres Zwischenstopps in Puerto Eden um 04.00 Uhr morgens an der sich langsam öffnenden Heckklappe stehen und beobachten kann. Noch während die Ankerketten ins Wasser rasseln, lösen sich vom Ufer der Siedlung viele Lichter und schwimmen auf uns zu. Kurz darauf versammelt sich die ganze Flotte, vom Ruderboot bis zum Fischkutter, um unsere heruntergelassene Heckklappe, die als Marktplatz dient. Die TIERRA ist das einzige Versorgungsschiff der Menschen hier. Vorwiegend werden Meeresfrüchte gegen Gebrauchsgegenstände und Spirituosen eingetauscht – eine Stunde lang, dann zieht unser Schiff wieder seine Bahn durch die Einsamkeit und Stille der unberührten Kanallandschaft. Entlang der Insel Wellington und über den wegen seiner häufigen Stürme gefürchteten Golfo de Penas gelangen wir in das von der Insel Chiloe geschützte Gewässer des Corcovado. Die vier Tage der Seereise sind wie im Fluge vergangen. Als wir mit dem ersten Tageslicht im Golfo de Ancud auf Puerto Montt zusteuern, grüßt uns von fern schon der majestätische Vulkankegel des Osorno.

Bei herrlichem Sonnenschein geht die TIERRA DEL FUEGO auf der Reede von Puerto Montt vor Anker. Rucksäcke werden geschultert. Unsere kleine Gruppe, die nicht nur viele Naturschönheiten gemeinsam erlebt, sondern auch bis in die Nächte hinein diskutiert und Erfahrungen ausgetauscht hat, bricht auseinander. Als erste verlasse ich die mit regem Treiben erfüllte, lebensfrohe Stadt und bin noch am selben Abend wieder zu Hause auf meinem Schiff in Valdivia. Bevor ich jedoch zur Koje gehe, verstaue ich sorgfältig die während meiner Aufenthalte auf der Brücke der TIERRA gemachten nautischen Aufzeichnungen. Man kann ja nie wissen, vielleicht werden sie mir eines Tages noch nützlich sein...

Am nächsten Morgen überrascht mich Justo mit einem Stapel Briefe, darunter auch einer von Helmut Bellmer, dem Vorsitzenden und Kommodore von Trans Ocean in Deutschland. Aufmerksam hat er meine Reise verfolgt, und seine anerkennenden Worte tun mir gut. Mit glühenden Wangen lese ich auch die anderen Briefe, lasse mich von den Berichten der Familie und Freunde in die Heimat versetzen. Wie in jedem Hafen ist auch Post von Pauline und Gisela dabei, Freundinnen seit unseren gemeinsamen Frauen-Segeltörns auf der Ostsee. Der Brief meiner Mutter erinnert mich an eine bald anstehende Entscheidung, denn sie fragt nach dem weiteren Verlauf meiner Reise. Nur zu gern würde ich ihr spontan antworten: „Natürlich um die Südspitze des Kontinents." Aber auf der TIERRA DEL FUEGO ist mir klar geworden, daß ich die Patagonischen Kanäle einhand und ohne spezielle Planung und Ausrüstung nicht bewältigen kann. Allenfalls bliebe mir der Weg über die offene See, aber jetzt ist noch nicht die rechte Zeit, darüber zu entscheiden. Zuerst müssen die notwendigen Reparaturen auf MÄDCHEN abgeschlossen sein.

Ein neuer Motor

Alle Vorbereitungen sind getroffen, morgen werden wir zur Werft von Alex verlegen. Vor der Flußfahrt prüfe ich gewohnheitsmäßig den Ölstand des Motors, und was da als milchig weiße Flüssigkeit am Ölstab klebt, ist Vorbote einer sehr unschönen Geschichte. Aber noch vertraue ich der Maschine und beruhige mich mit der Hoffnung auf einfache Schadensbehebung durch Wechsel der Dichtungen. Doch der kurze Weg vom Yachtklub zur Werft verwandelt das Öl in eine Art Mayonnaise, es läßt sich nicht mehr abpumpen. Alex wird zu Rate gezogen, der Motor in seine Einzelteile zerlegt. Teile werden gereinigt, Dichtungen gewechselt, alles wird wieder zusammengebaut...

„Alex, wie rechne ich Kilopond in die Newtonmeter um, die auf deinem Drehmomentschlüssel angegeben sind?"

„Dagmar, was kann ich tun, damit meine Ersatzteile aus Deutschland ganz schnell durch den Zoll gehen?"

Mit welchen Wünschen oder Fragen ich den beiden auch komme, sie haben – nein, sie *nehmen* sich Zeit für mich, obgleich sie selbst bis über beide Ohren in Arbeit stecken. Und es ist ihre Aufmerksamkeit und Anteilnahme, die mir in der sich anbahnenden fatalen Lage helfen. Denn zum vierten Mal habe ich nun schon den Motor auseinandergenommen und durchgewaschen. MÄDCHEN und ich sind ständig von Öl- und Petroleumdunst umgeben. Aber auch sorgfältiger Einbau der aus Deutschland eingeflogenen Original-Ersatzteile bringt keinen Erfolg. Das Ergebnis des Probelaufs bleibt sich gleich: weißes, mit Wasser durchsetztes Öl.

Die Zeit verstreicht, inzwischen haben wir Anfang März, und ich komme nicht weiter. Entweder muß ich den Motor ausbauen und in eine Spezialwerkstatt nach Concepcion schaffen – mit ungewissem Ausgang –, oder ich muß einen neuen Motor kaufen. Eine Nacht lang ringe ich noch mit mir, dann stehe ich morgens vor Alex' Schreibtisch: „Ich brauche einen neuen Motor!"

Während er zum Telefonhörer greift, nickt er mir bestätigend zu. „Dafür hätte ich mich auch entschieden." Und dann verhandelt er mit dem Lieferanten in Santiago, bis der in Chile wohl einzige so kurzfristig aufzutreibende Motor meiner Größenklasse auf den Weg gebracht ist. Ich fühle mich sehr erleichtert, obwohl ich über die Finanzierung erst noch mit meinen Eltern reden muß. Aber mein Vater sagt mir seine Unterstützung sofort zu – und von da an läuft fast alles reibungslos.

Mit der Großschot als Flaschenzug hieven wir das unselige Wrack von Motor heraus. Fundament und Lager werden auf die Maße der neuen Maschine umgearbeitet, die bereits drei Tage später auf dem Hof steht. Noch am selben Tag beginnt der Einbau. Natürlich gibt es Schwierigkeiten – wie immer, wenn Alt und Neu zusammenpassen müssen. Aber mit unglaublicher Zähigkeit lösen Alex und seine Mitarbeiter alle Probleme. Dagmar wickelt derweil den Papierkrieg und die Zollformalitäten für mich ab. Was hätte ich bloß ohne ihr Know-how getan? Als Alex am 15. März das Werkzeug aus der Hand legt, hat er ganze Arbeit geleistet.

Endlich komme ich wieder zur Besinnung, kann MÄDCHEN von den Spuren der Überholung befreien und das Kartenmaterial sichten, das mein Vater aus Deutschland geschickt hat. Denn in Chile ist es unmöglich, Karten für Seegebiete anderer Nationen zu kaufen, wie ich bei meiner eigens zu diesem Zweck unternommenen Reise nach Valparaiso ins Hydrographische Institut der Armada erfahren muß. In diesen Tagen fällt dann auch meine Entscheidung für die Route durch den Panamakanal. Denn bis ich loskomme, wird es Ende März sein, und das ist zu spät im Jahr für eine Reise um Kap Hoorn.

Eines Morgens leiste ich mir Frühstück im Café Plaza und schaue danach beim Yachtklub vorbei. Welche Überraschung – die TANGAROA ist angekommen! Noch während wir einander freudig begrüßen, segelt eine weitere Yacht unter deutscher Flagge und TO-Stander auf den Hafen zu. Es ist die TAO von Dieter und Heidi, die sich nach kalten Wochen in der Antarktis und im rauhen Patagonien in wärmere Regionen zurückziehen.

Nachdem MÄDCHEN in der Werft den letzten Schliff erhalten hat, verlege ich zurück in den Yachthafen. Bei meinem zweiten Zolltermin wegen des neuen Motors läuft schließlich am 20. März alles glatt, und damit steht auch unser Start fest: morgen mit dem zweiten ablaufenden Wasser. Ungewohnt früh bin ich auf den Beinen, schnuppere in den Wind, besorge noch frisches Brot und Früchte aus der Stadt und vereinbare für 14.00 Uhr meinen Abschiedsbesuch bei der chilenischen Marine. Im Hafen sind inzwischen alle Vorbereitungen für eine Grillparty getroffen. „Etwa meinetwegen?“ frage ich, aber Heidi lacht nur. „Was denkst du denn! Schließlich haben auch wir Hunger.“

Ich bin schon wieder unruhig. Es geht los, in wenigen Stunden werden wir draußen auf dem Pazifik sein.

Meeresleuchten im Humboldtstrom

Da habe ich nun mein Auslaufen genau auf die Strömungs- und Lichtverhältnisse abgestimmt, aber ein Kopfschütteln des chilenischen Offiziers bringt alles in Verzug. Nein, so schnell ginge das nicht, da müsse er erst bei der internationalen Polizei nachfragen. Wieso das? Ich will doch nur lossegeln und erst in Panama wieder an Land gehen. Aber da ist nichts zu machen, Vorschrift bleibt Vorschrift, höchstens könnte der Offizier zu mir an Bord kommen, um dort die Formalitäten schneller zu erledigen. Das liegt mir nun völlig quer, und ich mache bei der TAO-Crew, die MÄDCHEN inzwischen mit Diesel betankt hat, meinem Unmut Luft. Doch Heidi holt mich mit geschickten Argumenten wieder auf den Boden zurück. Sie hat recht: Ich muß nur meine Erwartungen den hiesigen Verhältnissen anpassen, dann geht vieles leichter. Alles braucht eben seine Zeit, in Südamerika mehr als anderswo.

Zuletzt klappt doch noch alles. Kurz nach 17.00 Uhr kommt der Offizier der Armada mit einem Stoß druckfrischer englischsprachiger Formulare an Bord und entschuldigt sich für die Verzögerung. Er habe seinen Dienst erst vor zwei Tagen aufgenommen und deshalb für die Vorbereitungen eben mehr Zeit gebraucht. MÄDCHEN ist die erste Yacht, die er ausklariert. Gemeinsam erledigen wir den Papierkrieg, und ich gebe so genau wie möglich Daten, Zeiten und Koordinaten meiner voraussichtlichen Fahrt durch chilenische Gewässer an, weil sie an das Überwachungssystem der chilenischen Marine weitergeleitet werden. Was geschehen kann, wenn man diese Dinge auf die leichte Schulter nimmt, hat das Verhalten einer deutschen Yacht vor drei Jahren gezeigt. Sie lief einen angegebenen chilenischen Hafen nicht an, sondern nahm gleich Kurs auf eine Südseeinsel. Da keine Mel-

31

32

33

31 Lichtspiele in der Bucht von Panama

32 Schlagende Segel, sengende Sonne und Sehnsucht nach den Westwinden . . .

33 So werden die Nachtwachen kürzer: beim Knüpfen neuer Tausendfüßler als Schamfilschutz.

34 Der Lotse ist an Bord, der Transit durch den Panamakanal beginnt.

35 In der Miraflores-Schleuse des Panamakanals

36 Bizarre Inseln säumen unseren Weg über den Gatunsee.

37 Vier 30 m lange Leinen sichern die Yachten in den Kanalschleusen.

38 Mädchen vor der Skyline von Miami

39 Stets zu Diensten: die Royal Navy. Einer ihrer Helikopter holt meine Post ab.

34

35

36

37

38

39

40

41

42

40 Auf den letzten Meilen vor Großenbrode

41 Beim Festmachen im Heimathafen

42 Für meine Eltern ist das Warten endlich zu Ende.

dung von ihr vorlag, galt sie als vermißt, und die chilenische Marine startete eine aufwendige Suchaktion.

Schneller als gedacht prangt der letzte Stempel, die letzte Unterschrift auf den Papieren, und ich kann endlich ablegen. Meine Freunde haben sich auf der TAO versammelt. Letzte Umarmungen und gute Wünsche über die Reling hinweg, dann bin ich unterwegs. Die schon tiefstehende Sonne beleuchtet die zauberhafte Flußlandschaft. MÄDCHEN folgt dem gewundenen Fahrwasser in die Dämmerung hinein und erreicht beim letzten Tageslicht auf halber Strecke die kleine Insel Sofia. Von der Bucht auf der anderen Seite grüßt das freundliche Licht aus dem Haus von Dagmar und Alex. Wie gern hätte ich ihnen noch einmal für ihre Sympathie und Anteilnahme die Hand gedrückt. Aber ich muß den Rio Valdivia hinter mich bringen, bevor der Flutstrom in voller Stärke einsetzt. Wie eine Nähmaschine schnurrt mein nagelneuer, völlig ruhig laufender Motor. Schade, daß Alex ihn jetzt nicht hören kann, er hätte sich mächtig darüber gefreut. Wenige Minuten später hat die Dunkelheit das vertraute Bild seines Hauses verschluckt, und die roten und grünen Blinke der Fahrwassertonnen führen uns sicher an der versunkenen Insel, den Sandbänken und dem Wrack vorbei in die Bucht von Corral. Von dort leiten uns die Feuer der Leuchttürme Niebla und Morro Gonzalo hinaus auf den Pazifik, der uns mit frischem südlichem Wind willkommen heißt. Na wunderbar, gleich stecke ich wieder im Ölzeug und darf das Großsegel reffen. Meinem Stimmungshoch kann das jedoch nichts anhaben, und auch MÄDCHEN scheint sich wohlzufühlen. Mit runden Bewegungen stürmt sie nach Norden.

Fünf Tage lang schaffen wir, meist nur unter den 12 m^2 der ausgebaumten Genua IV, Etmale um 130 sm. Ab und zu schickt uns der rauhe Süden noch einen Gruß, indem er eine See ins Cockpit lecken läßt. Doch diese Seen sind anders, sie donnern nicht, wenn ihre Kämme brechen, sie zischen. Ihnen fehlt es an der Höhe, der Weite und Großartigkeit der südlichen Graubärte. Ach, es ist schlimm, ich stelle schon wieder Vergleiche an und sehne mich trotz der Prügel, die wir bezogen haben, zurück ins Reich südlich des 40. Breitengrads mit seinen einfachen, klaren Gesetzen.

Doch auch hier ist das Spiel der Natur verblüffend und betörend.

In dem sauerstoff- und planktonreichen Wasser des Humboldtstroms zieht MÄDCHEN nachts eine phosphoreszierende Schleppe nach. Die Delphine, die uns begleiten, gleichen dann leuchtenden Fabelwesen, die mit ihren Bewegungen schimmernde Bänder in die dunkle See winden. Unser Kurs – zwei Strich westlicher als Nord – läßt schnell das Land versinken und mich die anstrengenden Reparaturarbeiten an MÄDCHEN vergessen. Als hätte es gar keinen Landaufenthalt gegeben, schärfen sich meine Sinne, stellt sich die alte Bordroutine wieder ein. Bin von meinem Schiff begeistert und trimme es sorgfältig, genieße nach der langen Zeit im Hafen bewußt das leere Rund des Horizonts und den würzigen Geruch des Seewassers.

Am 27. März stehen wir abends auf dem 27. Breitengrad. Im Norden hängen schwere schwarze Wolken. Der Wind ist seit ein paar Stunden nur noch eine leichte Brise aus West. Von dort schickt die Sonne ihre letzten goldgelben Strahlen herüber und taucht MÄDCHENS Segel und Metall in warmes Licht. In den letzten Tagen geht alles so einfach, ich lebe in Harmonie mit meiner Umwelt und fühle mich von den Göttern verwöhnt. Das macht mich fast genauso ausgelassen wie die Delphine, die uns begleiten. Habe diesen Tieren in der vergangenen Nacht mein ganzes Liederrepertoire vorgesungen und mir eingebildet, sie fänden es schön.

Seltsam, an Land hatte ich es so eilig wegzukommen, aber hier draußen nehme ich mir alle Zeit der Welt. Wir sind auf See und ziehen unsere Bahn nach Norden, das reicht. Erst jetzt habe ich die Verriegelung des oberen Niedergangschotts gelöst. Bis dahin bin ich wie auf der letzten Etappe immer darübergeklettert, so sehr waren mir die Vorsichtsmaßnahmen aus dem Süden in Fleisch und Blut übergegangen. Das fallende Barometer kann mich nicht beunruhigen; es wird eine warme Nacht, in der sich der Wind ganz schlafen legt. Das Singen der Bugwelle ist verstummt, wir treiben. Der Westwind ist hier also nicht mehr verläßlich, er ziert sich, bis er sich wieder durchsetzt und wir in der Frische des Morgens auf einer ruhigen See dem neuen Tag entgegengleiten.

In der folgenden Nacht nehme ich den Ausspruch von Alex: „Du wirst sehen, du fährst wie auf Schienen da hoch“, wohl zu wörtlich. Zuerst turne ich bis 03.00 Uhr herum und versuche, MÄDCHEN in dem abflauenden Wind am Laufen zu halten. Danach liege ich gerade eine Stunde in der Koje, als mich eine heftige Krängung unsanft hinausbefördert. Draußen sehe ich erst mal überhaupt nichts. Wir haben stockdunkle Nacht, Nieselregen und entschieden zuviel Lage. Die Selbststeueranlage arbeitet wie verrückt, das Unterliek der Genua I zieht durchs Wasser, und zu allem Überfluß liegt am Kompaß Westkurs an! Beim Bergen des Vorsegels klaut sich eine überwaschende See wieder das lose Tuch, das wir dann längseits mitziehen. Ich komme ganz schön ins Schwitzen, bis ich alles wieder aufgefischt und im Sack verstaut habe. Danach braucht das Großsegel ein Reff, und anschließend gehen wir endlich wieder auf Kurs. Fein, der Wind hat auf Südsüdost gedreht. Da kommt zum Anschlagen der Genua III noch die Arbeit des Ausbaumens. Alles nur eine Frage der Geduld.

Weil ich nun schon wach und naß bin, veranstalte ich ein Badefest mit fünf Litern Süßwasser. Der Rest der Seifenlauge wird nicht etwa weggeschüttet, er dient noch als Putzwasser für die Kajüte. Auch das gehört zu den kleinen Freuden auf See: es zwischendurch wieder piekfein in der Kajüte zu haben. Das ist nicht immer ganz einfach, aber ein wesentlicher Faktor für mein Wohlbefinden. Das Absinken in die Gleichgültigkeit geht vor allem in strapaziösen Zeiten sehr schnell. Gerade dann ist etwas Komfort für mich besonders wichtig, und sei es nur ein sauberer Herd oder eine Mahlzeit vom Teller, nicht wie üblich aus dem Topf. MÄDCHEN zwinge ich durch den Trimm, stets ihr Bestes zu geben, doch mein persönlicher Trimm sieht mitunter nicht ganz so gut aus. Im Augenblick aber kann ich mir nichts Schöneres vorstellen, als einfach zu segeln.

Von Walen geortet

Die Tage kommen und gehen. Über eine Woche lang begleiten uns dieser handige Südost, das gleichmäßige Rauschen der See und die kleinen Sturmschwalben, die knapp über dem Kielwasser tanzen. Am 4. April stehen wir bereits auf 17° Süd und 77° West, theoretisch also nördlich der Achse des Subtropenhochs, weshalb wir eigentlich schon den echten Südostpassat erreicht haben müßten. Doch der Himmel bleibt überwiegend bedeckt. Trotzdem ist es tagsüber so warm, daß ich nur mit Schuhen bekleidet herumturne und mir schon den ersten Sonnenbrand geholt habe. Ölzeug und Gummistiefel hängen unbenutzt am Niedergang. Das hier ist ein ganz anderes Segeln als im Süden, sein Gleichmaß dämpft die Sensibilität. Wo ist nur dieser großartige Himmel mit den dahinjagenden Wolken geblieben, wo die große Klarheit und Reinheit?

Ich glaube jetzt zu wissen, warum ich den Weg nach Süden suchte. Es war nicht nur der Wunsch, Kap Hoorn zu sehen. Vielleicht ist in mir etwas von der Wildheit und Absolutheit des Geschehens da unten, und ich wollte es einmal auch von außen erleben: Sein in reinster Form. Die Natur als Spiegel geheimer Sehnsüchte. Die Natur als Autorität, der ich mich unterordnen kann, ohne mich dabei verbogen zu fühlen. Habe ich denn die schlimmen Tage und die Angst schon vergessen? Ja, die Angst. Auch sie habe ich dort anders erlebt als an Land. Sie lähmte nicht, sondern machte auf sonderbare Weise gelassen, so daß meine Handlungen bedacht und zielgerichtet wurden. Obwohl ich mir der Bedrohung voll bewußt war, gelang es mir, alles Unwesentliche auszugrenzen und konzentriert das zu tun, was meine Aufgabe war. Daß ich die durch Angst ausgelösten Kräfte umsetzen konnte in zweckmäßiges Handeln, gab mir Sicherheit. Noch etwas stärkte mich: das Vertrauen in die Zukunft und die Richtigkeit meines Weges. Ist das, was wir tun, ein Kreis, der sich schließt – oder eine Spirale, die uns höher führt? Darüber sollte ich noch mal nachdenken. Aber schon jetzt ist gewiß, daß sich mir aus vertrauensvollem Tun in der Gegenwart immer Möglichkeiten für die Zukunft eröffnet haben. Nur die vielen Wenn und Aber sind es, die unser Wollen und Handeln angreifbar und brüchig machen. Ob mein Schiff noch einmal eine Reise durch den Süden aushalten könnte? Mit den Windstärken kämen wir zurecht, aber die Seen sind die Gefahr – und die Übermacht der Erlebnisse. Ich habe ein sehr enges Verhältnis zu MÄDCHEN, die meine kleine Welt umschließt. Wie vertraut mir doch all die Handgriffe sind und wie selbstverständlich!

Habe wohl mit diesen Gedanken Rasmus herausgefordert, denn der Wind frischt bis Sonnenuntergang stürmisch auf. Die am frühen Nachmittag aufziehenden Zirren und der Dunst am Horizont haben mich gewarnt, ebenso der große Heliusring um die Sonne. Jetzt ist es merklich kühler, die Wolkendecke reißt nachts auf. Sternenglanz fällt auf die weißen Schaumkämme, MÄDCHEN bringt im Surf die Logge bis auf 9 kn. Und in meiner Euphorie unterschätze ich wieder einmal die Kräfte, die der Fockbaum auszuhalten hat. Beim Schiften bekomme ich seinen Haken nicht gleich in den Ring am Mast, die Genua schlägt back, und der Baum schießt wie eine Rakete über meinen Kopf hinweg. Zum Glück bin ich im richtigen Moment voll auf meinem Achtersteven an Deck gelandet. Das sind aber auch riskante Spielchen, die ich da bei Dunkelheit und stürmischem Wind treibe. Sollte vielleicht doch etwas vorsichtiger werden, zumal sich auf der See weiße Streifen bilden, die ich aber mehr dem Stromeinfluß zuschreibe.

Am nächsten Morgen bin ich mir da nicht mehr so sicher. Mußte inzwischen das Großsegel bergen und das Seehandbuch zu Rate ziehen. Die See ist ungewöhnlich grob geworden. Na bitte, da haben wir's, im Absatz über örtliche Windverhältnisse steht es: „Zu den heftigsten, durch lokale Hitzetiefs verursachten Winden gehört die Paraca, die von der Halbinsel Paracas herab über die Bahia de Paracas und die Bahia Pisco zeitweise hinwegstürmt." Wir befinden uns am 6. April mittags ziemlich genau auf dem Breitengrad von Paracas, also auf 13°29′ Süd, und segeln in 140 sm Abstand zur Küste. Draußen geht es inzwischen recht naß zu. MÄDCHEN läuft unter den 18 m^2 der Genua III fast schon mehr als Rumpfgeschwindigkeit und bietet mir das inzwischen ungewohnte Bild einer von achtern ins Cockpit leckenden See. Finde das alles so spannend, daß ich gar nicht daran denke, den sich bedenklich biegenden Fockbaum zu entlasten. Außerdem beschäftigt mich gerade ein sehr seltsames Benehmen der See achteraus. Kleine Fontänen steigen da in die Luft. So was kann doch nicht am Seegang liegen? Irritiert beobachte ich, wie die Springbrunnen uns gegenüber aufholen. Na klar, das können nur Wale auf ihrer Wanderung nach Norden sein. Und was nun? Natürlich auf Kurs bleiben. Bei keiner unserer bisherigen Begegnungen haben diese

Tiere etwas von uns gewollt. Ich stehe da und staune, während sie uns langsam einholen. Es sind drei große Tiere, die bislang genau in unserem Kielwasser schwammen und sich jetzt trennen. Zwei ziehen mit gutem Abstand an Steuerbord vorbei, einer an Backbord. Sie vollführen ein regelrechtes Ausweichmanöver. Sicher haben sie uns schon lange geortet, als Hindernis ausgemacht und nun umschifft. Dabei lassen sie keine Spur von Aggressivität oder Neugierde erkennen. Wenn wir Menschen es doch umgekehrt mit diesen Tieren genauso halten würden!

Ich habe noch einen anderen Grund zum Staunen: Die großen dunkelgrauen Körper mit dem glatten runden Kopf bewegen sich mit selbstverständlicher Eleganz und enormer Geschwindigkeit durchs Wasser. Meine Logge steht auf 6 kn, und doch ziehen die Wale mühelos vorbei. Vor lauter Aufregung und Freude denke ich an meinen Fotoapparat erst, als es längst zu spät ist. Das kommt wohl von meiner Grundeinstellung, alles, was mir hier widerfährt, als ganz persönliches Geschenk zu betrachten und anzunehmen. Und ein Geschenk fotografiert man nicht ab.

Zur Mußestunde um Mitternacht erlebe ich noch eine freudige Überraschung: MÄDCHEN hat ein Etmal von 135 sm gefahren. Der Südostpassat hat sich inzwischen bei seiner normale Stärke von 4 bis 5 Bft eingependelt. Im Überschwang der Gefühle verspreche ich meinem Schiff, gleich morgen das Nirosta zu polieren. Was da in den Artikelbeschreibungen versprochen wird, sieht in der Praxis anders aus. Das Metall rostet sehr wohl und hinterläßt auf dem weißen Lack häßliche braune Streifen. Noch eine andere Sache ärgert mich: Es gibt Beschläge, bei denen Aluminium und Niro ohne Isolierung aufeinandermontiert sind. Die so entstehende Elektrolyse läßt Pusteln aufblühen, zersetzt und schwächt das Material. Ich sollte mir solche Verbesserungsvorschläge notieren, damit ich bei der nächsten Ausrüstung darauf achte, lasse es aber sein, weil mich fliegende Fische nach draußen locken. Kann sie gar nicht so schnell aufsammeln und wieder ins Wasser befördern, wie sie an Deck aufschlagen. Vielleicht sind Räuber unterwegs, die sie jagen, denn ihre Flugbahnen sind beachtlich. Vergeblich versuche ich herauszufinden, wie ihnen solch ein Start aus dem Wasser möglich ist. Sie sind immer schon in der Luft, wenn ich sie erkennen kann. Ich mag diese silbernen Flieger und bin ganz traurig, wenn sie nach ihrem Aufprall an Deck noch ein paarmal zappeln und dann verenden. Gestern traf mich doch glatt einer am Kopf und rutschte mir danach den Rücken herunter. Trage ab jetzt wieder regelmäßig den Hut und ein T-Shirt.

Auch der folgende Tag bringt Erfreuliches: wieder ein gutes Etmal und vor allem eine Schiffsbegegnung. Bevor ich zum UKW-Gerät eile, ziehe ich mir schnell etwas über, muß dann aber selbst über mich lachen. Die Antwort auf meinen Ruf kommt sofort und in reinstem Englisch. Ich spreche mit Kapitän Ramsden von der ARCTIC UNIVERSAL. Sie fährt unter philippinischer Flagge und ist ebenfalls auf dem Weg nach Panama. Die Offiziere an Bord sind alles Engländer. Natürlich geht das Telegramm an meine Eltern klar. Ein kurzer anregender Wortwechsel und beiderseitige Wünsche für eine gute Fahrt, dann trennen wir uns wieder. Was diese Berufsseeleute wohl von uns Seglern halten, die in vergleichsweise nußschalengroßen Schiffen die Ozeane befahren? Per Funk sind keine Vorbehalte herauszuhören, eher ein sachliches Interesse und zuvorkommende Behandlung. Daß da doch noch mehr ist, soll später ein Schreiben von Kapitän Ramsden an meine Eltern zeigen, in dem er ihnen von unserer Begegnung berichtet. Was diese Seeleute nicht wissen können: daß sie mir mit ihrer korrekten Behandlung das Gefühl geben, ein vollwertiges Mitglied der Seefahrt zu sein – eine stärkende Erfahrung, die gleichzeitig an mein Verantwortungsgefühl appelliert.

Im Treibnetz gefangen

In den nächsten Tagen geht unser einfaches Leben ungestört weiter. Der Mond wird immer voller, die Tage werden heißer, und unser Kursstrich auf der Karte nähert sich dem Äquator. Noch immer ist der Südostpassat unser verläßlicher Begleiter und sorgt für schnelle Fahrt. Erst am Abend des 9. April verabschiedet er sich und läßt uns in einer Flaute sitzen. Der Vollmond bescheint das mit starkem Tau behaftete Deck, das die Lichtpunkte des Himmels widerspiegelt. Die Nacht ist mir zur bevorzugten Tageszeit geworden, denn die leichte Abkühlung macht aktiv und tut den von der Sonne gereizten Augen gut. Nach meinen Logbucheintragungen um Mitternacht haben wir in den vergangenen 19 Tagen (der erste Tag zählt nicht mit, da haben wir die Bucht von Corral erst um 23.00 Uhr verlassen) 2.270 sm zurückgelegt. Das bringt uns auf ein Durchschnittsetmal von 119,5 sm. Daran ist nichts auszusetzen. MÄDCHEN hat bei einer Wasserlänge von 6,70 m eine Rumpfgeschwindigkeit von 6,2 kn.

Eigentlich dumm, daß ich mit Rechnen und Segeltheorie diese schöne Nacht verbringe. Lieber sollte ich versuchen, die Entenmuscheln zu entfernen, die sich knapp unterm Wasserpaß angesiedelt haben. Habe dazu den Stiel meines Schrubbers so angewinkelt, daß ich die Holzkante über den Rumpf ziehen kann. Aber die Tiere sitzen erstaunlich fest, und ich fühle mich zur Zeit etwas abgespannt. Vielleicht brauche ich wieder einen Sturm – nur einen ganz kleinen –, damit ich den Bogen meiner Kräfte wieder ganz durchspannen kann. Einstweilen aber verhole ich mich in die Koje. Die Gefahren der Schiffahrtsroute liegen viele Meilen entfernt im Osten, und im Westen erstreckt sich der weite Pazifik.

Nach Westen zeigt zu meinem Erstaunen auch MÄDCHENS Bug, als ich kurz vor Sonnenaufgang die Lage peile; die Selbststeueranlage konnte bei diesem schwachen Luftzug den Kurs nicht mehr halten. Fast genauso überrascht mich das braun-weiße Etwas, das keinen halben Meter neben uns schwimmt: ein Pelikan. Der hat wohl ebenfalls seine Wache verschlafen und fühlt sich nun durch mein Erscheinen gestört. Unwillkürlich suche ich die See nach weiteren Vögeln ab, denn wo Pelikane sind, sind meist auch Fischer. Aber diesmal nicht. Sobald MÄDCHEN wieder auf Kurs ist und Fahrt aufnimmt, folgt ihr der Vogel, und drei weitere gesellen sich dazu. Eingedenk meiner lustigen Erlebnisse beim Füttern der Malamoks biete ich ihnen Käse an – vergeblich. Auch Kartoffeln schmecken ihnen nicht. Ansonsten kann ich nur mit Dosenthunfisch aufwarten, der aber ebenfalls verschmäht wird. Doch als ich dann den Deckel der Konservendose ins Wasser werfe, schnappen alle drei danach; zum Glück geht er schnell genug unter. Danach ist mir klar: Futter für Pelikane muß glitzern und sich bewegen wie lebende Fische. Damit kann ich leider nicht dienen.

Es wird ein sonniger und vergnüglicher Tag mit leichtem Wind und den Pelikanen als Begleitern. Die Nacht hätte ebenso friedlich verlaufen können, wäre nicht dieser rätselhafte Zwischenfall gewesen. Ich versuche gerade, beim schwachen Licht der Petroleumlampe einen Brief zu schreiben, als ich merke, daß irgend etwas nicht stimmt. Renne hinaus und prüfe die Lage: kein ungewohntes Geräusch, keine fremden Lichter, nichts. Die Segel sind voll, der Kurs stimmt. Aber wir stehen, machen kein bißchen Fahrt mehr. Seetang? Nein, keiner da. Was dann? Auf den Schoten ist Druck, die Selbststeueranlage arbeitet, wir müßten eigentlich Fahrt machen. Tun wir aber nicht. Was für ein scheußliches Gefühl! Ich übernehme die Pinne. Anluven geht nicht, da ist ein eigenartiger Druck auf dem Ruder; beim Abfallen gehorcht MÄDCHEN, aber zu langsam. Auf Ruderprobleme reagiere ich besonders empfindlich. Sofort liege ich quer über der Achterpiek auf dem Bauch und leuchte das Ruderblatt ab. Im Lichtkegel der Lampe ist eine dünne, straff gespannte Leine zu erkennen. Zum Glück habe ich meinem ersten Impuls, den Motor einzuschalten, nicht nachgegeben. Auch das Messer stecke ich lieber wieder weg, ich kann doch nicht an etwas herumschneiden, das mir nicht gehört. Lieber nehme ich durch Bergen der Segel Druck aus dem Schiff. Jetzt läßt sich die Leine mit dem Bootshaken wegdrücken, bis kurz hinterm Heck ein kleiner weißer Kanister nach oben schnellt. Da sind wir wohl in einem der langen Treibnetze gelandet, die vor allem von japanischen und koreanischen Fischern auf offener See ausgelegt werden und die Meeresfauna zunehmend gefährden. Obwohl ich das Boot daraus befreien kann, bleibe ich mißtrauisch, setze vorerst nur die Genua und halte Ausguck im Bugkorb. Wo Netze sind, müßten eigentlich auch Fischer sein. Aber diesmal nicht, weder in dieser Nacht noch in den folgenden Tagen.

Wir müssen jetzt unsere Seemeilen mühsamer verdienen, weil auf dem fünften südlichen Breitengrad die Schwachwindzone beginnt. Ich steuere viel selbst und bin in meiner exotischen Bekleidung bestimmt ein witziger Anblick. Denn ich praktiziere mit dünnen, in Süßwasser getauchten Baumwolltüchern, die ich um den Körper schlinge, das Prinzip der Verdunstungskälte. So ist die

Hitze besser auszuhalten und die Gefahr eines Sonnenstichs geringer. Die Tage vergehen beschaulich. Um nicht bei der Schwüle vollkommen in Untätigkeit zu versinken, versuche ich, meinen Tagesablauf noch strenger als sonst zu gliedern und auch das letzte bißchen Fahrt aus MÄDCHEN herauszuholen. Ich erfinde neue Segeleinstellungen und fahre schließlich die große Genua wie einen Spinnaker vor dem Vorstag. Meinen echten Spi habe ich aus lauter Vorsicht zu Hause gelassen, damit ich gar nicht erst in die Versuchung komme, ihn zu lange stehen zu lassen. Das war eine falsche Entscheidung, denn inzwischen traue ich mir sehr wohl zu, den Spinnaker richtig einzusetzen. Aber diese Erkenntnis kommt zu spät, jetzt muß ich aus dem Vorhandenen das Beste machen.

Auch mit dem Satellitennavigator liege ich im Clinch. Ich wollte mir die Handarbeit sparen und mit den von ihm errechneten Positionen das Geheimnis des Perustroms ergründen. Aber gleich die erste Position, die er liefert, ist falsch, die Breite liegt um 25 sm daneben. Ein nur gelegentlicher Einsatz ist wohl nicht das Richtige für dieses Gerät. Ich vertage das Problem, entscheide mich fürs Abschalten des Satnav und bleibe bei meinem Sextanten. Mein Einsatz am Ruder lohnt sich, zu Mittag des nächsten Tages sind wir auf dem dritten südlichen Breitengrad. Die Küste Ekuadors und der Golf von Guayaquil liegen nur 70 sm entfernt im Osten. Schon morgen früh könnte ich an seiner nördlichen Landspitze sein, in Salinas, und von dort aus Ausflüge in den Amazonaswald, zu den Andenvulkanen und den Indianermärkten unternehmen. Doch Anfang Juni, zu Beginn der Hurrikanzeit, muß die Ostküste Amerikas bereits in unserem Kielwasser liegen. Und von unserem Standort an diesem 12. April bis zu einem gedachten Punkt nördlich der Bermudas sind es noch rund 3500 sm. Deshalb segeln wir eisern weiter. Besonders hart kommt es mich an, die Galapagosinseln nur 480 sm im Osten links liegen zu lassen, dieses vulkanische Paradies mit seiner einmaligen Tier- und Pflanzenwelt. „Du fährst an den schönsten Plätzen der Erde vorbei“, sage ich mir und daß ich vielleicht nie wieder herkomme. Aber solange ich ein Schiff habe, ist dies möglich. Und deshalb werden wir diesmal nicht von unserem Zeitplan abweichen.

Am nächsten Tag gibt mir die HANSA aus Bremen Gelegenheit, ein Telegramm an meine Eltern zu schicken. Ihr Erster Offizier ist eine Frau. Wir leisten uns einen kurzen Plausch, schließlich ist Feiertag – Karfreitag. Letztes Jahr zu Ostern bescherten mir die mächtigen Seen des Indischen Ozeans faszinierendes Segeln, jetzt bescheiden wir uns hier mit Etmalen um 65 sm.

Wiedersehen mit dem Polarstern

In der Nacht zum 15. April segelt MÄDCHEN genau im Bogen vom Kreuz des Südens zur hinteren Achse des Großen Bären. Wäre nicht der Dunst am Horizont, könnten wir schon jetzt knapp über der Kimm den Polarstern sehen. Die nördliche Hemisphäre kündigt sich bereits an. Auch Orion bemüht sich, aus seiner Handstandposition langsam wieder auf die Beine zu kommen. Die schmale Sichel des Mondes steht wie eine silberne Sakralschale am Himmel. Bald wird er in umgekehrter Weise als bisher zu- und abnehmen.

Die Nächte bringen kaum Abkühlung, und die Tage sind entsetzlich heiß. Alles fühlt sich klebrig und zäh an. Weiße Tropikvögel mit ihren langen schmalen, schwarzen oder roten Schwanzfedern sorgen für etwas Abwechslung in der Monotonie. Ein Tölpel verhält sich seltsam, er *steht* im Wasser, obwohl doch meilenweit kein festes Land ist. Ich ändere meinen Kurs, um hinter sein Geheimnis zu kommen. Nein, es ist keine Täuschung, er läßt sich stehend treiben, und eine Holzpalette dient ihm dabei als Floß. Wie ein Admiral reckt er sich und beäugt seine Umgebung.

Als wir am Ostersonntag um 07.00 Uhr früh den Äquator überqueren, sind wir 25 Tage auf See und haben seit Valdivia insgesamt 2670 sm im Kielwasser. Zur Abkühlung krame ich meinen großen Atlas heraus, schlage die Seiten mit der Arktis auf und erzähle meinem Maskottchen, dem Seebär, von Eisbergen und Growlern. Doch dann muß ich wieder hinaus in die Hitze, denn wir sind in den Bereich einer Stromscherung geraten. Von der Saling aus kann ich deutlich die Fließrichtungen erkennen: Westlich von uns steht eine kleine, kabbelige See, auf unserem Kurs dagegen ist das Wasser ganz glatt. Ein schwungvoller Bogen weißen Schaums trennt die beiden vermutlich gegenläufigen Stromgebiete. Es scheint, daß wir hier von der im März oder April einsetzenden Rückzugsbewegung des El Niño profitieren. Wodurch die Gegenströmung verursacht wird, kann ich nicht ergründen, ich weiß nur, daß ich auf keinen Fall weiter nach Westen geraten sollte. Habe diese Zone satt, will endlich wieder prall gefüllte Segel sehen und das Rauschen der Bugwelle hören.

Am 19. April setzt sich auf 3°30′ Nord zunächst die Dünung und dann der dazugehörende Nordwind durch. Schoten dicht – los geht's! Hoch am Wind stampft MÄDCHEN geradezu zornig gegen den sich aufbauenden Seegang an. Die Errechnung des Mittagsbestecks ist für mich schon etwas ungewohnt. Den Winkel für die Chronometerlänge kann ich selbst bestimmen, bei der Messung der Mittagsbreite allerdings wandert der Gradbogen auf 82°14′. Trotz meines Standorts auf nördlicher Breite erfolgt wegen der nördlichen Deklination der Sonne die Messung immer noch nach Norden. Da muß ich mir erst mal eine Meridianfigur zeichnen, um mich von der Richtigkeit meiner Rechnung zu überzeugen. Zur Sicherheit hole ich mir am Nachmittag noch zwei Sonnenstandlinien und stelle fest: Die Messung zu Mittag war trotz des eigentlich zu großen Winkels gar nicht so schlecht.

In den nächsten Tagen zeigt sich das Wetter launisch. Die einzige Konstante ist die widrige Windrichtung, nämlich Nordnordost. Dabei sollte genau das am Kompaß anliegen. Die faulen Tage sind also vorbei, viel Segelwechsel und Trimmen ist angesagt. Östlich der Schiffahrtsroute, die ich als Auffanglinie benutze, kreuzen wir nach Norden. Das überkommende Wasser ist warm und bringt kaum Erfrischung. Manchmal stehen ringsum Gewitter, doch statt des ersehnten Regens bekommen wir nur die Böen ab.

Zu allem Überfluß fällt – natürlich mitten in der Nacht – die Bordelektrik aus. Mit der Taschenlampe im Mund und dem Voltmeter bewaffnet, mache ich mich auf die Suche nach der Ursache. Ein Gestrüpp von Kabeln quillt mir aus dem Verteilerkasten entgegen, und es dauert eine Weile, bis ich begreife, daß der Sicherungsautomat seinen Dienst verweigert. Da packe ich eben alle von der defekten Sicherung abgehenden Leitungen auf einen anderen Automaten mit drauf. Wenn dieser nun wegen Überlastung ebenfalls streikt, habe ich schlechte Karten, aber ich weiß einfach nicht, wie man einen Sicherungsautomaten reparieren kann. Zunächst jedenfalls funktionieren alle Geräte und Lichter wieder. War ein richtiges Geduldspiel, bei diesem Hoppelkurs die dünnen Drähte in die Löcher der Klemmen zu bekommen und die Fixierschraube anzuziehen, bevor der Draht herausrutschte. Nach zwei Stunden unbequemer Bastelei wird es höchste Zeit, wieder auf Wache zu gehen, denn der Schiffsverkehr nimmt zu. Wie an einer Perlenkette aufgereiht, ziehen Frachter aller Nationalitäten Richtung Panama. Wir haben das zweifelhafte Vergnügen, dorthin gegen den frischen Nordwind aufzukreuzen.

Der folgende Sonntag überrascht mich mit einem verspäteten Ostergeschenk: Wir bekommen Besuch von sieben Walen. Wie geführt von einem Leittier, schwenken sie von ihrem Kurs ab und halten von schräg achteraus auf uns zu. Vielleicht verwechseln sie MÄDCHENS Rumpf mit einem Kameraden? Mit kraftvollen, fließenden Bewegungen schwimmen sie längsseits vorbei und drehen dann nach Steuerbord ab. Plötzlich schrauben sich zwei dieser herrlichen Tiere senkrecht in die Luft, um mit den Schwanzflossen voran geräuschvoll wieder ins nasse Element zurückzufallen. Zwei andere halten sich unterdessen so nahe bei uns auf, daß ich genau beobachten kann, wie ihr Blasloch funktioniert. Ich beginne die Tiere zu rufen und zu locken, um sie noch lange bei ihrem Spiel bewundern zu können, doch sie ziehen nach Nordwesten davon. Es waren kleine Schwertwale von zirka 5 m Länge und mit einer ausgeprägt sichelförmigen Rückenfinne.

Einem festlichen Sonnenuntergang mit apricotfarbenen und lila Tönen und einem unendlichen Blau im Zenit folgt eine glänzende, durch Sternschnuppen verzauberte Nacht, in der ich nun auch den Polarstern wiedersehe. Der Wind wird zu einer sanften Brise, und aus meiner Kajüte steigen die Klänge der Messe von Franz Schubert in den Himmel. Auch meine Stimmung beginnt zu schweben, bis ich überhaupt nicht mehr verstehe, warum ich tagsüber alles daran setze, so schnell wie möglich nach Panama zu kommen.

Nach Balboa hinten anstellen!

Je näher wir dem Land kommen, desto größer wird der Einfluß der Zivilisation. Flugzeuge hinterlassen ihre wie mit dem Lineal gezogenen Kondensstreifen, auf dem Wasser schwimmen Plastiktüten, Flaschen, ein säuberlich geschälter Stamm und ein ganzer Mangrovenbaum, an dem MÄDCHEN nur knapp vorbeirauscht. Ich gehe doch schon soviel Wache. Aber ausgerechnet als ich unten bin und die Pfanne mit Röstkartoffeln auf dem Herd brutzelt, muß dieses Hindernis vor unserem Bug auftauchen. Hinterher ist mir unerklärlich, warum ich die Pfanne stehenließ und hinausging, jedenfalls komme ich gerade noch rechtzeitig, um Ruder zu legen und eine Kollision zu verhindern. Das sind sie, die Situationen, in denen man von Glück spricht. Dabei ist es eher ein inneres Warnsystem, das vielleicht den gleichen Ursprung hat wie die Naturgesetze, denen Zugvögel oder Wale auf ihren langen Wanderungen folgen. Diese Handlungen werden wohl vom Verstand zensiert, aber nicht von ihm ausgelöst.

Eine unanständige Kreuzsee traktiert uns mächtig. Jetzt weiß ich, was der Kartenvermerk „tide rips" – Gezeitenstromschnellen – in der Praxis bedeutet. Trotz allem fahren wir am Nachmittag des 24. April in respektvollem Abstand zum Cabo Mala, das seinen Namen „Schlechtes Kap" zu Recht trägt, in die Bucht von Panama ein. Noch 80 sm sind es bis zum Kanal, aber wenn wir weiter die ganze Strecke aufkreuzen müssen, werden daraus bestimmt 200. Bei meinem Talent, mit dem Landfall meist in die Springzeit und in die stärkste Strömung zu kommen, muß ich versuchen, mir den Strom zum Verbündeten zu machen und die langen Kreuzschläge so zu legen, daß er uns stützt.

Das will zunächst nicht so richtig klappen, bin immer auf dem falschen Bug. Dafür läßt aber der Wind nach und zeigt die Tendenz, nach Nordwest zu drehen. Weil es hier so lebhaft zugeht wie auf einer Autobahn, teile ich mich zur 24-Stunden-Wache ein. Die Bucht von Panama umschließt uns mit den Las-Perlas-Inseln an Steuerbord und der Insel Bona an Backbord voraus. Der Ansteuerungsstreß beginnt. Von meiner jetzigen Position aus habe ich die

Wahl unter vier Leuchtfeuern für meine Kontrollpeilungen und mache ausgiebig von allen Gebrauch.

Am 25. April drehen wir eine Stunde vor Mitternacht nahe dem Feld der Ankerlieger auf der Reede von Balboa bei. Das weiße Licht der Ansteuerungstonne zum Kanal grüßt mit seinem Gleichtakt herüber. Es herrscht unglaublicher Betrieb, ständig kommen oder gehen riesige Schiffe am Kanal. Aus sicherer Entfernung betrachte ich dieses Nadelöhr, eine Drehscheibe der internationalen Großschiffahrt. Bald, mit dem ersten Tageslicht, werden wir uns einreihen. Ich darf auf keinen Fall einschlafen und rede mit meinen Maskottchen, um wach zu bleiben. Um 06.00 Uhr am 26. April, nach einer Seereise von 34 Tagen und 3463 sm, erhalte ich von Flamingo Control die Freigabe zur Einfahrt in den Kanalbereich. Schnell berge ich die Segel, setze den Diesel in Gang, und zwei Stunden später sind wir an einer Muring im Balboa Yacht Club fest.

Vor Müdigkeit nehme ich meine Umgebung nur verschwommen wahr: ein Bojenfeld gleich neben dem Fahrwasser, in dem Yachten vieler Nationen liegen, dahinter den Versorgungssteg und das Gebäude des Yachtklubs; an Land stehen mehrere mittelhohe, einförmige Gebäude. Das gegenüberliegende Ufer entspricht schon eher meinen Vorstellungen mit seiner üppigen Vegetation, nach deren Schatten ich mich sehne, denn es ist entsetzlich heiß und schwül. Nur die Aussicht auf einen Drink mit viel Eis an der berühmten Bar des Yachtklubs von Balboa hält mich in Gang.

Ein kurzer Ton meines Nebelhorns, und schon schwenkt das Boottaxi zu uns herüber. Toni, der Fahrer, hat scharfe Augen und sofort bemerkt, daß meine Positionslichter noch brennen und auch, daß ich einhand gekommen bin. „Nein, nicht von Costa Rica. Unser letzter Hafen war Valdivia.“ Das ist ihm natürlich kein Begriff. „Liegt südlich von Valparaiso“, erläutere ich und ernte dafür erstaunte Blicke von den Bootsinsassen. Ein Gespräch kommt in Gang. Auf meine Bemerkung hin, daß ich mich als erstes über den Kanaltransit informieren will, rät mir ein Passagier, am besten mit der Vermessung zu beginnen. Da er selbst Boarding Officer ist, können wir das auch gleich erledigen.

Mein Orangensaft mit Eis rückt in weite Ferne, wir fahren zurück zu MÄDCHEN. In der Kajüte steht die Luft, draußen brennt die Sonne. Ich kann mich für das freundliche Entgegenkommen des Beamten nicht mal mit einem kühlen Drink revanchieren, denn auf Gäste sind wir nicht eingerichtet. Gelassen bearbeitet er ein Formular nach dem anderen, mißt nach, rechnet und macht seine Aufzeichnungen. So kommt es, daß MÄDCHEN schon eine gute Stunde nach Ankunft ihre Panamavermessung hat und unter der Nummer 772674 registriert und einklariert ist. Danach folgt die Anmeldung im Klubbüro und endlich der Gang in die Bar.

Schon wieder stifte ich Verwirrung, weil ich drei große Becher Orangensaft mit viel Eis bestelle. Da ich der einzige Gast bin, kann der Barmann in Ruhe auf meine Fragen antworten. Gestärkt und um einiges schlauer, mache ich mich an den Fußmarsch durch das unter amerikanischer Verwaltung stehende Gelände, in dem sich auch der Yachtklub befindet. Im Taxi fahre ich vom Kontrollpunkt zur Immigrationsbehörde, aber dort will man gar nichts von mir wissen: deutsche Yacht, deutsche Besatzung, nur für den Transit bestimmt – keine weiteren Formalitäten notwendig. Trotzdem bestehe ich auf einem Stempel für meinen Paß.

Heute scheint überhaupt mein Glückstag zu sein. Im PX-Laden der US-Armee werde ich anstandslos bedient und kann mit einer Tüte Weißbrot, Butter und frischem Obst den Rückweg zu MÄDCHEN antreten. Meine Beine sind nachgiebig wie Gummi, mir ist schwindlig, bis ich endlich wieder im Boottaxi sitze. Nur noch ein Gedanke beherrscht mich: schlafen. Mitten in der Nacht schrecke ich aus dem Schlaf hoch, renne ins Cockpit und will Ruder gehen, um uns aus dieser Wuling von Yachten herauszumanövrieren. Danach finde ich keinen Schlaf mehr, rekapituliere statt dessen mein Wissen über Panama und den Kanal. Die Schleusungen machen mir keine Sorgen, denn beim Flußwandern daheim auf dem Neckar gehörten Schleusen einfach dazu. Muß mir die Kammern nur dreimal so groß denken und mit dem Unterschied, daß das Wasser darin durch Rohröffnungen im Boden zugeführt und abgelassen wird. Aber daß MÄDCHEN bei der Kanalfahrt eine dreiköpfige Crew tragen soll, ist mir ein fremder Gedanke.

Gegen den Strom durch den Kanal

In der Bar des Klubs trifft sich ein internationales Publikum. Hauptthema: der Kanaltransit. Ich scheine in die falsche Richtung zu wollen, denn der Hauptstrom der Yachten geht von Nord nach Süd, von der Karibik in den Pazifik. Die meisten hier haben den Kanal schon hinter sich, jeder mit seinen eigenen Erfahrungen. Wichtig für mich: Eine Schleusung für Yachten fällt aus, die nächste Möglichkeit bietet sich erst am Donnerstag, dem 3. Mai. Da werden wir dabei sein. Habe Schwierigkeiten, mich der lokkeren Atmosphäre im Klub anzupassen. Auch die Probleme der Gäste hier sind anders als meine. Es geht um Kühlaggregate, Sonnensegel und den langen Schlag bis zu den Marquesas.

„Pack' deine schmutzige Wäsche zusammen, nimm ein Taxi und fahr' hierher. Laß dir für die Fahrt aber nicht mehr als fünf US-Dollar abnehmen." Das ist eine klare Anweisung, und sie kommt telefonisch von Karin Beume, der Leiterin des TO-Stützpunkts in Panama. Ein Stunde später stehe ich vor ihrem Haus. Herzlich, als wären wir alte Freunde, begrüßt sie mich. „Wo ist das Zeug zum Waschen?" Verlegen deute ich zur Tür. „Hab' ich draußen gelassen, es stinkt nach Schiff." Aber Karin nimmt mit einem knappen: „Kenne ich!" der Situation jede Peinlichkeit. Es wird ein unterhaltsamer Nachmittag und ein anregender Abend. Die Gesellschaft von Karin und ihrem Mann Udo, die Drinks, die Kühle des Hauses versetzen mich zurück in eine andere, fast vergessene Lebensweise, und zum erstenmal seit 21 Monaten werde ich MÄDCHEN untreu. Es ist weit nach Mitternacht, als ich auf dem riesigen Gastbett sitze und die für mich aufbewahrten Briefe lese.

In den nächsten Tagen nutze ich auf MÄDCHEN die Zeit zur Arbeit, bis die bei Karin und Udo geplante große Sonntagsparty beginnt. Bevor ich den Yachtklub verlasse, bitte ich Toni, von seinem Boottaxi aus ein Auge auf MÄDCHEN zu haben. Er und die anderen Marinos sind sehr aufmerksam, und zwar vom ersten Tage an, nicht erst seit ab und zu ein Päckchen Zigaretten den Besitzer wechselt.

Auch der Taxifahrer ist fürsorglich. Ein Platzregen hat innerhalb von Minuten die Hauptstraße in einen kleinen See verwandelt, deshalb müssen wir Umwege durch ein Wohnviertel fahren, dessen Bild von Armut, vielleicht auch von Nachlässigkeit geprägt ist. Rasch drückt mir der Fahrer meine Geldbörse, die ich auf dem Armaturenbrett deponiert habe, in die Hand und bittet mich, das Fenster zu schließen. Dieser Vorfall bringt uns in ein Gespräch, in dem ich mehr über die hiesigen Lebensumstände erfahre. Der Großteil der Menschen scheint von weniger als dem Existenzminimum zu leben. Die Schicht der Reichen ist dünn, sehr dünn. Das Geld fließt ab, vor allem nach Amerika. Vielleicht wird alles besser im Jahr 2000, wenn die Kanalhoheit voll auf Panama übergeht – vielleicht. Es sei ja jetzt schon besser, seit die Amerikaner Noriega herausgeholt haben, meint der Fahrer. Zuvor sei Kriminalität an der Tagesordnung gewesen. Er mag sein Land, seine Stadt, wie sie sind, und kommt immer wieder auf ihr Herz zu sprechen, den Kanal. Er ist Panamas lebenswichtigstes Organ, das den Landeskindern aber nur zur Hälfte gehört.

Bei Karin und Udo erwartet die Gäste ein liebevoll gestaltetes Fest mit Köstlichkeiten aus Küche und Keller. Wo so viele Individualisten ihren Lebenstraum auf unterschiedlichste Weise verwirklichen, gibt es unzählige Geschichten und Gesprächsthemen. Mir wird ein bißchen weh ums Herz. Sie alle haben ihre große Reise noch vor sich, werden sich wohl auf der einen oder anderen Südseeinsel wiedersehen. MÄDCHEN und ich aber sind schon auf dem Heimweg, fahren in die Gegenrichtung. Karin und Heinz versprechen mir, am nächsten Tag auf der anderen Seite in Colon, wohin sie als Crew einen Transit mitfahren, auch meine Crewfrage zu klären. Bin gar nicht mehr gewohnt, daß sich jemand meiner Probleme annimmt. Über Udo, der als unsere Relaisstation fungiert, erhalte ich am Dienstag vormittag ihre Erfolgsmeldung.

Abends sitzt Heinz, mit seiner INSHALLAH einhand unterwegs nach Westen, bei mir im Cockpit und informiert mich über meine Transitcrew Karin, Kristin und Richard. Wir reden fast die ganze Nacht und hätten uns doch, als schon der Morgen graut, noch viel zu erzählen. Aber dann heißt es: „Mach's gut“, und schon ist er unter den vielen Menschen, die auf die erste Fähre nach Tobago drängen, verschwunden. Zurück bleibt die Erinnerung an Stunden des Verstehens.

Vor mir liegt ein umfangreiches Programm. Einkaufen ist für mich wie Strafarbeit in der Schule. Es muß aber sein, weil ich in den nächsten zwei Tagen eine komplette Crew zu verköstigen habe, und mit Hilfe meines Taxifahrers vom Sonntag kann ich auch wirklich alle Besorgungen bis Mittag erledigen. Er läßt es sich nicht nehmen, mich und mein soeben eingetauschtes Geld direkt von der Tür der Bank zu seinem Auto zu eskortieren, und weicht auch im Supermarkt nicht von meiner Seite. Ungemütlich wird es erst beim Kontrollposten, denn Taxis haben keine Zufahrt zum amerikanischen Gelände. Da stehe ich nun mit meinen Tüten, dem Karton voller Getränke und einer 60 m langen 10-mm-Leine. Packe einfach den ganzen Kram neben den Unterstand des amerikanischen Wachtpostens. Der faßt sich nach einem Moment der Irritation und verspricht, etwas für mich zu organisieren. Wenige Minuten später sitze ich im Auto einer Bediensteten der US-Armee, einer freundlichen Amerikanerin namens Anne, die mir auch noch beim Transport meiner Vorräte bis zum Boottaxi hilft. Es ist nicht zu glauben: Je unkomplizierter ich meine Probleme angehe, desto mehr spontane Hilfe wird mir zuteil.

Abends kommt meine dreiköpfige Transitcrew an Bord, und am nächsten Morgen um 07.00 Uhr geht es los. Unser Lotse José, hier Advisor genannt, ist pünktlich, gut gelaunt und höflich. Bereitwillig beantwortet er meine Fragen über den Ablauf der Kanalfahrt. „Relax, that's no problem for you", versichert er immer wieder. O je, wenn der wüßte... Das Problem fängt schon damit an, daß ich es nicht gewohnt bin, Anweisungen zu geben.

Dennoch klappt alles wie am Schnürchen. Im Schleusenvorbereich gehen wir mit der amerikanischen Yacht LADYSTAR ins Päckchen und fahren fortan alle Manöver bis zum Verlassen der letzten Schleusenkammer mit ihr gemeinsam. Es ist eine Schleusung nur für Yachten, deren Festmacher mittels Wurfleinen von den Helfern an Land angenommen und festgemacht werden. Die Bedienung der Leinen an Bord bleibt Sache der Crew. Einzige Aufgabe des Rudergängers ist es, das Schiff genau in Längsrichtung zu halten und einem Querschlagen mit Motorschub vorzubeugen. Als sich das große Tor der Pedro-Miguel-Kammer vor uns öffnet, sind wir in drei Etappen um insgesamt 26 Höhenmeter gestiegen. Nun folgt eine eindrucksvolle Fahrt über den tief in die Felsen geschnittenen Wasserweg. Unter unvorstellbaren Anstrengungen wurde dem Gestein hier eine Rinne abgetrotzt, die der Gatunsee später mit Wasser füllte. Für das kühne Projekt des französischen Konstrukteurs Ferdinand de Lesseps und des Architekten John F. Stevens mußten Hunderte von Menschen ihr Leben lassen. Als der Kanal 1914 eröffnet wurde, hatte seine Erbauung 387 Millionen US-Dollar verschlungen. Heute erinnert nichts mehr an die zahllosen Sprengungen und Erdbewegungen riesenhaften Ausmaßes. Wie selbstverständlich machen wir von dem einzigartigen Vorteil Gebrauch, mit dem der Schiffahrt Tausende von Seemeilen und der gefahrvolle Weg um Kap Hoorn erspart werden.

Im künstlich aufgestauten Gatunsee, der durch den Chagres River gespeist wird, erwartet uns eine idyllische Urwaldlandschaft. Unser Kurs führt um kleine Inseln, vorbei an dichten, unzugänglichen Mangrovenwäldern, zu einer Ankerbucht, in der wir auf den nächsten Tag und den zweiten Teil der Kanalfahrt warten. Am Abend sitzen wir im Cockpit und lauschen den fremden Lauten des Urwalds, die die ganze Nacht nicht verstummen. Das letzte Drittel des Wegs und auch unser Abstieg durch die Gatunschleusen verlaufen problemlos. Nur beim Lösen der Leinen nach der letzten Kammer kommt in den Böen eines Regenschauers eine Leine unklar. Scheinbar ungerührt steuern wir LADYSTAR und MÄDCHEN mit einem Meter Abstand und 5 kn Fahrt so lange nebeneinander her, bis die Crews die verklemmte Leine freibekommen. Das war gute Arbeit von allen und entlockt sogar unserem Advisor José ein Kompliment. Befreit steuert MÄDCHEN dem Atlantik entgegen, und erleichtert gebe ich das Ruder an Richard ab. Meine Rückenschmerzen der letzten Tage haben sich verschlimmert, erst Karins Massage macht mich für das anstehende Ankermanöver wieder einsatzfähig.

Auf dem Flach vor Colon und in Gemeinschaft mit drei weiteren deutschen Yachten geht unser Anker für die nächsten beiden Tage nieder. Als erster verläßt uns Lotse José, zurück bleibt nur seine blaue Mütze mit der Aufschrift EASY – wie passend! Dann wird es auch für Karin und Kristin Zeit, sich auf den Rückweg nach Panama zu machen. Jo von einer Nachbaryacht spielt Boottaxi und bringt mir auf dem Rückweg 20 l Diesel und mit Frischwasser gefüllte Kanister mit. Unser Wasserverbrauch in den letzten zwei Tagen entsprach meiner Ration für drei Wochen. Ich beneide Jo um den Schwung, mit dem er die Kanister an Bord hievt. „Was heißt hier Diesel bezahlen?" protestiert er. „Das ist eine Stiftung unseres neugegründeten Vereins zur Förderung von Einhandseglerinnen." Ich bin gerührt. Den Nachbarn ist nicht entgangen, daß ich durch diese lästigen Rückenschmerzen etwas behindert bin, sie wollen mich sogar zu einem Arzt bringen. Aber mein innerer Kompaß ist bereits auf Nord eingestellt, und ich weiß, daß ich die restliche Reise perfekt fahren kann; dazu muß ich nur meinen Zeitplan einhalten.

8. Panama – Miami

Der Golfstrom ist unser Freund

Um 08.00 Uhr am 6. Mai trägt MÄDCHEN bereits das Großsegel. Es ist ein perfekter Tag zum Auslaufen, der Wetterbericht verspricht 20 kn Wind aus Nordnordost. Jo und Richard mühen sich an meiner Stelle mit dem festgebissenen Bügelanker ab. Wieder ein Abschied, diesmal liegt die Karibik vor uns. Habe mich für die Route durch den Yukatankanal zwischen Kuba und Mexiko, für die Straße von Florida und einen Stopp in Miami entschieden. An meinem Weg liegen Jamaika, die Cayman-Inseln, Kuba, die Bahamas – nur eine kleine Kurskorrektur, und ich könnte im Palmenschatten an weißen Stränden faulenzen. Aber unter den vielen Ratschlägen und Anregungen, die ich über die Karibik und ihre Hurrikansaison erhalte, sind die Angaben im Seehandbuch die entscheidenden. Also kein Besuch auf Jamaika, kein Aufenthalt in den Keys von Florida. Auch die Ostküste der USA zählt ab Mitte Juni zu den hurrikangefährdeten Gebieten.

Doch zuerst einmal haben wir uns vom Moskitogolf freizukreuzen. Wir tun dies auf seiner östlichen Seite, um den Strom für uns zu haben. Da paßt es ganz gut, daß der Wind in den Regenschauern mehr auf Nord gedreht hat und wir Meilen nach Ost machen können. MÄDCHEN segelt zwar mit dichtgeholten Schoten hoch am Wind, aber der Seegang ist moderat, die Bootsbewegungen bleiben flüssig.

Zwei Tage später zeigt die Karibik, daß sie auch anders kann. Der steife Nordwest wirft eine kurze, unregelmäßige See auf, die das Segeln naß und unbequem macht. Auf meinen lädierten

Rücken wirkt sich MÄDCHENS Stampfen schmerzhaft aus, obwohl ich trotz der Tropenhitze ständig einen Nierenschutzgürtel trage, damit sich die Sache nicht verschlimmert.

Kuba grüßt mit Donner und Blitz

Um die Mittagszeit taucht aus einem Regenschleier ein graues Militärboot auf und kommt in unserem Kielwasser schnell näher. Na, da werde ich mich wohl besser mal über Funk melden und fragen, was ansteht. Es ist die amerikanische Küstenwache, und sie will den „Master" sprechen. „Das tun Sie bereits", antworte ich. „Wieviel Crew ist an Bord?" Keine. „Singlehanded" – einhand – wirkt wieder wie ein Zauberwort. Nein, ich soll nicht überprüft werden, es reicht, wenn ich ihm die Daten über Funk durchgebe. So bekommt er von meiner Paßnummer bis zu MÄDCHENS Registrierung alle gewünschten Informationen, und im Gegenzug gibt er mir den Wetterbericht durch: nachts weitere Regenschauer oder Gewitter, Wind bis 7 Bft, morgen nachlassend auf 5 Bft. Das macht mir kein Kopfzerbrechen. Wie aber sieht es hier mit dem Schiffsverkehr aus? Die Routen der Berufsschiffahrt ersehe ich aus den Pilot Charts, doch wir befinden uns schließlich im Segelparadies Karibik. Wo stecken denn all die Yachten? Kein einziges weißes Segel habe ich seit dem Auslaufen gesehen. Vorsichtshalber teile ich mich trotzdem für die Nachtwache ein.

Moderate Winde, Störungen, die nicht länger als einen Tag dauern, ansonsten Sonnenschein und gute Etmale: Es ist wirklich angenehm, hier unterwegs zu sein. Muß nur darauf achten, daß ich freibleibe von den zahlreichen Bänken auf dem Nikaraguarücken. Dort sind schon genug Wracks eingezeichnet. Außerdem könnte der Seegang auf den Flachs bei Wetterverschlechterung unangenehm werden. Roncador Bank, Serrana Bank, Serranilla Bank – alle lassen wir mit ihren Felsen an Backbord liegen. Am Abend des 10. Mai kann ich als Geburtstagsgeschenk für mich auf einen raumen Kurs gehen und direkt Cabo San Antonio, das Westkap Kubas, anliegen. Das ist traumhaftes Segeln an sonnengetränkten Tagen und durch laue Nächte mit sternübersätem Himmel: Ferien für mein Schiff und mich. Die surrende Logge zählt leicht verdiente Meilen.

Zum Schiffsmittag am 11. Mai ist unsere Breite identisch mit der Deklination der Sonne. Endlich bringe ich sie auf die Seite, wo sie für uns Nordeuropäer hingehört, in den Süden. MÄDCHEN spult die Meilen bis zum Westkap Kubas nur so herunter. Am 15. Mai haben wir den Leuchtturm des Kaps 10 sm an Steuerbord querab. Jetzt herrscht reger Betrieb, denn die Berufsschiffahrt nimmt diese Ecke genauso knapp wie ich. Über das Verkehrstrennungsgebiet kommen wir gerade noch hinweg, bevor sich ein Gewitter auszutoben beginnt. Schon den ganzen Vormittag waren über Land schnell aufsteigende, schwere Kummuluswolken zu beobachten, deren obere Kante sich zu einem Amboß ausbildete. Jetzt haben wir für zwei Stunden null Sicht, einen bleigrauen, von Blitzen durchzuckten Himmel, rollenden Donner und prasselnden Regen. Rasmus will mir wohl eine kleine Aufrüttelung verpassen, bevor ich in den milden Bedingungen nachlässig werde.

Ab jetzt wird es wieder etwas strenger. Unser Kurs soll durch die Straße von Florida nach Ostnordost verlaufen, und genau aus dieser Richtung kommt der Wind. Aber das ist nicht weiter tragisch, denn der Golfstrom ist unser Freund. Er wird uns auf diesem Abschnitt mit zwei, streckenweise sogar mit drei Knoten schieben. Am Abend des 16. Mai ist es endgültig aus mit dem Müßiggang, der Nordost legt kräftig zu und baut gegen den Strom einen bösen Seegang auf. MÄDCHEN muß langsamer werden, damit sie nicht so hart in die Wellen schlägt. Um Mitternacht haben wir genug Weg nach Norden gemacht, um über Stag und wieder auf Südostkurs gehen zu können. Erst jetzt wird mir Kubas Nähe zu den USA so richtig bewußt. Gerade 80 sm trennen diese beiden Welten.

Ich bleibe die Nacht draußen und beobachte, gehe zeitweise selbst Ruder, um den harten Seen auszuweichen. Der Wind wird zu einem steifen Ost, der in den Wanten pfeift. Feine Zirren legen einen perlmuttfarbenen Film vor den halbvollen Mond und lassen die Sterne funkeln. Glitzernde Gischt sprüht in der Bugwelle auf, verteilt sich zu einem feinen Schleier. Aber MÄDCHEN fährt gut und ohne Ruderdruck, auch wenn wir mühsam die 200 sm aufkreuzen müssen, ehe ich den Kurs auf Nord ändern kann.

Meine Nachtwachen sind umsonst, seit Tagen hat sich kein Schiff gezeigt. Erst in der Nacht zum 19. Mai kommen achteraus die ersten Dampferlichter auf, und kurz nacheinander folgen gleich vier weitere Schiffsbegegnungen: Frachter, die aus Richtung Havanna durch die Straße von Florida ziehen. Unser Kreuzkurs hat noch einmal bis auf 25 sm an die Nordspitze Kubas herangeführt.

Mit etwas Glück müßte es mir jetzt gelingen, an den Keys von Florida vorbeizuschrammen.

O Florida, deine Wasser-Cowboys!

Um 05.30 Uhr liegt das Alligator-Riff 20 sm westlich von uns, und der frische Ost bringt uns schnell voran. Aber nicht nur er. Wie von Geisterhand werden wir auf unser Ziel 60 sm im Norden zugeschoben. Ich traue den Positionsangaben des Satnav nicht mehr, aber sie stimmen. Wir haben den optimalen Weg mit dem Strom gefunden.

Das Gewässer hier verdient wirklich den Namen „Straße". Mit der Berufsschiffahrt komme ich zwar gut aus; wenn mir da eine Situation nicht eindeutig erscheint, nehme ich Kontakt auf und erhalte stets eine Bestätigung, zu meiner Überraschung manchmal auch ein: „Thank you for watching" – danke fürs Aufpassen. Viel unberechenbarer sind dagegen Kurse und Absichten der zahlreichen motorisierten Sportboote. Je näher wir Miami kommen, desto verwirrender wird die Situation. Dieser herrliche Samstagmorgen scheint die ganze Stadt aufs Wasser gelockt zu haben. Überall sehe ich Motorboote mit Anglern: treibend, Kreise ziehend oder in voller Fahrt Richtung Bahamas davonbrausend. Erst jetzt begegne ich auch meiner ersten Segelyacht in der Karibik. Sie ist auf dem Weg nach Süden, und ich beneide sie nicht darum, denn sie muß gegen den Strom anbolzen.

Dann geht alles wieder mal viel zu schnell. Kann die Leuchttürme auf den Keys nur so abhaken und schieße auch gleich übers Ziel hinaus, will sagen, an der Ansteuerungsstonne von Miami Harbor vorbei. Der Golfstrom hat mächtig dazu beigetragen, daß wir bereits am Mittag des 19. Mai vor der Skyline von Miami stehen. Es ist immer wieder spannend, eine fremde Küste und eine fremde Hafenstadt anzulaufen. In Ufernähe wimmelt es nur so von Motorbooten mit Hochsteuerständen und Angelausrüstung.

Der Hafen muß dort sein, wo ich die Ladekräne ausmachen kann. Also ein Stück zurück – und dann dichter ran an die Einfahrt. Aber je näher wir kommen, desto größer wird meine Angst um mein Schiff. Speedboote schießen in voller Fahrt wie Pfeile dicht an uns vorbei. Hochseefischerboote, mit Speerbündeln aus Angelruten bewaffnet, überholen uns an Backbord und Steuerbord. Und vor MÄDCHENS Bug zischen Aquabikes hin und her. Die Luft ist voller Lärm, Schwell von allen Seiten beutelt uns. Selbst die Wasserpolizei fährt hier einen der schnellen Flitzer mit beängstigend spitzem Bug.

In was für eine Welt geraten wir da? Ich würde am liebsten auf der Stelle umdrehen. Die Cowboys von Miami scheinen sich auf dem Wasser auszutoben, nach Spielregeln, die mir nicht bekannt sind. Vorsichtig schleiche ich immer tiefer in das Hafengelände hinein und halte nach einem Liegeplatz Ausschau. Das also soll der Intracoastal Waterway sein? Vor mir liegt die City mit ihren verglasten Hochhäusern, den terrassenförmig abgestuften Wohnanlagen am Kanal und dem Großstadtlärm. Mir wird ganz schwummrig. Die Marina zu Füßen der Betontürme gefällt mir nicht, also weiter, aber nordwärts wird der Kanal durch eine Brücke versperrt. Dahinter glaube ich eine parkähnliche Landschaft mit Yachtsteg zu erkennen. Das wäre schon eher ein Platz für uns. Ich fange an, meine Warteschleifen zu ziehen. Doch als die Brücke endlich aufgeht, quellen dicht an dicht Entgegenkommer hervor. Nichts wie weg, an den äußersten Rand des Fahrwassers! Inzwischen haben wir Gesellschaft von einer anderen Segelyacht bekommen, doch die 15 jungen Leute an Bord sind mehr mit ihren Drinks als mit dem Boot beschäftigt. Immerhin haben sie dasselbe Ziel wie ich, und fast gleichzeitig machen wir nebeneinander am Anleger vor dem Park fest. Eine Frau mit tätowiertem Gesicht nimmt meine Vorleine an: Pamela. Ich soll bald mehr über sie erfahren.

Die vom Überfluß anderer leben

So eine verrückte Welt! Kaum habe ich einen Fuß an Land, drückt mir einer aus der Crew der Nachbaryacht eine Flasche Sekt in die Hand: „Welcome in Miami!“ Jack, der Skipper, lädt mich auf einen Drink in den Yachtklub ein. Das alles ist mir entschieden zu turbulent, ich habe nach 13 Tagen auf See ja gerade erst die Leinen belegt. Vor allem muß ich jetzt der Zollbehörde meine Ankunft melden. An der Rückseite eines Kiosks finde ich ein speziell für diesen Zweck eingerichtetes Telefon. Ich gebe meine Daten durch und lege ziemlich verdattert wieder auf. Der Zoll hat meine Angaben zwar notiert, aber sonst läuft an diesem Samstagnachmittag überhaupt nichts mehr. Montags soll ich mich im Zollgebäude melden. Das begreife, wer will. Draußen auf See kontrolliert die amerikanische Küstenwache alles und jeden, aber hier reicht es, wenn ich mich zwei Tage später bei der Behörde einfinde. Am Telefon könnte ich denen ja alles mögliche erzählen – nun, da ich schon im Lande bin.

Überhaupt, was für einen eigenartigen Ort habe ich mir da ausgesucht? Aber diese Frage kann ich später klären, die obligate Ankunftsmeldung nach Hause geht vor. Bald füllen vierzig eingewechselte Vierteldollar meine Hosentasche und wandern nacheinander, entsprechend den Angaben der Vermittlung, in den Telefonapparat. Noch während ich die letzten Münzen einwerfe, steht die Verbindung. Aus dem Hörer kommt ein freudiges Hallo; die halten wohl gerade ein Familientreffen ab, auf dem es fast genauso lebhaft zugeht wie hier. Mitten in Mutters Erzählung über mein neues Patenkind Alexander klickt es, und ich kann nicht mal mehr die Nummer für ihren Rückruf durchgeben. Egal, sie wissen jetzt, daß ich wieder Land unter den Füßen habe.

Pamela mit dem tätowierten Gesicht hat sich zu mir gesellt und erkundigt sich nach meinem Woher und Wohin. Zum erstenmal werde ich nicht konsterniert gefragt, warum ich allein unterwegs bin. Im Gegenteil, sie findet es gut, daß ich einhand segle. Wir reden noch eine Weile, dann entschuldige ich mich mit Arbeit an Bord. Pamela akzeptiert sofort, lädt mich aber für den Abend auf einen Drink ein. „Wo?“

„Bei dem Baum da vorne.“

In der heißen Sonne macht es ungeheuren Spaß, mit Wasser zu planschen. Stegnachbar Jack hat mir großzügig seinen Schlauch überlassen und über meine Hemmungen beim verschwenderischen Umgang mit Süßwasser nur gelacht. Nun mache ich mit Vergnügen Reinschiff und beziehe mich ins Duschen gleich selbst mit ein. Nach unserem Badefest liegt MÄDCHEN piekfein und von ihrer Salzkruste befreit da. Für Winschen, Rollen und Blöcke ist eine Süßwasserspülung Pflicht, das übrige war eher Kosmetik.

Leider entpuppt sich mein Liegeplatz im City Yacht Basin bei Watson Island als sehr unruhig. Wir liegen parallel zum Intracoastal Waterway und bekommen den Schwell des regen Wochenendverkehrs voll ab. Uns gegenüber türmen sich die imposanten Hochhäuser von Miami City. Meine „erholsame" grüne Insel beherbergt unter anderem einen Helikopterlandeplatz und einen Stützpunkt für Wasserflugzeuge, außerdem liegt sie genau in der Einflugschneise des Internationalen Flughafens. In den kleinen Buden am Kai wird lautstark der bei den Tagesfahrten geangelte Fang verkauft. Alles in allem wirklich keine Oase der Ruhe.

Aber dem Fischverkauf habe ich es zu verdanken, daß ich Marcella und John kennenlerne. Auch sie segeln, wollen mehr von meiner Reise wissen und verabreden sich mit mir für einen der nächsten Tage. Marcella macht sich Sorgen, sie ist entschieden der Meinung, daß hier nicht der richtige Platz für mich sei. Tatkräftig telefoniert sie mit der Dinner Key Marina, dort sind noch Plätze frei. Aber ich kann hier frühestens Montag weg, wenn ich beim Zoll einklariert habe. Marcella nimmt mir das Versprechen ab, gleich danach zu verlegen.

Als ich abends mit Pamela bei einem Drink unter besagtem Baum sitze, kann ich Marcellas Sorge besser verstehen. Na gut, hier lebt also eine Gruppe sogenannter „bums", obdachloser junger Stadtstreicher, und ich sitze gerade mitten unter ihnen. Pamela hat mich eingeführt. Sie bieten mir ein Wasserglas mit Schnaps an, und als ich ablehne, steht jemand ganz selbstverständlich auf und holt mir Eistee aus einem Automaten. Sie fragen vorsichtig, schweigen, trinken, erzählen sparsam von sich. Sie leben hier im Park, der Baum ist ihr abendlicher Treffpunkt. Die zurückkehrenden Charteryachten überlassen ihnen den restlichen Proviant, davon leben sie: vom Überfluß anderer. Pamela scheint die Kontaktperson zu den Skippern zu sein.

Wenn ich Besorgungen zu machen hätte – kein Problem. George besitzt ein Auto. Ja, danke, gern. Bis morgen. Als ich zu MÄDCHEN zurückkehre, winkt mir jemand aus einer Bude heraus zu. Ich kenne ihn schon, er heißt Peter und fährt morgen früh in die Stadt. Falls ich etwas brauche oder mitkommen will, soll ich nur Bescheid geben. Im übrigen sei mit meinem Schiff alles in Ordnung, er habe es im Auge behalten.

Diese Begegnungen beschäftigen mich. Offenbar habe ich mir wirklich einen speziellen Platz ausgesucht. Dabei bräuchte ich nur um die kleine Insel zu fahren und wäre im vornehmen, bewachten Gelände des Miami Yacht Club. Doch dazu besteht keine Veranlassung, ich fühle mich hier sicher. Diese Menschen haben mich sehr genau beobachtet – sie hatten die Zeit dazu –, haben mich eingeladen und vorerst akzeptiert.

Pünktlich um 08.00 Uhr fährt George am Montag mit seinem Auto vor. Sowie ich die Tür öffne, kommt mir allerhand Gerümpel entgegen. Das ist kein Auto, das ist ein Abladeplatz für alles Mögliche. Ich stopfe den Kram wieder zurück und zwänge mich dazwischen, bis unsere schwungvolle Fahrt direkt vor der Tür des Zollgebäudes endet.

Sehr gesprächig ist der Beamte, mit dem ich es zu tun bekomme, nicht. Gelangweilt und ohne Kommentar schiebt er mir ein Formular nach dem anderen zu. Es dauert, bis alle ausgefüllt, abgezeichnet und gestempelt sind. Zum Schluß bezahle ich die Gebühren – fertig. Der Officer will sich gerade zurückziehen, da stelle ich meine weitgereiste Weinflasche vor ihn auf die Theke. Plötzlich kommt Regung in sein Gesicht, mein Wunsch nach einem Stempel für das Etikett hat ihn aus dem Konzept gebracht. „Impossible!" behauptet er, unmöglich. Geduldig erkläre ich ihm den Zweck, zeige ihm die bereits auf der Flasche prangenden Zollstempel. Eine ganze Weile schaut er mich perplex an; ich warte einfach ab. Mit einem Mal schmunzelt er, drückt der Flasche seinen Stempel auf und verabschiedet mich sehr freundlich.

Beim Ablegen helfen mir George und Pamela. Als Mädchen frei ist, steht Pamela am Bug der Nachbaryacht und winkt mir lange nach. „I feel lonely now", ruft sie mir zum Abschied zu. Stimmt, als einzige Frau in der Gruppe wird sie sich jetzt einsam fühlen. Als sie mir ihre Freunde vorstellte, tat sie dies wie eine perfekte Lady. Was mag diese Frau zu ihrem jetzigen Leben veranlaßt haben? Habe ich ihr mit meinem Auftauchen ein Stück ihrer Vergangenheit zurückgebracht? Ich weiß es nicht. Aber ich fühle mich nicht gerade wohl, als ich mich so aus dem Staube mache. Es war gut, auch diese Seite von Miami erlebt zu haben.

Aus Fremden werden Freunde

Die Dinner Key Marina ist eine andere Welt, eine perfekt organisierte Anlage mit allem Komfort, einschließlich Wachmannschaft. Sie liegt geschützt und idyllisch fast am Ende der Biscayne Bay, unweit dem Einkaufs- und Restaurantviertel Coconut Grove, das seinen sympathischen, kleinteiligen Bau-Charakter erhalten hat, auch nachdem es von Miami geschluckt wurde. Boutiquen, Galerien und Straßencafés laden zum Verweilen ein. In der Tat ein geeigneter Platz, um mein Schiff und mich für die Reise nach Europa vorzubereiten. An Mädchen gibt es diesmal nicht viel zu tun, dafür aber an mir. Die Rückenschmerzen haben sich verschlimmert, es wird höchste Zeit für einen Besuch beim Chiropraktiker.

Wie eine gute Fee taucht Marcella auf, weiß Rat und eine Adresse. Sie ist eine bemerkenswerte und begeisterungsfähige Frau. Hätte sie Zeit, würde sie sofort bei mir anheuern. John und sie sind nach dem Prager Frühling aus der Tschechoslowakei nach Florida ausgewandert und haben sich in Miami eine neue Existenz aufgebaut. Das war bestimmt kein leichter Weg. John junior zählt inzwischen zu den Collegeabsolventen, um die sich die Universitäten reißen.

Gleich am nächsten Morgen vereinbare ich einen Termin bei Dr. Andrew Grant, wo mich Marcella schon avisiert hat. Fehlt nur noch ein Taxi. Ein Mann und ein junges Mädchen sind gerade dabei, Werbezettel an die Anschlagtafeln der Marina zu heften, und drücken mir einen davon in die Hand. Im Weitergehen werfe ich einen Blick darauf, mache sofort kehrt und stelle mich als Kundin vor. Denn Derek und Claire bieten Fahrten ins Stadtgebiet von Miami an. Schnell einigen wir uns über den Fahrpreis.

Dereks Kleinbus ist gleichzeitig sein Heim und daher von besonderer Art. Sein Beifahrersitz ist eine Cola-Kiste, natürlich mit Kissen, und in den Linkskurven öffnet sich die Tür von selbst. Später binden wir sie lieber zu. Doch Dereks Ortskenntnis und die Sauberkeit im Auto machen diese kleinen Mängel bei weitem wett.

Die erfahrenen Hände von Dr. Grant rücken mich zurecht. Ich kann wieder aufrecht gehen. Mit nur einer Konsultation ist es allerdings nicht getan, er will mich in zwei Tagen noch einmal behandeln – und tut es mit Erfolg. Danach verlangt er keinen Cent von mir, nur das Versprechen, meine Reise gut zu Ende zu bringen. Ich bin so verblüfft über diese großzügige Geste, daß mir nicht einmal die passenden Dankesworte einfallen. Wieder einmal erlebe ich einen selbstlosen persönlichen Einsatz – wie schon so oft auf dieser Reise.

Die Vereinbarungen mit Derek klappen hervorragend. Wir legen meine Einkaufstour und den Preis fest, dann geht es los. Allerdings frage ich nicht, warum er mich jedesmal an einem anderen Treffpunkt abholen will. Diesmal fällt mir auf dem Rückweg zur Marina noch eine Besorgung ein – kein Problem, fahren wir eben einen kleinen Umweg. Als ich wieder aus dem Laden komme, steht Dereks Auto mitten auf der Straße und dahinter ein Streifenwagen. Gefällt mir gar nicht. Claire ist sehr aufgeregt, von ihr kann ich nichts erfahren. Derek selbst sitzt im Polizeiauto und muß mit zur Wache. Ich merke schon, daß ich hier besser nicht weiter insistiere. Zusammen mit Claire fahre ich im Kleinbus zur Marina zurück und lade aus. Dabei entdecke ich im Auto mehrere Zettel, die nach Strafmandaten aussehen. Vielleicht kann ich mit ihrer Begleichung Derek helfen? Ich bitte Claire, sich darum zu kümmern, und gebe ihr Geld. In der Nacht schlafe ich etwas unruhig, weil ich mich für den Zwischenfall mitverantwortlich fühle.

Am nächsten Morgen steht Derek auf dem Steg und lacht. „Kommt nicht in Frage, daß du für meine Fehler bezahlst", sagt er und drückt mir das Geld wieder in die Hand. Als unsere letzte Fahrt ansteht, tut uns das beiden leid.

Das Wochenende verbringe ich mit Marcella und John. Sie zeigen mir die Stadt, wir besuchen Galerien, und ich bin Gast in ihrem Haus. Am Sonntagnachmittag kommen sie mit an Bord. John nimmt mir die Montage einer neuen Reffwinsch ab und plagt sich an meiner Stelle mit dem zähen Niro herum. Die Stimmung ist so fröhlich, als wollten wir gleich gemeinsam auslaufen, dabei heißt es Abschied nehmen. Marcella überrascht mich noch mit einer Auswahl an frischem Obst und Gemüse. Ich muß ihr versprechen, jeden Tag ordentlich davon zu essen.

Als ich vor neun Tagen in Miami eingelaufen bin, habe ich hier keinen Menschen gekannt. Und jetzt verabschiede ich mich von Freunden. Ihre Gedanken und guten Wünsche werden mich begleiten.

9. Miami – Brest

Nonstop über den Atlantik

Am 29. Mai ist es soweit, wir machen uns auf den Weg nach Hause. Beim Abschiedstelefonat ist mein Vater erstaunt, daß ich keinen Zwischenstopp auf den Azoren einplane. Habe aber nicht die Absicht, diese Inselgruppe anzulaufen und mich zum Schluß womöglich mit nördlichen Winden herumzuschlagen. Nein, wir werden den Bogen gleich bis Brest schlagen und dabei den Golfstrom nutzen.

MÄDCHEN ruckt schon unruhig in ihren Leinen. Nachdenklich betrachte ich sie und gehe in Gedanken noch einmal alle wichtigen Punkte durch. Aber es bleibt dabei, wir sind startklar zu unserer letzten Etappe und warten nur noch auf die Kenterung des Stromes.

Vor zwei Tagen ist eine tropische Depression durchgegangen, nun verspricht die Wettervorhersage für die nächste Zeit gute Bedingungen. Ich freue mich auf den Nordatlantik. 1981 habe ich ihn auf der RASMUS zusammen mit Wolfgang und anderen Segelfreunden schon einmal überquert, allerdings etwas früher im Jahr. Aber auch jetzt liegt meine Zeitplanung noch auf der sicheren Seite. Insgeheim hoffe ich, daß meine Erlebnisse in diesem Seegebiet heranreichen werden an die großartigen Situationen im Südpazifik.

Um 13.30 Uhr manövriere ich MÄDCHEN vorsichtig aus der Box. Die betonnte Ausfahrt bringen wir schnell hinter uns und folgen dann dem Intracoastal Waterway, um über die Hauptausfahrt von Miami Harbor in den Atlantik zu gelangen. Die geschützten

Gewässer täuschen, der Himmel verrät, daß es draußen lebhaft zugehen wird. Wechsle noch schnell auf die Genua IV, und wirklich, kaum haben wir den Bug vor die Ausfahrt gesteckt, erfaßt uns ein frischer Südost. Bin so damit beschäftigt, MÄDCHEN an die Steuerbordtonnen des Fahrwassers hochzudrücken, daß ich gar nicht merke, wie schnell achteraus ein Frachter herankommt. Habe wohl ein ziemlich dummes Gesicht gemacht, als der große Bruder in Lee an uns vorbeizieht.

Nach einer halben Seemeile können wir abfallen und auf einen bequemeren Nordnordostkurs gehen. Am frühen Abend sind wir auf der Höhe von Fort Lauderdale, dem Segeldorado von Florida. Zwei Wochen vor unserem Eintreffen in Miami sind dort die Teilnehmer der Whitbread-Regatta gestartet, und heimlich hatte ich gehofft, auf das Feld dieser perfekt gesegelten und ausgestatteten Rennyachten zu treffen – keine Chance. Der beste Weg, sie nicht zu verpassen, wäre das Rennen mitzusegeln, aber dazu fehlt es in Deutschland leider an Sponsoren. „Genug geträumt", ermahnt mich MÄDCHEN, „paß lieber auf, daß wir den Golfstrom optimal nutzen."

Keine Zeit für Trauminseln

Der Nordatlantik ist uns freundlich gesinnt. Mit einer frischen Backstagsbrise und dem kräftigen Schub des Golfstroms liegen die Bahamas schon am nächsten Morgen in unserem Kielwasser. Der Seeraum nach Osten ist wieder offen, ein beruhigendes Gefühl. Während wir in guten Bedingungen segeln, ist für das Gebiet 300 sm weiter nördlich Sturm aus Nordwest angesagt. Ich möchte wahrhaftig nicht in dieser Strömung stecken, wenn es aus den nördlichen Sektoren weht, denn das muß sich schlimm auf den Seegang auswirken. Dankbar genieße ich den schönen Tag, sehe dem Spiel der Delphine zu und versuche, dem Sargassokraut auszuweichen. Diese schwimmenden braungrünen Seegrasteppiche bringen es glatt fertig, meine Selbststeueranlage zu blockieren: kein Problem, wenn das Pendelruder so leicht aus dem Wasser genommen werden kann wie bei uns, eben nur lästig.

Mit unserer Mittagsbreite am 1. Juni stehen wir bereits auf dem Breitengrad der Bermudas. An Bord herrscht Sonntagsstimmung, allerdings nur bis zum frühen Abend. Dann werden Gummistiefel und Ölzeug fällig, denn irgend etwas drückt die Isobaren des Hochs so zusammen, daß es für ein paar Stunden aus Südost hart zu wehen beginnt und MÄDCHEN zum erstenmal seit langem wieder unter dreifach gerefftem Großsegel fährt. Die See benimmt sich äußerst seltsam. Ihre steilen und kurzen, überkippenden Wellen machen den Eindruck, als würden sie über irgendetwas stolpern und dabei ihre Schaumkämme nach vorne werfen.

Wie immer im ungünstigsten Moment passiert etwas mit dem Material. Es ist zwar nur der zwischen den Achterstagen hängende Radarreflektor, der sich selbständig macht, weil eine seiner seitlichen Befestigungen durchgescheuert ist. Aber jetzt tobt er da oben herum. Wenn ich nicht bald etwas unternehme, vertörnt er sich so, daß ich ihn nicht mehr herunterbringe. Das Geduldspiel beginnt, denn ich will weder den Reflektor noch seine Heißleine verlieren. Endlich klappt es, und wir haben wieder Ruhe an Bord.

Leider nicht ganz. Im Seegang arbeitet MÄDCHENS Rumpf so hart, daß die Schottwand unangenehm knarrt. Genervt gehe ich auf die Suche nach der Schadstelle. An die Verschraubung komme ich nicht heran, kann also die eigentliche Ursache, eine gelockerte Schraube, nicht beheben. Aber Schmieren könnte helfen. Mit einer Spritze presse ich Teflonfett in die Ritze, und es wirkt. Der Friede an Bord ist wieder hergestellt. Es sind oft solche Kleinigkeiten, die auf die Stimmung drücken. Unordnung und Klappern der verstauten Vorräte schaffen Unruhe, auch in mir. Die Geräusche der See dringen nur halb so bedrohlich in die Kajüte, wenn dort alles in Ordnung und fest an seinem Platz ist.

Kurz nach Mitternacht kann ich bereits wieder mit dem Ausreffen beginnen. Schön, daß mir der Sternenhimmel dazu soviel Licht schenkt. Zufrieden segeln wir dem Morgen entgegen, der uns einen wolkenlosen Tag und eine Schiffsbegegnung bringt. Ein etwa 14 m langer Segler unter englischer Flagge kommt schnell auf und zieht an uns vorbei. Die durchgehenden Latten in seinem Großsegel weisen ihn als schnelle Rennyacht aus. Impulsiv eile ich zum Mast, reffe aus und amüsiere mich dann selber über mein

Rennfieber. Das einzige Resultat ist, daß wir jetzt genauso stark krängen wie der Kollege, der uns bereits in seinem Kielwasser gelassen hat.

Am frühen Morgen des 3. Juni wache ich nach vier Stunden Schlaf gut erholt auf. MÄDCHEN hat inzwischen eigenmächtig unseren Kurs auf Ost geändert. Der Wind hat auf Südsüdwest gedreht und frischt auf. Dazu kommt ein roter Sonnenaufgang, Eisnadelbewölkung und ein fallendes Barometer – das sieht nach einer aufziehenden Front aus. Mal abwarten, was uns dieser Sonntag noch bringt. Je weiter nördlich wir kommen, desto wohler fühle ich mich. Die Temperaturen sind sehr angenehm, nachts kühlt es wieder etwas ab. Ich genieße es, die Frische im Gesicht zu spüren und mich wohlig in eine Jacke zu kuscheln. Am schönsten aber ist, daß es wieder eine Dämmerung gibt. Diese Stunden des Verharrens vermitteln den Eindruck eines gelassenen Wechsels von Tag und Nacht.

Na bitte, am Abend haben wir unsere Kaltfront. Der Südwest hat derart aufgefrischt, daß ich das Großsegel ganz auf den Baum binden muß. Plötzlich luvgierig und instabil geworden, hat MÄDCHEN mich von meinem Platz auf der Luvbank im Cockpit geworfen. Jetzt habe ich Mühe, das Segel ordentlich auf den Großbaum zu binden, weil mir die Böen das Tuch immer wieder aus den Händen reißen. Entschlossen zurre ich die Leine fest. Wenn erst der Großbaum mittschiffs steht, lassen vielleicht auch die Drehbewegungen nach, die MÄDCHEN im Takt der anrollenden Seen ausführt. Nun braucht noch die Genua IV ein Reff, auch wenn es auf dem Vorschiff naß zugeht. Am Ende rauscht mein Schiff nur unter sieben Quadratmetern am Vorstag in die aufziehende Dunkelheit.

Was soll dieses Licht direkt voraus? Stehe da und versuche es zu identifizieren. Zuerst glaube ich noch an die Lampe eines kleinen Fahrzeugs, das in den Seen auf und ab tanzt. Nein, das Licht ist viel zu stark und vor allem zu gelb, als daß es von einem Boot stammen könnte. Ich beobachte konkreter und zähle tatsächlich eine Kennung aus. Hier gibt es doch keine Tonne! Dennoch fahren wir eindeutig auf einen Viererblitz zu. Noch nie habe ich aus meinem Stapel von Seekarten so schnell die richtige herausgefunden. Jetzt ist aber Schluß mit der nostalgischen Benutzung meiner Seekarte von der Atlantiküberquerung 1981; vor mir auf dem Tisch liegt die neueste Ausgabe des Übersegler für den Nordatlantik. Schnell trage ich darauf unseren gegißten Ort ein. Na klar, da ist die Tonne eingezeichnet – und wir sitzen gleich drauf! Draußen stellt sich die Situation weniger dramatisch dar. Mir bleibt Zeit abzufallen und in Lee an dem riesigen Tonnengebilde vorbeizugehen, das als bedrohlicher Schatten dunkel auf der See tanzt.

Hervorragend! Das war auf 120 sm weit und breit das einzige Hindernis, und wir hatten es direkt im Bugkorb: eine der Groß-tonnen, die entlang der US-Ostküste ausgebracht sind. Sie dienen weniger der Navigation als der Aufzeichnung von meteorologischen und ozeanographischen Daten. Meine Tonne stand auf 35° Nord und 73° West, und leichter konnte ich einen exakten Standort nicht bekommen. In Schönschrift trage ich die Koordinaten ein.

Bis Mitternacht ist die Entrüstung über meine Zielfahrt abgeflacht und macht der Freude über ein Etmal von 135 sm Platz. Und so gut bleiben wir auch weiterhin. Allerdings sorgen Gewitter und Regenböen in den nächsten Tagen für Abwechslung und halten mich auf Trab mit Einreffen, Ausreffen, Vorsegel wechseln und selbst Ruder gehen. Das Relingskleid ist längst wieder hochgebunden, die See hat ungehinderten Zutritt zur Plicht. Auch das Steckschott ist wieder fest verriegelt, ich steige wie gehabt über das Niedergangsluk ein. Kurzfristig losfauchende starke Böen machen den Seegang unregelmäßig. Das bekannte Spiel geht wieder los, nur diesmal in umgekehrter Reihenfolge: Wind aus Südwest, West und Nordwest, dann schwächt er vorübergehend ab, um sich aus Südwest erneut aufzubauen. Aber ich darf mich nicht beschweren. Schließlich habe ich mich genau deshalb auf den Nordatlantik gefreut.

Ein Hubschrauber kommt zu Besuch

Fein, die Front ist durch und läßt uns ab mittags am 6. Juni in einer Flaute sitzen. Der Wind probiert es zunächst aus allen Himmelsrichtungen, bis er sich am Abend des nächsten Tages erneut aus Südwest durchsetzt. Ich fühle, daß dies eine schöne Nacht werden wird. In der flachen See segelt Mädchen unter Vollzeug, als schwebe sie übers Wasser, als gehöre sie nicht mir, sondern nur sich selbst und der See. Der seidige Glanz des Vollmonds läßt ihre Segel zart und transparent erscheinen. Ich fühle mich zu Hause, löse mich aus meinen Träumen erst, als ein feiner Wolkenschleier den Glanz der Sternennacht dämpft. Später weicht sie einem diesigen Morgen, aber der handige Südwestwind bleibt uns treu.

Bei meinem Kontrollgang werde ich durch ein Geräusch in der Luft abgelenkt. Was will denn hier, 300 sm nördlich der Bermudas, ein Hubschrauber? Wachsam halte ich Ausschau und entdecke kurz darauf achteraus im Dunst die graue Silhouette eines Kriegschiffes. An Steuerbord voraus bilden sich ebenfalls die Umrisse eines Schiffes aus. Ihr grauer Anstrich tarnt die Burschen gut.

Da frage ich doch besser mal über Funk nach, was hier vorgeht. Alles in Ordnung, sie wünschen mir eine gute Reise. Ich nehme meinen ganzen Mut zusammen, rufe die Marine nochmals an und bitte sie um Übermittlung eines Telegramms an meine Eltern. Das wird mit einer ungewöhnlich langen Pause quittiert, und dann kommt die trockene Antwort: „Expect my helicopter in ten minutes." Da muß ich doch schlucken. Ich weiß genau, daß ich um ein „cable" gebeten habe, warum um alles in der Welt schicken sie mir einen Hubschrauber? Und was nun? Sie werden mich gleich zurückrufen und Instruktionen durchgeben. Am liebsten würde ich kneifen, ihnen sagen, daß sie ihren Hubschrauber behalten sollen. Andererseits bin ich natürlich sehr gespannt, was da auf uns zukommt. Während ich die Segel berge und alle losen Teile aus dem Cockpit schaffe, versuche ich mich zu erinnern, was ich bisher über solche Manöver gelesen habe.

Dann wird es höchste Zeit, die Nachricht an meine Eltern zu schreiben. Natürlich ist zunächst kein Umschlag zur Hand, und die Sucherei beginnt. Worauf habe ich mich da nur eingelassen? Schaffe es gerade noch, das Kuvert zu adressieren, schon ruft mich die Marine wieder. Dabei weiß ich noch nicht mal, mit welchen Kriegern ich's zu tun habe. Weder ihre Nationalität noch die Schiffsnamen sind mir bekannt.

Ich mache einen letzten schwachen Versuch, mich aus der Situation herauszumogeln. „Don't worry", höre ich da. „Now I will give you the instructions." Ich soll mir keine Sorgen machen? Leicht gesagt. Aber die Instruktionen sind klar: Der Hubschrauber wird mir eine Tasche bringen. Ich darf die Leine, an der sie abgeseilt wird, nicht ergreifen, nicht festhalten oder gar am Schiff befestigen. Erst wenn die Tasche an Deck liegt, soll ich meinen Brief hineinstecken und sie verschließen. Alles andere ist Sache der Helikoptercrew.

Der Lärm des Hubschraubers verschluckt die letzten Worte meiner Bestätigung. Er fliegt uns seitlich an, seine Tür ist geöffnet. Unter einem kleinen Galgen baumelt bereits besagte Tasche. Der Wind der Rotorblätter fegt über uns hinweg und läßt erst nach, als der Helikopter direkt über dem Schiff steht. Hinter den Visieren der Helme kann ich die Gesichter der Männer erkennen, die sich aus der Tür beugen und der Tasche mit Blicken folgen. MÄDCHEN rollt in der groben See von einer Seite zur anderen und bietet kein leichtes Ziel. Immer wieder landet die Tasche im Wasser. Bin ständig versucht, sie mit dem Bootshaken zu angeln, folge aber den Anordnungen und beobachte untätig vom Cockpit aus. Endlich, nach mehreren Versuchen, liegt die Tasche für ein paar Sekunden an Deck. Das reicht. Schon ist der Brief drin, der Klettverschluß zugedrückt. Hoffnungsvoll schaue ich nach oben, aber was ich da sehe, jagt mir einen Schreck ein: Die dünne Leine ist am Masttopp festgekommen! Renne nach unten und melde es über Funk. Das ist ja grotesk – wegen eines läppischen Briefes hängt MÄDCHENS Mast jetzt an der Leine eines Helikopters!

Zum Glück habe ich gar keine Zeit, mich über eventuelle Schwierigkeiten aufzuregen. Es kommt bereits die Entwarnung. Erleichtert renne ich nach oben und sehe die Tasche gerade noch entschweben. Der Windex war die Ursache für das Festkommen der Leine, er fehlt nämlich jetzt. Macht nichts, Hauptsache, der Hubschrauber verschwindet wieder. Inzwischen habe ich auch mitbekommen, welcher Briefträger mich da so zuvorkommend bedient. Es ist die britische Royal Navy. Erstatte nochmals Meldung und bedanke mich für diese ungewöhnliche Erfahrung. Der Offizier versichert mir, daß mein Brief morgen von den Bermudas aus auf den Postweg gebracht wird. Nach diesem Manöver habe ich eine ganze Menge zu grübeln, muß aber zunächst MÄDCHEN wieder in Fahrt bringen. Dank einer großen Tasse Tee findet mein Pulsschlag anschließend wieder zu seinem normalen Rhythmus. Plötzlich muß ich laut lachen, denn mir fällt ein, daß ich vergaß, den Brief in eine Plastiktüte zu stecken. Die Tasche war doch pitschnaß! Amüsiert stelle ich mir vor, wie jetzt ein Offizier an Bord des Kriegschiffes den mit soviel Aufwand erbeuteten nassen Umschlag entgegennimmt.

Aber selbstverständlich war das kein Problem für die Royal Navy, wie ich nach meiner Ankunft zu Hause erfahre. Ich hatte es mit der Fregatte HMS BRAVE zu tun, die sich mit einem Begleitschiff zu Übungszwecken im Seegebiet der Bermudas aufhielt. Mein Brief wurde in einen amtlichen Umschlag mit dem Aufdruck *On Her Majesty's Service* gesteckt und neu adressiert. In dieser Form erreichte er mit einem freundlichen Empfehlungsschreiben von Sub-Lieutenant K.C. Hood meine Eltern.

Von all dem habe ich im Augenblick natürlich noch keine Ahnung. Mich beschäftigt vielmehr die Frage, wie solch ein Manöver bei Sturm und rauher See abläuft und ob es dann möglich ist, von einer Yacht mit stehendem Rigg einen Menschen abzubergen. Die Chancen für Schiffbrüchige, am Rettungsseil heil durch die Verstagung eines Mastes zu kommen, stehen wohl nicht sonderlich gut. Ich würde dann eher ins Wasser springen, um mich auffischen zu lassen, aber das sagt sich so einfach.

Vor den Tiefs nach Osten

Am 11. Juni hätte es der Sturmwarnung des amerikanischen Wetterdienstes nicht bedurft, die Anzeichen waren eindeutig. Schnell baut sich eine schlimme See auf. Gespannt verfolge ich die Entwicklung und reduziere die Segelfläche immer mehr, bis am Ende nur noch das Trysegel und die gereffte Genua IV stehen. Im Südwesten zieht eine dunkle Wolkenwand nach der anderen auf und schickt uns ihre pfeifenden Böen. Die See wird grob, weiß und hoch, marmoriert mit hellen Streifen. Fahre einen etwas raumeren

Kurs, damit MÄDCHEN besser in die Wellen paßt. Und ab geht's! Sie surft mit den Seen und badet im Schaum ihrer Kämme.

Ja, das ist der Grund, weshalb ich mich auf den Nordatlantik gefreut habe. Dem Rauschen des Windes und der brechenden Schaumkämme lauschend, sitze ich am Ruder. Immer noch fahren wir eher zuviel Tuch als zu wenig. Es sind vor allem die Böen, die uns so hart treffen. Die Nacht wird dunkel, von Regenschauern akzentuiert. Schade, hier gibt es keine Vögel, die uns begleiten und durch ihre Anwesenheit demonstrieren, wie selbstverständlich sie trotz ihrer Zerbrechlichkeit mit dem Unwetter umgehen.

Endlich ist es mir gelungen, aus dem Wetterbericht die exakte Lage des Tiefs, das uns diese Bedingungen beschert, herauszuhören. Also hatte ich mich beim ersten Mal nicht verhört, die Störung liegt wirklich auf 36° Nord und 65° West und der Kern demnach zirka 300 sm westlich von uns. Auch am nächsten Tag weht es immer noch aus Südwest, jetzt aber bei Sonnenschein. Das sieht aus wie Rückseitenwetter. Doch warum dreht dann der Wind nicht? Er bleibt hartnäckig bei Südwest, obwohl der Luftdruck zu steigen beginnt. Ich zeichne mir eine Wetterkarte, um die Situation besser zu verstehen. Dieses Tief ist an beiden Flanken von Hochdrucksystemen eingekeilt und stationär. Es schickt seine Fronten bis auf 32° Süd hinunter, die uns bei ihrer Linksschwenkung natürlich von Südwesten treffen müssen. Also: Je schneller wir Weg nach Osten machen, desto weniger treffen uns die Fronten. Die Meteorologen versprechen, daß das Tief noch zwei Tage lang festsitzen wird. Welch ein Glück, daß wir die Depression im Rücken haben und nicht erst durch sie hindurch müssen!

Mein Schiff tut sein Bestes, mit den Seen stürmt es nach Nordost. Am Abend übernehme ich selbst die Pinne, um ein Gefühl für den Ruderdruck zu bekommen, und steuere durch Schaumplatten, die im Mondlicht aufleuchten, durch den heulenden Wind und die zischenden Seen, die uns hochheben und in ihre Täler rauschen lassen. Am nächsten Morgen haben wir die Geschichte so gut wie hinter uns. Der Wind läßt etwas nach, wird gleichmäßiger. Sofort reffe ich die Genua aus. Mir ist an einem ausreichenden Vorsprung gelegen, bevor sich das Tief in Bewegung setzt.

Komme nur noch schwer über das Niedergangsluk in die Kajüte, die Kletterei strengt mich an. Meine Kondition ist nicht die beste. Ich spüre jeden Muskel und fühle mich schwer wie ein Stein. Aber der Sonnenuntergang war klar, die Bewölkung ist aufgerissen, es werden bald bessere Zeiten kommen.

Ich sollte mir endlich Frühstück machen. Lustlos setze ich Kaffeewasser auf und richte mir ein großes Müsli, nur um angewidert darin herumzustochern und schließlich die Hälfte über Bord zu kippen. Ich esse überhaupt viel zu sporadisch, rauche unmäßig und trinke zuviel Kaffee. Wie soll ich da mein Gewicht halten? Hinzu kommt, daß ich ständig in schwerem Ölzeug, das durch das Werkzeug in den Taschen zusätzlich belastet wird, über den Niedergang turne. Habe das mal ausgerechnet: Meine 63 kg plus 7 kg Kleidung jeweils 1,30 m hochzustemmen, das sind 91 mkp. Bei nur 48 solcher Übungen pro Tag macht das eine Leistung von 4368 mkp. Kein Wunder, daß es mich anstrengt.

Ein paar Minuten nur, ganz kurz, will ich mich vor meinem Kontrollgang noch ausstrecken. Lege mich in Ölzeug und Stiefeln auf die Leekoje und bin sofort weg. Nach drei Stunden Schlaf blinzle ich verwundert in den hellen Sonnenschein, gehe schuldbewußt mein Schiff und die Selbststeuerung überprüfen. Zum Glück ist draußen alles in bester Ordnung. Vorsorglich wechsle ich die Steuerleinen der „Pazifik“ aus, aber seit ich kugelgelagerte Umlenkblöcke montiert habe, ist der Verschleiß längst nicht mehr so hoch. Allmählich ist mein Schiff segeltechnisch so gut ausgestattet, daß es kaum noch Verbesserungsmöglichkeiten gibt. An Deck habe ich allerdings wieder eine weiche Stelle entdeckt, nicht großflächig, doch so, daß sie beim Auftreten spürbar ist. Das werde ich nach meiner Rückkehr in Angriff nehmen müssen. Es ist ohnehin erstaunlich, wie gut sich MÄDCHEN gehalten hat. In ihrem Alter und nach solch einer Reise darf sie sich schon ein paar Schwachstellen leisten. Ich habe ja auch welche.

Im Lauf des Tages wird das Wetter immer besser, der Luftdruck steigt langsam und regelmäßig. Wir sind sauber in die Oberseite des Azorenhochs gefahren: Gelegenheit zum Ausruhen.

Am 15. Juni haben wir den Klabautermann an Bord. Es passieren lauter kleine Mißgeschicke. Während MÄDCHEN unter Vollzeug nach Osten zieht, mache ich mich daran, die Salondecke vom Petroleumruß zu befreien. Leichtsinnig stelle ich dabei den Eimer mit der Lauge auf den Motorkasten. Er kippt natürlich um, und die schwarze Brühe landet in meiner Koje. Das ist besonders gemein, denn diese Koje mit Kissen, Decken und Erinnerungsstücken ist mein Nest, hier verkrieche ich mich, wenn's mir schlecht geht. Von hier sehe ich träumend in den Himmel, hier fallen alle wichtigen Entscheidungen. Diese Koje wird nie aufgeräumt, das macht sie so heimelig, auch wenn ich darin auf zwei oder drei Büchern liege. Die schwarze Brühe in meinem Nest empfinde ich als ganz persönlichen Angriff, mal abgesehen von der Räumerei, die damit auf mich zukommt.

Das Reinigen der Petroleumlampen geht ebenfalls nicht ohne Ärger ab. Die Dinger sind so verrußt, daß ich sie über dem Wasser auseinandernehme, um den Schmutz nicht im Cockpit zu haben. Am Schluß fehlt dann der Brenner mit dem Docht. Hätte nicht statt seiner der Glaszylinder über Bord gehen können? Davon ist noch Ersatz vorhanden.

Eigentlich hätten diese Vorkommnisse mir Warnung genug sein müssen. Aber nein, ich muß auch noch die Mastwinsch auseinandernehmen, weil sie zu locker sitzt. „Springring" ist eine äußerst treffende Bezeichnung für die Sicherung der Trommel. Natürlich springt dieser Ring davon, irgendwohin und unauffindbar. Jetzt muß ich dieses Teil aus einer weniger gebrauchten Winsch ausbauen und diese provisorisch zusammenhalten. Danach packe ich endlich mein Werkzeug weg, schnell, bevor ich noch mehr Unheil anrichte, und genehmige mir ein Sonnenbad zur Erholung. Der Himmel zeigt sich inzwischen in sommerlichem Blau, der Wind wird verhaltener und die See regelmäßiger. Unsere kleine Welt ist wieder in Ordnung.

Neugierig auf das größere Deutschland

Am Abend höre ich wieder die Nachrichten der Deutschen Welle. Ich will mich informieren, schließlich sind wir auf dem Weg nach Hause, und ich komme zurück in ein gewandeltes Deutschland: eine aufregende Perspektive. Aber was weiß ich schon von den Veränderungen, von den Problemen und Möglichkeiten meines in der Zusammenführung begriffenen Landes? Die Nachrichten warfen nur Schlaglichter auf die tempogeladenen Bemühungen zur Wiedervereinigung. Von den unmittelbaren Auswirkungen auf die Menschen habe ich kaum etwas gehört. Die Erzählungen deutscher Reisender, die ich befragte, waren emotional geprägt oder zurückhaltend wie vor etwas Unfaßlichem. Zu sehr war das Anormale für uns alle zur akzeptierten Wirklichkeit geworden.

In Deutschland passiert jetzt Geschichte, und ich sehe von außen zu. Die Radionachrichten vermitteln mir den Eindruck, daß es daheim nur noch ein einziges Thema gibt und keine anderen Aufgaben und Probleme mehr. Da stimmten mich Gespräche mit Menschen anderer Nationalität begreiflicherweise nachdenklich, denn aus ihnen sprach die Angst vor der Macht des wiedervereinigten Deutschlands und die Sorge, daß im Strudel der Ereignisse und neuen Verpflichtungen die Finanzhilfe für Drittländer leiden könnte. Mich beschäftigt auch, weshalb von den Gruppen, die den Wechsel eingeleitet und mit ganz persönlichem Risiko getragen haben, kaum noch etwas zu hören ist. Daheim scheint es nur darum zu gehen, für die ehemalige DDR Rahmenbedingungen zu schaffen, die zu den Strukturen des Westens passen. Aber werden sie drüben angenommen und engagiert ausgefüllt werden können?

Der Vorzug meines Seenomadenlebens ist es, daß ich nach sehr klaren physikalischen Gesetzmäßigkeiten handeln kann, die Konsequenzen daraus unmittelbar spüre und den richtigen Zeitpunkt zum Handeln leichter erkenne. Bin nur gespannt, wie ich zurückfinden werde in ein von gesellschaftlichen Normen bestimmtes Leben – und was mir bleiben wird von der Freiheit der See.

Schon jetzt habe ich Schwierigkeiten mit den so endgültig und drängend, in schneller Rede vorgetragenen Nachrichten. Sie klingen, als könne es nur so und nicht anders sein. Enttäuscht schalte ich meinen Empfänger wieder aus. Die Stille oder auch die Sprache der See ist viel schöner, lebendiger und fließender. Und das soll schon in ein paar Wochen zu Ende sein? Schnell schiebe ich den Gedanken weg. Lieber verliere ich mich im Anblick der tanzenden Seeschwalben und im Zug der weißen Kumuli über den vom Abendrot bestrahlten Himmel.

Damit beginnt eine friedliche, fast zu ruhige Zeit. Wir sind nämlich doch zu dicht an den Kern des Azorenhochs herangefahren, unsere Breite von 38° ist etwas zu südlich. Für drei Tage verstummt das Singen der Bugwelle, die Segel ziehen kaum mehr. Ein zähes Ringen um jede Meile beginnt. Ich versuche, mit Nordkurs wieder in windreichere Zonen zu kommen, aber es gelingt nicht so recht. Erst vier Tage später haben wir wieder guten Segelwind aus Südwest, leider aber auch eine grobe Dünung aus Nordwest. Total verrückt sind die Schiffsbewegungen, die sich aus beidem ergeben. Nördlich von uns muß es kräftig wehen, aber wir segeln bei hohem Barometerstand gute Etmale heraus.

Am 25. Juni bekommen wir Ärger aus Nordost. Gestern Wetterleuchten und Besuch von einem Fischerboot, heute eine sich schnell aufbauende, steile See. MÄDCHEN geht hart dagegen an. Gischt fliegt über die Sprayhood ins Cockpit, es wird naß und unbequem. Nur mit Trysegel und Genua IV zieht bereits das Leedeck durchs Wasser, und ich kann diesmal keinen Spaß daran finden. Weiß nicht, was mit mir los ist. Bin ich müde, segelmüde? Ich träume von den verpaßten Inselstränden der Karibik, sitze jedoch nachts ergeben an der Pinne und steuere MÄDCHEN durch den steifen Nordost und die verquere, mit Schaumstreifen durchzogene See. Immer wieder treffen uns Wellen, die das Heck nach Lee schleudern und den Bug fast in den Wind schießen lassen. Jeder Schlag ist der falsche. Der Mond ist erst zwei Tage alt, er kann gegen die dunklen Regenwolken nichts ausrichten. So wird es eine bedrückend dunkle Nacht, und erst der Morgen bringt Besserung.

Drei Täge später das Gleiche aus Nordwest. Trotzdem ist dieser 28. Juni ein besonderer Tag. Kurz hat uns heute schon die Sonne zugeblinzelt. Dann gelingt es mir, über einen griechischen Frachter ein Telegramm an meine Eltern abzusetzen. Wir stehen bereits auf 44°17′ Nord, 28°19′ West und haben vergangene Nacht damit den 29. Längengrad gekreuzt, den wir auf der Strecke nach Kapstadt querten. 320 sm südlicher liegen die Azoren. Jetzt begleiten uns auch wieder Seevögel. In der Dunkelheit versucht einer zu landen, kommt aber mit dem Segel nicht klar. Schade, ich hätte mich über seinen Besuch gefreut, denn es ist wieder eine schwarze, windige Nacht.

Am folgenden Nachmittag liegen wir bekalmt in einer nachlaufenden Dünung. Das ist die Gelegenheit zur Reparatur des Baumniederholers, der mir kurz nach Mitternacht wegflog, als sein Schäkel das Loch im Mastfuß aufriß, wo er befestigt war. MÄDCHEN wurde sehr unruhig, als ihr diese Stütze fehlte, und ich mag es überhaupt nicht, wenn der Baum anfängt zu steigen. Jetzt habe ich Muße, mir eine Ersatzlösung auszudenken, und finde sie auch. Als Belohnung gibt es ein Essen mit zwei Gängen, richtig gekocht und schön auf einem Teller serviert. Zur Entspannung dann noch ein heißes Fußbad mit Kräuterzusatz, und ich schlafe zufrieden für mehrere Stunden ein, wieder im reinen mit meiner kleinen Welt.

Bin in den letzten Tagen schnell und mit vollem Einsatz gesegelt – wozu? Es besteht gar kein Grund dafür. Die Wasserschildkröte, die dicht an uns vorbei nach Westen paddelt, erinnert mich daran, wie relativ Zeit und Distanzen sind. Nur 30 cm groß ist das kleine Wesen, das da mit seinen ockergelben Füßchen mitten im Atlantik gegen den Strom schwimmt. Wie oft müssen sich diese Füße bewegen, bis eine Seemeile zurückgelegt ist? Da bin ich mit meinen rund 1000 sm bis Brest fast schon vor der Haustür.

Der Ozean verabschiedet sich

Die häufigsten Eintragungen im Logbuch der nächsten Tage lauten: Nebel, Nieselregen, schlechte Sicht. Das Wettergeschehen ist lebhaft und verlangt von mir häufiges Einreffen, Vorsegel wechseln, Ausreffen und wieder Einreffen. Am 4. Juli ist die Distanz bis Brest auf 500 sm geschrumpft.

Wie viele Grautöne es doch gibt: Gelbgrau, Weißgrau, Schwarzgrau oder Blaugrau, wenn Regen aufzieht. Seit Tagen sehe ich nur noch Grau. Morgens hatten wir 16°C in der Kajüte, dabei dachte ich, hier auf der Nordhalbkugel wäre jetzt Sommer. Der Wind variiert von null bis steife Brise aus den westlichen Sektoren. Seit der

Mond am 22. Juni gewechselt hat, läßt er sich nicht mehr blicken. Dafür hatten wir in der vergangenen Nacht eine stark phosphoreszierende See. Es sah unheimlich aus, wie Kielwasser und Bugwelle aus sich selbst heraus leuchteten, während uns sonst nur schwarze Undurchdringlichkeit umgab. Zündete alle verfügbaren Petroleumlampen an, bis MÄDCHEN sich in einen warmen hellen Punkt auf der dunklen leeren See verwandelte. Es wird für mich nie selbstverständlich sein, wie sie Tag für Tag, Woche für Woche, Monat für Monat zuverlässig ihrer Bahn zieht, bei allen Wetterbedingungen.

Heute morgen haben wir wieder Nieselregen und schlechte Sicht, aber auch eine schöne See mit langen, weißgekrönten Wellenzügen. Berauscht von MÄDCHENS schneller Fahrt, lasse ich die Genua III zu lange stehen. Aber ich kann ihr doch jetzt nicht die Segel kürzen, wenn sie so wunderbar läuft und völlig im Einklang mit den Seen ist. Sie surft wieder, geht mit, läßt sich hochtragen und in die Wellentäler sinken. Ich mache den obligatorischen Kniefall vor der Selbststeueranlage, um den Sitz der Muttern zu prüfen, dann gehe ich nach unten.

Pfannkuchen gibt es heute zum Frühstück, und sie gelingen trotz der temperamentvollen Schiffsbewegungen. Das Rauschen des Wassers an der Bordwand liefert die Begleitmusik zu meiner Mahlzeit. Dieses Geräusch kann viel, es erzählt mir von den Bedingungen draußen und nimmt in seinem Gurgeln meine Bedenken und Sorgen mit. Es ist das Zeichen ständiger Bewegung, ein Ausdruck für Unterwegssein.

Gelassen nehme ich den Regenschauer hin, der mich überrascht, als ich draußen die Pfanne säubere. Warum habe ich eigentlich das Frachtschiff, das vorhin nördlich von uns am Horizont entlangzog, nicht angerufen, um meine Positionsmeldung durchzugeben? Vielleicht nehme ich es übel, daß mir immer häufigere Schiffsbegegnungen die Illusion von der Einsamkeit dieses Ozeans rauben. Er ist in der Tat in allen Himmelsrichtungen durchzogen von den Kielwassern der Berufsschiffahrt: ein Nutzobjekt, entstellt durch Müll und schwarze Ölklumpen. Meine Stimmung ist in den letzten Tagen abgesackt und bestenfalls widersprüchlich. Einerseits will ich den Kreis so schnell wie möglich schließen, andererseits kann ich mir nicht vorstellen, daß meine Weltumsegelung bald eine Realität sein wird, von der ich in der Vergangenheitsform rede. Typisch für mich, daß wir unseren Ausgangskurs erst dann kreuzen werden, wenn wir in die Bucht von Brest einlaufen. Bis zum letzten Moment soll der Kreis offen bleiben.

Meine Standorte trage ich seit kurzem zusätzlich auch in die Pilot Charts ein, um zu sehen, wie wir zu den Routen der Großschiffahrt stehen. Mußte schon mehrfach feststellen, daß die Frachter ihre Kurse auch weitab der markierten Wege legen. Schlafpausen sind für mich jetzt knapp bemessen, ich halte viel Ausschau. Wie ein Magnet zieht der Westausgang des Englischen Kanals alle Schiffahrtsrouten an, von denen wir die meisten queren. Warum müssen wir auch gerade jetzt so schlechte Sicht haben? Mir fallen bald die Augen aus dem Kopf.

Noch einmal erlebe ich eine phantastische Nacht mit Rückseitenwetter: im Mondlicht hell aufleuchtende, lange weiße Wellenkämme und Sterne, die mir zublinzeln, als wollten sie mir sagen, daß alles gut ausgehen wird. Die aufziehenden dunklen Wolkenbänke fegen schnell über den Himmel, ihre Dichte reicht nicht aus, um die Nacht zu verdunkeln. Wir segeln! Wir segeln so flott, daß die Plicht über die Lenzrohre Wasser zieht. In meiner Begeisterung bleibe ich draußen und feuere mein Schiff an.

Hoppla, das war eine See, die ins Cockpit geleckt hat. „Gudrun, wechsle endlich auf die Genua IV, oder willst du unbedingt noch den Fockbaum absegeln?“ Dabei hat er schon eine bedenkliche Biegung und sieht aus, als wolle er jeden Moment in der Mitte knicken. Beim Lösen des Niederholers merke ich, was für ein Druck darauf steht und was mich beim Segelwechsel erwartet. Der Wind hat zu heulen begonnen.

Die Genua IV steht, und ich bin bereits auf dem Rückweg nach achtern, als ich beschließe, ihr Vorliek noch etwas straffer durchzusetzen. Dabei gebe ich zuviel Lose, das Segel schlägt zwei-, dreimal, entledigt sich der Schot und weht knatternd nach vorne aus. Der Ringsplint am Schnappschäkel hat sich im Relingsnetz verhakt und den Bolzen selbsttätig geöffnet. Ich komme ganz schön auf Touren, bis alles wieder gebändigt ist. Ungerührt hat die

Selbststeueranlage MÄDCHEN inzwischen auf Kurs gehalten. Die beiden machen einfach weiter, als wäre nichts geschehen. Stimmt ja auch, solche Dinge gehören zum Alltag auf See. Die brechenden Kämme, die Gischt im Gesicht, die Schaumplatten und mein fliegendes Schiff, das ist Leben! Diese Nacht putscht mich noch einmal auf. Erst als der Wind am späten Morgen spürbar nachläßt, verhole ich mich für ein paar Stunden in die Koje.

Ausgangskurs gekreuzt!

Die MS FESTO nimmt am Nachmittag mein Telegramm an. Gebe meinen Eltern für den 6. Juli als Position durch: 47°45′ Nord, 11°15′ West. Wir stehen nur noch 270 sm westlich von Ouessant. Muß mich langsam auf die Ansteuerung von Brest vorbereiten.

Ha, es gibt ihn also doch noch, den Wetterbericht von Norddeich Radio! Man hat ihn nur um eine Stunde vorverlegt und die Vorhersagegebiete neu eingeteilt. Ich staune nicht schlecht, was sich in den zwei Jahren meiner Abwesenheit alles geändert hat. Die Wetteraussichten sind nicht übel, bis auf den kleinen Hinweis „diesig“. Das kann ich nur voll bestätigen. Von dem Moment an, als der Wind auf Südwest drehte, wurde die Sicht schlechter. Hoffentlich bessert sie sich, bis wir zur Küste kommen. Viel Zeit dafür bleibt nicht mehr.

Von wegen Besserung! Das Gegenteil tritt ein, am nächsten Morgen haben wir Nebel. Ich traue mich kaum mehr nach unten in die Kajüte, denn es besteht die reelle Chance, daß aus dieser milchigen Wand jederzeit ein Bigschiff auftaucht. So beginnt unser 40. Tag auf See nicht gerade erfreulich. Wir haben die Front eines südwestlich von Irland liegenden Tiefs zu erwarten, und für die Nacht bekommen wir Starkwindwarnung. Bis dahin werden wir das Schelfgebiet vor Ouessant erreicht haben, denn der Festlandsockel erstreckt sich dort ungünstige 140 sm weit auf See hinaus. Sitze schon den ganzen Vormittag da und knoble: Wir haben noch 170 sm vor uns. Wenn wir so weitersegeln, sind wir am nächsten Abend gegen 20.00 Uhr bei der Ansteuerungstonne Brest – vier Stunden zu früh, denn die Gezeitenströmung wird bis eine halbe

Stunde nach Mitternacht auswärts setzen, bei Springzeit sogar mit vier Knoten. Und natürlich haben wir Springzeit. Ich werde die Segelfläche reduzieren und zunächst einfach weiterfahren.

Zum Glück meint es Rasmus gut mit uns und schickt lediglich 5 bis 6 Bft aus Südwest. Wenn nur dieser Nebel nicht wäre! Ich stiere unverwandt in die weiße Suppe und hoffe inständig, daß unser Radarreflektor seinen Zweck erfüllt. Bei diesem Wetter sind die Radarschirme auf den Brücken der Bigschiffe bestimmt besetzt. Es wäre wirklich zu dumm, wenn uns so kurz vor dem Ziel noch etwas passieren würde. Stoisch bringe ich die Nacht hinter mich und hoffe auf einen Morgen mit besserer Sicht.

Tatsächlich scheint sich bei Tagesanbruch eine Veränderung anzubahnen. Trotzdem bin ich mir immer noch nicht sicher, ob es richtig ist, die Ansteuerung fortzusetzen. Am 8. Juli morgens beträgt unsere Distanz zu Brest noch 55 sm. Davor liegen im Norden Ouessant und die Pierres Noires, eine berüchtigte Insel und ein Flach, das mit seinen starken Strömungen schon manchem Schiff zum Verhängnis wurde. Im Süden schiebt sich die Ile de Sein nach Westen vor. Bei guter Sicht wäre das alles kein Problem, Seezeichen markieren die Gefahrenstellen, Leuchtfeuer leiten durch die Engstelle, den Goulet de Brest. Mein Handikap ist dieser Nebel und die Stromversetzung. Sollte überall zur gleichen Zeit sein, draußen Ausschau halten, in der Karte koppeln, den Funkpeiler ablesen und den Kurs kontrollieren. Mädchen zieht mächtig auf unser Ziel zu, die Seen schieben mit.

Suche Kontakt zu Ouessant Radio, um mir meine aus dem Durchgang des Mondes durch Greenwich und dem Zeitunterschied errechneten Gezeitendaten bestätigen zu lassen – vergeblich. Dafür meldet sich Kapitän Lüder von der Rheingold: „Kann ich etwas für Sie tun?“ Natürlich kann er! Freundlich und zuvorkommend werden meine Wünsche erfüllt, schnell hat seine Brücke die erforderlichen Gezeitendaten ermittelt. Mit dem Strom aus einem Tidenhub von 6,80 m ist nicht zu spaßen. Ich bekomme auch die neuesten Wetteraussichten: West 5 Bft, Nebel, später Sichtbesserung. Zuletzt gibt mir Kapitän Lüder noch den guten Rat, mich in dem unsichtigen Wetter jede Stunde über UKW-Kanal 16 mit Position, Kurs und Geschwindigkeit zu melden.

Erstaunt frage ich nach, ob das auf dieser Frequenz denn zulässig sei. Aber sein Argument überzeugt: „Uns ist es lieber zu wissen, wer hier jetzt unterwegs ist."

Sichtbesserung? Das hört sich ja gut an. Also machen wir weiter: An Steuerbord ein Fischer auf Kollisionskurs – Ausweichmanöver. Achteraus ein aufkommendes Kriegsschiff – geht an Backbord vorbei. Zweimal im Nebel die Silhouetten von Frachtern – kreuzen mit genug Abstand. Inzwischen habe ich auf UKW-Kanal 11 Kontakt mit Ouessant Traffic Control, die mich anhand meiner Positionsangaben aufgepickt haben. Wunderbar: Ab jetzt bin ich ein kleiner blinkender Punkt auf dem Radarschirm der Verkehrsüberwachung. Fühle mich sehr erleichtert. Außerdem werden jede halbe Stunde die Sichtverhältnisse durchgegeben.

Das darf doch nicht wahr sein – statt einer Besserung tritt das Gegenteil ein. Ich sehe nur noch Weiß. Die Sichtweite beträgt weniger als 200 m. Die Verkehrsüberwachung hat mir Peilungen angeboten, jetzt mache ich dankbar Gebrauch davon. Inzwischen ist es 18.00 Uhr, und wir stehen 12 sm südlich der Ile d'Ouessant. Drei Stunden später habe ich das erste Mal Sicht und peile die Pierres Noires genau in Nord. Fast gleichzeitig meldet sich Ouessant Traffic Control mit Peilung und Distanzangabe. Der Strom aus dem Chenal du Four hat uns etwas nach Süd versetzt, deshalb muß ich mit dem Kurs noch mehr vorhalten.

Es wird besser, ich habe Sicht! Um 22.30 Uhr am 8. Juli kreuzen wir zwei Seemeilen nördlich des Leuchtturms La Parquette unseren Ausgangskurs von 1988.

Ein hartes Finale

Nun bin ich doch zu schnell gewesen. Kurz vor Mitternacht erreiche ich die Ansteuerungstonne Charles Martel und habe Sicht. Klar und scharf sind die Feuer der Leuchttürme und Tonnen zu erkennen. Beginne meine Warteschleifen zu ziehen, obwohl ich viel lieber die Segel bergen und mit Vollgas in Richtung Hafen fahren würde. Aber es wäre Unsinn, gegen einen Strom von 3 bis 4 kn anzugehen.

Das Warten wird schlimm. Ich bin müde, hundemüde, und vielleicht deshalb passiert etwas Merkwürdiges. Jetzt, bei guter Sicht, beginnen meine Augen zu streiken. Ich bekomme Sehstörungen. Als ich nach dem weißen Blitz des Leuchtturms auf der Pointe du Petit Minou gefahren bin, haben sie angefangen. Rote Punkte tanzen mir vor den Augen, und dann fängt das Bild an zu wackeln, als wolle es gleich umfallen. Spüle meine Augen mit Süßwasser, aber das hilft nicht viel. Sobald ich konzentriert auf eine Lichtquelle schaue, geht es wieder los, unabhängig von meinem Willen. Was passiert da mit mir? Was mache ich, wenn das Bild ganz verschwindet?

O je, es ist Zeit zum Wenden. Das heißt, wir fahren jetzt zurück, auf das rote Feuer der Tonne zu. Am liebsten würde ich festmachen, einfach an diesem Seezeichen festmachen und die Augen schließen. Aber das darf ich nicht. Die Zeit vergeht, mein Zustand wird nicht besser. Habe inzwischen den Anker aus der Achterpiek geholt. Warum eigentlich? Ich bin doch gar nicht in der Lage, die Ankerbucht von Bertheaume anzulaufen. Kann absolut keine Entfernungen schätzen. Und auch das Echolot streikt, sein Schalter rastet nicht mehr ein.

Es ist 01.00 Uhr, der Strom kentert. Irgend etwas muß jetzt geschehen. Gut, ich will's versuchen, es wird schon klappen. Nehme die Segel weg. Mein braver Diesel springt sofort an, wir fahren wieder auf das Leitfeuer zu. Aber dann breche ich ab, schaffe es einfach nicht. Himmel, ich weiß ganz genau, was ich zu tun habe, kann es aber nicht ausführen. Gehe auf Gegenkurs und tuckere langsam gegen den Strom an. Nur jetzt keinen Mist bauen... Ich überwinde mich, rufe Brest Hafen und bitte um ein Lotsenboot.

Ouessant Traffic Control hat das Gespräch mitgehört und meldet sich: „Alles in Ordnung an Bord? Können wir noch etwas für Sie tun?"

„Nein, danke, ich komme schon klar."

„Melden Sie sich, wenn Sie uns brauchen. Und bitte – würden Sie uns morgen telefonisch Bescheid geben, wo Sie in Brest liegen?"

Wieder an Deck, sehe ich in der Nordausfahrt des Goulet de Brest neue Lichter: weiß-rot. Halt, langsam, erst das Bekannte sortieren. Es gibt hier vier Feuer, die das Riff- und Untiefengebiet in der Mitte der Enge begrenzen, zwei Leuchttürme, zwei Warnfeuer am Nordufer. Also sind das andere doch die Lichter des Lotsenbootes. Ja, sie bewegen sich in unsere Richtung.

„Gudrun, reiß dich zusammen! Dieses letzte bißchen schaffst du auch noch."

Ich melde mich über UKW beim Lotsen, gebe meine Position durch und daß ich ihm entgegenfahre. Kurz darauf richtet sich der harte Strahl eines Scheinwerfers auf uns. Nein, nicht doch! Wieder sehe ich nur noch rote Kreise. Wir verständigen uns akustisch: „Fünf Knoten, nicht schneller, sonst komme ich nicht nach." Stehe am Ruder und versuche, das Bild der weiß-roten Lichter vor mir nicht zu verlieren. Es geht, aber nur mit Mühe. Eine halbe Stunde später stehen wir kurz vor den Hafenanlagen, und das Lotsenboot stoppt auf, will bei mir längsseits gehen, damit der Lotse an Bord kommen kann. „Nein, lieber anders herum. Ich lege bei Ihnen an. Und bitte keine Scheinwerfer." Muß gut aufpassen, hier steht Schwell. Langsam manövriere ich MÄDCHEN heran, und der Lotse ist mit einem Schritt an Bord.

„Alles in Ordnung bei Ihnen? Wenn Sie noch etwas für das Anlegemanöver vorbereiten müssen, übernehme ich das Ruder."

Das war taktvoll. Ich muß ihm nichts erklären, dieser freundliche Monsieur Masson ist ebenfalls Segler. Er fragt nicht viel, baut mich aber schon durch seine Anwesenheit wieder auf. Während ich unendlich langsam und ungeschickt die Festmacherleinen an Deck belege, huscht dicht neben uns die hohe Mole des Handelshafens von Brest vorbei. Überall ist es jetzt hell, Dutzende Lichter tanzen vor meinen Augen. Monsieur Masson geht mit MÄDCHEN am festgemachten Lotsenboot längsseits. Wenn das der Lotse selber tut, darf das wohl sein. Um 02.00 Uhr am 9. Juli belege ich MÄDCHENS Leinen wieder in Brest.

„Von Miami nach Brest?" Der Lotse schüttelt den Kopf. „Schlafen Sie, solange Sie wollen, kümmern Sie sich um nichts. Wenn wir weg müssen, wird die Crew Ihr Boot verlegen."

Nachdenklich schaue ich ihn an und sage mehr zu mir selbst als zu ihm: „Danke. Mein Schiff und ich haben nämlich gerade eine Weltumsegelung beendet." Bei dem Streß der letzten Tage habe ich daran noch keinen Gedanken verschwendet. Aber jetzt ist es eine Tatsache.

Wir wechseln noch ein paar Worte, dann läßt mich der Lotse allein. Er will morgen wieder vorbeischauen.

Mit geschlossenen Augen liege ich auf meiner Koje. „MÄDCHEN, wir haben es geschafft." Diesen Satz wiederhole ich so lange, bis mich die große dunkle Spirale erfaßt und in den Schlaf zieht...

Ein Klopfen draußen läßt mich hochschrecken und ins Cockpit hasten. Es dauert eine Weile, bis ich begreife, wo ich bin und daß die beiden Uniformierten vom Zoll sind; sie warten auf meine Einladung, an Bord zu kommen. Bin sofort wieder unten, um mir Pulli und Jeans überzustreifen. Wann habe ich eigentlich die Gastland- und die Zollflagge gesetzt, die unter der Steuerbordsaling in der milden Brise auswehen? Ich weiß es einfach nicht. Mein: „Guten Morgen" eben war auch nicht ganz passend, denn es ist bereits Nachmittag.

Ein paar kurze Fragen der Beamten, und die Formalitäten sind in wenigen Minuten erledigt. Immer wieder schaue ich in das Gesicht des einen Zöllners. Ihn kenne ich doch! Aber sicher, vor zwei Jahren hat mich genau dieser Herr hier ausklariert, der heute wieder in MÄDCHENS Plicht sitzt. Er staunt nicht schlecht.

Danach mache ich mich auf den Weg zur Telefonzelle. Meine Eltern wissen noch nicht, daß ich wieder an Land bin, denn für ein Seefunkgespräch von Bord aus hatte ich vor Brest nicht die Nerven. Die Überraschung ist perfekt. Freude, Erleichterung, Glückwünsche, alles schlägt geballt an mein Ohr. Ich bin bewegt, gerührt – und schon wieder schwindlig. Wir reden, reden reden, bis ich fast keinen Franc mehr habe. Der letzte ist reserviert für Ouessant Traffic Control. Dort hat man sich eine Überraschung für mich ausgedacht.

Am Abend stehen Oliver, Gilles und Pierre vor mir auf der Kaimauer. Der Korken einer Champagnerflasche knallt, und ich werde zu einem wunderbaren Abendessen in ein charmantes Restaurant entführt. Ich kann es gar nicht fassen: Diese drei Offiziere, die mich tags zuvor stundenlang als kleinen Leuchtpunkt auf ihrem Radarschirm beobachtet haben, nehmen sich die Zeit, mir ein solches Vergnügen zu bereiten. Beim Essen erfahre ich, daß einer von ihnen über seine Wache hinaus in der Radarstation geblieben ist, bis er mich sicher im Hafen wußte. Das begießen wir nun, und unsere Feier hätte bis in den Morgen gedauert, wenn es ihr Dienstplan nicht verhindert hätte.

Wieder an Bord, lese ich nachdenklich die Sätze, die Oliver mir ins Logbuch geschrieben hat: „Dank für die wunderbare Stimme, die uns alle erfreut hat, und Bravo für die großartige Umsegelung, die soviel Leidenschaft für das Meer und einen in unserer heutigen Zeit selten gewordenen Charakter verrät."

Ja, wir sind angekommen. Wir haben den Kreis geschlossen. Vielleicht mußte es sein, daß uns die letzten Meilen noch einmal alles abverlangt haben. Eine stille, tiefe Freude erfüllt mich und große Dankbarkeit. MÄDCHEN liegt friedlich in ihren Leinen. Wir ruhen gemeinsam aus.

10. Brest – Großenbrode

Unterm langen blauen Heimatwimpel

Drei Tage später sitzt Joachim auf seinem Seesack am Steg und wartet, bis die Skipperin auftaucht. Nun ist die Crew komplett, wir können auslaufen.

Brest – Dover – Norddeich – und ein Crew-Wechsel. Mein Vater will endlich seine Tochter sehen; zwei Jahre lang ist er in Gedanken mitgesegelt. Wir haben viel Freude auf unserem Törn rund Skagen, zurück in die heimischen Gewässer der Ostsee. Ich komme mir richtig verwöhnt vor.

Als ich am 10. August 1990 – wieder einhand – unter der Fehmarnbrücke durchsegle, trägt MÄDCHEN den langen blauen Heimatwimpel. Er zeigt die Rückkehr von großer Fahrt an.

So unauffällig unsere Ankunft in Brest war, so bombastisch ist der Empfang vor Großenbrode. Über die Toppen geflaggte Yachten kommen uns entgegen, schon von weitem grüßen uns Nebelhörner und Sirenen. Je näher wir der Einfahrt zum Großenbroder See kommen, desto mehr Schiffe tauchen auf, bis wir zuletzt von einer gewaltigen Flotte umringt sind, die uns mit lautem Getöse, Hupen und aufsteigenden Raketen zum Hafen begleitet. Ein Schauer nach dem anderen läuft mir über den Rücken, ich weiß nicht, ob ich lachen oder weinen soll. Ein Meer von Menschen nimmt mich auf, das sich mit mir über unsere Heimkehr freut, ich blicke in verwirrend viele Gesichter und viele vertraute darunter. Die Großenbroder Segler haben die Stuttgarter Klubkameraden bei sich an Bord. Ich kann die vielen Eindrücke gar nicht alle erfassen.

Endlich entdecke ich an Bord der FATUM meine Mutter – sie winkt, strahlt, weint vor Freude. Am liebsten würde ich einen Satz zu ihr hinüber machen. In einem kleinen roten Motorflitzer steht Peter, der Hafenmeister von Großenbrode, und führt Regie. Unter dem Krachen seiner Salutschüsse passiert MÄDCHEN die Hafeneinfahrt.

„Peter – wo sollen wir denn hin?"

„Natürlich an den Platz, wo dein Schiff getauft wurde!" brüllt er zurück. „Nun mach schon!"

Knallende Sektkorken, Blumen, Glückwünsche… In den nächsten Stunden bekommt MÄDCHEN mich nicht mehr zu sehen. Sie wiegt sich zufrieden im Heimathafen und wartet darauf, daß ich zu ihr zurückkomme – wie immer. Sie wartet, bis ich bereit bin, wieder loszufahren.

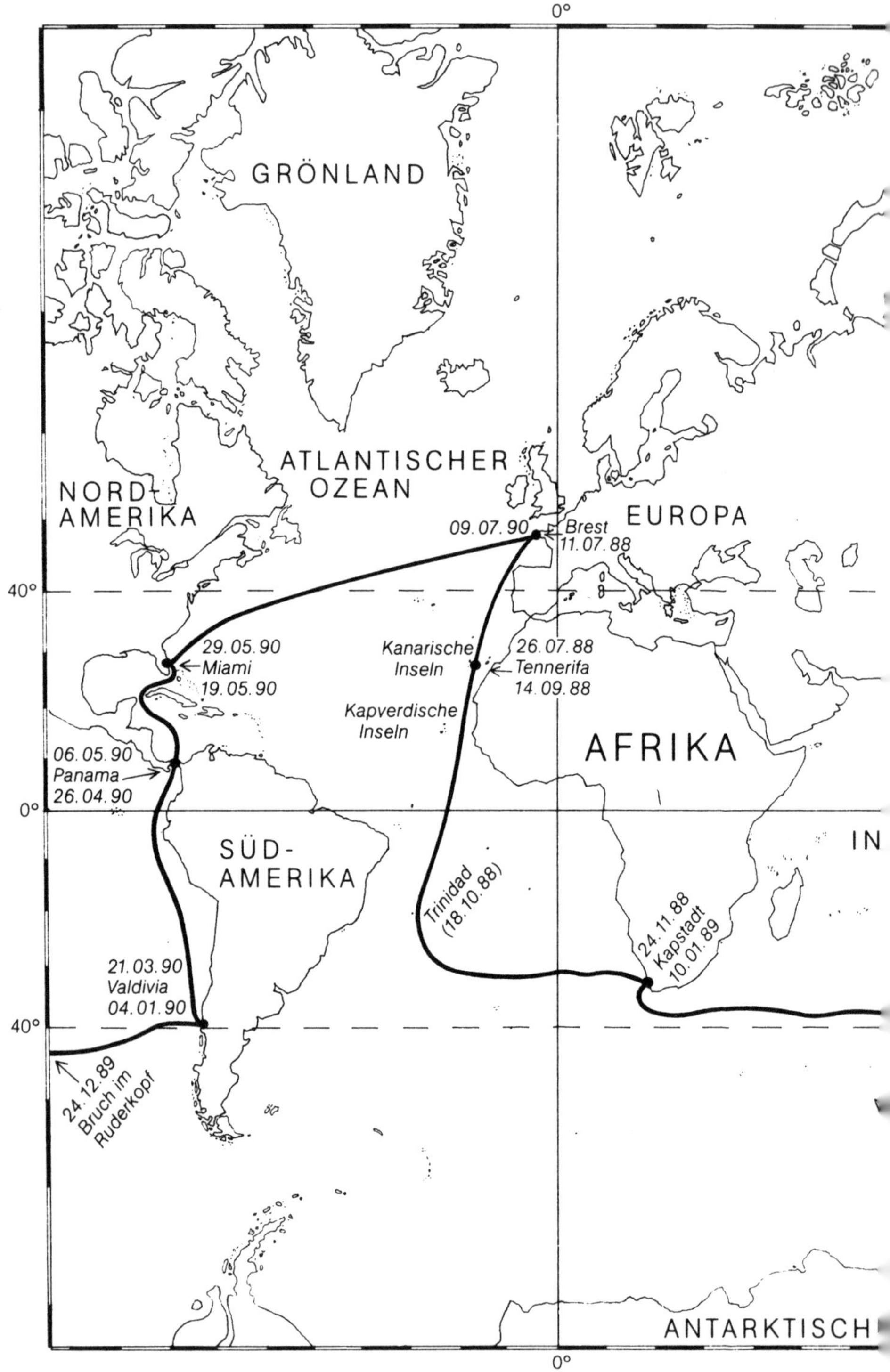

0°
GRÖNLAND
ATLANTISCHER
OZEAN
NORD-
AMERIKA
EUROPA
09.07.90
Brest
11.07.88
40°
29.05.90
Miami
19.05.90
Kanarische
Inseln
26.07.88
Tennerifa
14.09.88
Kapverdische
Inseln
AFRIKA
06.05.90
Panama
26.04.90
0°
SÜD-
AMERIKA
Trinidad
(18.10.88)
IN
24.11.88
Kapstadt
10.01.89
21.03.90
Valdivia
04.01.90
40°
24.12.89
Bruch im
Ruderkopf
ANTARKTISCH
0°

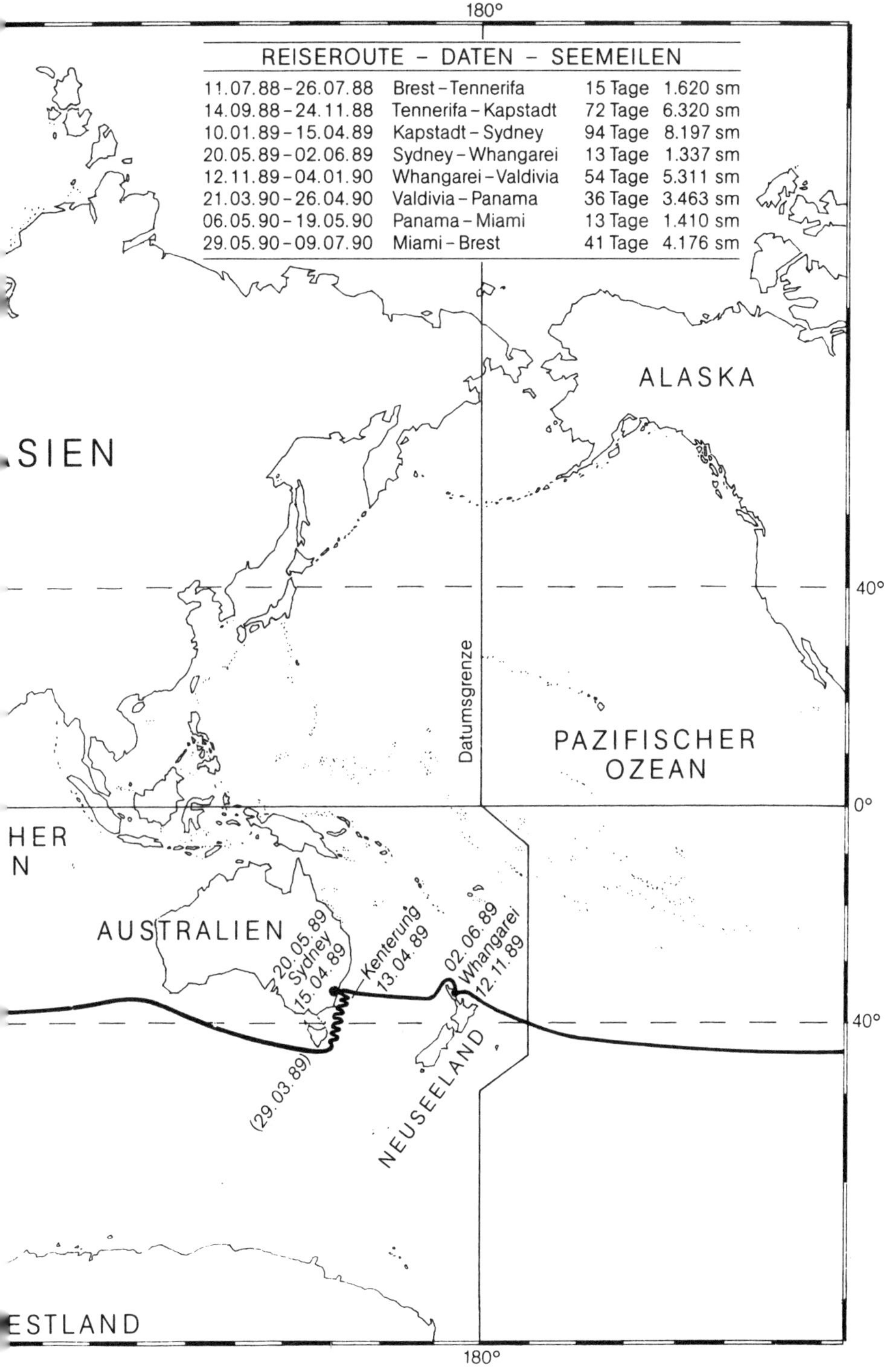

REISEROUTE – DATEN – SEEMEILEN

11.07.88–26.07.88	Brest–Tennerifa	15 Tage	1.620 sm
14.09.88–24.11.88	Tennerifa–Kapstadt	72 Tage	6.320 sm
10.01.89–15.04.89	Kapstadt–Sydney	94 Tage	8.197 sm
20.05.89–02.06.89	Sydney–Whangarei	13 Tage	1.337 sm
12.11.89–04.01.90	Whangarei–Valdivia	54 Tage	5.311 sm
21.03.90–26.04.90	Valdivia–Panama	36 Tage	3.463 sm
06.05.90–19.05.90	Panama–Miami	13 Tage	1.410 sm
29.05.90–09.07.90	Miami–Brest	41 Tage	4.176 sm

SY MÄDCHEN	
Länge	9,25 m
Breite	3,00 m
Tiefgang	1,35 m
Verdrängung	3,5 t

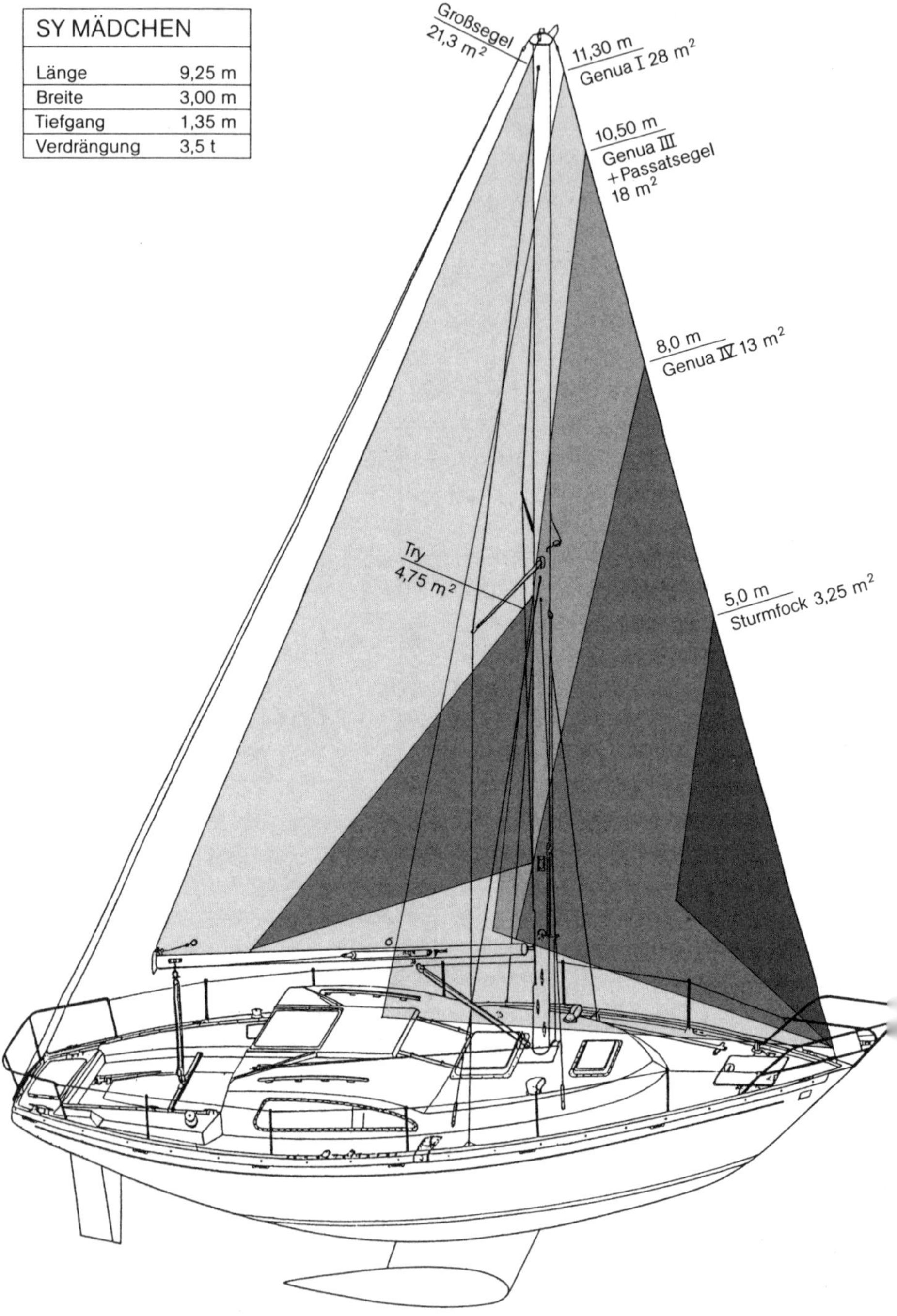